GRöLS Verlage

„Bücher sind wie Fallschirme. Sie nützen uns nichts, wenn wir sie nicht öffnen."

Gröls Verlag

Redaktionelle Hinweise und Impressum

Das vorliegende Werk wurde zugunsten der Authentizität sehr zurückhaltend bearbeitet. So wurden etwa ursprüngliche Rechtschreibfehler *nicht* systematisch behoben, denn kleine Unvollkommenheiten machen das Buch – wie im Übrigen den Menschen – erst authentisch. Mitunter wurden jedoch zum Beispiel Absätze behutsam neu getrennt, um den Lesefluss zu erleichtern.

Um die Texte zu rekonstruieren, werden antiquarische Bücher von Lesegeräten gescannt und dann durch eine Software lesbar gemacht. Der so entstandene Text wird von Menschen gegengelesen und korrigiert – hierbei treten auch Fehler auf. Wenn Sie ebenfalls antiquarische Texte einreichen möchten, finden Sie weitere Informationen auf www.groels.de

Viel Freude bei der Lektüre wünscht Ihnen das Team des Gröls-Verlags.

Adressen

Verleger: Sophia Gröls, Im Borngrund 26, 61440 Oberursel

Externer Dienstleister für Distribution & Herstellung: BoD, In de Tarpen 42, 22848 Norderstedt

Unsere „Edition | Werke der Weltliteratur“ hat den Anspruch, eine der größten und vollständigsten Sammlungen klassischer Literatur in deutscher Sprache zu sein. Nach und nach versammeln wir hier nicht nur die „üblichen Verdächtigen“ von Goethe bis Schiller, sondern auch Kleinode der vergangenen Jahrhunderte, die – zu Unrecht – drohen, in Vergessenheit zu geraten. Wir kultivieren und kuratieren damit einen der wertvollsten Bereiche der abendländischen Kultur. Kleine Auswahl:

Francis Bacon • Neues Organon • **Balzac** • Glanz und Elend der Kurtisanen • **Joachim H. Campe** • Robinson der Jüngere • **Dante Alighieri** • Die Göttliche Komödie • **Daniel Defoe** • Robinson Crusoe • **Charles Dickens** • Oliver Twist • **Denis Diderot** • Jacques der Fatalist • **Fjodor Dostojewski** • Schuld und Sühne • **Arthur Conan Doyle** • Der Hund von Baskerville • **Marie von Ebner-Eschenbach** • Das Gemeindekind • **Elisabeth von Österreich** • Das Poetische Tagebuch • **Friedrich Engels** • Die Lage der arbeitenden Klasse • **Ludwig Feuerbach** • Das Wesen des Christentums • **Johann G. Fichte** • Reden an die deutsche Nation • **Fitzgerald** • Zärtlich ist die Nacht • **Flaubert** • Madame Bovary • **Gorch Fock** • Seefahrt ist not! • **Theodor Fontane** • Effi Briest • **Robert Musil** • Über die Dummheit • **Edgar Wallace** • Der Frosch mit der Maske • **Jakob Wassermann** • Der Fall Maurizius • **Oscar Wilde** • Das Bildnis des Dorian Grey • **Émile Zola** • Germinal • **Stefan Zweig** • Schachnovelle • **Hugo von Hofmannsthal** • Der Tor und der Tod • **Anton Tschechow** • Ein Heiratsantrag • **Arthur Schnitzler** • Reigen • **Friedrich Schiller** • Kabale und Liebe • **Nicolo Machiavelli** • Der Fürst • **Gotthold E. Lessing** • Nathan der Weise • **Augustinus** • Die Bekenntnisse des heiligen Augustinus • **Marcus Aurelius** • Selbstbetrachtungen • **Charles Baudelaire** • Die Blumen des Bösen • **Harriett Stowe** • Onkel Toms Hütte • **Walter Benjamin** • Deutsche Menschen • **Hugo Bettauer** • Die Stadt ohne Juden • **Lewis Caroll** • *und viele mehr….*

Jack London

Lockruf des Goldes

Übersetzung von

Erwin Magnus

Es war ein stiller Abend im Tivoli. Am Schanktisch, der an der einen Seite des großen schindelgedeckten Raumes entlang lief, stand ein halbes Dutzend Männer, von denen zwei sich gerade über die Heilkraft von Fichtennadeltee und Zitronensaft bei Skorbut stritten. Die Unterhaltung war jedoch schleppend, und Pausen mürrischen Schweigens unterbrachen sie. Die andern hörten kaum zu. In einer Reihe, der Mauer gegenüber, standen die Spieltische. Der Crap-Tisch war verlassen, ein einziger Mann saß am Pharaotisch und spielte. Nicht einmal die Roulettekugel rollte, und der Spielhalter stand an dem knisternden, rotglühenden Ofen und sprach mit einem hübschen, dunkeläugigen jungen Weibe, das von Juneau bis Fort Yukon als die „Jungfrau" bekannt war. Drei Mann saßen bei einem Dauerpoker, spielten aber nur mit kleinen Einsätzen und ohne Begeisterung, weil sie keine Zuschauer hatten. Auf der Diele des Tanzbodens, der hinter dem Raume lag, walzten drei Paare trübselig zu den Klängen einer Geige und eines Klaviers.

Nicht daß Circle City verlassen oder daß Geld knapp gewesen wäre; die Goldgräber waren von Moosehide Creek und anderen Fundstellen im Westen zurückgekehrt, die Sommerausbeute war gut gewesen, und die Taschen der Leute waren schwer von Staub und Nuggets. Klondike war noch nicht entdeckt, auch hatten die Goldgräber noch nicht gelernt, was sich durch tiefes Schürfen und die Anwendung von Feuer erreichen ließ. Im Winter wurde nichts geschafft, man pflegte noch während der langen arktischen Nacht in großen Lagern wie Circle City zu überwintern. Man verschlief die Zeit, die Taschen waren wohlgefüllt, und Geselligkeit gab es einzig und allein in den Wirtschaften. Und doch war Tivoli verlassen, und die Jungfrau, die neben dem Ofen stand und gähnte, ohne die Hand vorzuhalten, sagte zu Charley Bates: „Wenn nicht bald etwas Leben in die Bude kommt, geh' ich zu Bett. Was ist denn nur los? Ist das ganze Lager ausgestorben?“

Bates machte sich nicht die Mühe zu antworten, sondern drehte sich mürrisch eine Zigarette. Dan Mac Donald, der Pionier der Gastwirte und Spieler am oberen Yukon, Besitzer des Tivoli und aller seiner Spieltische, wanderte verloren durch den weiten leeren Raum und erblickte die beiden am Ofen.

„Jemand gestorben?“ fragte ihn die Jungfrau.

„Sieht so aus“, lautete die Antwort.

„Dann jedenfalls das ganze Lager“, beendete sie das Gespräch und gähnte wieder.

MacDonald nickte grinsend und öffnete den Mund, um etwas zu sagen, als die Tür weit aufgerissen wurde und ein Mann in der Öffnung erschien. Ein Hauch von Kälte, der sich in der Wärme des Raumes zu Dampf verdichtete, umwogte seine Knie, lief über den Boden, wurde immer dünner und verschwand schließlich einige Meter vom Ofen entfernt. Der Neuangekommene nahm den Reisigbesen vom Nagel an der Tür und bürstete sich den Schnee von den Mokassins und den langen Strümpfen. Man hätte ihn für einen großen Mann halten können, wäre nicht ein riesiger Kanadier von der Bar zu ihm getreten.

„Hallo, Daylight!“ grüßte er. „Bei Gott, das ist Labsal für wehe Augen!“

„Hallo, Louis, wann bist du denn hergeweht?“ erwiderte der Ankömmling. „Komm, laß uns eins trinken und erzähl' von Bone Creek. Na, ihr Hundsfötter, her mit den Pfoten. Wo ist dein Kompagnon? Ich bin auf dem Ausguck nach ihm.“

Ein anderer Riese löste sich von der Bar und schüttelte ihm die Hand. Olaf Henderson und der Franzosen-Louis, denen Bone Creek gemeinsam gehörte, waren die beiden längsten Männer im Lande, und der Neueingetroffene, wenn auch nur einen halben Kopf kleiner, erschien wie ein Zwerg zwischen ihnen.

„Hallo, Olaf, dich such' ich gerade, savvy“, sagte der mit Daylight Angeredete. „Morgen ist mein Geburtstag, und ich hab mir vorgenommen, euch alle zu werfen – savvy? Dich auch, Louis! Komm und trink eins, Olaf, ich erzähle euch alles.“

Seine Ankunft schien den Raum mit einer Flut von Wärme zu erfüllen. „Burning Daylight!" rief die Jungfrau, die erste, die ihn erkannte, als er nun ins Licht trat. Charley Bates' ernste Züge erhellten sich bei seinem Anblick, und MacDonald trat zu den dreien an der Bar. Es war, als hätte die Ankunft Burning Daylights den ganzen Raum heller und heiterer gestimmt. Die Kellner liefen, Rufe ertönten, Lachen erklang. Und als der Geiger nach einem Blick ins Vorzimmer zum Klavierspieler bemerkte: „Burning Daylight ist da", kam sofort Schwung in den Walzer, und die Tänzer wirbelten herum, als ob es ihnen wirklich Freude machte. Sie wußten von alters her, daß es keine Langeweile gab, wenn Burning Daylight da war.

Der wandte sich von der Bar ab und sah das Mädchen am Ofen und den verlangenden Blick, den sie ihm zum Willkommen zuwarf.

„Hallo, Jungfrau, altes Mädel", rief er. „Hallo, Charley. Was ist denn los mit euch? Ihr macht ja Gesichter, wie sieben Tage Regenwetter! Kommt her, alle Mann, und getrunken! Her mit euch, ihr lebendigen Leichen, und sagt, was für Gift ihr haben wollt! Alle Mann her! Heute bin ich dran! Ich gebe aus! Morgen werde ich dreißig, und dann bin ich ein alter Mann. Die Jugend ist vorbei. Verstanden? Also her! Her mit euch!"

„Warte mal, Davins", rief er dem Bankhalter am Pharaotische zu, der seinen Stuhl vom Tische zurückgeschoben hatte. „Laß sehen, wer ausgeben will, du oder ich!"

Er zog einen Beutel aus der Rocktasche, der schwer von Goldstaub war, und setzte ihn auf die hohe Karte. „Fünfzig", sagte er.

Der Bankhalter drehte zwei Karten um. Die hohe Karte gewann. Er kritzelte den Betrag auf ein Stück Papier, der Wäger an der Bar wog für fünfzig Dollar Staub in der Goldwage ab und schüttete ihn in Burning Daylights Beutel. Im Tanzsaal war es unterdessen still geworden, die drei Paare steuerten, von dem Geiger und dem Klavierspieler gefolgt, auf die Bar los, und Daylight bemerkte sie.

„Her mit euch!" schrie er. „Her mit euch und sagt, was ihr haben wollt. Heute bin ich dran, und eine solche Nacht kommt nicht sobald wieder. Her mit euch, ihr Siwashes und Lachsfresser! Heute bin ich dran, das sag' ich euch – –"

„Eine verflucht räudige Nacht", fiel Charley Bates ein.

„Richtig, mein Sohn," fuhr Burning Daylight heiter fort, „eine räudige Nacht, aber es ist meine Nacht, siehst du. Ich bin ein räudiger, alter Wolf. Kannst du mich heulen hören!"

Und er heulte wie ein einsamer grauer Waldwolf, bis sich die Jungfrau schaudernd ihre hübschen Finger in die Ohren steckte. Eine Minute später wirbelte sie in seinen Armen über den Tanzboden, wo bald darauf mit den drei andern Mädchen und ihren Partnern ein ausgelassener Virginia Reel im Gange war. Männer und Frauen tanzten in Mokassins, und es dauerte nicht lange, so ging es hoch her. Burning Daylight war der Mittelpunkt, seine Scherze und rauhen Späße rissen sie aus der Schlaffheit, in der er sie angetroffen hatte. Der Raum hatte durch sein Kommen gleichsam eine andere Atmosphäre erhalten. Er schien ihn ganz mit seiner Lebensfreude zu füllen. Wer von der Straße hereinkam, spürte es sofort, und als Antwort auf alle Fragen deuteten die Barkeeper nur nach hinten und erklärten: „Burning Daylight ist losgelassen." Und die Leute blieben, und das Geschäft blühte. Das Spiel kam in Gang, bald waren alle Tische besetzt, und das Klirren der Jetons und das eintönige Surren der Roulettekugel übertönte gebieterisch den heiseren Lärm von Männerstimmen, Flüchen und schwerfälligem Lachen.

Wenige kannten Elam Harnish unter einem anderen Namen als Burning Daylight – den Namen, den man ihm in der ersten Zeit des Landes gegeben hatte, weil er seine Kameraden mit den Worten „Das Tageslicht brennt" (Burning Daylight = Brennendes Tageslicht) aus den Betten zu jagen pflegte. Von den Pionieren in jener fernen arktischen Wildnis, wo alle Männer Pioniere waren, wurde er zu den ältesten gezählt. Männer wie Al Mayo und Jack MacQuestion waren zwar vor ihm dagewesen; aber sie waren aus dem Osten von der Hudsonbai über die Rocky Mountains gekommen. Er hingegen hatte den Weg über den Chilkoot- und den Chilkat-Paß erschlossen. Im Frühling 1883, vor zwölf Jahren, war er als achtzehnjähriger Bursche mit fünf Kameraden über den Chilkoot gekommen. Im Herbst war er mit einem zurückgekehrt. Vier waren den Entbehrungen in der rauhen, unwirtlichen Wüste erlegen. Und zwölf Jahre lang hatte Elam Harnish Gold gegraben in dem finsteren Polarlande.

Und keiner hatte so hartnäckig und ausdauernd gegraben. Er war mit dem Lande aufgewachsen, kannte kein anderes Land. Zivilisation war ihm der Traum eines früheren Landes. Lager wie Forty Mile und Circle City waren Weltstädte für ihn. Und nicht allein, daß er mit dem Lande aufgewachsen war, er hatte das Land mit geschaffen. Er hatte Geographie und Geschichte dieses Landes gemacht, und die nach ihm kamen, schrieben über seine Fahrten und steckten die Wege ab, die sein Fuß getreten.

Helden neigen selten zu Heldenverehrung, aber unter den Bewohnern dieses jungen Landes galt er trotz seiner Jugend als einer der ältesten Helden. In der Zeit war er den meisten voraus. An Taten hatte er sie übertroffen. Und es war bekannt, daß er eine Ausdauer besaß, die selbst den Abgehärtetsten von ihnen umbringen konnte. Dazu kannte man ihn als einen mutigen Mann, einen ehrlichen Mann, als einen Mann ohne Furcht und Tadel.

In allen Ländern, wo das Leben ein Glücksspiel ist, das leichtsinnig beiseitegeworfen wird, verfallen die Leute, um sich zu zerstreuen und zu vergnügen, fast automatisch dem Spiel. Am Yukon verspielte man das Leben für Gold, und wer das Gold aus der Erde gewann, verspielte es wieder an einen anderen. Und Elam Harnish machte keine Ausnahme. Er war in erster Linie Mann, und der Instinkt, der ihn das Spiel des Lebens zu spielen trieb, war stark. Die Umgebung hatte die Form seines Spiels bestimmt. Er war auf einer Farm in Iowa geboren, jedoch mit seinem Vater nach dem östlichen Oregon ausgewandert, und hier, in der Bergwerksgegend, hatte Elam seine Kindheit verlebt. Harte Knüffe einstecken und hohe Einsätze wagen, das war das einzige, was er gelernt hatte. Mut und Ausdauer galt es in dem Spiel, aber der große Gott Zufall teilte die Karten aus. Ehrliche Arbeit für einen sicheren, aber mageren Verdienst zählte nicht. Man spielte hoch. Man wagte alles für alles, und etwas weniger als alles galt als Verlust. Auf diese Weise verlor Elam Harnish am Yukon zwölf Jahre. Am Moosehide Creek hatte er allerdings im letzten Sommer für zwanzigtausend Dollar Gold gefunden, und im Boden steckten noch für weitere zwanzigtausend. Aber, wie er selbst sagte, hatte er damit kaum seinen Einsatz, ein Dutzend Jahre seines Lebens, herausbekommen, und vierzigtausend waren nicht viel – die gingen drauf für einen Trunk und einen Tanz im Tivoli, einen Winter in Circle City und Proviant für das nächste Jahr.

Unter den Yukonleuten galt noch das alte Wort: Schwer gewonnen – leicht vertan. Als der Reel zu Ende war, lud Elam Harnish wieder alle Anwesenden ein, mit ihm zu trinken. Getränke waren teuer. Dreißig Mann nahmen seine Einladung an und waren zwischen jedem Tanz Elams Gäste. Es war seine Nacht, kein anderer durfte einen Cent bezahlen. Nicht, daß Elam Harnish ein Säufer gewesen wäre – aus Whisky machte er sich nicht viel. Er war zu kraftvoll und robust, zu gesund an Körper und Seele, um zum Sklaven des Alkohols zu werden. Viele Monate schwerer Arbeit verbrachte er auf Schlittenreisen und

Bootsfahrten, ohne ein stärkeres Getränk als Kaffee zu trinken, ja einmal hatte er sogar ein ganzes Jahr auf diesen verzichtet. Aber er war gesellig, und weil die Geselligkeit am Yukon nur in den Wirtschaften zu finden war, mußte er sie dort suchen. In den Lagern der Minenarbeiter im Westen, wo er als Knabe gelebt hatte, war es immer so gewesen. Für ihn war es die Geselligkeit, die sich für einen Mann ziemte. Er kannte keine andere.

Er war eine auffallende Erscheinung, obgleich seine Kleidung nicht von der der anderen Männer im Tivoli abwich. An den Füßen trug er Mokassins aus weichgegerbter Elenhaut mit Perlenstickerei in Indianermustern. Seine Hosen zeigten nichts Außergewöhnliches, und sein Rock war aus einer wollenen Decke gemacht. Wollgefütterte Lederhandschuhe mit langen Stulpen hingen nach Yukon-Mode an einem Lederriemen, der ihm um Nacken und Schulter lief. Auf seinem Kopfe saß eine Pelzmütze, deren Ohrenklappen jetzt hochgeschlagen waren, während die Bänder herunterbaumelten. Sein mageres, längliches Gesicht, unter den Backenknochen leicht eingefallen, glich fast dem eines Indianers. Die sonnenverbrannte Haut und die scharfen schwarzen Augen verstärkten diesen Eindruck, obwohl gerade der Bronzeton und die Augen selbst bezeichnend für einen Weißen waren. Er sah älter als dreißig aus, wirkte aber jetzt, als er glattrasiert und faltenlos dastand, fast wie ein Knabe. Wenn man trotzdem den Eindruck hatte, daß er älter war, so hatte man zwar keinen greifbaren Anhalt dafür, aber man wußte, was der Mann durchgemacht und erlebt hatte und worin er anderen Männern so überlegen war – das war es. Er hatte sein Leben unverhüllt und unter ständigem Hochdruck gelebt, und etwas von alledem glühte in seinen Augen, zitterte in seiner Stimme und erschien, sobald er sprach, auf seinen Lippen.

Die waren dünn und pflegten sich nicht über den ebenmäßigen weißen Zähnen zu schließen. Aber ihre Härte wurde durch einen leichten Zug der Mundwinkel nach oben gemildert. Das verlieh ihm etwas Anziehendes, ebenso wie die winzigen Fältchen um die Augenwinkel, die ihn lustig erscheinen ließen. Roheit und Grausamkeit mußten seiner Natur fremd sein. Die Nase war schmal und fein, mit beweglichen Flügeln und von guten Verhältnissen, während die hohe Stirn sehr schmal, dafür aber schön und ebenmäßig geformt war. Besonders indianerhaft wirkte das Haar, das sehr glatt und tiefschwarz und von einem Glanz war, wie nur Gesundheit ihn verleihen kann.

„Heute brennt Burning Daylight lichterloh“, lachte Dan MacDonald, als ein Ausbruch lärmender Lustigkeit vom Tanzboden herüberdrang.

„Ja, das ist ein Kerl, was, Louis?“ meinte Olaf Henderson.

„Da kannst du Gift drauf nehmen“, sagte der Franzosen-Louis. „Der Junge ist echt wie Gold – –“

„Wenn der liebe Gott am letzten großen Siebetage Daylights Seele auswäscht,“ unterbrach ihn Mac Donald, „dann muß der liebe Gott tüchtig Schlamm in seinen Kasten schaufeln.“

„Sehr gut“, murmelte Henderson und betrachtete den Spieler mit tiefer Bewunderung.

„Ausgezeichnet“, pflichtete der Franzosen-Louis ihm bei. „Und darauf wollen wir einen genehmigen, was?“

Gegen zwei Uhr morgens stellten die Tanzenden, die jetzt hungrig geworden waren, den Tanz auf eine halbe Stunde ein. Und in diesem Augenblick schlug Jack Kearns einen Poker vor. Jack Kearns war ein großer Mann mit gutmütigem Gesicht, der, gemeinsam mit Bettles, den verhängnisvollen Versuch gemacht hatte, eine Station an der Quelle des Koyokuk, weit jenseits des Polarkreises, anzulegen. Darauf war er nach Forty Mile und Sixty Mile zurückgekehrt und hatte, um seinen Unternehmungen eine andere Richtung zu geben, eine kleine Sägemühle und einen Flußdampfer in den Staaten bestellt. Erstere wurde jetzt gerade durch Indianer mit Hunden über den Chilkoot-Paß geschafft und sollte im Vorsommer nach der Eisschmelze den Yukon herunterschwimmen. Im Spätsommer, wenn die Beringsee und die Mündung des Yukon eisfrei waren, sollte dann der Dampfer, der in St. Michaels gebaut wurde, bis an die Reling mit Proviant beladen, flußaufwärts fahren.

Jack Kearns schlug also einen Poker vor. Der Franzosen-Louis, Dan MacDonald und Hai Campbell (der einen Goldfund bei Moosehide gemacht hatte) tanzten nicht, weil nicht genug Mädchen da waren, und so gingen sie auf den Vorschlag ein. Sie sahen sich gerade nach einem fünften Mann um, als Burning Daylight mit der Jungfrau am Arm und allen Tanzenden hinter sich aus dem Hinterzimmer kam. Die Pokerspieler riefen ihn, und er trat an ihren Tisch.

„Willst du mitmachen?“ fragte Campbell. „Vielleicht hast du Glück?“

„Heute sicher“, antwortete Burning Daylight mit Begeisterung und fühlte im selben Augenblick, wie die Jungfrau warnend seinen Arm drückte. Sie wollte mit ihm tanzen.

„Heute hätte ich sicher Glück, aber ich will lieber tanzen, denn ich möchte euch nicht alles Geld abnehmen.“

Niemand redete ihm zu. Sie nahmen seine Ablehnung als endgültig hin. Die Jungfrau preßte seinen Arm von neuem, damit er den hungrigen Tänzern folgte, aber da wurde er plötzlich anderen Sinnes. Nicht daß er keine Lust zum Tanzen gehabt oder ihr hätte weh tun wollen, aber der wiederholte mahnende Armdruck der Jungfrau reizte seine freie männliche Natur zum Widerstand. Der Wille, sich nichts von einem Weibe vorschreiben zu lassen, gewann die Oberhand in ihm. War er auch ein Liebling der Frauen, so machte er sich doch nicht viel aus ihnen. Sie waren Spielzeug, Tand, eine Erholung in dem großen Spiel des Lebens. Weiber, Whisky und Spiel standen für ihn auf einer Stufe, aber es war seiner Beobachtung nach leichter, mit Trinken und Kartenspielen zu brechen als mit einem Weibe, das einen Mann erst richtig eingefangen hatte.

Sein eigener Sklave sein, das war für seine gesunde Natur selbstverständlich, aber ehe er der Sklave eines andern wurde, war er zu blutiger Rebellion bereit. Die süße Knechtschaft der Liebe war etwas, das er überhaupt nicht verstand. Verliebte Männer waren ihm stets wie Verrückte erschienen, und Verrücktheit zu analysieren, lohnte sich nicht. Kameradschaft zwischen Männern – ja, das war etwas anderes. Die hatte nichts mit Sklaverei zu tun. Sie war eine geschäftliche Vereinbarung, ein Handel zwischen Männern, die einander nicht verfolgten, sondern im Kampf für Leben und Reichtum die Gefahren von Schlittenreisen, von Strömen und Bergen teilten. Männer und Frauen verfolgten sich, und eines mußte sich notgedrungen dem Willen des andern beugen. Kameradschaft war anders. Sich tagelang über sturmumfegte Pässe oder durch Sümpfe, die durch Moskitos verseucht waren, abzuschleppen und doppelt soviel zu tragen wie der Kamerad, das hatte weder etwas mit Unbilligkeit noch mit Zwang zu schaffen. Jeder tat sein Bestes, und nur darauf kam es an. Allerdings: der eine war stärker als der andere, aber so lange jeder nur tat, was er konnte, so lange war es ehrliches Spiel, gegen das es nichts einzuwenden gab.

Aber mit Weibern – nein – Weiber gaben wenig und forderten alles. Weiber besaßen Schürzenbänder und hatten die Neigung, jeden Mann, der sich mit ihnen einließ, damit zu umschlingen. Man brauchte nur an die Jungfrau zu denken. Als er kam, hatte sie beinahe einen Gähnkrampf gehabt, und jetzt war sie vor Freude außer sich, nur weil er tanzen wollte.

Ein Tanz, das wäre ja noch gegangen, aber nun drückte sie auch noch seinen Arm, um ihn vom Pokern abzuhalten. Das waren die verhaßten Schürzenbänder, der erste Zwang von den vielen, die sie gegen ihn ausüben würde, wenn er jetzt nachgäbe. Sie war sicher ein netter Kerl, gesund, stark und hübsch, dazu eine ausgezeichnete Tänzerin, aber sie war nun einmal ein Weib mit der ganzen Neigung des Weibes, den Mann mit ihren Schürzenbändern einzufangen und an Händen und Füßen zu binden, um ihm sein Brandzeichen aufzudrücken. Lieber pokern.

Außerdem mochte er mindestens ebenso gern pokern wie tanzen.

Sein ganzes Ich widersetzte sich diesem Druck auf den Arm, und er sagte:

„Ich hätte übrigens doch nicht übel Lust, mit euch zu spielen."

Wieder fühlte er den Druck auf seinen Arm. Sie erprobte die Schürzenbänder an ihm. Für den Bruchteil einer Sekunde war er ein Wilder, von aufwallender Furcht und Mordlust beherrscht. In dieser unmeßbar kurzen Zeitspanne war er zu allem fähig; ein gereizter Tiger, den der Gedanke an die Falle mit Wut und Entsetzen erfüllte. Wäre er wirklich nichts als ein Wilder gewesen, so würde er wie ein Rasender über sie hergefallen sein und sie vernichtet haben. Aber im selben Augenblick kamen in ihm Generationen von Zivilisation zum Durchbruch, die ihn zu einem den Verhältnissen angepaßten Gesellschaftstier machten. Takt und Sympathie stritten mit ihm, und mit einem lächelnden Blick in die Augen der Jungfrau sagte er: „Geh nur, und laß dir etwas zu essen geben. Ich bin nicht hungrig. Später können wir wieder tanzen. Es ist ja noch früh. Geh, Mädel!"

Er machte seinen Arm frei, klopfte ihr gemütlich auf die Schulter und wandte sich zu den Pokernden.

„Wie hoch wollt ihr gehen? Ich mache alles mit."

„Bis in die Wolken", sagte Jack Kearns.

„Also schön."

Die Spieler blickten sich froh an, und Kearns wiederholte: „Bis in die Wolken!"

Elam Harnish ließ sich auf den leeren Stuhl nieder und holte seinen Goldbeutel heraus. Die Jungfrau schmollte einen Augenblick, dann wandte sie sich nach dem Tanzboden.

„Ich bring' dir ein Butterbrot, Daylight", rief sie über die Schulter zurück.

Er nickte, und sie lächelte ihm Verzeihung zu. Er war den Schürzenbändern entronnen und hatte obendrein ihre Gefühle nicht allzusehr verletzt.

„Laßt uns mit Chips spielen“, schlug Daylight vor.

„Jetons machen immer solch Durcheinander auf dem Tische ... Wenn's euch allen recht ist?“

„Ich habe nichts dagegen“, antwortete Hal Campbell.

„Meine lauten auf fünfhundert.“

„Meine auch“, sagte Harnish, und die andern erklärten ebenfalls, wie hoch ihre Chips gelten sollten. Der Franzosen-Louis, der Bescheidenste, bewertete die seinen mit hundert Dollar.

In jenen Tagen gab es in Alaska weder Betrüger noch Falschspieler. Es wurde ehrlich gespielt, und einer verließ sich auf den andern. Das Wort eines Mannes wog ebensoviel wie sein Gold. Ein Chip war ein flaches, längliches Blechstück, vielleicht einen Cent wert. Setzte aber ein Mann im Spiel einen Chip und sagte ihn mit fünfhundert Dollar an, so wurde er zum Werte von fünfhundert Dollar angenommen. Wer ihn gewann, wußte, daß der Aussteller ihn mit genau abgewogenem Goldstaub zurückkaufte. Da die Chips von verschiedener Farbe waren, war es nicht schwer, den Eigentümer herauszufinden. In jenen frühen Tagen am Yukon fiel es niemand auch nur im Traum ein, mit Bargeld zu spielen. Beim Spiel war ein Mann gut für alles, was er besaß, einerlei, wo seine Besitzungen lagen und welcher Art sie waren.

Harnish zog die höchste Karte. Bei diesem guten Anzeichen rief er dem Kellner zu, daß er eine Runde für die ganze Gesellschaft ausgäbe. Als er Dan Mac Donald, der links von ihm saß, die ersten Karten austeilte, rief er:

„Los, ihr Halunken! Alle Mann an Deck! Krempelt die Ärmel auf! Hoppla! Ich sage euch, es gibt 'ne steife Brise. Paßt auf, daß ihr nicht über Bord fliegt.“ Dann ging es los. Es war ein ruhiges Spiel, bei dem wenig oder gar nicht gesprochen wurde, obwohl rings um die Spieler die ganze Stube toste. Elam hatte den Tunken entzündet. Immer mehr Gäste kamen ins Tivoli und blieben. Wenn Burning Daylight losgelassen war, blieb keiner zu Hause. Der Tanzboden war voll. Da es zu wenig Damen gab, banden sich mehrere Männer ein Taschentuch um den Arm, wurden nun zum weiblichen Geschlecht gerechnet und tanzten mit anderen Männern. Alle Spieltische waren dicht besetzt, und die Stimmen der Männer an den langen Schanktischen und um den Ofen wurden von dem ständigen Klirren der Jetons und dem scharfen, steigenden und wieder ersterbenden Schnurren des Roulettes begleitet. Ein echter Yukon-Abend war im Gange.

Das Spiel der fünf Männer war einförmig, das Glück wechselte, es gab keine großen Karten. Die Folge war, daß hoch gespielt wurde, daß aber keines der Spiele lange dauerte. Eine „volle Hand“ gab dem Franzosen-Louis einen Pot von fünftausend gegen zwei "Dreiständer“ von Campbell und Kearns. In einem Spiel, das schon geworfen werden sollte, wurde ein Pot von achthundert Dollar auf ein Paar Asse gewonnen. Und einmal „brachte“ Harnish und bluffte Kearns für zweitausend Dollar. Als Kearns die Karten auflegte, zeigte es sich, daß er einen „flush royal“ hatte, während Harnish die Frechheit besessen hatte, auf zwei Zehnen zu melden.

Um drei Uhr morgens aber kam die richtige Konstellation, der große Augenblick, auf den Pokerspieler wochenlang warten können. Im Augenblick durchlief das Gerücht das Tivoli. Die Zuschauer verstummten. Entfernter Sitzende ließen die Unterhaltung und scharten sich um den Tisch, der Tanzboden leerte sich, und schließlich standen alle in einer dichten schweigenden Gruppe um den Pokertisch. Ehe gekauft wurde, hatte das hohe Wetten schon begonnen und wurde fortgesetzt, obwohl noch nicht „gebracht“ war. Kearns hatte gegeben, und der Franzosen-Louis machte den Anfang zum Pot mit einem Chip – was für ihn hundert Dollar bedeutete. Campbell hatte gerade „gebracht“, doch Elam Harnish, der nach ihm daran war, überschlug seine hundert mit vierhundert besser, indem er zu MacDonald bemerkte, daß er ihn billig heranließe.

MacDonald sah wieder in seine Karten und legte tausend Dollar in Chips in den Pot. Kearns grübelte lange und „brachte“ schließlich. Nun mußte der Franzosen-Louis neunhundert einschießen, um weiter mitzumachen, und er tat es denn auch nach einigem Bedenken. Campbell kostete das Weiterspielen und Kaufen ebenfalls neunhundert, aber zum allgemeinen Erstaunen „brachte“ er sie und überschlug noch einmal mit fünfhundert Dollar.

„Endlich kommt Fahrt in die Sache“, bemerkte Harnish, „brachte“ die fünfzehnhundert und noch tausend. „Der Sturm beginnt.“

„Ich bin zu allen Schandtaten bereit“, begleitete Mac Donalds Chips auf zweitausend und noch eine Tausenddollareinlage.

Die Männer setzten sich zurecht, denn jetzt wußten sie bestimmt, daß große Karten im Spiel waren. Obwohl ihre Gesichter nichts verrieten, strafften sich ihre Züge doch unbewußt. Jeder suchte gleichmütig auszusehen – und jeder nach seiner Art. Hal Campheil zeigte seine gewöhnliche Vorsicht. Franzosen-Louis verriet sein Interesse. MacDonald spielte sein herzliches Wohlwollen, das allerdings ein bißchen übertrieben wirkte. Kearns gab sich kaltblütig und zuversichtlich, während Elam Harnish munter und lustig wie nur je zu sein schien. Elftausend Dollar lagen schon im Pot, und die Chips häuften sich in der Mitte des Tisches.

„Ich habe keine Chips mehr", bedauerte Kearns. „Wir geben jetzt am besten Gutscheine."

„Es freut mich, daß du nicht schlapp machst", lautete MacDonalds leutselige Antwort.

„Ich bin noch nicht fertig. Ich habe schon tausend Dollar darin. Wie steht es jetzt?"

„›Bringen‹ kostet dreitausend, aber es wird dich niemand hindern, mit mehr hineinzugehen."

„Den Deubel will ich mehr! Du meinst wohl, ich bin gerade solch leichtsinniger Hund wie du." Kearns guckte in seine Karten. „Aber ich will dir was sagen, Mac. Ich hab' 'ne feine Karte, die dreitausend möcht' ich doch gerade noch mal ›bringen‹."

Er schrieb eine Summe auf ein Stück Papier, setzte seinen Namen drunter und schob es in die Mitte des Tisches.

Alle Augen richteten sich jetzt auf den Franzosen-Louis. Der zupfte einen Augenblick nervös an seinen Karten. Dann warf er mit einem ärgerlichen „Zum Kuckuck! Nichts zu machen" die Karten auf den Tisch.

Im nächsten Augenblick suchten die mehr als hundert Augenpaare Campbell.

„Ich will dicht nicht überbieten, Jack", sagte er und begnügte sich, die nötigen zweitausend zu ›bringen‹. Jetzt richteten sich die Augen auf Harnish, der etwas auf ein Stück Papier schrieb, das er in die Mitte schob.

„Ich möchte nur bemerken, daß wir kein Wohlfahrtsverein für arme Kinder sind", sagte er. „Ich ›bringe‹ und noch tausend. Jetzt bist du dran, Mac."

„Darauf habe ich gerade gewartet, und ich geh' noch tausend weiter", war MacDonalds Entgegnung. „Gehst du immer noch mit, Jack?"

„Aber sicher." Kearns beschäftigte sich lange mit seinen Karten. „Ich will's darauf ankommen lassen, aber erst sollt ihr wissen, wie ich stehe. Da ist mein Dampfer ›Bella‹ – der ist wenigstens zwanzigtausend wert. Dann Sixty Mile mit einem Warenlager für fünftausend. Und ihr wißt, daß ich eine Sägemühle erwarte. Sie ist jetzt in Linderman, und das Schiff ist im Bau. Bin ich euch gut?"

„Los, du bist gut", antwortete Daylight. „Und weil wir gerade dabei sind, so will ich auch gleich sagen, daß ich zwanzigtausend in Macs Geldschrank und noch zwanzigtausend im Boden von Moosehide stecken habe. Du kennst ihn, Campbell. Steckt soviel drinnen?"

„Sicher, Daylight."

„Wieviel kostet es jetzt?" fragte Kearns.

„›Bringen‹: zweitausend."

„Wir überbieten dich doch nur, wenn du hineingehst", warnte Daylight ihn.

„Ich hab' 'ne mächtige Chance", sagte Kearns und fügte seinen Gutschein über zweitausend zu dem wachsenden Haufen. „Sie krabbelt mir ordentlich den Rücken herauf."

„Ich hab' zwar keine große Chance, aber anständige Karten", erklärte Campbell, indem er seinen Gutschein hinschob; „aber ich kann nicht mehr überschlagen."

„Das gehört mir", Daylight machte eine Pause und schrieb. „Ich ›bringe‹ die tausend und noch so einen strammen Tausender."

In diesem Augenblick tat die Jungfrau, die hinter ihm stand, etwas, das selbst der beste Freund eines Mannes nicht tun darf. Sie langte über Daylights Schulter, nahm die fünf Karten vom Tische und besah sie sich, indem sie sie dicht vor ihre Brust hielt. Was sie sah, waren drei Damen und zwei Achten, aber niemand konnte es aus ihren Zügen erraten. Aller Augen waren auf sie gerichtet, aber sie verzog keine Miene. Ihr Gesicht hätte in Eis ausgehauen sein können. Nicht eine Muskel verzog sich; weder bebten ihre Nasenflügel noch kam ein stärkerer Glanz in ihre Augen. Sie legte die Karten wieder auf den Tisch, und die forschenden Augen der Männer ließen von ihr ab, ohne etwas erfahren zu haben.

Mac Donald lächelte wohlwollend. „Ich ›bringe‹ noch zweitausend. Daylight. Wie steht es mit deiner Chance, Jack?“

„Immer noch da, Mac. Ihr habt mich jetzt fest, aber es ist ne Chance von der richtigen Sorte, und es ist meine verdammte Pflicht und Schuldigkeit, nicht lockerzulassen. Ich ›bringe‹ dreitausend. Und zudem hab' ich noch eine Chance: Daylight muß ja auch ›bringen‹.“

„Aber sicher“, stimmte Daylight zu, nachdem Campbell seine Karten hingeworfen hatte. „Er weiß, wann es darauf ankommt und spielt danach. Ich ›bringe‹ die zweitausend, und dann wollen wir kaufen.“

Und in der Totenstille, die nur von den leisen Stimmen der drei Spieler unterbrochen wurde, kauften sie. Vierunddreißigtausend Dollar lagen schon im Pot. und das Spiel war vielleicht noch nicht halb zu Ende. Zum Erstaunen der Jungfrau behielt Daylight seine drei Damen, warf seine Achten und zog zwei neue Karten. Und diesmal wagte nicht einmal sie zu sehen, was er gekauft hatte. Sie kannte die Grenzen ihrer Selbstbeherrschung. Auch er sah nicht nach. Die beiden neuen Karten lagen mit der Bildseite nach unten auf dem Tische, wie er sie bekommen hatte.

„Karten?“ fragte Kearns MacDonald.

„Hab' genug“, war die Antwort.

„Du kannst kaufen, wenn du willst.“

„Danke, ich hab' genug.“

Kearns kaufte selbst zwei Karten, sah sie sich aber nicht an. Harnish ließ seine Karten immer noch auf dem Tisch liegen.

„Ich wette nie gegen eine Karte, die nicht zugekauft ist“, sagte er langsam und sah den Wirt an.

„Los Mac!“

Mac Donald zählte seine Karten sorgfältig, um sich noch einmal zu vergewissern, daß sie nicht schlecht waren, schrieb eine Summe auf ein Stück Papier und legte es mit der einfachen Bemerkung „Fünftausend“ in den Pot.

Kearns, auf den sich jetzt alle Augen richteten, sah auf seine beiden zuletzt gezogenen Karten, zählte die drei anderen, um jeden Zweifel auszuschließen, daß er nicht mehr als fünf Karten hätte, und schrieb auch etwas auf.

„Ich ›bringe‹, Mac,“ sagte er, „und noch ein kleines Tausend, nur damit Daylight weitergehen kann.“

Die Aufmerksamkeit sammelte sich wieder um Daylight. Er untersuchte ebenfalls seine Karten und zählte seine fünf Karten.

„Ich ›bringe‹ die sechstausend und noch fünftausend ... nur um zu versuchen, dich rauszubringen, Jack.“

„Und ich setze fünftausend, um dir dabei zu helfen“, meinte MacDonald.

Seine Stimme war ein ganz klein wenig heiser und angestrengt, und ein nervöses Zittern um die Mundwinkel begleitete seine Worte.

Kearns war blaß, und die Zuschauer bemerkten, daß seine Hand zitterte, als er den Gutschein schrieb. Seine Stimme war jedoch unverändert.

„Ich halte die fünftausend“, sagte er.

Jetzt war Daylight wieder an der Reihe. Das Licht der von der Decke herabhängenden Petroleumlampen spielte in den Schweißtropfen auf seiner Stirn. Die Bronzefarbe seiner Wangen war durch das emporsteigende Blut dunkler geworden. Seine schwarzen Augen funkelten, und seine Nasenflügel bebten vor Erregung. Gerade sie bezeugten seine Abstammung von Wilden, deren Rasse sich dank ihrer tiefen Lungen und üppigen Luftzufuhr erhalten hatte.

Doch im Gegensatz zu MacDonald war seine Stimme fest wie immer, und seine Hand zitterte nicht wie die Kearns, als er schrieb.

„Ich ›bringe‹ zehntausend“, sagte er. „Ich bin nicht bange vor dir, Mac, es ist wegen Jacks Chance.“

„Ich setze nun gerade fünftausend gegen diese Chance“, sagte MacDonald. „Ich hatte die beste Karte, ehe wir kauften, und ich nehme an, daß ich sie noch immer habe.“

„Es kommt ja vor, daß eine Chance nach dem Kaufen besser ist als vorher“, bemerkte Kearns. „Und da sagt mir die Pflicht: Immer 'ran, Jack, immer 'ran, und ich sage: noch fünftausend.“

Daylight legte sich zurück und betrachtete sich die Petroleumlampe, während er laut rechnete.

„Ich habe neuntausend gesetzt, ehe gekauft wurde, und ich habe elftausend ›gebracht‹ und erhöht – das macht dreißig. Ich bin nur noch für zehn gut.“ Er beugte sich vor und sah Kearns an. „Also ich ›bringe‹ die zehntausend.“

„Du kannst gut höher hineingehen“, antwortete Kearns. „Deine Hunde rechnen gut für fünf.“

„Nicht einen Hund. Du kannst all meinen Goldstaub und das andere Zeug gewinnen, aber nicht einen von meinen Hunden. Ich ›bringe‹ nur.“

MacDonald bedachte sich lange. Keiner rührte sich oder flüsterte. Kein Muskel erschlaffte in den Gesichtern der Zuschauer. Nicht einer trat auch nur von einem Fuß auf den andern. Es herrschte feierliches Schweigen. Nichts war zu hören als das Prasseln in dem großen Ofen und das Heulen der Hunde, das gedämpft durch die Holzwände hereintönte. Nicht jede Nacht wurde am Yukon so hoch gespielt, und dieses Spiel war das höchste, das die Geschichte des Landes aufzuweisen hatte. Endlich sagte der Wirt:

„Wenn einer von euch gewinnt, muß ich eine Hypothek auf das Tivoli nehmen.“

Die beiden anderen Spieler nickten.

„Dann ›bringe‹ ich auch.“

MacDonald fügte seinen Gutschein über fünftausend zu den anderen.

Nicht einer von ihnen forderte den Pot für sich, und nicht einer nannte seine Karte. Gleichzeitig legten sie ihre Karten offen auf den Tisch, während die Zuschauer auf den Zehenspitzen standen und sich die Hälse ausreckten, um besser zu sehen.

Daylight hatte vier Damen und ein As; MacDonald vier Buben und ein As; und Kearns vier Könige und eine Drei. Kearns langte aus und zog den Pot zu sich, aber sein Arm zitterte dabei.

Daylight nahm sein As, warf es neben das Mac Donalds und sagte:

„Das hat mich die ganze Zeit hochgehalten, Mac. Ich wußte, daß nur die Könige mich schlagen konnten, und richtig, er hatte sie.“

„Was hattest du denn?“ wandte er sich eifrig an Campbell.

„Flush royal von beiden Enden zu kaufen – eine gute Karte.“

„Das sollte ich meinen! Du hättest einen ›straight‹ einen ›straight flush‹ oder einen gewöhnlichen ›flush‹ bekommen können."

„Das Rausgehen kostet mich sechstausend", meinte Campbell betrübt.

„Ich wünschte, du hättest gekauft", lachte Daylight, „dann hätte ich nicht die vierte Dame gekriegt. Nun muß ich Billy Rawlins Post besorgen und machen, daß ich nach Dyea komme. – Wie groß ist die Beute, Jack?"

Kearns versuchte den Pot zu zählen, war aber zu erregt. Daylight zog ihn zu sich herüber, sortierte Chips und Gutscheine und rechnete ruhig zusammen. „Hundertsiebenundzwanzigtausend!" meldete er.

„Jetzt kannst du Ausverkauf halten und nach Hause reisen, Jack."

Der Gewinner lächelte und nickte, konnte aber kein Wort herausbringen.

„Ich möchte etwas zu trinken bestellen," sagte Mac Donald, „die Bude gehört mir nun nicht mehr."

„Doch!" antwortete Kearns, nachdem er seine Lippen mit der Zunge angefeuchtet hatte. „Deine Gutscheine gelten, solange du willst. Aber für Getränke zu sorgen ist meine Sache."

„Sagt, was ihr haben wollt, Leute – der Gewinner bezahlt!" rief Daylight den Umstehenden laut zu, und zugleich erhob er sich und faßte die Jungfrau am Arm. „Kommt alle mit, wir tanzen einen Reel. Es ist noch früh am Tage, und morgen muß ich mit der Post los. He, Rawlins – ich verpflichte mich, die Post hin und zurück zu besorgen, und morgen früh um neun geht's los – savvy? Alle her! Wo ist die Musik?"

Es war Daylights Nacht. Er war der Mittelpunkt, das Haupt der Lustbarkeit, unersättlich in seiner Laune, ein Ansteckungsherd von Frohsinn. Er vervielfältigte sich und damit den Trubel. Kein Streich, den er vorschlug, war zu ausgelassen für sein Gefolge, und ihm folgten alle bis auf die, die als singende Idioten auf dem Schlachtfeld blieben. Aber nie kam es zu Ausschreitungen. Es war am Yukon bekannt, daß an den Abenden, wenn Burning Daylight losgelassen war, Zank und Streit verpönt waren. Früher war es wohl einmal vorgekommen, aber da hatten die Leute zu spüren bekommen, was wahrer Zorn war, und zwar auf eine Weise, wie nur Burning Daylight es verstand. Wenn er Feste gab, mußten die Leute lachen und froh sein oder nach Hause gehen.

Daylight war unermüdlich. In einer Tanzpause bezahlte er Kearns die zwanzigtausend in Goldstaub und übertrug ihm seine Rechte auf Moosehide. Den Postkontrakt mit Billy Rawlins ordnete er ebenfalls und traf seine Vorbereitungen zur Abreise. Er schickte nach Kama, seinem Hundetreiber, einem Tananaw-Indianer, der seinen Stamm verlassen hatte, um in die Dienste der Weißen zu treten. Kama betrat das Tivoli, groß, mager, muskulös, in Felle gekleidet, ein Auserwählter seiner barbarischen Rasse, und doch selbst ein Barbar, der sich durch die ihn umtobenden Gäste nicht stören ließ, als Daylight ihm seine Befehle erteilte.

„Hm", sagte Kama und zählte seine Aufträge an den Fingern her. „Briefe bei Rawlins abholen. Schlitten aufladen. Proviant bis Selkirk – du meinst viel Hundefutter, halten in Selkirk?"

„Viel Hundefutter, Kama."

„Hm. Schlitten um neun Uhr herbringen. Schneeschuhe bringen. Kein Zelt bringen. Vielleicht das kleine Zelt bringen?"

„Nein, kein Zelt", antwortete Daylight entschieden.

„Hm, sehr kalt."

„Wir reisen mit leichtem Gepäck – savvy? Wir bringen viele Briefe hin, viele zurück. Du bist ein starker Mann. Sehr kalt, lange Reise – schön!"

„Ja, schön", beschied Kama sich. „Sehr kalt, schert sich den Teufel drum. Fertig um neun Uhr."

Er wandte sich auf den Hacken der Mokassins um und schritt hinaus, unerschütterlich, gleich einer Sphinx, ohne zu grüßen, ohne nach rechts oder links zu schauen. Die Jungfrau zog Daylight in eine Ecke „Hör', Daylight," sagte sie leise, „du bist fertig."

„Bis auf den letzten Cent."

„Ich hab' achttausend in Macs Geldschrank" – begann sie.

Aber Daylight unterbrach sie. Die Schürzenbänder waren drohend nahe, und er schlug aus wie ein Füllen, das den Sattel spürt.

„Macht nichts," sagte er, „so wie ich jetzt bin, bin ich auf die Welt gekommen, und so bin ich seither die meiste Zeit gewesen. Komm, laß uns tanzen."

„Aber hör' doch," fuhr sie fort, „mein Geld arbeitet nicht. Ich möchte es dir leihen – um Proviant zu kaufen", fügte sie schnell hinzu, als sie die Alarmzeichen auf seinem Gesicht bemerkte.

„Mich braucht niemand zu verproviantieren", war die Antwort. „Ich sorge selbst für mich, und mache ich dann mal einen Treffer, dann bin ich sicher, daß mir auch alles gehört. Nein, ich danke dir, Mädel. Es ist sehr nett von dir. Ich verschaffe mir meinen Proviant, indem ich die Post hin und zurück fahre."

„Daylight", murmelte sie vorwurfsvoll.

Aber in einer plötzlichen Aufwallung zog er sie in den Tanzsaal, und während er sie im Walzer herumschwang, grübelte sie über die Hartnäckigkeit des Mannes, der sie in seinen Armen hielt und all ihrer List widerstand.

Um sechs Uhr stand er, von Whisky brennend, aber immer noch seiner mächtig, am Schanktisch und drückte jedem die Hand herunter. Das ging so vor sich, daß zwei Männer sich einander gegenüberstellten, während ihr rechter Ellbogen auf dem Schanktisch ruhte. Dann griffen sie sich bei der rechten Hand, und jeder versuchte, die des andern herunterzupressen. Einer nach dem andern kam an die Reihe, aber keiner konnte ihn bezwingen, und selbst Olaf Henderson und der Franzosen-Louis konnten nicht gegen ihn aufkommen. Da sie behaupteten, daß es ein Trick, ein eingeübter Griff war, forderte er sie zu einer anderen Probe heraus.

„Seht her, Leute!" rief er. „Ich will zweierlei tun: erstens meinen Beutel wiegen, und zweitens um alles wetten, daß ich zwei Mehlsäcke mehr heben werde als der Stärkste von euch."

„Bei Gott – angenommen!" übertönte die Stimme des Franzosen-Louis das Getöse.

„Halt!" rief Olaf Henderson. „Ich bin wohl ebensogut wie du, Louis. Ich übernehme die Hälfte der Wette."

Als Elam Harnish' Beutel auf die Wagschale gelegt wurde, zeigte es sich, daß sein Gewicht vierhundert Dollar entsprach, und Louis und Olaf hielten jeder die Hälfte gegen ihn. Fünfzig-Pfund-Säcke wurden aus MacDonalds Vorratsraum geholt. Zuerst erprobten ein paar andere Männer ihre Kräfte daran. Sie stellten sich auf zwei Stühle, und die Mehlsäcke wurden unter sie auf den Fußboden gelegt und zusammengebunden. Viele von ihnen konnten auf diese Weise vier- oder fünfhundert Pfund heben, und mancher brachte es sogar auf sechshundert.

Dann machten sich die beiden Hünen dazu, indem sie mit siebenhundert begannen. Der Franzosen-Louis legte nun noch einen Sack dazu und hob siebenhundertundfünfzig Pfund vom Boden. Olaf wiederholte die Leistung, aber bei achthundert versagten beide. Immer wieder versuchten sie es, der Schweiß stand ihnen auf der Stirn, ihre Glieder knackten. Beide konnten das Gewicht lüften, aber heben konnten sie es nicht.

„Bei Gott, Daylight, diesmal hast du dich verrechnet!“ sagte der Franzosen-Louis, indem er sich aufrichtete und von den Stühlen sprang. „Das kann nur ein Mann aus Eisen, Hundert Pfund mehr – Freundchen, keine zehn Pfund mehr.“

Die Säcke wurden auseinandergebunden und noch zwei dazugestellt, aber da erhob Kearns Einwand.

„Nur einen Sack mehr.“

„Zwei!“ schrie einer. „Zwei gilt die Wette „

„Sie haben die letzten nicht gehoben“, protestierte Kearns. „Sie haben nur siebenhundertundfünfzig gehoben.“

Aber Daylight machte der Verwirrung ein großartiges Ende.

„Wozu das Gerede? Was ist ein Sack mehr? Kann ich. nicht drei Säcke mehr heben, dann sicher auch keine zwei. Nehmt beide.“

Er stellte sich auf die Stühle, hockte nieder und beugte sich vor, bis seine Hände den Strick gefaßt hatten. Dann änderte er seine Fußstellung ein wenig, spannte prüfend die Muskeln und versuchte, die Stellung zu finden, die seinem Körper die beste Hebekraftverlieh. Der Franzosen-Louis betrachtete ihn zweifelnd.

„Los, Daylight, los! Den Deubel noch mal!“ schrie er. Daylights Muskeln strafften sich zum zweitenmal, und diesmal im Ernst, mit aller Energie, über die sein prachtvoller Körper verfügte, und ganz unmerklich, ohne Ruck, ohne Anstrengung, hob er die umfangreiche Last von neunhundert Pfund vom Boden und schwang sie wie ein Pendel zwischen seinen Schenkeln hin und her.

Olaf Henderson schöpfte tief und hörbar Atem. Die Jungfrau, die sich unbewußt mit gestrafft hatte, bis ihr die Muskeln schmerzten, erschlaffte, während der Franzosen-Louis ehrerbietig murmelte:

„M'sieur Daylight, Salut! Ich bin ein großer Säugling. Du bist ein großer Mann!“

Daylight ließ die Last fallen, sprang vom Stuhl und stürzte an den Schanktisch.

„Abwiegen!“ schrie er und warf seinen Beutel dem Wäger zu, der vierhundert Dollar aus den Beuteln Hendersons und Louis' in den seinen tat.

„Alle Mann her!“ rief Daylight. „Sagt, was ihr haben wollt! Der Gewinner bezahlt.“

„Heut ist meine Nacht!“ jauchzte er zehn Minuten später. „Ich bin der Einsiedlerwolf und habe dreißig Winter gesehen. Es ist mein Geburtstag, mein einziger Festtag im ganzen Jahr, und ich kann euch alle zusammen schmeißen. Kommt an, alle Mann! Ich will euch alle in den Schnee werfen. Kommt an, ihr Chechaquos (Weichlinge) und Sour-dougs (etwa: alte Jungens), ihr sollt eure Taufe kriegen!“

Die ganze Rotte bis auf die Kellner und die singenden Bacchanten strömte zur Tür hinaus. Der Wunsch, seine Würde zu wahren, mochte MacDonald durch den Kopf fahren, denn er näherte sich Daylight mit ausgestreckter Hand.

„Wie? Du zuerst?“ lachte Daylight und ergriff seine Hand, wie zur Begrüßung.

„Nein, nein“, widersprach der Wirt schnell. „Ich will dir nur zum Geburtstag gratulieren. Daß du mich in den Schnee werfen kannst, weiß ich. Was kann ich gegen einen Mann machen, der neunhundert Pfund hebt?“

MacDonald wog hundertundachtzig Pfund, und Daylight hatte nur seine Hand ergriffen; aber durch einen plötzlichen Ruck riß er ihn um und warf ihn kopfüber in den Schnee. Dann kam der nächste an die Reihe, und ihm folgte schnell ein halbes Dutzend. Widerstand war nutzlos. Sie flogen Hals über Kopf und landeten in den groteskesten Stellungen im Schnee, ohne doch zu Schaden zu kommen. Bei dem dunklen Sternenlicht war es nicht leicht zu unterscheiden, wer von ihnen schon geworfen war und wer noch darauf wartete, daß die Reihe an ihn kam, und so begann er, ihre Rücken und Schultern zu befühlen, um zu erkennen, wer schon mit Schnee bestäubt war. „Schon getauft?“ war die ständige Frage, wenn er seine schreckliche Hand ausstreckte.

Eine ganze Reihe lag schon im Schnee, während andere in komischer Demut vor ihm knieten, Schnee auf ihren Kopf streuten und behaupteten, die Zeremonie überstanden zu haben. Eine Gruppe von fünf Männern stand jedoch aufrecht – Hinterwäldler und Grenzer, die darauf brannten zu zeigen, daß sie es mit jedem, sogar mit Daylight aufnehmen könnten. Aber wenn sie auch die härteste Schule hinter sich hatten und Veteranen mancher harten Schlacht,

Männer von Blut, Schweiß und Ausdauer waren, so fehlte ihnen doch eines, das Daylight in hohem Maße besaß – nämlich die beinahe vollkommene Zusammenarbeit von Gehirn und Muskeln. Das war an und für sich ganz einfach und nicht sein Verdienst. Diese Eigenschaft war ihm angeboren. Seine Nerven reagierten rascher als die ihren, seine Muskeln gehorchten dem Willen schneller, sie glichen explosivstem Sprengstoff. Alle Kraft in seinem Körper schnappte sofort ein wie die Stahlfeder einer Falle. Und dazu besaß er einen Überschuß an Kraft, wie ihn nur einer unter Millionen besitzt – eine Kraft, die nicht von Körpergröße, sondern von einer seltenen organischen Überlegenheit des Muskelgewebes abhing. So konnte er Wirkungen erzielen, ehe der Gegner sich überhaupt darüber klar war, was es galt und wie er Widerstand leisten konnte. Andererseits erkannte er einen gegen ihn selbst gerichteten Angriff so schnell, daß er rechtzeitig widerstehen und einen blitzartigen Gegenangriff machen konnte.

„Es hat keinen Zweck, daß ihr dort stehenbleibt, Leute", wandte sich Harnish an die wartende Gruppe. „Ihr könnt euch ebensogut gleich werfen lassen und eure Taufe kriegen. An einem andern Tage könnt ihr mich vielleicht schmeißen, aber an meinem Geburtstage will ich euch zeigen, daß ich der Stärkste bin. Ist das Pat Hanrahan, der so erwartungsvoll dasteht? Komm an, Pat."

Pat Hanrahan, früherer Meisterschaftsringer und eine Kapazität in der Kunst des Raufens, trat vor. Die beiden Männer stürzten aufeinander los, doch ehe der Irländer zur Besinnung gekommen war, fand er sich in der unbarmherzigen Zange eines „Halfnelson", der ihm Schultern und Kopf in den Schnee preßte. Joe Hines, früherer Holzhauer, flog mit einer Macht wie ein zweistöckiges Gebäude – sein Purzelbaum wurde von einem Schlag auf den Hintern begleitet – er war geliefert, ehe er sich überhaupt hatte zurechtstellen können.

Das alles schien Daylight nicht im geringsten anzustrengen. Er bedurfte keiner Vorbereitungen. Sein Körper explodierte plötzlich und mit furchtbarer Kraft, um im nächsten Augenblick wieder zu erschlaffen. So wurde Doc Watson, der graubärtige, eiserne Mann ohne Vergangenheit, der sich selbst ein Schrecken war, den Bruchteil einer Sekunde vor seinem eigenen Angriff geworfen. Als er zum Sprunge ansetzte, war Daylight schon über ihm, und mit so gefährlicher Schnelligkeit, daß er rücklings in den Schnee flog. Olaf Henderson wollte den Augenblick ausnutzen und stürzte sich seitwärts auf Daylight, der noch mit ausgestreckter Hand dastand, um Doc Watson wieder auf die Beine zu helfen. Aber Daylight ließ sich auf Hände und Knie fallen, so daß Olafs Knie an seiner

Seite landeten. Olaf nahm das Hindernis, indem er der Länge nach auf die Nase fiel. Ehe er sich erheben konnte, hatte Daylight ihn auf den Rücken gedreht, schrubbte ihm Gesicht und Ohren mit Schnee und stopfte ihm ganze Hände voll in den Nacken.

„Ich bin ebenso stark wie du, Daylight!" sprudelte Olaf hervor, als er wieder auf die Füße gekommen war; „aber bei Gott, einen solchen Griff hab' ich noch nicht gesehen."

Franzosen-Louis war der letzte der fünf, und er hatte genug gesehen, um vorsichtig zu sein. Er umkreiste Daylight eine ganze Minute, ehe er es zum Zusammenstoß kommen ließ; und eine ganze Minute rangen sie miteinander, ohne daß einer das Übergewicht erhielt. Aber dann, gerade als der Kampf interessant zu werden begann, machte Daylight einen seiner blitzschnellen Griffwechsel und ließ gleichzeitig seine Muskeln explodieren. Der Franzosen-Louis wehrte sich, daß sein riesiger Körper krachte, und dann wurde er langsam in den Schnee gepreßt.

„Der Gewinner bezahlt!" schrie Daylight, indem er auf die Füße sprang, und eilte ins Tivoli zurück. „Alle her, Leute! Hier geht's zur Giftbude!"

Sie stellten sich in einer zwei bis drei Mann tiefen Reihe an dem langen Schanktisch auf und stampften sich den Frost aus den Füßen, denn es waren sechzig Grad Kälte draußen.

Bettles, der selbst der Tüchtigsten einer war und manche Heldentat vollbracht hatte, unterbrach sein Lied von der „Sassafras-Wurzel" und kam herübergeschwankt, um Daylight zu gratulieren. Aber mitten drin fühlte er den Drang, eine Rede zu halten, und erhob seine Stimme:

„Ich sag' euch, Kameraden, ich bin verdammt stolz drauf, daß ich Daylight meinen Freund nennen darf. Wir haben manche Schlittenreise zusammen gemacht, und er ist achtzehnkarätig von den Mokassins aufwärts – verdammt soll er sein, die alte Haut! Er war ein Dreikäsehoch, als er ins Land kam. Aber als ihr in seinem Alter wart, wart ihr noch nicht mal trocken hinter den Ohren. Er war nie ein Säugling. Er ist als ausgewachsener Mann auf die Welt gekommen. Und ich sag' euch, damals mußte man ein Mann sein. Damals gab es noch keine marklose Zivilisation wie jetzt." Bettles hielt einen Augenblick inne und schlang seinen Arm wie eine Bärentatze um Daylights Nacken. „Als wir beide in der guten alten Zeit den Yukon heraufkamen, regnete es keine Suppe, und es gab kein Tischlein-deck-dich-Wirtschaften. Unser Lagerfeuer wurde angezündet, wenn wir unser Wild gejagt hatten, und die meiste Zeit lebten wir von Lachsfährten und Kaninchenbäuchen – stimmt das?“ Nachdem der Lachsturm sich gelegt hatte, den diese Umkehrung erregt hatte, zog Bettles seine Bärentatze zurück und wandte sich aufgebracht gegen die Menge. „Lacht nur, ihr räudigen Gelbschnäbel, lacht nur! Aber ich sage euch mit einfachen Worten, daß der Beste von euch nicht würdig ist, Daylight die Mokassins zu schnüren. Stimmt das nicht, Campbell? Stimmt das nicht, Mac? Daylight ist einer von der alten Garde, ein richtiger alter Bursche. Und in jenen Tagen gab es keine Dampfer und keine Poststationen, und wir mußten zusehen, wie wir mit Lachsbäuchen und Kaninchenfährten fertig wurden.“

Er sah sich triumphierend um, und in den Beifall, der jetzt folgte, mischten sich Rufe nach einer Rede von Daylight. Er gab seine Bereitwilligkeit zu erkennen. Ein Stuhl wurde gebracht, und man half ihm hinauf. Er war nicht nüchterner als die ganze Schar, die er jetzt überragte – ein wilder Schwarm in ungeschlachten Kleidern, mit Mokassins oder Muclucked (wasserdichte Eskimostiefel aus Walroßhaut), mit um den Hals hängenden Fäustlingen und hochgeklappten Ohrenklappen, daß sie den Flügelhelmen der alten Wikinger glichen. Daylights schwarze Augen funkelten, und die Glut der schweren Getränke verdunkelte seine Wangen. Er wurde mit herzlichen Beifallsrufen von der Menge begrüßt, was eine verdächtige Feuchtigkeit in seine Augen steigen ließ, obwohl viele der Stimmen unartikuliert und undeutlich waren. Und doch hatten Männer seit Anbeginn der Welt es so gehalten, hatten mit Schlägerei und Trinken Feste gefeiert und gezecht. Wie die Helden vergangener Zeiten waren diese Männer, die Begründer des arktischen Reiches; sie prahlten, tranken und lärmten und suchten in wenigen wilden Augenblicken Vergessen der rauhen Wirklichkeit.

„Schön, Jungens. Ich weiß zwar nicht, was ich euch sagen soll“, begann Daylight stockend, denn er mußte erst die Herrschaft über sein wirres Gehirn wiedergewinnen. „Ich glaube, ich will euch eine Geschichte erzählen, Leute. Ich hatte einmal einen Partner, unten in Juneau. Er kam aus Nordcarolina und pflegte mir diese Geschichte zu erzählen.

Es war bei einer Hochzeit in den Bergen seiner Heimat. Die Familie und alle ihre Freunde waren versammelt. Der Pfarrer legte gerade die letzte Hand ans Werk und sagte: ›Was Gott zusammengefügt, die soll der Mensch nicht scheiden.‹

›Herr Pastor,‹ sagte der Bräutigam, ›ich gestatte mir zu bezweifeln, daß dieser Satz grammatikalisch richtig ist. Ich möchte, daß diese Hochzeit in jeder Beziehung korrekt ausgeführt wird.‹

Als der Rauch sich verzog, sieht die Braut sich um und erblickt einen toten Pfarrer, einen toten Bräutigam, einen toten Bruder, zwei tote Onkel und fünf tote Hochzeitsgäste.

Da stößt sie einen tiefen Seufzer aus und sagt: ›Die neumodischen Selbstladepistolen haben alle meine Pläne über den Haufen geworfen.‹

Und so sage ich euch, Leute,“ fuhr Daylight fort, als das stürmische Gelächter sich gelegt hatte, „daß Jack Kearns vier Könige meine ganzen Pläne umgeworfen haben. Ich bin so arm wie eine Kirchenmaus und muß nun mit der Post nach Dyea.“

„Nach Hause?“ fragte einer.

Einen Augenblick flog ein ärgerliches Zucken über sein Gesicht, aber im nächsten Augenblick hatte er seine gute Laune wiedergefunden.

„Ich weiß, daß es nur Scherz ist, wenn ihr so was fragt“, sagte er lächelnd. „Selbstverständlich gehe ich nicht nach Hause.“

„Kannst du darauf schwören, Daylight?“ rief dieselbe Stimme.

„Aber sicher. Dreiundachtzig kam ich zum erstenmal. Ich überschritt den Chilkoot im Schneesturm mit einem zerlumpten Hemd und einer Tasse voll Mehl. Drüben gab es nichts zu beißen, und ich mußte nach Juneau zurück. Dort erhielt ich in jenem Winter meinen Proviant, und im Frühling ging ich wieder über den Paß. Und noch einmal vertrieb mich der Hunger. Im nächsten Frühling kam ich wieder, und ich schwor, nicht umzukehren, ehe ich meinen Einsatz nicht heraus hatte. Schön, das ist noch nicht geschehen, und hier bin ich nun. Und jetzt gehe ich nicht nach Hause. Ich hole die Post, und dann komme ich wieder. Ich bleibe nicht die Nacht über in Dyea. Sobald ich die Hunde gewechselt und Post und Proviant bekommen habe, will ich über den Chilkoot gehen. Und ich schwöre noch einmal bei dem Geschwänzten der Hölle und beim Kopf Johannes des Täufers, daß ich nicht eher heimgehe, als ich mir ein Vermögen gemacht habe. Und das sage ich euch, Leute, es muß ein mächtiges Vermögen sein.“

„Was nennst du ein Vermögen?“ fragte Bettles, der neben dem Stuhl stand und seine Arme zärtlich um Daylights Schenkel geschlungen hatte.

„Ja, wieviel? Was nennst du ein Vermögen?“ fragten andere.

Daylight hielt einen Augenblick inne und bedachte sich.

„Vier oder fünf Millionen“, sagte er langsam und hob die Hand, um Schweigen zu gebieten, denn seine Erklärung wurde mit stürmischem Hohngelächter begrüßt. „Ich will ganz vernünftig sein und sagen: mindestens eine Million. Aber das ist auch das wenigste, sonst gehe ich nicht aus dem Lande.“

Wieder wurde seine Behauptung mit schallendem Gelächter begrüßt. Nicht nur hatte die gesamte Ausbeute von Yukon bis dahin keine fünf Millionen erreicht, es gab nicht einen einzigen, der je für hunderttausend Dollar Gold gefunden hätte, geschweige denn für eine Million.

„Hört nur zu, Jungens. Ihr habt heute gesehen, wie Jack Kearns eine Chance verfolgte. Ehe gekauft wurde, hatten wir ihn. Aber er wußte, daß er noch einen König bekommen würde – das war seine Chance –, und er bekam ihn. Und ich sage euch, ich habe auch eine Chance. Es wird einmal ein großer Treffer am Yukon kommen, und es kommt bald. Ich meine nicht die Brocken, die wir in Moosehide oder Birch-Creek finden. Ich meine einen Fund, daß sich einem die Haare sträuben. Ich sag' euch, Leute, das Gold liegt da und wartet nur, daß man es holt. Niemand kann den Gang der Dinge aufhalten. Es liegt flußaufwärts, und dort müßt ihr mich suchen, wenn ihr mich in der nächsten Zeit finden wollt – irgendwo im Lande um den Stewart-River, den Indian-River und Klondike-River. Wenn ich mit der Post zurückkomme, mache ich mich auf den Weg dahin, und so schnell, daß ihr meine Fährte vor Rauch nicht sehen könnt. Es kommt, Jungens, Gold von den Graswurzeln abwärts, hundert Dollar in jeder Pfanne, und aus der ganzen Welt werden die Leute herströmen, fünfziglausend Mann stark. Ihr werdet denken, daß die Hölle losgelassen ist.“

Er führte das Glas an die Lippen.

„Ihr sollt leben, und ich hoffe, daß ihr alle mit dabei sein werdet!“

Er trank, trat vom Stuhl herab und fiel wieder in die Bärentatzen Bettles'.

„Wenn ich du wäre, Daylight, so würde ich heute nicht fahren“, riet Joe Hines, der draußen gewesen war und das Thermometer untersucht hatte. „Wir kriegen eine schöne Kälte. Es sind jetzt schon sechzig Grad, und es geht immer noch herunter. Wart' lieber, bis es wärmer wird.“

Daylight lachte, und die alten Kerle um ihn her lachten.

„Das sieht euch Gelbschnäbeln ähnlich," rief Bettles, „vor dem bißchen Kälte bange zu sein. Du kennst Daylight verdammt schlecht, wenn du meinst, daß die Kälte ihn aufhalten kann."

„Er kriegt ja Frost in die Lunge, wenn er in der Kälte reist", lautete die Antwort.

„Den Deubel kriegt er! Sieh mal, Hines, du bist erst drei Jahre in diesem Land, du hast dich noch nicht richtig daran gewöhnt. Ich hab' Daylight fünfzig Meilen den Koyokuk aufwärts fahren sehen an einem Tage, als das Thermometer bei zweiundsiebzig Grad in Stücke sprang."

Hines schüttelte besorgt den Kopf.

„Gerade solche Leute kriegen Frost in die Lunge", warnte er. „Wenn Daylight fährt, bevor die ärgste Kälte vorüber ist, so kommt er nie durch, noch dazu, wenn er ohne Zelt reist."

„Es sind tausend Meilen bis Dyea", erklärte Bettles, indem er auf einen Stuhl kletterte und, um seinen schwankenden Körper zu stützen, einen Arm um Daylights Nacken schlang. „Es sind tausend Meilen, sage ich, und zum größten Teil ungebahnter Weg, aber ich wette mit jedem Chechaquo – so hoch er will –, daß Daylight in einem Monat in Dyea ist."

„Das wären mehr als dreißig Meilen täglich," warnte Doc Watson, „und ich bin auch schon gereist. Ein Schneesturm am Chilkoot würde ihn eine Woche aufhalten."

„Stimmt," sagte Bettles trocken, „und die tausend Meilen zurück wird Daylight wieder in einem Monat machen; ich wette fünfhundert Dollar, und den Schneesturm mag der Teufel holen."

Um seiner Bemerkung Nachdruck zu verleihen, holte er einen Beutel mit Gold aus der Hosentasche und warf ihn auf den Schanktisch. Doc Watson legte seinen eigenen daneben.

„Halt!" rief Daylight. „Bettles hat recht, aber ich will auch mit dabei sein. Ich wette fünfhundert, daß ich heute in sechzig Tagen mit der Post von Dyea in die Tür von Tivoli trete."

Zweifelnde Stimmen erhoben sich, und ein Dutzend Männer holten ihre Beutel heraus. Jack Kearns drängte sich vor, so daß Daylight ihn bemerkte.

„Ich nehm' dich beim Wort, Daylight", rief er. „Zwei gegen eins, daß du es nicht machst – nicht in siebzig Tagen."

„Keine Wohltätigkeit, Jack", war die Antwort. „Die Wette steht gleich, und es bleibt bei sechzig Tagen."

„Siebzig Tage und zwei gegen eins, daß du es nicht machst", beharrte Kearns. „ ›Fifty Mile‹ ist weit offen und das Ufereis unsicher."

„Was du mir abgewinnst, gehört dir", fuhr Daylight fort. „Donnerwetter, Jack, du kannst mir meinen Verlust nicht auf diese Weise erstatten. Ich will überhaupt nicht mit dir wetten. Du willst nur versuchen, mir Geld zu schenken. Aber ich will dir etwas sagen, Jack, ich habe eine andere Chance. Eines Tages gewinne ich alles zurück. Wartet nur, bis der große Goldfund oben am Fluß kommt. Dann wollen wir beide ein Spiel machen, wie es sich für Männer ziemt. Gilt das?"

Sie schüttelten sich die Hände.

„Er macht es", flüsterte Kearns Bettles ins Ohr. „Und hier setze ich fünfhundert Dollar darauf, daß Daylight in sechzig Tagen wieder da ist", fügte er laut hinzu.

Billy Rawlins ging die Wette ein, und Bettles umarmte Kearns begeistert.

„Bei Gott, die Wette halte ich", sagte Olaf Henderson und zog Daylight von Bettles und Kearns weg.

„Wer gewinnt, gibt aus!" rief Daylight und schlug ein. „Und ich bin sicher, daß ich gewinne, sechzig Tage sind eine lange Zeit zwischen zwei Gläsern, und darum bezahle ich jetzt. Sagt, was ihr haben wollt, ihr Hoochinoos! Sagt, was ihr wollt!"

Mit einem Glas Whisky in der Hand kletterte Bettles wieder auf seinen Stuhl und, hin und her schwankend, sang er das einzige Lied, das er kannte:

„Oh, it's Henry Ward Beecher
And Sunday-school teachers

All sing of the sassafras-root;
But you bet all the same,
If it had its right name,
It's the joice of the forbidden fruit."

Und die ganze Bande sang den Refrain:

„But you bet all the same,
If it had its right name,
It's the joice of the forbidden fruit."

Die Tür wurde geöffnet. Ein unsicheres, graues Licht strömte herein.

„Es wird hell, der Tag bricht an!" rief eine Stimme mahnend.

Ohne sich auch nur einen Augenblick zu bedenken, stürzte Daylight zur Tür und zog die Ohrenklappen herunter.

Kama stand draußen neben dem Schlitten, einem langen schmalen Gerät, sechzehn Zoll breit und siebeneinhalb Fuß lang, mit einem sechs Zoll über den stählernen Kufen liegenden Holzboden. Die leichten Rupfensäcke, die die Post enthielten, sowie Proviant für Hunde und Menschen waren mit Riemen aus Elenhaut darauf festgebunden. Vor ihm lagen in einer Reihe fünf weißbereifte Hunde. Es waren Huskies (eine Art Wolfshund), die in ihrer ungewöhnlichen Größe und grauen Farbe zueinander paßten. Von ihrer grimmigen Schnauze bis zu den buschigen Ruten glichen sie lebensgroßen Waldwölfen. Sie waren Wölfe, zwar zahme, aber doch Wölfe in ihrer ganzen Erscheinung wie in ihrem Wesen. Oben auf dem Schlitten lagen zu augenblicklichem Gebrauch bereit zwei Paar Schneeschuhe.

Bettles zeigte auf einen Schlafsack aus Polarhasenfell, der aus einem Sack herausguckte.

„Das ist sein Bett", sagte er. „Sechs Pfund Kaninchenfell. Das Wärmste, worunter er je geschlafen hat, aber ich will verdammt sein, wenn mich das warm halten könnte, und ich kann doch was vertragen. Daylight ist das reine Höllenfeuer."

„Ich möchte nicht der Indianer sein", bemerkte Doc Watson.

„Er macht ihn tot, er macht ihn sicher tot", sang Bettles begeistert. „Ich weiß das. Ich habe schon Schlittenreisen mit Daylight gemacht. Der Mann ist noch nie in seinem Leben müde gewesen. Weiß gar nicht, was das heißt. Ich hab' ihn einen ganzen Tag bei vierzig Grad Kälte mit nassen Strümpfen reisen sehen. Das macht ihm keiner nach."

Während dieses Gesprächs verabschiedete Daylight sich von den Männern, die ihn umdrängten. Die Jungfrau wollte ihn küssen, aber obwohl er stark vom Whisky umnebelt war, gelang es ihm auch diesmal, den Schürzenbändern zu entgehen. Er küßte die Jungfrau, küßte aber auch die andern drei Mädchen mit derselben Wärme. Dann zog er die langen Fäustlinge an, jagte die Hunde auf und nahm seinen Platz am Steuer ein.

„Mush, Kinder!“ rief er.

Im selben Augenblick warfen die Tiere ihr volles Gewicht gegen die Brustgurte, krochen im Schnee zusammen und hieben ihre Klauen hinein. Sie winselten vor Eifer, und ehe der Schlitten ein halbes Dutzend Längen fortgekommen war, mußten sowohl Daylight wie Kama, der den Nachtrab bildete, laufen, um mitzukommen. Und so glitten Männer und Hunde den Hang hinunter, liefen dem gefrorenen Bette des Yukon zu und waren bald in dem grauen Licht verschwunden.

Auf dem Fluß, in ausgetretener Bahn, wo es keiner Schneeschuhe bedurfte, machten die Hunde sechs Meilen in der Stunde. Um Schritt mit ihnen zu halten, waren die beiden Männer gezwungen, zu laufen. Daylight und Kama gingen abwechselnd am Steuer, denn den schnell fahrenden Schlitten zu lenken und vor ihm zu bleiben, war die härteste Arbeit. Der andere Mann hielt sich dicht hinter dem Gefährt und sprang zuweilen auf, um auszuruhen.

Es war harte Arbeit, aber sie machte trotzdem Freude. Sie flogen über den Boden dahin und hielten sich meist auf der ausgefahrenen Spur. Wenn sie sich später selbst ihren Weg bahnen mußten, waren drei Meilen die Stunde eine gute Leistung. Dann gab es kein Fahren und Ausruhen mehr, und auch von Laufen war wohl kaum noch die Rede. Dann war das Lenken die leichteste Arbeit, und während der eine Mann eine Zeitlang mit Schneeschuhen den Weg für die Hunde bahnte, konnte sich der andere am Steuerplatz ausruhen. Diese Arbeit machte keinen Spaß. Oft mußten sie sich lange Strecken über ein Chaos von Eisschollen schleppen und froh sein, wenn sie zwei Meilen die Stunde schafften. Und es kamen noch schlimmere Strecken, wo eine Meile die Stunde furchtbarste Anstrengung bedeutete.

Kama und Daylight sprachen nicht miteinander. Ihre Arbeit ließ es nicht zu, und es lag ihnen auch nicht, während der Arbeit zu sprechen. Nur ganz selten, wenn es unumgänglich war, wechselten sie ein kurzes Wort miteinander, und Kama beschränkte sich auch dann meistens auf einen kurzen Grunzlaut. Hin und wieder winselte oder knurrte ein Hund, aber im allgemeinen verhielt das Gespann sich still. Der einzige Laut, den man hörte, war das scharfe Pfeifen der stählernen Kufen über die harte Fläche und das Knirschen des gleitenden Schlittens.

Wie durch eine Mauer war Daylight jetzt von dem Summen und Lärmen des Tivoli getrennt – eine andere Welt hatte ihn aufgenommen, eine Welt von Schweigen und Unbeweglichkeit. Nichts regte sich. Der Yukon schlummerte unter einer drei Fuß starken Eisdecke. Nicht ein Windhauch war zu spüren. Selbst der Saft in den Fichtenstämmen an beiden Ufern schien erstarrt zu sein. Die Bäume standen wie versteinert mit der leichten Schneelast auf ihren Zweigen. die der leiseste Hauch herabgeweht hätte, aber es geschah nicht. Daylights Schlitten war der einzige lebendige, bewegliche Punkt inmitten der großen feierlichen Stille, und das rauhe Scheuern der Kufen verstärkte nur das Schweigen ringsum.

Es war eine tote Welt, ja, eine graue Welt. Das Wetter war kalt und klar; die Luft war trocken, ohne Dunst und Nebel; aber der Himmel war ein graues Bahrtuch. Zwar verdunkelten keine Wolken den Tag, aber auch keine Sonne gab Helligkeit. Weit im Süden erklomm sie stetig ihre Mittagshöhe, aber zwischen ihr und dem gefrorenen Yukon lag die Wölbung der Erde. Der Yukon war in nächtliche Schatten getaucht, und der Tag selbst nur eine lange Dämmerung. Als um dreiviertel zwölf eine plötzliche Wendung des Flusses einen Ausblick nach Süden eröffnete, zeigte sich der oberste Rand der Sonne gerade über dem Horizont. Eine blasse, verwischte Scheibe. Ihre Strahlen wärmten nicht, und man konnte gerade in sie hineinsehen, ohne daß einem die Augen schmerzten. Und kaum hatte sie ihre Mittagshöhe erreicht, als sie auch schon wieder hinter den Horizont kroch, und ein Viertel nach zwölf warf die Erde wieder ihren Schatten über das Land.

Männer und Hunde eilten weiter. Daylight und Kama nahmen wie die Wilden Nahrung zu sich. Sie aßen zu unregelmäßigen Zeiten, konnten sich bei Gelegenheit bis zum Übermaß vollstopfen und dann wieder weite Strecken zurücklegen, ohne überhaupt etwas zu essen. Die Hunde fraßen nur einmal täglich, und dann bekamen sie selten mehr als ein Pfund gedörrten Fisch jeder. Sie waren ausgehungert, dabei aber in glänzender Verfassung. Wie bei ihren Vorfahren, den Wölfen, war ihr Stoffwechsel streng ökonomisch und vollkommen. Nichts wurde vergeudet. Die kleinste Krume, die sie verzehrten, wurde in Energie umgesetzt. Und Kama und Daylight glichen ihnen. Sie waren ausdauernd wie die Generationen, von denen sie abstammten. Die geringste Nahrungsmenge versorgte sie mit produktiver Energie. Nichts ging verloren. Ein zivilisierter, verzärtelter Stubenmensch wäre mager und mutlos geworden bei der Lebensweise, die Kama und Daylight auf der Höhe körperlichen Wohlbefindens hielt. Sie kannten, was jener nicht kennt: beständiges, normales Hungergefühl, so daß sie jederzeit essen konnten. Ihr Appetit verließ sie nie und ließ sie gierig in alles einhauen, was sie kriegen konnten, ohne Verdauungsstörungen zu bekommen.

Gegen drei Uhr nachmittags ging die lange Dämmerung in die Nacht über. Die Sterne kamen zum Vorschein und funkelten nahe und klar, und bei ihrem Licht setzten Hunde und Männer die Reise fort. Sie waren unermüdlich. Und dabei war dies keine eintägige Rekordleistung, sondern der erste von sechzig gleichen Tagen. Obwohl Daylight eine Nacht durchtanzt und durchtrunken hatte, war ihm nichts anzumerken. Seine ungewöhnliche Lebenskraft und die selten ausbrechende Ausgelassenheit ließen ihn solche Nächte leicht überwinden.

Daylight reiste ohne Uhr, er fühlte die Zeit. Als es seiner Berechnung nach sechs Uhr sein mußte, begann er sich nach einem Lagerplatz umzusehen. Bei einer Biegung kreuzten die Reisenden den Fluß. Da sie nicht gleich eine passende Stelle fanden, fuhren sie eine Meile am anderen Ufer entlang, wurden aber unterwegs vom Eise aufgehalten und brauchten eine Stunde schwerer Arbeit, um durchzukommen. Schließlich fand Daylight, was er suchte, einen abgestorbenen Baum am Ufer. Der Schlitten wurde hinaufgefahren. Kama grunzte zufrieden, und sie begannen ihr Lager aufzuschlagen.

Die Arbeitsteilung war ausgezeichnet. Jeder wußte, was er zu tun hatte. Mit der einen Axt zerhieb Daylight die tote Fichte. Mit der anderen Axt und einem Schneeschuh legte Kama die Eisdecke des Yukon frei und schlug Eis zum Kochen los. Das Feuer wurde mit einem Stück trockener Rinde angezündet, und Daylight machte sich ans Kochen, während der Indianer den Schlitten ablud und jedem Hund seine Portion an gedörrtem Fisch austeilte. Die Proviantsäcke warf er so hoch in die Bäume, daß die Hunde sie nicht erreichen konnten. Dann fällte er eine junge Tanne und hieb die Zweige ab. Dicht am Feuer trat er den Schnee fest und bedeckte ihn mit Zweigen. Auf diese legte er sein eigenes und Daylights Gepäck, das aus trockenen Strümpfen, Unterzeug und Schlafsäcken bestand. Kama hatte zwei Schlafsäcke aus Kaninchenfell, Daylight nur einen.

Sie arbeiteten ruhig, ohne die Zeit mit Sprechen zu vergeuden. Jeder tat das seine, ohne dem andern etwas von seiner eigenen Arbeit aufzubürden. Kama sah, daß sie mehr Eis brauchten, und holte es, während Daylight einen Schneeschuh, den die Hunde umgeworfen hatten, wieder aufrichtete. Während der Kaffee kochte und der Speck briet, und Kama den Teig zu den Pfannkuchen knetete, fand Daylight Zeit, einen großen Topf mit Bohnen aufzusetzen. Dann kam Kama zurück, setzte sich an den Rand der Tannenzweige und benutzte die Wartezeit, um die Hundeleinen nachzusehen.

„Ich glaub', Skookum und Booga werden sich beißen", bemerkte Kama, als sie sich zum Essen niederließen.

„Pass' gut auf sie auf", war Daylights Antwort.

Und das war die einzige Unterhaltung während der ganzen Mahlzeit. Einmal sprang Kama mit einem leisen Fluch auf und schlug mit einem brennenden Holzscheit auf ein paar Hunde ein, die aneinandergeraten waren. Daylight tat während des Essens Eisstücke in den Blechtopf, wo sie zerschmolzen. Als die Mahlzeit beendet war, fachte Kama das Feuer an, hieb noch etwas Holz für den nächsten Morgen ab und kehrte dann zu den Tannenzweigen und seiner Beschäftigung mit den Hundeleinen zurück. Daylight schnitt große Speckstücke ab und warf sie in den Topf mit den kochenden Bohnen. Ihre Mokassins waren trotz der starken Kälte feucht geworden; sobald sie ihre Arbeit beendet hatten, nahmen sie die Mokassins ab, hingen sie zum Trocknen an kurzen Stöcken vor das Feuer und wendeten sie von Zeit zu Zeit. Als die Bohnen gar gekocht waren, schüttete Daylight einen Teil davon in einen kleinen Sack, den er in den Schnee legte, während der Rest der Bohnen zum Frühstück stehenblieb.

Es war neun Uhr vorbei, als sie endlich zu Bett gehen konnten. Der Kampf zwischen den Hunden hatte längst aufgehört, und die müden Tiere waren im Schnee zusammengekrochen, wobei sie Pfoten und Schnauze zusammensteckten und sie mit der buschigen Wolfsrute bedeckten. Kama breitete seinen Schlafsack aus und steckte sich seine Pfeife an. Daylight drehte sich eine Zigarette aus braunem Papier, und die zweite Unterhaltung des Abends begann.

„Ich denke, wir haben fast sechzig Meilen gemacht", sagte Daylight.

„Hm, glaub' ich auch", sagte Kama.

Wie sie gingen und standen, nur mit einer wollenen Mackinawjacke anstatt der „Parka", die sie den ganzen Tag getragen hatten, wickelten sie sich in ihre Schlafsäcke. Und fast im selben Augenblick schliefen sie auch schon fest. Die Sterne funkelten in der frostklaren Nacht, und über ihnen fuhren die farbenprächtigen Streifen des Nordlichts wie große Scheinwerfer über den Himmel. –

Es war noch dunkel, als Daylight erwachte und Kama rief. Obwohl das Nordlicht noch flammte, war doch ein neuer Tag angebrochen. Ihr Frühstück bestand aus Pfannkuchen, aufgewärmten Bohnen, gebratenem Speck und Kaffee. Die Hunde erhielten nichts, obwohl sie mit sehnsüchtiger Miene in einiger Entfernung im Schnee lagen und mit um die Schnauzen gelegten Ruten zusahen. Hin und wieder hoben sie unruhig eine Vorderpfote, als ob ihnen in der Kälte die Füße schmerzten. Es war bitterkalt, wenigstens fünfundsechzig Grad unter Null, und als Kama die Hunde mit bloßen Händen vor den Schlitten spannte, mußte er sieh mehrmals die gefühllos gewordenen Fingerspitzen am Feuer wärmen. Gemeinsam beluden die beiden Männer den Schlitten. Sie wärmten sich zum letztenmal die Hände, zogen die Handschuhe an und trieben das Gespann zum Fluß hinunter. Nach Daylights Berechnung war es jetzt ungefähr sieben Uhr, aber die Sterne funkelten noch ebenso hell wie früher, und das Nordlicht pulste still über ihren Häuptern.

Zwei Stunden später wurde es plötzlich dunkel – so dunkel, daß sie den Weg nur noch fühlen konnten, und Daylight wußte nun, daß seine Zeitberechnung richtig gewesen war. Es war jene Dunkelheit vor Tagesanbruch, die nirgends auffälliger ist, als auf winterlichen Schlittenreisen in Alaska. Langsam stahl sich das graue Licht durch die Finsternis, im Anfang noch unmerklich, so daß sie fast mit Überraschung den unsicheren Schimmer der Spur unter ihren Füßen bemerkten. Das nächste, was sie zu sehen bekamen, war der letzte Hund, dann die ganze Reihe laufender Tiere, und zuletzt erschienen die schneebedeckten Hänge zu beiden Seiten. Einen Augenblick tauchte das Ufer selbst auf, verschwand wieder, tauchte wieder auf und blieb nun. Wenige Minuten später erschien das andere Ufer eine Meile entfernt, und nun konnte man weithin den zugefrorenen Fluß und zur Linken ganz in der Ferne eine langgestreckte Kette sich scharf abzeichnender schneebedeckter Berge sehen. Und das war alles. Die Sonne zeigte sich nicht, und das Licht blieb grau.

Einmal während des Tages kreuzte plötzlich ein Luchs gerade vor der Nase des Leithundes den Weg und verschwand in den weißen Wäldern. Der Raubtierinstinkt der Hunde erwachte. Sie erhoben den Jagdruf des Rudels, warfen sich ins Geschirr und wandten sich seitwärts zur Verfolgung. Daylight brüllte: „Hoa!“ riß die Lenkstange herum, und es glückte ihm, den Schlitten in den weichen Schnee zu lenken, wo er umschlug. Die Hunde ließen von der

Verfolgung ab, der Schlitten wurde aufgerichtet, und fünf Minuten später flogen sie wieder auf dem festen Wege dahin. Der Luchs war das einzige lebende Wesen, das sie seit zwei Tagen gesehen hatten, und wie er auf sammetweichen Pfoten leicht vorübersprang, wirkte er fast wie eine Erscheinung.

Als die Sonne um zwölf über die Erdrundung emporsah, machten die Männer halt und zündeten ein kleines Feuer auf dem Eise an. Daylight hieb mit der Axt Stücke von den gefrorenen Bohnen los. Sie wurden aufgetaut, in der Bratpfanne gewärmt und bildeten die ganze Mahlzeit. Kaffee gab es nicht. Das Tageslicht war zu kostbar, um es auf solchen Luxus zu verschwenden. Die Hunde hörten auf, sich zu balgen, und sahen sehnsüchtig zu. Nur abends bekamen sie ihr Pfund Fisch. Tagsüber arbeiteten sie.

Die Kälte hielt an. Nur Männer aus Stahl können bei so niedrigen Temperaturen reisen, aber Kama und Daylight waren Auserwählte ihrer Rasse. Kama jedoch, der die Überlegenheit des andern kannte, wußte, daß er von Anfang an zum Untergang verurteilt war. Nicht daß er es bewußt an Fleiß und Willigkeit fehlen ließ, aber dies Bewußtsein drückte ihn zu Boden. Er betete Daylight an. Selbst stoisch, schweigsam, stolz auf seine Ausdauer, fand er alle diese Eigenschaften in seinem weißen Kameraden verkörpert. Hier war einer, der sich in allem auszeichnete, worin ein Mann sich auszeichnen mußte, ein Halbgott, und Kama konnte nicht anders, er mußte ihn anbeten – wenn er es auch mit keiner Miene verriet.

Kein Wunder, daß die weiße Rasse siegte, dachte er, wenn sie solche Männer hervorbrachte. Was vermochte sein Volk gegen eine so zähe, ausdauernde Rasse? Selbst die Indianer reisten nicht bei solcher Kälte, und sie besaßen doch die Weisheit von tausend Generationen; und dieser Daylight, der Mann aus dem weichlichen Süden, war härter als sie, verlachte ihre Angst und reiste zehn und zwölf Stunden am Tage. Und dieser Daylight glaubte, eine tägliche Schnelligkeit von dreiunddreißig Meilen sechzig Tage lang aushalten zu können. Er sollte nur warten, bis frischer Schnee fiel, oder bis sie wieder auf ungebahnte Wege oder an die große Eisschranke um das offene Wasser kamen.

Aber unterdessen hielt Kama Schritt mit ihm, murrte nie und drückte sich nie von einer Arbeit. Fünfundsechzig Grad unter Null ist sehr kalt Es handelt sich stets um Fahrenheit.. Da Wasser bei zweiunddreißig Grad über Null gefriert, bedeuten fünfundsechzig Grad nicht weniger als siebenundneunzig Grad unter dem Gefrierpunkt. So erhält man einen schwachen Begriff von der Kälte, in der Kama und Daylight durch die Finsternis reisten.

Obgleich Kama beständig seine Wangen rieb, bekam er Frostbeulen an den Backenknochen, und das Fleisch wurde schwarz und gefühllos. Seine Lungenspitzen schmerzten – ein gefährliches Anzeichen, und allein schon ein Grund, daß ein Mann sich nicht im Freien bei fünfundsechzig Grad Kälte übermäßig anstrengen soll. Aber er klagte nie, und Daylight fühlte sich ebenso warm unter seinen sechs Pfund Kaninchenfell, wie der andere unter seinen zwölfen.

Am zweiten Abend schlugen sie nach weiteren fünfzig Meilen ihr Lager nahe der Grenze zwischen Alaska und dem nordwestlichen Territorium auf. Der Rest der Reise ging bis auf das letzte kurze Stückchen nach Dyea durch kanadisches Gebiet. Bei der schnellen Fahrt und da kein Neuschnee gefallen war, gedachte Daylight am vierten Abend das Lager von Forty Mile zu erreichen. Aber am dritten Tag begann die Temperatur zu steigen, und das bedeutete am Yukon, wie sie wußten, Schnee. Auch mußten sie sich an diesem Tage zehn Meilen weit ihren Weg durch Eisschollen bahnen und den Schlitten über riesige Eisblöcke heben. Hier nützten die Hunde nur wenig, und sowohl sie wie die Männer mühten sich ab, ohne viel weiter zu kommen. Eine Stunde Überarbeit am Abend brachte ihnen nur einen Teil der verlorenen Zeit wieder ein.

Als sie am Morgen erwachten, lag der Schnee zwei Zoll hoch auf ihren Schlafsäcken. Die Hunde waren ganz unter der weißen Decke begraben und wollten nur ungern ihr warmes Nest verlassen. Der Neuschnee bedeutete schwere Arbeit. Die Kufen sanken ein, und einer der Männer mußte beständig vorausgehen und den Schnee mit den Schneeschuhen festtreten, damit sie nicht umwarfen. Der Schnee ist in diesen Gegenden ganz anders, als man ihn in südlichen Ländern kennt. Er ist hart, fein und trocken wie Zucker. Er läßt sich nicht ballen und wirbelt wie loser Sand unter den Füßen auf. Er besteht nicht aus Flocken, sondern aus Kristallen – winzigen geometrischen Frostkristallen. Es war wärmer geworden, kaum zwanzig Grad unter Null, und die beiden Männer schwitzten bei der Arbeit, obwohl sie die Ohrenklappen hochgeschlagen und die Handschuhe ausgezogen hatten. Sie erreichten Forty Mile an diesem Abend nicht mehr, und als sie am nächsten Tage dort eintrafen, machte Daylight nur halt, um Post und neuen Proviant aufzunehmen. Am folgenden Nachmittag lagerten sie an der Mündung des Klondike-River. Seit Forty Mile hatten sie nicht eine lebende Seele getroffen und sich beständig ihren Weg selbst bahnen müssen. Seit dem Herbst war noch keiner den Fluß hinauf südwärts von Forty Mile gekommen, und es konnte gut sein, daß sie den ganzen Winter die einzigen blieben. In jenen Tagen war Yukon ein einsames Land. Zwischen dem Klondike-River und Salt Water bei Dyea lagen sechshundert Meilen schneebedeckte Wildnis, und auf der ganzen Strecke gab es nur zwei Stellen, wo Daylight möglicherweise Menschen treffen konnte. Beides waren isolierte Poststationen, Sixty Mile und Fort Selkirk. Im Sommer stellten sich wohl an der Mündung des Stewart- und des White-River, bei Big und Little Salmons und am Le-Barge-See Indianer ein, im Winter jedoch folgten sie, wie er wohl wußte, den Elchherden bis weit in die Berge.

An diesem Abend, an der Mündung des Klondike, legte sich Daylight nach verrichteter Abendarbeit nicht nieder. Einem Weißen hätte er gesagt, daß er die „Chance“ in sich spürte. Er schnallte sich die Schneeschuhe an, verließ die Hunde, die sich im Schnee verkrochen hatten, und Kama, der schwer atmend unter seinem Kaninchenfell lag, und kletterte den hohen Erdhang empor auf die weite Hochfläche. Aber dichte Tannen versperrten ihm die Aussicht, und so schritt er über die Ebene und erklomm die ersten Ausläufer der darunterliegenden Berge. Hier konnte er den Klondike, der im rechten Winkel aus Osten heranströmte, und den Yukon, der einen weiten Bogen von Süden her machte, sehen. Links, stromabwärts, gegen die Moosehide-Berge, zeigte sich der mächtige weiße Fleck, von dem sie ihren Namen hatten, klar im Sternenlicht. Leutnant Schwatka hatte ihnen den Namen gegeben, aber er, Daylight, hatte sie als erster gesehen, lange bevor der unerschrockene Forscher nach Überschreitung des Chilkoots auf einem Floß den Yukon hinabgefahren war.

Aber den Bergen schenkte er jetzt weniger Aufmerksamkeit als der weiten Ebene selbst, an deren Seiten das Wasser tief genug war, daß Dampfer dort anlegen konnten.

„Wie geschaffen für eine Stadt“, murmelte er. „Platz für ein Lager von vierzigtausend Mann. Man muß nur Gold finden.“ Er dachte einen Augenblick nach. „Zehn Dollar die Pfanne genügen, um Scharen herbeizulocken, wie Alaska sie noch nie gesehen hat. Und wenn's nicht hier ist, dann bestimmt irgendwo hier herum. Die Idee ist sicher gut. Man muß die Baugelände den ganzen Weg herauf im Auge behalten.“ Er stand noch eine Weile, sah über die einsame Fläche hinüber und malte sich aus, wie es hier aussehen würde, wenn der große Zustrom käme. Vor seinem Geiste entstanden die Sägemühlen, die Kaufhäuser, Wirtschaften und Tanzsäle und die langen Straßen der Goldgräbersiedlung. Und durch diese Straße wogte der Verkehr, Tausende von Männern, während vor den Geschäften die schwerbeladenen Schlitten mit langen Reihen von Hunden standen. Er sah sie die Hauptstraße fahren und den zugefrorenen Klondike bis zu seinen Goldfeldern hinaufsteuern.

Daylight lachte und schüttelte die Erscheinung von sich ab, dann stieg er zur Ebene hinunter und nach dem Lager. Fünf Minuten später hatte er sich in seinen Schlafsack gewickelt. Aber er öffnete die Augen und setzte sich auf, erstaunt, daß er nicht einschlafen konnte. Er betrachtete den schlummernden Indianer neben sich, die Glut des halb erloschenen Feuers, die fünf Hunde, die mit der buschigen Rute über der Schnauze dalagen, und die vier Schneeschuhe, die aufrecht im Schnee steckten.

„Die verdammte Chance läßt mir keine Ruhe“, murmelte er. Seine Gedanken kehrten zum Pokerspiel zurück. „Vier Könige!“ Er grinste bei der Erinnerung. „Das war eine Chance!“

Er legte sich nieder, zog den Schlafsack um Nacken und Ohrenklappen zusammen, schloß die Augen, und diesmal schlief er ein.

In Sixty Mile ergänzten sie ihren Proviant, vermehrten ihre Last um einige Pfund Briefe und fuhren dann wieder unverdrossen drauflos. Von Forty Mile an war der Weg ungebahnt gewesen, und bis Dyea sollte es nun so weiter gehen. Daylight war in glänzender Verfassung, auf Kama dagegen blieb die furchtbare Fahrt nicht ohne Einfluß. Zwar schloß ihm sein Stolz den Mund, aber die Wirkung der Kälte auf seine Lungen ließ sich nicht mehr verbergen. Der angegriffene Rand der Lungenspitzen war mikroskopisch klein, aber sie begannen jetzt abzuschälen, was einen trockenen Husten verursachte. Jede außergewöhnliche Anstrengung bedeutete einen heftigen Hustenkrampf. Das Blut trieb ihm die Augen aus dem Kopf, und die Tränen rannen ihm über die Backen. Der Rauch von der Bratpfanne genügte, ihn eine halbe Stunde nach Luft keuchen zu lassen, und wenn Daylight kochte, hielt er sich daher sorgfältig auf der Windseite.

Tag für Tag, endlos kämpften sie sich vorwärts durch den weichen, ungebahnten Schnee. Es war eine harte, einförmige Arbeit ohne die Freude und Erregung, die man fühlt, wenn man über eine harte Oberfläche dahinsaust. Bald ging der eine, bald der andere auf Schneeschuhen voraus, es war unablässige harte Mühsal. Der Staubschnee mußte niedergepreßt werden, und bei jedem Schritt sank der breite Schneeschuh zwölf Zoll tief ein. Unter solchen

Umständen erforderte die Arbeit mit dem Schneeschuh ganz andere Kräfte als gewöhnlich. Um vorwärts zu kommen, mußte der Fuß senkrecht gehoben werden. War der Schneeschuh in den Schnee eingepreßt, so stand die Spitze vor einer senkrechten, zwölf Zoll hohen Schneemauer. Wurde der Fuß beim Vorwärtsschreiten nur ganz wenig schief gesetzt, so drang die Spitze in die Schneemauer und wippte herunter, daß der Schneeschuh dem Mann hinten gegen das Bein schlug. So mußte Stunde für Stunde bei jedem Schritt der Fuß zwölf Zoll gehoben werden, ehe das Knie ihn vorwärtsschwingen konnte.

Dicht hinter dem Wegbahner folgten die Hunde, der Mann am Steuer und der Schlitten. Bei einer Arbeit, wie sie nur wenige Auserwählte zu leisten imstande sind, schafften sie höchstens drei Meilen die Stunde. Das bedeutete längere Arbeitszeit, und um einen Vorsprung zu gewinnen für den Fall, daß ihnen etwas Unerwartetes zustoßen sollte, fuhren sie zwölf Stunden täglich. Da das Aufschlagen des Lagers und das Kochen der Bohnen, die Zubereitung des Frühstücks, der Aufbruch am Morgen und die Mittagspause mit dem Auftauen der Bohnen drei Stunden erforderte, blieben ihnen nur neun Stunden für Schlaf und Ruhe, und weder Mensch noch Hund vergeudete eine Minute von diesen kostbaren neun Stunden.

In Selkirk, der Poststation in der Nähe des Pelly-River schlug Daylight vor, daß Kama hierbleiben und wieder zu ihm stoßen sollte, wenn er von Dyea zurückkäme. Ein vom Le-Barge-See hierher verschlagener Indianer hatte sich bereit erklärt, seinen Platz einzunehmen; aber Kama war halsstarrig. Er grunzte mit einer schwachen Andeutung von Empfindlichkeit, und damit war die Sache erledigt. Dagegen wechselte Daylight die Hunde, ließ das erschöpfte Gespann zurück, damit die Tiere sich bis zu seiner Rückkehr ausruhten, und zog mit sechs frischen weiter.

Um zehn Uhr erreichten sie Selkirk, und am nächsten Morgen um sechs Uhr befanden sie sich wieder auf der Wanderung durch die weite Einöde nach dem fast fünfhundert Meilen entfernten Dyea. Eine zweite Kältewelle kam, aber ob kalt oder warm, der ungebahnte Weg blieb immer gleich. Wenn das Thermometer auf fünfzig Grad herunter ging, war die Reise ebenso beschwerlich, denn bei dieser niedrigen Temperatur widerstanden die harten Eiskristalle den Schlittenkufen wie Sandkörner. Die Hunde mußten eben stärker ziehen als auf demselben Schnee bei zwanzig bis dreißig Grad unter Null. Daylight verlängerte die tägliche Arbeitszeit auf dreizehn Stunden. Er wachte eifersüchtig auf den gewonnenen Vorsprung, denn er wußte, daß noch schwierige Stellen kamen.

Es war erst Mitte Dezember, und der ungestüme Fifty-Mile-River rechtfertigte seine Befürchtungen. An vielen Strecken war er offen und nur am Ufer entlang von unsicherem Eise bedeckt. An zahlreichen Stellen, wo das Wasser gegen die steilen Felsufer brach, konnte sich überhaupt kein Eis bilden. Sie machten Umwege, gingen hier über den Fluß und dort wieder zurück und mußten es oft ein dutzendmal versuchen, ehe sie einen Weg über eine besonders schwierige Stelle fanden. Es ging nur langsam vorwärts. Die Eisbrücken mußten geprüft werden; einer von ihnen schritt dann mit den Schneeschuhen an den Füßen und einer langen Stange quer in den Händen voraus. Brach das Eis, so konnte er sich an die Stange klammern. Ein solcher Unfall begegnete beiden mehrmals. Bei fünfzig Grad unter Null kann ein Mann, wenn er bis zum Gürtel naß geworden ist, nicht sofort weiterreisen, ohne zu erfrieren, so daß jedes Bad eine neue Verspätung bedeutete. Sobald der Mann herausgezogen war, begann er, so naß wie er war, auf und ab zu laufen, um sein Blut in Zirkulation zu halten, während sein trockener Gefährte ein Feuer anmachte. Unter dessen Schutz konnte dann die Kleidung gewechselt und das nasse Zeug bis zum nächsten Unfall getrocknet werden. Das schlimmste aber war, daß die gefährliche Reise nicht in der Dunkelheit fortgesetzt werden konnte und sich der Arbeitstag daher auf sechs Stunden beschränkte. Jede Minute war kostbar, und sie bestrebten sich, nicht eine zu verlieren. So war, ehe noch der erste Schimmer des grauen Tages dämmerte, das Lager abgebrochen, der Schlitten beladen, das Gespann angeschirrt, und die beiden Männer kauerten sich wartend am Feuer nieder. Selbst mittags machten sie keinen Halt mehr. Und doch waren sie weit hinter ihrer Zeitberechnung zurück, und jeder Tag verschlang ein Stück des Vorsprunges, den sie anfangs gehabt hatten. Es gab Tage, an denen sie fünfzehn Meilen, und Tage, an denen sie ein Dutzend zurücklegten. Und auf einer besonders schlimmen Strecke brauchten sie zwei volle Tage für neun Meilen, da sie gezwungen waren, den Fluß zu verlassen und den Schlitten über die Berge zu tragen.

Zuletzt bezwangen sie aber den furchtbaren Fifty-Mile-River und erreichten den Le-Barge-See. Hier gab es weder offenes Wasser noch Eisbarrieren. Auf einer Strecke von dreißig Meilen oder mehr lag der Schnee so eben wie eine Tischplatte, aber drei Fuß hoch und weich wie Mehl. Drei Meilen die Stunde waren das höchste, was sie leisten konnten, aber Daylight feierte den Abschied vom Fifty-Mile-River, indem er bis zum späten Abend fuhr. Um elf Uhr morgens war der See vor ihren Augen aufgetaucht. Als die arktische Nacht sich um drei Uhr nachmittags herabsenkte, konnten sie in der Ferne sein Ende erblicken, und beim ersten Sternenlicht war es erreicht. Um acht Uhr abends ließen sie den See hinter sich und fuhren in die Mündung des Lewes-River ein. Hier wurde eine halbstündige Rast gemacht und Stücke der kalten gefrorenen Bohnen aufgetaut, während die Hunde eine Extraportion Fisch erhielten. Dann setzten sie ihren Weg flußaufwärts fort, bis sie um ein Uhr nachts ihr Lager aufschlugen.

Sie waren an diesem Tage sechzehn Stunden gefahren, die Hunde waren jetzt sogar zu müde, um sich zu raufen, und Kama hatte die letzten Meilen kaum noch folgen können; aber schon um sechs Uhr am nächsten Morgen war Daylight zur Weiterfahrt bereit. Um elf waren sie am Fuße des White Horse, und diese Nacht sah sie jenseits des Box Canjon lagern, die letzte schlimme Flußstrecke im Rücken und die Seenreihe vor sich.

Aber deshalb ließ Daylight nicht nach. Weiter ging es: zwölf Stunden am Tage, sechs im Zwielicht und sechs in der Dunkelheit. Drei Stunden brauchten sie, um zu kochen, das Geschirr nachzusehen, das Lager aufzuschlagen und abzubrechen, und die übrigen neun Stunden schliefen Hunde und Männer wie die Toten. Kamas eiserne Gesundheit war erschüttert, Tag für Tag wurde sie mehr von der fürchterlichen Arbeit untergraben. Tag für Tag verbrauchte er mehr von seiner Kraftreserve. Seine Bewegungen wurden langsamer, seine Muskeln verloren die Spannkraft, und er wurde immer schlaffer. Aber er arbeitete stoisch weiter, ohne zu klagen. Daylight hatte eingefallene Wangen und war müde. Man sah es ihm an, aber mit der gleichen Schnelligkeit ging es weiter, immer weiter, unablässig weiter. Nie war er dem Indianer gottähnlicher erschienen, als in diesen letzten Tagen ihrer Wanderung nach dem Süden. Daylight war stets an der Spitze und eilte vorwärts mit einer Schnelligkeit und Ausdauer, die Kama sich nie hatte träumen lassen, und der immer schwächer werdende Indianer wachte über ihn.

Es kam die Zeit, da Kama nicht mehr vorausgehen und den Weg bahnen konnte, und es war der beste Beweis, wie mitgenommen er war, daß er Daylight den ganzen Tag die harte Schneeschuharbeit allein leisten ließ. Sie überschritten nun die lange Seenreihe von Marsh bis Linderman und begannen, den Chilkoot zu erklimmen. Eigentlich hätte Daylight in der Dämmerung sein Lager auf dem höchsten Punkt des Passes aufschlagen müssen, aber er fuhr weiter bis nach

Sheep Camp hinunter, während hinter ihm ein Schneesturm tobte, der ihn vierundzwanzig Stunden verspätet haben würde.

Diese letzte gewaltige Anstrengung brach Kamas Kräfte völlig. Am Morgen konnte er nicht mehr weiter. Als er um fünf geweckt wurde, erhob er sich mit Beschwer, stöhnte und sank wieder zurück. Daylight verrichtete seine eigene und Kamas Arbeit, schirrte die Hunde an, und als alles zum Aufbruch bereit war, lud er den hilflosen Indianer, in alle Schlafsäcke gewickelt, auf den Schlitten. Die Bahn war gut, es war das letzte Stück Weg, und er sauste mit den Hunden in voller Fahrt durch den Dyea-Canjon und über den festgetretenen Weg, der zur Dyea-Station führte. Und in voller Fahrt, mit dem stöhnenden Kama auf dem Schlitten, während Daylight jeden Augenblick beiseitespringen mußte, um nicht unter die Kufen zu kommen, hielten sie ihren Einzug in Dyea.

Seinem Versprechen getreu, machte Daylight dort keinen Halt. In einer Stunde war der Schlitten mit Proviant und Post beladen, ein frisches Hundegespann angeschirrt und ein neuer Indianer engagiert. Von der Ankunft bis zu dem Augenblick, da Daylight zur Abreise bereit dastand, hatte Kama kein Wort gesprochen. Nun schüttelten sie sich die Hände.

„Du machst den verdammten Indianer tot“, sagte Kama, „savvy, Daylight? Du machst ihn tot!“

„Er braucht jedenfalls nur bis Pelly zu halten“, lachte Daylight.

Kama schüttelte zweifelnd den Kopf und drehte ihm den Rücken zu – das war sein Abschied.

Daylight überschritt den Chilkoot noch am selben Tage und stieg in Dunkelheit und Schneegestöber die fünfhundert Fuß zum Krater-See hinab, wo er übernachtete. Es war ein kaltes Lager, hoch über der Baumgrenze, und er hatte kein Brennholz auf den Schlitten geladen. In der Nacht fielen drei Fuß Schnee, und als sie sich an dem finsteren Morgen herausgegraben hatten, versuchte der Indianer zu desertieren. Er hatte genug davon, mit einem Manne zu reisen, der seiner Ansicht nach verrückt sein mußte. Aber Daylight überredete ihn recht unsanft zum Bleiben, und sie fuhren weiter über den Deep und den Long Lake und erreichten schließlich die ebene Fläche des Linderman Lake.

Es war dieselbe mörderische Fahrt wie auf der Herreise, und der Indianer hielt nicht so gut stand wie Kama. Aber auch er klagte weder, noch versuchte er ein zweites Mal davonzulaufen. Er tat sein Bestes und sagte nur beständig vor sich hin, daß er sich Daylight in Zukunft wohl vom Leibe halten wollte. Ein Tag nach dem anderen verging im Wechsel von Helligkeit, Dämmerung und Nacht, schneidender Kälte und Schneestürmen, aber in den langen Stunden wuchs die Zahl der zurückgelegten Meilen.

Doch am Fifty Mile erlitten sie einen Unfall. Beim Überschreiten einer Eisbrücke brachen die Hunde ein und wurden unter dem Eis vom Strom fortgerissen. Die Stränge, die das übrige Gespann mit dem letzten Hunde verbanden, rissen, und sie sahen sie nicht wieder. Ihnen blieb nur ein einziger Hund, und Daylight mußte sich selbst und den Indianer vor den Schlitten spannen. Aber bei solcher Arbeit kann ein Mann nicht einen Hund ersetzen, und hier sollten zwei Männer die Arbeit von fünf Hunden leisten. Nach der ersten Stunde entlastete Daylight den Schlitten. Hundefutter, das Reservebeil und alles Überflüssige wurden fortgeworfen. Infolge der Überanstrengung zerriß sich der Hund am nächsten Tag eine Sehne und wurde völlig unbrauchbar. Daylight erschoß ihn und ließ den Schlitten zurück. Auf seinen Rücken lud er hundertsechzig Pfund Post und Proviant, und auf den des Indianers hundertfünfundzwanzig Pfund. Rücksichtslos wurde alles Überflüssige weggeworfen. Der Indianer war entsetzt, als er sah, wie Daylight jedes Pfund wertloser Postsachen sorgfältig aufbewahrte, während Bohnen, Tassen, Eimer, Teller und alle Reservekleidung über Bord gingen. Sie behielten nur einen Schlafsack für jeden, ein Beil, einen Blecheimer und eine ganz kleine Ration von Speck und Mehl. Den Speck konnten sie roh essen, und wenn das Mehl in heißem Wasser verrührt wurde, gab es immerhin eine kräftige Mahlzeit. Sogar die Flinte und der letzte Munitionsvorrat wurden zurückgelassen. Und so legten sie die zweihundert Meilen bis Selkirk zurück. Daylight wanderte früh und spät, und die Stunden, die früher zum Aufschlagen des Lagers und zur Fütterung der Hunde verwendet worden waren, wurden nun zum Marschieren gebraucht. Nachts krochen sie, in ihre Schlafsäcke gehüllt, an einem kleinen Lagerfeuer zusammen, tranken Mehlsuppe und spießten Speck auf kleine Holzstückchen und tauten ihn auf; und in der Finsternis des Morgens erhoben sie sich, luden wortlos ihre Lasten auf den Rücken, rückten die Riemen zurecht und zogen weiter. Die letzten Meilen vor Selkirk mußte Daylight den Indianer, ein hohlwangiges, hageres Gespenst, vor sich hertreiben; er wäre sonst am Wege liegengeblieben oder hätte seinen Teil der Post im Stich gelassen.

In Selkirk wurde das alte Hundegespann, das jetzt frisch und in guter Verfassung war, vor einen anderen Schlitten gespannt, und noch derselbe Tag sah Daylight, als wäre es die natürlichste Sache von der Welt, abwechselnd mit dem Le-Barge-Indianer, der sich schon auf der Hinreise angeboten hatte, am Steuer. Daylight war jetzt zwei Tage hinter seiner Berechnung zurück, und Schneefälle und ungebahnte Wege hinderten ihn. die beiden Tage bis Forty Mile einzuholen. Aber hier kam ihm das Wetter zu Hilfe. Eine lang anhaltende starke Kälteperiode schien im Anmarsch zu sein. Er rechnete bestimmt mit ihr und verminderte den Proviant für Hunde und Menschen. Die Männer in Forty Mile schüttelten warnend die Köpfe und fragten, was er tun wollte, wenn das Schneegestöber anhielte.

„Die Kälte kommt sicher", lachte er und zog getrost weiter.

Der Schlittenverkehr zwischen Forty Mile und Circle City war diesen Winter schon lebhaft gewesen und der Weg daher gut gebahnt. Und die Kälte kam und hielt an, und bis Circle City waren es nur zweihundert Meilen. Der Le-Barge-Indianer war ein junger Mann, voller Stolz und Zuversicht. Freudig hielt er mit Daylight Schritt und träumte sogar in der ersten Zeit davon, den Weißen auszustechen. Die ersten hundert Meilen wartete er darauf, Zeichen von Müdigkeit bei Daylight zu sehen, und wunderte sich, als sie ausblieben. Während der zweiten hundert Meilen wurde er selbst müde, aber er biß die Zähne zusammen und hielt aus. Und immer weiter ging es – bald war Daylight am Steuer, bald ruhte er sich auf dem dahinfliegenden Schlitten aus. Am letzten Tage, der klarer und kälter als je war, hatten sie glänzende Bahn und legten siebzig Meilen zurück. Es war zehn Uhr abends, als sie den Abhang hinauffuhren und durch die Hauptstraße von Circle City flogen, und der junge Indianer, obwohl er an der Reihe war, sich auszuruhen, sprang ab und lief hinter dem Schlitten her. Es war ehrliche Prahlerei, und verzweifelt gegen seine Schwäche ankämpfend, rannte er jetzt, was das Zeug hielt.

Eine große Gesellschaft füllte das Tivoli – die alte Gesellschaft, die Daylight vor zwei Monaten hatte abfahren sehen. Denn es war der Abend des sechzigsten Tages, und die Meinungen, ob Daylight sein Wort einlösen würde, waren geteilt wie je. Noch um zehn Uhr wurden Wetten eingegangen. Obwohl die Einsätze gegen ihn bei jeder Wette stiegen, und obwohl die Jungfrau im Innern überzeugt war, daß sein Unternehmen mißglückt sei, wettete sie doch zwanzig gegen vierzig Unzen mit Charley Bates, daß Daylight vor Mitternacht eintreffen würde.

Sie war die erste, die das Bellen der Hunde hörte.

„Das ist er!“ rief sie. „Daylight.“

Alles strömte an die Tür, als aber die Pforten weit aufgerissen wurden, zog sich die Menge schleunigst zurück. Frohes Hundegebell erscholl, das Klatschen einer Hetzpeitsche und Daylights Stimme, die die müden Tiere anfeuerte. Sie kamen hereingesaust, und mit ihnen die Kälte als sichtbarer weißer Dampf, über den Köpfe und Rücken emporragten, so daß es aussah, als schwämmen sie in einem Flusse. Hinter ihnen steuerte Daylight seinen Schlitten herein, bis an die Knie in dem wogenden Frost steckend, in dem er zu waten schien.

Es war der alte Daylight, wenn auch mager und müde, und seine schwarzen Augen sprühten und funkelten heller als je. Seine Parka aus Baumwolldrell bedeckte ihn wie eine Mönchskutte und fiel in langen Falten bis auf die Knie herab. Schweißig und schmutzig vom Rauch der Lagerfeuer, erzählte seine Kleidung die Geschichte seiner Fahrt. Ein zwei Monate alter Bart bedeckte sein Gesicht, und dieser Bart war verfilzt und von seinem Atem gefroren.

Sein Eintritt war wirkungsvoll wie ein Melodrama, und er wußte es. Das war sein Leben, und er genoß es in vollen Zügen. Unter seinen Genossen war er ein großer Mann, ein arktischer Held. Er war stolz darauf, und es war ein großer Augenblick für ihn, wie er jetzt von einer Schlittenpartie von zweitausend Meilen mit Hunden, Schlitten, Post, Indianer und allem, was sonst dazu gehörte, zurückkehrte. Er hatte wieder eine Leistung vollbracht, die den ganzen Yukon von ihm reden lassen würde – er, Burning Daylight, der König der Reisenden und Hundeführer.

Ein Schauer der Überraschung überrieselte ihn, als die Willkommenrufe in seinen Ohren klangen und seine Blicke alle die bekannten Gegenstände trafen – den langen Schanktisch mit der Reihe von Flaschen, die Spieltische, den großen Ofen, den Wäger an der Goldwage, die Musikanten, die Jungfrau. Celia und Nelli, Dan MacDonald, Bettles, Billy Rawlins, Olaf Henderson, Doc Watson – sie alle. – Alles war, wie er es verlassen hatte, es hätte gut die Stunde seines Aufbruchs sein können. Die sechzig Tage Schlittenreise durch die weiße Wildnis schrumpften ein wie in einem Fernglase und hatten nicht eine Stunde gedauert. Sie waren ein Augenblick, ein Zufall. Durch die Mauer des Schweigens war er hinausgestürzt, und durch die Mauer des Schweigens war er scheinbar nur einen Augenblick später wieder zurückgekommen und stand nun mitten im Trubel vom Tivoli.

Er mußte einen Blick auf den Schlitten mit den Postsäcken werfen, um sich zu vergewissern, daß diese zwei Monate und die zweitausend Meilen Wirklichkeit gewesen. Wie in einem Traum schüttelte er alle die Hände, die sich ihm entgegenstreckten. Ein unsägliches Entzücken erfüllte ihn. Das Leben war herrlich. Er liebte es. Ein Gefühl von Menschlichkeit und Kameradschaftlichkeit durchströmte ihn heiß. Sie alle gehörten zu ihm, waren von seiner Art. Es war überwältigend, riesenhaft. Er spürte seinen Herzschlag, und er hatte jedem einzelnen die Hand drücken, ihn an seine Brust ziehen können.

Er schöpfte tief Atem und rief: „Der Gewinner bezahlt, und das bin ich, nicht wahr? Her mit euch, ihr Mameluts und Siwashes, und sagt, was ihr haben wollt! Hier ist eure Post aus Dyea, geradeswegs von Salt Water geholt, und es ist keine Hexerei dabei! Bindet die Säcke auf und macht euch drüber her!"

En Dutzend Händepaare machten sich an das Aufbinden der Säcke, als der junge Le Barge-Indianer, der eben damit angefangen hatte, sich plötzlich mit einer kraftlosen Bewegung aufrichtete. In seinen Augen stand eine große Überraschung. Er blickte sich verwirrt um, denn alles um ihn her war ihm fremd. Ein Gefühl ungeahnter Begrenzung durchfuhr ihn. Er zitterte wie im Fieber, die Knie versagten ihm, und er sank langsam nieder, bis er plötzlich über den Schlitten stürzte und Finsternis seine Sinne umhüllte.

„Erschöpfung", sagte Daylight. „Bringt ihn hinaus, und legt ihn ins Bett. Ein braver Indianer."

„Daylight hat recht", bestätigte Doc Watson einen Augenblick später. „Der Mann ist vollständig fertig."

Die Post war ausgeladen, das Gespann eingebracht, um zu fressen, und Bettles stimmte sein Schlachtlied von der Sassafraswurzel an, während sich alle an den langen Schanktisch stellten, um zu trinken und ihre Gewinne einzuheimsen.

Wenige Minuten später wirbelte Daylight mit der Jungfrau auf dem Tanzboden im Walzer herum. Er hatte die Parka mit Pelzmütze und Wolljacke vertauscht, die steifgefrorenen Mokassins abgestreift und tanzte auf Strümpfen. Am Nachmittag war er bis zu den Knien durchnäßt gewesen, aber er war weitergefahren, ohne sein Fußzeug zu wechseln, und nun waren seine wollenen Strümpfe bis zu den Knien mit einer Eiskruste bedeckt, die jetzt in der Wärme des Raumes aufzutauen und in kleine Stücke zu brechen begann. Beim Tanzen schlugen diese Eisstückchen gegeneinander, klirrten auf den Boden und machten ihn für die andern Tänzer unsicher. Aber jeder sah es Burning Daylight gerne nach. Er, einer der wenigen, die diesem fernen Lande seine Gesetze gegeben, die seine ethischen Führer gewesen und durch ihr Benehmen den Maßstab für Recht und Unrecht geschaffen, er stand selbst über dem Gesetz. Er war einer jener seltenen, begünstigten Sterblichen, die nichts Schlechtes tun können. Was er tat, mußte eben recht sein, weil er immer das Rechte tat, und zwar auf edlere und feinere Art als andere. Und daher war Daylight einer der ältesten Helden in diesem jungen Lande und doch zugleich einer der Jüngsten von allen, ein Ausnahmegeschöpf, einer, der über den andern stand, einer, der in erster Linie Mann und dazu ein ganzer Mann war. Kein Wunder, daß die Jungfrau sich ihm in die Arme warf, daß sie einen Tanz nach dem andern mit ihm tanzte, und daß ihr das Herz schwer wurde, weil sie sich wohl bewußt war, daß er in ihr nichts anderes sah als einen guten Freund und eine ausgezeichnete Tänzerin. Das Bewußtsein, daß er nie eine andere Frau geliebt hatte, war ihr nur ein schwacher Trost. Sie war krank aus Liebe zu ihm, und er tanzte mit ihr, wie er mit jeder andern, ja mit einem Manne getanzt hätte, der ein guter Tänzer war und sich ein Taschentuch um den Arm gebunden hatte, zum Zeichen, daß er als Frau galt.

Einmal tanzte Daylight an diesem Abend mit einem Kameraden. Zwischen Hinterwäldlern war es stets ein Zeichen von Ausdauer gewesen, einen andern so lange herumzuwirbeln, bis er umfiel, und als Ben Davis, der Pharao-Bankhalter, ein buntes Taschentuch um den Arm, Daylight zu einem Virginia Reel aufforderte, ging der Spaß los. Der Tanz wurde abgebrochen, und alle Anwesenden stellten sich an den Wänden auf, um zuzusehen. Immer herum wirbelten die beiden Männer, immer in derselben Richtung. Die Leute im großen Schankraum hörten davon und verließen die Spieltische. Jeder wollte sehen, und sie drängten sich am Eingang des Tanzsaals zusammen. Die Musiker spielten wie besessen, und die beiden Männer wirbelten herum. Davis kannte den Trick, und manchen starken Mann hatte er schon am Yukon damit geworfen. Aber schon nach wenigen Minuten war es klar, daß er und nicht Daylight verlieren mußte.

Eine Weile wirbelten sie noch herum, aber auf einmal blieb Daylight stehen, ließ seinen Partner los und trat zurück, indem er mit den Armen in der Luft herumfocht, um Halt zu finden. Davis lächelte schwindlig und benommen, taumelte seitwärts, drehte sich, um festen Fuß zu gewinnen, und stürzte vornüber zu Boden. Daylight aber ergriff, noch schwankend mit den Armen fechtend, das nächste Mädchen und stürzte sich mit ihr in einen Walzer. Wieder hatte er etwas Großes vollbracht. Von zweitausend Meilen über das Eis und einer

Fahrt von siebzig Meilen täglich ermattet, hatte er einen frischen Mann zu Boden getanzt, und der Mann war Ben Davis.

Daylight liebte die Höhen, und gab es in seinem Gesichtskreis auch nur wenige Höhen, so hatte er sich doch vorgenommen, die höchste zu erklimmen, die zu finden war. Die Welt draußen hatte nie seinen Namen gehört, aber in dem schweigenden Norden war er weit und breit bekannt, bei Weißen, Indianern und Eskimos, von der Beringsee bis zu den Pässen, von den Quellen der entlegensten Flüsse bis zu den Tundren von Point Barrow. Der Wunsch zu herrschen war stark in ihm, und es war ihm gleich, ob er mit den Elementen selbst, mit Männern oder mit dem Glück ein hohes Spiel spielte. Das Leben und alles, was dazu gehörte, war ein einziges großes Spiel. Und er war Spieler vom Scheitel bis zur Sohle. Risiko und Chancen waren für ihn Essen und Trinken. Zwar spielte er nicht ins Blaue hinein, denn er gebrauchte Witz, Geschicklichkeit und Stärke, aber hinter alledem stand das ewige Glück, dieses Etwas, das sich zuzeiten gegen seine Anbeter wandte, die Klugen vernichtete und die Toren segnete, – das Glück, das alle Menschen suchten und zu besiegen träumten. Auch er. Tief in seinen Lebensfunktionen sang das Leben selbst sein Sirenenlied von der eigenen Hoheit, immer hörte er ein Flüstern und Drängen, das ihn überredete, er könne mehr als andere Menschen, er könne gewinnen, wo sie verloren, siegen, wo sie untergingen. Es war der gesunde, starke Sporn des Lebens, der nicht Schwäche und Verfall kennt, der sich am eigenen Wohlbefinden berauscht, sich an sich selber begeistert, an seinem eigenen mächtigen Optimismus entzückt. Und immer, im schwächsten Flüstern wie im hellsten Trompetenton, hörte er die Botschaft, daß er einmal irgendwo und irgendwie das Glück besiegen, sich selbst zum Herrn darüber machen und ihm sein Brandzeichen aufdrücken würde. Spielte er Poker, so flüsterte es von vier Assen und „flush royal“. Suchte er Gold, so wisperte es von Gold unter Graswurzeln, Gold in Flußbetten, von Gold überall. Bei den größten Wagnissen, auf Schlittenreisen, Flußreisen und Hungerlagern, erklang die Botschaft, daß andere Männer sterben müßten, wo er selbst triumphierte. Es war die alte, alte Lüge des Lebens – des Lebens, das sich selbst narrte, sich selbst für unsterblich und unvergänglich hielt und glaubte, nach Herzenswunsch über alle andern siegen zu können.

Und so kehrte Daylight das Unterste zu oberst, walzte sich frei vom Schwindel und stürmte als erster die Bar. Aber nun ertönte energischer Protest von allen Seiten. Seine Theorie, daß der Gewinner bezahlen müßte, wurde nicht länger geduldet. Es verstieß gegen jeden guten Ton, und obgleich es das Gefühl guter

Kameradschaft betonte, mußte es nun gerade im Namen der Kameradschaft aufhören. Gerechterweise mußte Ben Davis ausgeben. Ferner sollten alle Getränke und Runden, zu denen Daylight eingeladen hatte, zu Lasten des Etablissements gehen, denn Daylight war jedesmal, wenn er losgelassen war, eine Attraktion für die Gäste. Bettles hatte das Wort, und seine Gründe, die in einer bündigen, wenn auch nicht gerade eleganten Sprache vorgebracht wurden, fanden starken Beifall.

Daylight grinste, trat an den Roulettetisch und kaufte einen Haufen gelber Chips. Nach Verlauf von zehn Minuten stand er an der Wage, und für zweitausend Dollar Goldstaub wanderten in seinen und einen Extrabeutel. Das Glück, wenn auch nur das Glück eines Augenblicks, war sein. Sein Selbstgefühl wuchs immer mehr. Er lebte, und die Nacht gehörte ihm. Er wandte sich zu seinen wohlmeinenden Kritikern.

„Nun muß aber der Gewinner bezahlen“, sagte er.

Und sie gaben nach. Es war unmöglich, Daylight zu widerstehen, wenn er auf dem Rücken des Lebens herumsprang und es mit Sporen und Zügel ritt.

Um ein Uhr nachts sah Daylight, wie Elijah Davis den Henry Finn und Joe Hines, den Holzfäller, zur Tür trieb. Er legte sich dazwischen.

„Wo wollt ihr hin, Leute?“ fragte er und versuchte sie zum Schanktisch zu ziehen.

„Zu Bett“, antwortete Elijah Davis.

Er war ein magerer, tabakrauchender Neuengländer, der den Ruf aus dem Westen gehört hatte und ihm über die Weiden und Wälder des Mount Desert gefolgt war.

„Laß uns nur gehen“, fügte Joe Hines entschuldigend hinzu. „Wir müssen morgen früh fort.“

Aber Daylight hielt sie zurück.

„Wohin? Was habt ihr vor?“

„Nichts Aufregendes“, erklärte Elijah. „Wir wollen nur deine Chance im Oberland untersuchen. Willst du mit?“

„Aber gewiß“, versicherte Daylight.

Doch die Frage war nur im Scherz getan, und Elijah tat, als hörte er nicht das Ja des andern.

„Wir wollen den Stewart in Angriff nehmen", fuhr er fort. „Al Mayo hat mir erzählt, daß er das erstemal, als er den Stewart hinunterkam, einige Spalten gesehen hat, die so aussahen, als wäre etwas draus zu machen, und wir wollen es versuchen, solange der Fluß noch gefroren ist. Hör' zu, Daylight, was ich sage, und pass' gut auf, es wird die Zeit kommen, da man im Winter gräbt. Dann wird man sich über unsere Sommerarbeit und unser Wälzen im Schlamm lustig machen."

Damals ließ man sich am Yukon noch nichts davon träumen, im Winter Gold zu suchen. Von Moos und Gras bis zur Felsunterlage war der ganze Boden gefroren, und die Erde, die hart wie Granit war, trotzte der Hacke und der Schaufel. Im Sommer wühlte man den Boden auf, soweit die Sonne ihn auftaute. Dann war es Zeit zum Goldsuchen. Während des Winters verfrachteten sie Proviant, gingen auf die Elchjagd, bereiteten alles für die Sommerarbeit vor und vertrieben sich die dunklen, traurigen Monate in den großen Lagern wie Circle City und Forty Mile, so gut es eben ging.

„Gewiß wird man im Winter graben", stimmte Daylight zu. „Wartet nur, bis der große Fund am Flusse oben gemacht ist. Dann werdet ihr eine neue Art von Goldgraben erleben, Jungens! Warum sollte man nicht Feuer anmachen, Schächte graben und auf der Felsunterlage arbeiten können? Man braucht sie nicht einmal zu zimmern. Der gefrorene Schutt wird stehen, bis die Hölle gefriert und der Höllenpfuhl zu Eiscreme wird. Ja, in kommenden Tagen wird man in Lagern arbeiten, die hundert Fuß tief unter der Erde liegen. Gewiß gehe ich mit euch, Elijah!"

Elijah lachte, rief seine beiden Kameraden und machte einen neuen Versuch, die Tür zu erreichen.

„Halt!" rief Daylight. „Es ist mein Ernst."

Da wandten die drei Männer, mit freudiger Überraschung auf den Gesichtern, sich plötzlich um.

„Ach was, du machst dich nur über uns lustig", sagte Finn, der andere Holzfäller, ein ruhiger, zuverlässiger Mann aus Wisconsin.

„Da sind meine Hunde und mein Schlitten“, antwortete Daylight. „Das gibt zwei Gespanne und das halbe Gewicht; wir können allerdings in der ersten Zeit nicht sehr schnell reisen, denn die Hunde sind müde.“

Die drei Männer waren außer sich vor Freude, aber immer noch ungläubig.

„Hör' mal,“ platzte Joe Hines heraus, „halt uns nicht zum besten, Daylight. Es ist Geschäft. Willst du mit?“

Daylight ergriff seine Hand und schüttelte sie.

„Dann tätest du am besten, auch ins Bett zu gehen“, rief Elijah. „Wir wollen um sechs Uhr fort, und vier Stunden Schlaf ist nicht viel.“

„Vielleicht warten wir noch einen Tag, damit er sich ausruhen kann“, schlug Finn vor.

Das verletzte aber Daylights Stolz.

„Auf keinen Fall“, schrie er. „Um sechs geht's los. Wann wollt ihr geweckt werden? Um fünf? Schön, ich hol' euch 'raus.“

„Du müßtest doch auch etwas Schlaf haben“, riet Elijah ernsthaft. „Du kannst das nicht so in alle Ewigkeit aushalten.“

Daylight war müde, zum Umfallen müde. Selbst sein eiserner Körper mußte diesmal daran glauben. Jeder Muskel sehnte sich nach Schlaf und Ruhe und schrak zurück vor weiterer Anstrengung und dem Gedanken an eine neue Reise. Und der Protest seines Körpers wallte aufrührerisch zum Gehirn empor. Aber tiefer saß, verächtlich und herausfordernd, das Leben selbst, die Triebfeder von allem, und flüsterte Daylight zu, daß alle seine Kameraden dabeiständen und zusähen, und daß jetzt der Zeitpunkt gekommen wäre, daß er Tat auf Tat häufen, seine ganze Kraft zeigen müßte. Es war nur das Leben, das seine alten Lügen flüsterte. Und verbündet mit ihm der Whisky mit all seinem tollen Übermut und seiner Prahlerei.

„Ihr meint vielleicht, daß ich das Trinken nicht mehr gewohnt bin?“ fragte Daylight. „Ich hab' nicht ein Glas getrunken, nicht einen Tanz getanzt, nicht eine Seele gesehen in den zwei Monaten, was? Geht ihr nur zu Bett. Ich wecke euch schon um fünf.“

Und die ganze Nacht tanzte er auf Strümpfen, und als er um fünf Uhr an die Tür seiner neuen Kameraden donnerte, konnten sie ihn das Lied singen hören, dem er seinen Namen verdankte:

„Das Himmelslicht brennt, ihr Glücksritter vom Stewart-River! Das Himmelslicht brennt! Burning Daylight! Burning Daylight!“

Diesmal ging die Reise leichter. Der Weg war besser gebahnt, sie hatten keine Post zu fahren und mehr Zeit. Die Tagesreisen waren kürzer und der Arbeitstag auch. Auf seiner Postfahrt hatte Daylight die Indianer zuschanden gefahren, aber seine jetzigen Kameraden wußten, daß sie sich nicht überanstrengen durften, weil es noch genug zu tun gab, wenn sie am Stewart angekommen waren, und reisten daher langsam. Während die Reise aber seine Kameraden ermüdete, erholte Daylight sich und ruhte sich aus. In Forty Mile blieben sie der Hunde wegen zwei Tage, und in Sixty Mile ließen sie Daylights Gespann beim Kaufmann zurück. Im Gegensatz zu ihrem Herrn waren die Hunde durch die wahnsinnige Fahrt von Selkirk nach Circle City furchtbar mitgenommen und hatten auf der Rückreise keine frischen Kräfte sammeln können. So fuhren die vier Männer von Sixty Mile mit einem frischen Gespann vor Daylights Schlitten weiter.

In der folgenden Nacht lagerten sie auf der Inselgruppe in der Mündung des Stewart. Daylight redete von Baugründen, und obgleich die andern ihn auslachten, steckte er dennoch dies ganze Labyrinth hoher bewaldeter Inseln ab.

„Wenn nun der große Goldfund gerade hier am Stewart gemacht wird“, schloß er. „Vielleicht seid ihr mit dabei, Jungens, vielleicht auch nicht. Aber ich will jedenfalls mit dabei sein. Überlegt es euch lieber und macht es wie ich.“

Aber sie wollten nicht hören.

„Du bist gerade so verrückt wie Harper und Joe Ladue“, sagte Joe Hines. „Die machen das immer so. Du kennst doch die große Ebene unten am Klondike, bei der Moosehidequelle? Schön. Der Registrator von Forty Mile hat mir erzählt, daß sie sie vor kaum einem Monat abgesteckt haben – die Harper-und Ladueschen Grundstücke. Ha! Ha! Ha!“

Elijah und Finn fielen in sein Lachen ein. Aber Daylight blieb ernst.

„Da habt ihr's!“ rief er. „Da ist die Chance! Sie liegt in der Luft, sag' ich euch! Wozu sollten sie die große Ebene abstecken, wenn sie nicht selbst daran glaubten? Ich wollte, ich hätte es getan.“

Das Bedauern in seiner Stimme erregte wieder schallendes Gelächter.

„Lacht nur, Jungens! Lacht nur! Ihr meint, die einzige Art, sein Glück zu machen, sei Gold zu graben. Aber das sag' ich euch, wenn der große Fund kommt, dann habt ihr verflucht wenig von eurer Buddelei. Ihr lacht, wenn man Quecksilber in die Büchsen tut, und meint, daß Gott in seiner Allmacht den Goldstaub nur geschaffen habe, um Verrückte und Chechaquos zu narren. Ihr nehmt nur den gröbsten Goldstaub mit, und die Hälfte laßt ihr im Schutt stecken, den ihr wegschmeißt.

Aber den Hauptgewinn ziehen die Männer, die den Boden abstecken, die Handelskompanien organisieren und Banken gründen –"

Hier unterbrach ihn wieder schallendes Gelächter. Banken in Alaska! Der Gedanke war zum Schreien.

„Ja, und dann fehlt nur noch die Börse –"

Wieder wanden sie sich vor Lachen. Joe Hines wälzte sich in seinem Schlafsack und hielt sich die Seiten.

„Und hinterher werden die großen Minengauner kommen und die Landstrecken aufkaufen, wo ihr wie die Hühner im Sand gescharrt habt, und sie werden im Sommer mit hydraulischen Motoren arbeiten und im Winter mit Dampf auftauen –"

Mit Dampf auftauen! Das war die Höhe. Daylight hatte schon manchen guten Einfall gehabt, aber heute übertraf er sich selbst. Auftauen mit Dampf – wo selbst das Auftauen mit Feuer noch ein unerprobtes Experiment, ein Luftgebilde war!

„Lacht nur, ihr Schlauköpfe, lacht nur! Euch werden schon die Augen aufgehen. Ihr seid dumm wie neugeborene Katzen. Ich sage euch, wenn der Goldfund in Klondike kommt, dann sind Harper und Ladue Millionäre. Und wenn er am Stewart kommt, dann sollt ihr sehen, was Elam Harnish' Grundstücke wert sind. Dann steht ihr mit langen Gesichtern da ..." Er seufzte resigniert. „Ja, und dann muß ich euch noch ein bißchen Proviant und Suppe abgeben."

Daylight hatte Phantasie. Sein Horizont war begrenzt, aber was er sah, sah er groß. Seine Gedanken waren wohlgeordnet, seine Einbildungskraft praktisch, und er träumte nie ins Blaue hinein. Wenn er in seiner Phantasie eine große Stadt auf einer bewaldeten, schneebedeckten Ebene sah, so setzte er zuerst den Goldfund voraus, der diese Stadt ermöglichte, und dann richtete er sein Augenmerk auf die Möglichkeit, Anlegestellen für Dampfer, Sägewerke und

Warenhäuser, kurz alles, was für eine Minenstadt im hohen Norden erforderlich war, zu schaffen. Aber das war doch nur gleichsam die Voraussetzung für noch Größeres: ein Spielfeld für sein Temperament. Alle Möglichkeiten schwärmten durch die Straßen und Gebäude seiner Traumstadt. Sie war ein Spieltisch im großen. Die Grenzen waren der Himmel, das Land im Süden auf der einen und das Nordlicht auf der andern Seite. Es mußte ein großes Spiel werden, größer als alle, die ein Mann am Yukon sich je hatte träumen lassen, und er, Burning Daylight, wollte schon dafür sorgen, daß er mit dabei war.

Vorläufig hatte er jedoch nichts Greifbares, es war nur Gefühlssache. Aber es kam schon noch. Wie er seine letzte Unze auf eine gute Pokerkarte setzte, so setzte er Leben und Kräfte auf diese Chance des großen Goldfundes am Upper-River. Und darum kämpften er und seine drei Kameraden sich mit Hunden und Schlitten über den gefrorenen Busen des Stewarts hinauf, und weiter und immer weiter durch die weiße Wüste, deren unendliche Stille noch nie von menschlichen Stimmen, von Axthieben oder dem fernen Knall einer Büchse durchbrochen war. Sie waren die einzigen, die sich durch diese unendliche gefrorene Stille bewegten, winzige Menschlein, die ihr Maß von Meilen täglich dahinkrochen, das Eis schmolzen, um Trinkwasser zu erhalten, und nachts im Schnee ihr Lager aufschlugen, während ihre Wolfshunde als reifbedeckte haarige Klumpen dalagen und die acht Schneeschuhe aufrecht neben den Schlitten im Schnee steckten.

Von anderen Menschen sahen sie nicht das geringste, nur einmal kamen sie an einer rohgezimmerten Schute vorbei, die auf einer Sandbank lag. Der Eigentümer war nie zurückgekehrt, sie zu holen, und sie fuhren verwundert weiter. Einmal stießen sie auf die Reste eines Indianerdorfes, aber die Bewohner waren verschwunden, befanden sich zweifellos am oberen Lauf des Stewarts auf der Elchjagd. Zweihundert Meilen vom Yukon fanden sie die Barren, von denen Al Mayo gesprochen hatte. Hier schlugen sie ihr Lager für längere Zeit auf, legten ihre Vorräte hoch, so daß die Hunde sie nicht erreichen konnten, und begannen mit der Arbeit, indem sie sich durch die Eisdecke hindurchgruben.

Es war ein hartes, einfaches Leben. Sie arbeiteten beim Frühlicht, sobald sie gefrühstückt hatten, und wenn die Nacht hereinbrach, kochten sie ihr Essen, verrichteten ihre Lagerarbeit, rauchten und unterhielten sich eine Weile und wickelten sich dann in ihre Schlafsäcke und schliefen, während das Nordlicht über ihren Häuptern flammte und die Sterne in der starken Kälte funkelten und flimmerten. Ihre Kost war einförmig: aus Sauerteig bereitetes Brot, Speck,

Bohnen und gelegentlich ein Teller Reis, mit einer Handvoll gedörrter Pflaumen zusammengekocht. Frisches Fleisch war nicht aufzutreiben. Es herrschte ein ungewöhnlicher Mangel an Wild. Ab und zu fanden sie die Fährte eines Schneehasen oder Hermelins, aber im großen und ganzen schien das Land ausgestorben. Das war ihnen nichts Neues, denn sie hatten es schon oft erlebt, daß sie in einer Gegend, wo es das eine Jahr von Wild wimmelte, ein oder zwei Jahre später nicht ein Stück mehr antrafen.

Sie fanden zwar Gold an den Barren, aber es war nicht der Mühe wert. Als Elijah sich einmal fünfzig Meilen vom Lager auf der Fuchsjagd befand, hatte er Kies vom Grunde eines großen Baches ausgewaschen und gute Farben gefunden. Sie schirrten die Hunde an und fuhren mit leichter Ausrüstung hin. Hier – und vielleicht zum erstenmal in der Geschichte des Yukons – warfen sie mit Hilfe von Feuer einen Schacht aus. Es geschah auf Daylights Veranlassung. Nachdem sie Moos und Gras entfernt hatten, entzündeten sie ein Feuer aus trockenen Tannenzweigen. Nach sechs Stunden war der Boden acht Zoll tief aufgetaut. Sie trieben ihre Hacken hinein, schaufelten ein Loch und zündeten ein neues Feuer an. Angespornt von dem Erfolg ihres Experimentes arbeiteten sie von früh bis spät. Nach sechs Fuß gefrorener Erde erreichten sie eine Kiesschicht, die ebenfalls gefroren war. Hier ging die Arbeit langsamer vonstatten. Aber sie lernten bald, ihr Feuer besser zu handhaben und fünf bis sechs Zoll auf einmal aufzutauen. Es gab Goldstaub in dem Kies, und nach weiteren zwei Fuß stießen sie wieder auf Erde. In siebzehn Fuß Tiefe kam wieder eine dünne Schicht Kies, der groben Goldstaub enthielt, und die Probepfannen ergaben eine Ausbeute von je sechs bis acht Dollar. Leider war diese Schicht nur einen Zoll dick. Darunter war wieder Erde, vermischt mit alten Baumstämmen und versteinerten Knochen längst verschwundener Ungeheuer. Aber sie hatten Gold gefunden – richtiges Gold. Und was war natürlicher als anzunehmen, daß der große Fund auf der abschließenden Felsunterlage gemacht werden würde? Sie beschlossen, in zwei Schichten zu arbeiten, und waren Tag und Nacht an zwei Stellen tätig, während der Rauch ihrer Feuer zum Himmel stieg.

Als zu dieser Zeit die Bohnen knapp wurden, fuhr Elijah nach dem Hauptlager zurück, um mehr Proviant zu holen. Elijah war selbst ein erprobter alter Schlittenführer. Es waren rund hundert Meilen, aber er versprach, am dritten Tage zurückzukommen, indem er einen Tag für die Hinfahrt und zwei für den Rückweg mit dem beladenen Schlitten berechnete. Statt dessen kam er schon am Abend des zweiten Tages. Die andern hatten sich gerade schlafen gelegt, als sie ihn kommen hörten.

„Was ist los, zum Teufel?“ fragt Henry Finn, als der leere Schlitten in den Lichtschein fuhr und er bemerkte, daß Elijahs langes ernstes Gesicht noch länger und ernster als gewöhnlich war.

Joe Hines warf Holz auf das Feuer, und die drei in ihre Schlafsäcke gehüllten Männer krochen dicht an das Feuer heran. Elijahs bärtiges Gesicht war bis zu den Augenbrauen mit einer Eisschicht bedeckt, so daß er der Karikatur eines Weihnachtsmannes glich.

„Ihr wißt die große Tanne, direkt am Flusse, die die eine Ecke des Brettes mit unsern Vorräten trägt?“ begann er.

Das Unglück war schnell erzählt. Der scheinbar starke Baum war von irgendeiner versteckten Krankheit angegriffen gewesen, hatte die Last der Vorräte und des Schnees nicht ertragen, hatte das so lange bewahrte Gleichgewicht verloren und war zu Boden gestürzt. Die Vorräte waren fort. Die Vielfraße hatten alles, was sie nicht gefressen hatten, verdorben. „Sie haben allen Speck, Pflaumen, Zucker und Hundefutter gefressen“, berichtete Elijah. „Und dann haben die verdammten Biester Löcher in die Säcke gefressen und Mehl, Bohnen und Reis von Dan bis Beerseba verstreut. Ich hab' leere Mehlsäcke gefunden, die sie eine Viertelmeile verschleppt hatten.“

Eine Weile sprach keiner ein Wort. Es war eine Katastrophe, mitten in einem arktischen Winter und einem vom Wilde verlassenen Lande den Proviant zu verlieren. Das Entsetzen lähmte sie nicht, aber sie mußten der Situation ins Auge sehen und einen Ausweg finden. Joe Hines fand zuerst die Sprache wieder. „Wir können Reis und Bohnen aus dem Schnee auswaschen, wenn es auch nicht mehr als acht bis zehn Pfund geben wird.“

„Und einer muß mit einem Gespann bis nach Sixty Mile hinunter“, sagte Daylight.

„Ich fahre“, sagte Finn.

Sie grübelten eine Weile.

„Aber wie sollen wir das andere Gespann und drei Mann ernähren, bis er zurückkommt?“ fragte Hines.

„Es gibt nur eine Möglichkeit“, meinte Elijah. „Du mußt das andere Gespann nehmen, Joe, und den Stewart hinauffahren, bis du die Indianer findest. Dann kommst du mit Fleisch zurück. Du mußt lange wieder da sein, ehe Henry von Sixty Mile zurück ist, und in eurer Abwesenheit brauchen wir nur Essen für Daylight und mich. Wir müssen uns eben mit kleinen Rationen begnügen.“

„Und morgen früh fahren wir alle zum Depot und waschen den Schnee aus, um zu sehen, was wir haben.“ Mit diesen Worten legte Daylight sich hin und wickelte sich in seinen Schlafsack. „Jetzt wollen wir schlafen, damit wir morgen zeitig wegkommen“, fügte er hinzu. „Zwei von euch können die Hunde mitnehmen. Elijah und ich werden einen Abstecher machen, um zu sehen, ob wir einen Elch erwischen.“

Es wurde keine Zeit verloren. Mit den Hunden, die schon auf kleine Rationen gesetzt waren, gebrauchten Hines und Finn zwei Tage, um das Depot zu erreichen. Am Abend des dritten Tages traf Elijah ein, aber er hatte keinen Elch gesehen, und in der Nacht kam Daylight und berichtete dasselbe. Gleich nach ihrer Ankunft machten sich die Männer daran, den Schnee in der Umgebung des Depots gründlich auszuwaschen. Es war eine tüchtige Arbeit, denn sie fanden verstreute Bohnen bis hundert Schritt vom Depot entfernt. Noch ein Tag verging damit, aber das Ergebnis war kläglich, und die vier Männer verteilten redlich die wenigen Pfund Proviant unter sich, die sie dabei gewonnen hatten.

Den Löwenanteil erhielten Daylight und Elijah. Die Männer, die mit den Hunden den Stewart hinauf und hinabfuhren, würden eher Proviant erhalten. Die beiden Zurückbleibenden aber mußten ausharren, bis die andern zurückkehrten. Überdies konnten im Notfall die Hunde, die bei der geringen täglichen Ration nur langsam vorwärtskamen, gegessen werden. Die Zurückbleibenden aber hatten keine Hunde. Aus diesem Grunde übernahmen Daylight und Elijah den gefährlicheren Posten. Die Tage vergingen; ganz unmerklich glitt der Winter in den nordischen Frühling hinüber, der wie ein Blitz aus heiterem Himmel kommt. Es war der Frühling des Jahres 1896. Jeden Morgen erhob sich die Sonne weiter östlich, blieb länger am Himmel und sank weiter im Westen. Der März ging zu Ende, der April begann, und Daylight und Elijah, mager und hungrig, begannen sich Gedanken zu machen, was ihren Kameraden zugestoßen sein mochte. Selbst wenn sie jede erdenkliche Verspätung in Betracht zogen und noch ein paar Tage hinzurechneten, hätten sie längst zurück sein müssen. Ohne Zweifel war ihnen etwas zugestoßen. Vorsichtshalber waren sie beide in verschiedenen Richtungen ausgeschickt. Sollte ihnen nun beiden etwas zugestoßen sein? Das wäre der letzte Schlag gewesen.

Inzwischen schlugen Daylight und Elijah, die die Hoffnung nicht aufgaben, sich kümmerlich durch. Das Tauwetter hatte noch nicht begonnen, so daß sie den Schnee in der Umgebung des zerstörten Depots aufsammeln und in Töpfen, Eimern und Goldpfannen schmelzen konnten. Wenn das Wasser dann abgestanden war, zeigte sich auf dem Boden der Gefäße eine dünne, schleimige Lage. Es war das Mehl, die verschwindende Spur dessen, was über Tausende von Kubikmetern Schnee verstreut war. In dieser schleimigen Masse fanden sie zuweilen auch ein aufgeweichtes Teeblatt oder ein bißchen Kaffeegrus, mit Erdteilchen und Schmutz vermischt. Aber je weiter sie sich vom Depot entfernten, desto schwächer wurden die Mehlspuren, desto geringer die Schleimlage. Elijah war der ältere, und seine Kräfte versagten zuerst, so daß er die meiste Zeit in seinem Schlafsack verbringen mußte. Hin und wieder schoß Daylight ein Eichhörnchen, mit dem sie ihr Leben erhielten. Die Jagd war seine Sache und eine schwere Arbeit. Bei einem Munitionsvorrat von nur dreißig Schuß durfte er keinen Fehlschuß riskieren, und obwohl seine Büchse ein Kaliber von 45 bis 90 hatte, war er gezwungen, die kleinen Tierchen durch den Kopf zu schießen. Es gab nur sehr wenige, und es vergingen Tage, ohne daß sie eines zu Gesicht bekamen. Geschah das aber, dann traf er alle möglichen Vorsichtsmaßregeln. Stundenlang pirschte er sich an. Unzählige Male zielte er mit vor Schwäche zitternden Armen und schoß doch nicht. Sein eiserner Wille hielt ihn zurück. Ehe er seiner Sache sicher war, wollte er nicht schießen. So schrecklich Hunger und Sehnsucht nach dem bißchen Leben ihn auch quälten, wollte er sich doch nicht der Möglichkeit eines Fehlschusses aussetzen. Als der geborene Spieler, der er war, spielte er jetzt um den höchsten Einsatz. Sein Leben war der Einsatz, und er spielte, wie nur ein Spieler es kann, mit unsagbarer Überlegung. Das Ergebnis war, daß er nie fehlte. Jeder Schuß bedeutete ein Eichhörnchen, und wenn auch Tage zwischen den einzelnen Schüssen vergehen konnten, änderte er doch nie seine Spielmethode.

Von der Beute wurde nichts vergeudet. Selbst das Fell wurde zu Suppe ausgekocht, jeder Knochen zu Mehl zerstampft. Daylight suchte unter dem Schnee und fand hie und da ein paar Moosbeeren. Aber die meisten Beeren, die er fand, stammten vom vorigen Jahre, waren trocken und eingeschrumpft und besaßen nur einen ganz geringen Nährwert. Nicht viel besser war die Rinde der jungen Zweige.

Der April näherte sich seinem Ende, und der Frühling strich übers Land. Die Tage wurden länger. Wo die Sonne hinschien, begann der Schnee zu schmelzen, und unter dem Schnee quoll das Wasser hervor. Vierundzwanzig Stunden lang blies der Chinook-Wind, und in diesen vierundzwanzig Stunden sank die Schneedecke einen ganzen Fuß. Gegen Abend fror der geschmolzene Schnee wieder, so daß seine Oberfläche imstande war, das Gewicht eines Mannes zu tragen. Aus dem Süden erschienen kleine weiße Schneesperlinge, rasteten einen Tag und setzten dann die Reise nach dem Norden fort. Einmal sahen sie hoch oben einen Schwarm Wildgänse, der sich verfrüht hatte und, nach offenem Wasser ausspähend, nordwärts flog. Und drunten am Flusse war eine Zwergweide voller Knospen. Diese jungen Knospen konnten gekocht werden und ergaben eine ausgezeichnete Mahlzeit. Elijah faßte frischen Mut, wenn er ihn auch ebenso schnell wieder verlor, als Daylight keine weiteren Knospen fand.

Der Saft in den Bäumen stieg, und täglich wurde der rieselnde Laut unsichtbarer Quellen stärker: das gefrorene Land erwachte zu neuem Leben. Aber der Fluß wurde immer noch in den Fesseln des Frostes gehalten. Der Winter hatte viele Monate gebraucht, um sie so fest zu schmieden, daß sie nicht an einem Tage, nicht einmal durch den Donnerkeil des Frühlings gebrochen werden konnten. Der Mai kam, und die letzten Überlebenden der vorjährigen Moskitoschwärme krochen ausgewachsen, aber unschädlich aus Felsspalten und morschen Baumstämmen hervor. Die Grillen begannen zu zirpen, und immer mehr Enten und Gänse zogen über ihren Häuptern dahin. Und noch hielt der Fluß. Am zehnten Mai riß sich die Eisdecke des Stewart mit Krachen und Getöse von den Ufern los und stieg drei Fuß. Aber sie trieb nicht stromabwärts. Erst mußte der untere Yukon dort, wo der Stewart in ihn mündete, aufbrechen und ins treiben kommen. Bis dahin konnte das Eis des Stewart nur immer höher steigen, je reißender der Strom darunter wurde. Wann der Yukon aufbrechen würde, war nicht vorauszusagen. Zweitausend Meilen von hier floß er in die Beringsee, und auf die Eisverhältnisse in der Beringsee kam es an, ob der Yukon sich von den Millionen Tonnen befreite, die auf seiner Brust lagen.

Am zwölften Mai machten sich die beiden Männer mit ihren Schlafsäcken, einem Eimer, einer Axt und der kostbaren Büchse auf den Weg über das Eis zum Fluß hinunter. Ihre Absicht war, bis zu dem Depot mit der verlassenen Schute zu gehen, die sie getroffen hatten und in der sie sich nun, sobald das Wasser offen war, vom Strom nach Sixty Mile treiben lassen wollten. Erschöpft und ohne Nahrung, wie sie waren, mußte es eine langsame und beschwerliche Reise werden. Elijah fiel oft hin und war dann außerstande, wieder aufzustehen. Daylight verausgabte seine eigenen Kräfte, um ihn wieder aufzurichten. Dann wankte der Alte automatisch weiter, bis er das nächste Mal stolperte und hinfiel.

An dem Tage, als sie das Boot hätten erreichen sollen, brach Elijah völlig zusammen. Als Daylight ihn aufhob, ließ er sich sofort wieder fallen. Daylight versuchte ihn zu stützen, war aber selbst so schwach, daß sie beide hinfielen. Er schleppte Elijah ans Ufer, ein notdürftiges Lager wurde aufgeschlagen, und Daylight ging fort, um nach Eichhörnchen auszuspähen. Jetzt war auch er am Ende seiner Kraft. Am Abend fand er das erste Eichhörnchen, aber es wurde dunkel, ohne daß er zu einem sicheren Schuß kam. Mit der Geduld eines Wilden wartete er bis zum nächsten Tage, und dann, nach einer Stunde, war das Eichhörnchen sein.

Das meiste gab er Elijah und behielt selbst nur die zäheren Teile und die Knochen. Aber so ist die chemische Beschaffenheit des Lebens, daß dies kleine Wesen, dies Stückchen lebenden Fleisches in menschliche Nahrung umgesetzt, seine Bewegungskraft auf die beiden Männer übertrug. Dieselbe Energie, die die Triebfeder dieser Bewegungen gewesen, Kraft und Beweglichkeit des Tierchens ausgemacht hatte, durchströmte die ausgemergelten Muskeln und den wankenden Willen der Männer und gab ihnen die Kraft, die paar Meilen zu wandern, die zwischen ihnen und dem Boote lagen. Als sie es erreicht hatten, brachen sie zusammen und blieben eine lange Weile unbeweglich liegen.

Für einen starken Mann wäre es eine leichte Arbeit gewesen, das kleine Boot zum Ufer hinunter zu schaffen, aber Daylight brauchte Stunden dazu. Und tagelang mühte er sich ab, Moos in die klaffenden Risse zu stopfen. Aber selbst, als das getan, hielt der Fluß noch immer. Das Eis hatte sich mehrere Fuß gehoben, machte aber keine Anstalten, stromabwärts zu treiben. Noch eine weitere schwere Arbeit wartete ihrer; das Boot mußte ins Wasser geschafft werden, wenn es so weit war, daß sie ihre Fahrt beginnen konnten.

Vergebens wankte und stolperte Daylight durch den nassen Schnee oder über die Eisringe, die der Nachtfrost darüber gebreitet hatte, fiel, kroch auf allen vieren und spähte nach weiteren Eichhörnchen aus, um noch einmal die schnelle Beweglichkeit des Tierchens in menschliche Körperenergie umzusetzen und das Boot über die Eiskante in den Strom zu heben.

Erst am zwanzigsten Mai brach das Eis. Die Bewegung begann um fünf Uhr morgens. Die Tage waren schon so lang, daß Daylight sich aufsetzte und das Treiben des Eises betrachtete. Elijah war zu mitgenommen, um sich für das Schauspiel zu interessieren. Obgleich bei Bewußtsein, blieb er doch regungslos liegen, während das Eis vorbeisauste und große Stücke gegen das Ufer krachten, Bäume mit der Wurzel ausrissen und die Erde untergruben. Der ganze Boden um sie her wurde von diesen gewaltigen Zusammenstößen erschüttert. Nach einer Stunde hielt das Eis in seiner Fahrt inne. Irgendwo stromabwärts war es aufgehalten worden. Dann begann der Fluß zu steigen und hob das Eis auf seiner Brust, bis es das Ufer überragte. Immer mehr Wasser strömte den Fluß hinunter, und Millionen und aber Millionen Tonnen Eis vermehrten durch ihr Gewicht die angehäufte Menge. Der Druck und die Spannung waren furchtbar. Mächtige Eisschollen wurden herausgepreßt, bis sie hoch emporsprangen wie Melonenkerne zwischen Daumen und Zeigefinger eines Kindes, und am Flußufer entstand eine mächtige Eismauer. Als die Barre stromabwärts gesprengt war, verdoppelte sich das scheuernde, krachende Getöse. Noch eine Weile dauerte das Treiben des Eises. Der Fluß sank reißend schnell. Aber die Eismauer am Ufer, die bis hinunter in das sinkende Wasser reichte, blieb.

Nachtreibende Eisschollen kamen vorüber, und zum erstenmal seit sechs Monaten sah Daylight offenes Wasser. Er wußte, daß das Eis den oberen Lauf des Stewart noch nicht verlassen hatte, dort aufgehäuft und zusammengepreßt war und daß es jederzeit losbrechen und ein zweites Eistreiben verursachen konnte; aber ihre Lage war zu verzweifelt, als daß er noch länger hätte warten dürfen. Elijah war dem Tode nahe. Er selbst war nicht sicher, ob er Kraft genug in seinen ausgemergelten Muskeln besaß, um das Boot flott zu machen. Alles stand auf dem Spiel. Auf das nächste Eistreiben warten? Dann war Elijah sicher tot, und er selbst wahrscheinlich auch. Gelang es ihm, das Boot flott zu machen und einen Vorsprung vor dem zweiten Eistreiben zu gewinnen, ohne vom Eise des oberen Yukon eingeholt zu werden, so erreichten sie Sixty Mile und waren gerettet, wenn – und hier war wieder ein großes Wenn – wenn er Kräfte genug besaß, das Boot in Sixty Mile zu landen und nicht vorbeizufahren.

Er machte sich an die Arbeit. Die Eismauer erhob sich fünf Fuß über den Boden, auf dem das Boot ruhte. Er suchte die beste Stelle aus, um das Boot ins Wasser zu bringen, und fand eine mächtige Eisscholle, die sich schräg aus dem Wasser dicht an die Eismauer schob. Es war eine ganze Strecke bis dahin, aber nach einer Stunde hatte er es geschafft. Er war krank vor Anstrengung, und zeitweise wurde ihm schwarz vor Augen, er konnte nichts sehen, Lichtpunkte und Streifen, qualvoll wie Diamantstaub, tanzten ihm vor den Augen, während sein Herz klopfte, daß er fast erstickte. Elijah zeigte kein Interesse, er lag regungslos da, ohne die Augen aufzuschlagen, und Daylight mußte seinen Kampf allein ausfechten. Zuletzt – die gewaltige Anstrengung zwang ihn in die Knie – glückte es ihm, das Boot in sicherem Gleichgewicht oben auf die Mauer zu bringen. Auf Händen und Füßen kriechend, brachte er dann seinen Schlafsack, die Büchse und den Eimer ins Boot. Die Axt ließ er liegen, denn er hätte zwanzig Fuß zurückkriechen müssen, um sie zu holen, und er wußte, daß er sie nicht mehr brauchte.

Elijah ins Boot zu schaffen, war schwieriger, als er gedacht hatte, Zoll für Zoll, mit Pausen zwischen jedem Griff, schleppte er ihn über den Boden auf eine Eisscholle, die neben dem Boot lag. Aber ins Boot hinein vermochte er ihn nicht zu bringen. Elijahs kraftloser Körper war weit schwerer zu heben, als ein entsprechendes starres Gewicht. Daylight wollte ihn hochziehen, aber der schlaffe Körper knickte in der Mitte zusammen wie ein halbgefüllter Mehlsack. Da kletterte Daylight ins Boot und versuchte, seinen Kameraden hinter sich herzuschleppen. Aber er brachte nur Elijahs Kopf und Schultern über den Bootsrand. Sobald er oben losließ, um weiter unten zu packen, knickte der Erschöpfte auch schon wieder in der Mitte zusammen, und glitt auf das Eis zurück.

Da entschloß sich Daylight zu einem letzten verzweifelten Mittel.

„Herrgott, du Jammerlappen, nimm dich zusammen!“ schrie er. „Da, du verdammter Kerl, da hast du's!“

Und jedes Wort begleitete ein Schlag auf die Backen, die Nase, den Mund, um auf diese gewaltsame Weise die fliehende Seele und den verirrten Willen des Mannes wieder ins Leben zu rufen. Die zitternden Augenlider hoben sich.

„Pass' auf!“ schrie Daylight mit heiserer Stimme. „Wenn du deinen Kopf über den Bootsrand bekommst, so häng fest! Hörst du? Häng fest! Beiß mit den Zähnen hinein, aber häng fest!“

Die zitternden Augenlider schlossen sich wieder, aber Daylight wußte, daß seine Worte gewirkt hatten. Wieder zog er Kopf und Schultern des Hilflosen über die Reling.

„Häng fest, zum Teufel! Beiß hinein!" schrie er, als er losließ, um ihn unten zu packen.

Eine schlaffe Hand glitt von der Reling ab, und auch die Finger der andern ließen nach, aber Elijah gehorchte und hielt sich mit den Zähnen. Als Daylight ihn hochzog, scheuerte Elijahs Gesicht gegen den Boden des Bootes und Holzsplitter rissen ihm die Haut von Nase, Lippen und Kinn, aber kopfüber glitt er immer weiter ins Boot hinein, bis sein kraftloser Körper quer über der Reling zusammenfiel und nur noch die Beine über den Bootsrand hinaushingen. Aber auch die schob Daylight hinter ihm her ins Boot. Dann schöpfte er tief Atem, drehte Elijah auf den Rücken und deckte ihn mit den Schlafsäcken zu.

Nun war noch das letzte übrig – das Boot zu Wasser zu bringen. Dies war naturgemäß das Schwerste von allem und verlangte eine riesige Kraftanspannung. Daylight nahm alle Kräfte zusammen und machte sich ans Werk. Es mußte aber etwas in ihm gesprungen sein, denn als er nach einem Augenblick der Bewußtlosigkeit zu sich kam, lag er zusammengekrümmt auf dem scharfen Stern des Bootes. Zum erstenmal in seinem Leben war er ohnmächtig geworden. Dazu hatte er das Gefühl, daß er fertig wäre, daß er alle Beweglichkeit verloren hätte und, was das merkwürdigste war, daß ihm das alles ganz gleichgültig sei. Er hatte Visionen, klare und lebendige Visionen, und seine Sinne waren scharf wie die Schneide einer Stahlklinge. Er, der all seine Tage das nackte Leben vor Augen gehabt, hatte nie zuvor so viel von der Nacktheit des Lebens gesehen. Zum erstenmal spürte er einen Zweifel an seiner eigenen strahlenden Persönlichkeit. In diesem Augenblick strauchelte das Leben und vergaß zu lügen. Alles in allem war er nur ein kleiner Wurm, gerade wie alle andern Würmer, wie das Eichhörnchen, das er verzehrt, wie die andern Männer, die er hatte sterben sehen, wie Joe Hines und Henry Finn, die sicher ihren Untergang gefunden hatten, wie Elijah, der mit zerschundenem Gesicht auf dem Boden des Bootes lag, ohne sich um etwas zu kümmern. Wie Daylight lag, konnte er den Fluß hinauf bis zu der Biegung sehen, um die früher oder später das neue Eistreiben kommen mußte. Und als er so hinausblickte, war es ihm, als könnte er zurückblicken durch die Zeiten in eine Vergangenheit, als es weder Weiße noch Indianer im Lande gab, und immer sah er denselben Stewart, Winter auf Winter, mit Eis beladen, und Frühling auf Frühling, das Eis sprengend, bis er wieder frei dahinströmte. Und auch in eine unendliche Zukunft sah er, wenn die letzten des Menschengeschlechtes die Oberfläche von Alaska verlassen hatten, und er sah, ewig gleich, den Fluß, mit Eis und Überschwemmung, immer und immer strömen.

Das Leben hatte gelogen und betrogen. Es narrte alle Geschöpfe. Es hatte ihn genarrt, ihn, Burning Daylight, der es wie kaum ein zweiter mit Frohsinn gedeutet hatte. Er war nichts – nur ein Bündel Fleisch und Nerven, das im Schmutze herumkroch, um Gold zu finden, das träumte, strebte und spielte und das verging und hin war. Nur die toten Dinge blieben, die Dinge, die nicht Fleisch und Nerven waren – der Sand, die Erde und der Kies, die Ebenen, die Berge, der Fluß selbst, der zufror, und seine Decke sprengte, Jahr für Jahr, alle Zeit. Alles in allem war es ein falsches Spiel. Wer starb, konnte nicht gewinnen, und alle starben. Wer gewann? Nicht einmal das Leben, der Lockvogel, der zum Spiel verleitete – das Leben, der immer blühende Kirchhof, das ewige Grabgefolge. Für einen Augenblick kehrte er zur Gegenwart zurück und bemerkte, daß der Fluß immer noch offen war, und daß ein Häher sich auf dem Achterende des Bootes niedergelassen hatte und ihn frech ansah. Dann kehrte er wieder zu seinen Betrachtungen zurück.

Es war nicht möglich, dem Ende des Spiels zu entgehen. Sicherlich war er dazu verurteilt, alles mitzumachen. Und was dann? Immer wieder grübelte er über diese Frage nach.

Für Religion hatte Daylight keinen Sinn. Er hatte eine Art Religion gelebt, indem er ehrliches Spiel mit andern gespielt hatte, ohne metaphysische Spekulationen über ein höheres Leben anzustellen. Der Tod beendete alles. Das hatte er stets geglaubt, ohne sich davor zu fürchten. Und auch in diesem Augenblick, als das Boot unbeweglich fünfzehn Fuß hoch über dem Wasser hing, und er selbst vor Schwäche ohnmächtig und von aller Kraft verlassen war, glaubte er noch, daß der Tod alles beende, und fürchtete sich nicht. Seine Lebensanschauung war zu einfach, um bei der ersten – oder letzten – Todesfurcht über den Haufen geworfen zu werden.

Er hatte Menschen und Tiere sterben sehen, und die Erinnerung an ihr Sterben tauchte in ihm auf. Er sah sie wieder wie damals, und sie machten keinen Eindruck auf ihn. Sie waren tot – seit langem tot. Der Tod war leicht – leichter, als er ihn sich je vorgestellt hatte, und jetzt, wo er so nahe war, freute er sich auf ihn.

Ein neues Bild zeigte sich ihm. Er sah seine Traumstadt – die goldene Metropole des Nordens, die auf den Hängen über dem Yukon lag und sich weit über die Ebene erstreckte. Reihe an Reihe sah er die am Ufer vertäuten Dampfer; er sah die Sägemühlen arbeiten und die langen Hundegespanne mit Doppelschlitten hinter sich, die mit Proviant für die Goldgräber beladen waren. Und weiter sah er die Spielhäuser, die Banken, die Börsen und alle die vielen Möglichkeiten für ein weit höheres Spiel, als er es je gesehen. Es mußte doch mit dem Teufel zugehen, dachte er – nicht mit dabei sein zu können, wenn die Chance, die er in seinem Innern gespürt hatte, zur Wirklichkeit, wenn der große Goldfund gemacht wurde. Bei dem Gedanken hob das Leben das Haupt und begann noch einmal seine alten Lügen zu wispern. Daylight rollte vom Boot herunter und lehnte sich, auf dem Eise sitzend, dagegen. Er wünschte, mit dabei zu sein. Und warum sollte er es nicht? Irgendwo in seinen ausgemergelten Muskeln besaß er noch Kraft genug, das Boot über den Eisrand ins Wasser zu schaffen. Ganz sinnlos tauchte der Gedanke in ihm auf, einen Anteil an den Grundstücken von Harper und Ladue zu kaufen. Sie würden ihn sicher zu günstigen Bedingungen als dritten Teilhaber aufnehmen. Würde dann der große Goldfund am Stewart gemacht, so hätte er sich dort in seiner Elam-Harnish-Stadt festgesetzt, und erfolgte er am Klondike, so wäre er doch nicht ganz aus dem Spiel geschlagen.

Aber inzwischen wollte er Kräfte sammeln. Er streckte sich der Länge nach, mit dem Gesicht nach unten, auf dem Eise aus, blieb eine halbe Stunde so liegen und sammelte Kräfte. Dann erhob er sich, schüttelte die Blindheit von den Augen und machte sich an die Arbeit. Er wußte genau, wie es um ihn stand; mißglückte die erste Anstrengung, so mußten auch alle späteren scheitern. Er mußte alle seine wiedergewonnene Kraft in einer einzigen Anstrengung zur Entladung bringen, so gründlich, daß für später nichts zu tun übrigblieb.

Er hob, hob mit der Seele wie mit dem Körper, und alle Kraft seines Körpers und seiner Seele wurden in dieser Anstrengung ausgelöst. Das Boot hob sich. Er glaubte, ohnmächtig zu werden, hob aber weiter. Er fühlte, wie das Boot nachgab und ins Gleiten kam. Mit dem letzten Rest seiner Kraft ließ er sich hineinfallen und landete als ein Häufchen Elend auf Elijahs Beinen. Er war zu müde, um sich zu erheben, und so lag er da und hörte und fühlte, wie das Boot ins Wasser glitt. An den Baumwipfeln konnte er sehen, daß es im Kreise herumwirbelte. Dann kam ein Krachen und Stoßen, und aus Eisstücken, die um ihn herumflogen, entnahm er, daß das Boot gegen das Ufer gestoßen sein mußte. Wohl ein dutzendmal wirbelte es herum und stieß dagegen, dann schwamm es endlich leicht und frei dahin.

Daylight kam zu sich und sagte sich, daß er geschlafen haben mußte. Nach dem Stand der Sonne mußten Stunden vergangen sein. Es war früh am Nachmittage. Er schleppte sich nach achtern und setzte sich aufrecht. Das Boot befand sich mitten im Strom, die bewaldeten Ufer mit ihrem breiten Fuß leuchtenden Eises glitten vorbei. Neben ihm trieb eine mächtige Kiefer, die mit der Wurzel ausgerissen war, vorüber. Eine Laune der Strömung legte das Boot neben sie. Er kroch nach vorn und befestigte die Leine an einer der Wurzeln. Da der Baum tiefer im Wasser lag, trieb er schneller, die Leine spannte sich, und das Boot folgte in seinem Kielwasser. Er warf noch einen letzten Blick auf seine Umgebung, sah die Ufer auf dem Kopfe stehen und die Sonne am Himmel wie ein Pendel hin und her schwingen, wickelte sich in seinen Schlafsack, legte sich auf den Boden des Bootes und schlief ein.

Als er erwachte, war es finstere Nacht. Er lag auf dem Rücken und sah die Sterne schimmern. Ein gedämpftes Murmeln schwellenden Wassers drang an sein Ohr. Ein plötzlicher Ruck belehrte ihn, daß die Leine, die bisher schlaff gewesen war, auf einmal von der schneller treibenden Kiefer angezogen worden war. Ein Stück verirrten Treibeises schlug gegen das Boot und scheuerte gegen seine Seite. Schön, dachte er, dann wäre die Eisbarre vorüber, schloß die Augen und schlief wieder ein.

Als er das nächste Mal erwachte, war heller Tag. Die Sonne zeigte, daß es Mittag war. Ein Blick auf die entfernten Ufer, und er wußte, daß er sich auf dem mächtigen Yukon befand. Sixty Mile konnte nicht mehr fern sein. Er war furchtbar schwach. Seine Bewegungen waren langsam, tastend und unsicher; er keuchte und wurde von Schwindel befallen, aber er zwang sich, die Büchse in der Hand, aufrecht im Stern des Bootes zu sitzen. Er betrachtete Elijah lange, konnte aber nicht sehen, ob er atmete oder nicht, die Entfernung bis zu ihm war allzu weit.

Er begann wieder zu träumen und Betrachtungen anzustellen, aber Träume und Gedanken wurden von langen Perioden der Leere abgelöst, in denen er weder schlief, noch bei vollem Bewußtsein war. Dazwischen jedoch kamen wieder klare Augenblicke, und dann dachte er über seine Lage nach. Er war noch am Leben, und aller Wahrscheinlichkeit nach wurde er gerettet; aber wie kam es, daß er nicht quer über dem Bootsrande oben auf der Eismauer lag? Dann erinnerte er sich der letzten großen Anstrengung, die er gemacht hatte. Aber warum hatte er sie gemacht? fragte er sich. Nicht aus Todesfurcht. Er hatte sich nicht gefürchtet, das wußte er bestimmt. Dann erinnerte er sich seiner Chance und des großen kommenden Goldfundes, an den er so fest glaubte, und er wußte, daß das, was ihn angespornt, der Wunsch war, das große Spiel mitzumachen. Und wieder warum? Wenn er nun wirklich seine Million hatte? Er würde gerade so sterben wie die andern, die eben ihr Leben fristeten. Also warum? Aber die Perioden der Leere in seinem Denken begannen häufiger zu kommen, und er übergab sich auf Gnade oder Ungnade der wundervollen Mattigkeit, die ihn beschlich ...

Mit einem Ruck fuhr er auf. Etwas in ihm hatte geflüstert, daß er aufwachen müßte. Plötzlich sah er Sixty Mile, keine hundert Fuß entfernt. Die Strömung hatte ihn dicht an die Stadt geführt. Aber dieselbe Strömung trieb ihn jetzt weiter, hinaus in die Wildnis des unteren Flußlaufes. Kein Mensch war zu sehen. War der Ort verlassen? Aber er sah den Rauch aus einem Küchenschornstein aufsteigen. Er versuchte zu rufen, konnte aber keinen Ton, nur ein unnatürliches Röcheln hervorbringen. Er tastete nach der Büchse, hob sie an die Schulter und drückte ab. Der Rückstoß war so stark, daß ein fast unerträglicher Schmerz ihn durchzuckte. Die Büchse war ihm auf die Knie gefallen, und ein Versuch, sie nochmals zu erheben, mißglückte. Er wußte, daß er eilen mußte, und fühlte das Bewußtsein schwinden, und so drückte er ab, wo seine zitternden Hände die Büchse fanden. Der Schuß ging los, und die Büchse fiel über Bord. Aber ehe die Finsternis ihn einhüllte, sah er noch, wie die Küchentür geöffnet wurde und eine Frau zu der Tür des großen Blockhauses heraussah, das einen gräßlichen Tanz zwischen den Bäumen aufführte.

Zehn Tage später kamen Harper und Joe Ladue nach Sixty Mile, und Daylight, der zwar noch ein wenig schwach, aber doch stark genug war, der Stimme seines Innern zu gehorchen, tauschte ein Drittel von seinen Grundstücken am Stewart gegen ein Drittel der ihren am Klondike ein.

Sie glaubten fest an das Oberland, und Harper wollte auf einem Floß mit Proviant und anderm Bedarf den Fluß hinunterfahren, um eine kleine Poststation an der Mündung des Klondike zu errichten.

„Warum nimmst du nicht den Indian-River in Angriff, Daylight?“ meinte Harper beim Abschied. „Da gibt es massenhaft Bäche und Wasserläufe, und das Gold schreit nur danach, daß man es holt. Das ist meine Chance. Da kommt einmal ein großer Goldfund, und der Indian-River ist nicht aus der Welt.“

„Und es wimmelt da von Elchen“, fügte Joe Ladue hinzu. „Bob Henderson ist nun seit drei Jahren da irgendwo herum. Er schwört darauf, daß sich Großes dort ereignen wird. Er lebt ausschließlich von Elchfleisch und sucht wie ein Verrückter nach Gold.“

Daylight entschloß sich, sein Glück am Indian-River zu versuchen, konnte aber Elijah nicht überreden, ihn zu begleiten. Elijahs Seele war durch den Hunger gezeichnet, und nichts hätte vermocht, daß er sich einer Wiederholung aussetzte.

„Ich mag mich nicht so weit vom Brotbeutel entfernen“„, erklärte er. „Ich weiß, daß es der reine Wahnsinn ist, aber ich kann mir nicht helfen. Ich kann erst vom Tische aufstehen, wenn ich so satt bin, daß ich beinahe platze und keinen Bissen mehr herunterkriege. Ich will nach Circle City zurück und mich dort herausfüttern, bis ich wieder ganz gesund bin.“

Daylight blieb noch ein paar Tage, sammelte neue Kräfte und traf seine einfachen Vorbereitungen. Er gedachte, wie die Indianer mit leichtem Gepäck zu reisen und jeden seiner Hunde dreißig Pfund tragen zu lassen, Im Vertrauen auf Ladues Bericht wollte er Bob Hendersons Beispiel folgen und ausschließlich von Fleisch leben. Als Jack Kearn's Schute, mit der Sägemühle von Linderman-See beladen, bei Sixty Mile anlegte, brachte Daylight schleunigst seine Ausrüstung und seine Hunde an Bord, überschrieb seine Grundstücke am Stewart Elijah, damit er sie einregistrieren lassen konnte, und landete noch am selben Tage an der Mündung des Indian-River.

Vierzig Meilen flußaufwärts, an der ihm als Quartz Creek beschriebenen Stelle, fand er Spuren von Bob Hendersons Tätigkeit. Eine Woche nach der andern verging jedoch, ohne daß Daylight den andern getroffen hätte. Dagegen traf er Elche in großen Mengen, und er wie seine Hunde gediehen prächtig bei der reichen Kost. Er fand Gold, wenn auch nicht sehr viel, und das reichliche Vorhandensein verstreuten Goldstaubes im Schlamm und auf dem Grunde vieler Bäche überzeugten ihn mehr als je, daß grobes Gold in großen Mengen da war und nur darauf wartete, gehoben zu werden. Oft suchte sein Blick die Hügelreihe im Norden, und er grübelte darüber, ob das Gold wohl dorther käme. Zuletzt folgte er dem Lauf des Dominion Creek bis zur Quelle, überschritt die Wasserscheide und kam an den Nebenfluß des Klondike, der später den Namen Hunter Creek erhalten sollte. Wenn er bei der Wasserscheide weitergegangen wäre und die hohe Bergkuppel rechts gelassen hätte, so würde er nach Gold Bottom gelangt sein und Bob Henderson dabei gefunden haben, wie er das erste Gold in größeren Mengen auswusch, als je bis dahin am Klondike gefunden worden war. Statt dessen setzte Daylight aber seinen Weg den Hunter aufwärts zum Klondike fort, bis er an das Sommerfischerlager der Indianer am Yukon kam.

Hier machte er einen Tag bei Carmack, der mit einer Indianerin verheiratet war, und seinem Schwager Skookum Jim halt, kaufte ein Boot und ließ sich mit seinen Hunden den Yukon hinunter bis nach Forty Mile treiben. Es war gegen Ende August, die Tage begannen kürzer zu werden, der Winter näherte sich. Immer noch glaubte er felsenfest, daß im Oberland Gold zu finden wäre, und gedachte mit fünf, sechs Mann, und wenn das nicht möglich war, wenigstens mit einem Partner den Fluß hinaufzufahren, ehe er zufror, um im Winter Untersuchungen anzustellen. Aber die Männer in Forty Mile hatten kein Vertrauen zu seinem Plan und begnügten sich mit den Minen im Westen.

Da kamen Carmack, sein Schwager Skookum Jim und ein anderer Indianer namens Cultus Charlie in einem Kanu nach Forty Mile, gingen sofort zum Registrator und ließen sich drei Claims und einen Entdeckerclaim am Bonanza Creek einregistrieren. Und am selben Abend zeigten sie der ungläubigen Versammlung im Sourdough Saloon Goldkörner. Man grinste und schüttelte die Köpfe. Wußte man doch, wie so etwas in Szene gesetzt wurde. Es war ein zu offensichtlicher Trick von Harper und Joe Ladue, die auf diese Weise Menschen in die Nähe ihrer Grundstücke und ihrer Poststation locken wollten. Und wer war Carmack? Ein Squawmann. Hatte man je gehört, daß der Mann einer Indianerin etwas geleistet hatte? Und was war Bonanza Creek? Nichts als eine Elchweide an der Mündung des Klondike und seit alters her bekannt unter dem Namen Rabbit Creek. Würden Daylight und Bob Henderson sich Claims einregistrieren lassen und Goldkörner gezeigt haben, so hätte man doch gewußt, daß etwas an der Sache war. Aber Carmack, der Squawmann! Und Skookum Jim! Und Cultus Charlie! Nein, nein, das war denn doch zuviel verlangt.

Selbst Daylight war skeptisch, und das trotz seines Glaubens an das Oberland. Hatte er nicht erst vor wenigen Tagen Carmack gesehen, wie er sich mit seinen Indianern herumtrieb, ohne auch nur im entferntesten an Goldsuchen zu denken? Aber um elf Uhr um selben Abend, als er auf seinem Bettrand saß und sich die Mokassins aufschnürte, kam ihm plötzlich ein Gedanke. Er zog seine Jacke an, setzte seinen Hut auf und ging in die Gaststube. Carmack war noch da und zeigte immer noch der ungläubigen Menge sein Gold. Daylight ging hin, nahm Carmacks Beutel und entleerte ihn in einen Schmelztiegel. Er untersuchte lange. Dann nahm er einen anderen Schmelztiegel, schüttete ein paar Unzen von

Circle City und Forty Mile aus seinem eigenen Beutel hinein. Wieder untersuchte er es lange und verglich beides miteinander. Schließlich steckte er sein eigenes Gold wieder in die Tasche, gab Carmack das seine zurück und hob die Hand, um Schweigen zu gebieten.

„Jungens, ich will euch was erzählen", sagte er. „Es ist da – der große Fund oben am Fluß. Und ich sag' euch mit reinen Worten: Gold wie dies ist noch nie in einem Schmelztiegel hier im Land gewesen. Es ist neues Gold. Es ist mehr Silber drin. Ihr könnt es an der Farbe sehen. Carmack hat Gold gefunden, das ist sicher. Wer getraut sich, mit mir zu gehen?"

Keiner wollte. Statt dessen erklangen Gelächter und höhnische Zurufe.

„Du hast wohl selbst Grundstücke da oben", meinte einer.

„Allerdings", lautete die Antwort. „Und außerdem ein Drittel von Harpers und Ladues Grundstücken. Und ich seh' schon im Geist, wie ich meine Eckgrundstücke für viel mehr verkaufe, als ihr je verdient habt mit eurer Buddelei am Birch Creek."

„Das mag schon richtig sein, Daylight", warf Curly Parson beruhigend ein. „Du hast einen guten Namen, und wir wissen, daß man sich auf dich verlassen kann. Aber du kannst dir ebensogut wie ein anderer von diesen Taugenichtsen etwas aufbinden lassen. Ich frage dich geradeheraus: Wann hat Carmack das hier gesucht? Du hast ja selbst gesehen, wie er sich im Lager herumtrieb und mit seinen Siwash-Verwandten Lachse fischte, und das erst vor ein paar Tagen."

„Und doch hat Daylight die Wahrheit gesprochen", fiel Carmack ihm heftig ins Wort. „Und es ist Wahrheit, was ich sage, die reine Wahrheit. Ich habe gar nicht ans Goldsuchen gedacht. Aber wer kommt am selben Tage, als Daylight abreiste? Bob Henderson. Mit einem großen Floß mit Proviant und allem möglichen. Er wollte nach Sixty Mile hinunter. Und dann wollte er zurück und den Indian-River hinauf mit Proviant über die Wasserscheide zwischen Quartz Creek und Gold Bottom –"

„Wo zum Teufel ist Gold Bottom?" fragte Curly Parson.

„Drüben auf der anderen Seite von Bonanza – der frühere Rabbit Creek", fuhr der Squawman fort. „Es ist der Lauf eines großen Flusses, der in den Klondike fließt. Auf dem Wege stieg ich hinauf, aber zurück ging ich über die Wasserscheide und hielt mich einige Meilen auf dem Kamme, bis ich nach Bonanza kam. ›Komm mit, Carmack, und steck' das Land ab‹, sagte Bob

Henderson zu mir. ›Diesmal hab' ich Gold gefunden in Bottom. Fünfundvierzig Unzen hab' ich schon herausgeholt.‹ Und ich ging mit, und Skookum Jim und Cultus Charlie auch. Und wir haben alle am Gold Bottom Land abgesteckt. Ich kam über Bonanza zurück, um zu sehen, ob keine Elche zu finden waren. Ganz unten bei Bonanza machten wir halt und kochten ab. Ich lege mich schlafen, und was macht Skookum Jim? Fängt auf eigene Faust an, Gold zu graben. Er hatte es Henderson abgesehen, wißt ihr. Geht zum Fuß einer Birke, füllt die Pfanne mit Schlamm, und als er ihn ausgewaschen hat, hat er für einen Dollar Goldkörner. Da weckte er mich, und ich machte mich auch an die Arbeit. Beim ersten Versuch kriegte ich zweieinhalb. Da nannte ich den Bach ›Bonanza‹, steckte den Boden ab, und wir kamen her, um ihn einregistrieren zu lassen."

Er blickte eifrig von einem zum andern, ob er Glauben finden würde, aber seine Augen trafen nur ungläubige Gesiechter – mit der einzigen Ausnahme von Daylight, der ihn während seiner Erzählung scharf beobachtet hatte.

„Wieviel haben Harper und Ladue dir gegeben, damit du einen Massenzustrom machst?" fragte einer.

„Sie wissen gar nichts davon", antwortete Carmack. „Ich sag' euch ja, es ist die reine Wahrheit. Ich hab' drei Unzen in einer Stunde ausgewaschen."

„Und hier ist das Gold", sagte Daylight. „Ich sag' euch, Jungens, es ist noch nie solches Gold in eurer Pfanne gewesen. Seht euch die Farbe an."

„Eine Kleinigkeit dunkler", sagte Curly Parson. „Carmack hat wohl zufällig ein paar Silberdollar im selben Beutel gehabt. Und wenn wirklich etwas an der Sache ist, warum kommt Bob Henderson dann nicht Hals über Kopf, um einregistrieren zu lassen?"

„Er ist oben am Gold Bottom", erklärte Carmack. „Wir machten den Fund auf dem Rückwege."

Von neuem lohnte ihn schallendes Gelächter.

„Wer von euch will sich mit mir zusammentun und morgen in einem Boot mit mir nach diesem Bonanza fahren?" fragte Daylight.

Keiner wollte.

„Wer will mir einen Gefallen tun und tausend Pfund Proviant gegen Vorausbezahlung für mich hinauffahren?"

Curly Parson und ein anderer, Pat Monaham, erboten sich, und mit gewohnter Entschlossenheit bezahlte Daylight ihnen sofort ihren Lohn und ordnete alles bezüglich der Einkäufe an, obgleich er seinen Beutel dazu leeren mußte. Er wollte das Lokal verlassen, kehrte aber an der Tür plötzlich um und trat wieder an den Schanktisch.

„Noch eine Chance?“ wurde er gefragt.

„Allerdings“, antwortete er. „Mehl wird in diesem Winter am Klondike sicher steigen, so daß man jeden Preis dafür zahlen wird. Wollt ihr mir etwas Geld leihen?“

Augenblicklich drängte sich ein Dutzend der Männer, die sich geweigert hatten, ihn zu begleiten, um ihn und streckten ihm ihre Beutel hin.

„Wieviel Mehl brauchen Sie?“ fragte der Geschäftsführer der Alaska Commercial Company.

„Ungefähr zwei Tonnen.“

Die ausgestreckten Beutel wurden nicht zurückgezogen, obgleich ihre Besitzer sich eines äußerst kränkenden Heiterkeitsausbruches schuldig machten.

„Was wollen Sie mit zwei Tonnen machen?“ fragte der Geschäftsführer.

„Mein Sohn“, lautete Daylights Erwiderung. „Sie sind noch nicht lange genug im Lande, um alle seine Buchten zu kennen. Ich will eine Sauerkraut- und Haarwasserfabrik gründen.“

Er lieh sich Geld von allen Seiten und engagierte und bezahlte sechs weitere Männer zum Transport des Mehles. Wieder war sein Beutel leer, und er steckte bis über die Ohren in Schulden.

Curly Parson legte mit einer verzweifelten Handbewegung den Kopf auf den Schanktisch.

„Großer Gott“, meinte er. „Was willst du bloß mit all dem Zeugs machen?“

„Das ist so einfach wie das Abc und das Einmaleins, sag' ich euch!“ Daylight hob einen Finger und begann abzuzählen. „Chance Nummer eins: Ein großer Goldfund im Oberland. Chance Nummer zwei: Carmack hat ihn schon gemacht. Chance Nummer drei: Es ist gar keine Chance, sondern eine sichere Sache. Wenn eins und zwei stimmen, dann muß das Mehl mächtig im Preise steigen. Wenn ich mich auf Nummer eins und zwei einlasse, muß ich auch Nummer drei, die sichere Sache machen. Wenn ich recht habe, ist Mehl in diesem Winter nicht mit Gold aufzuwiegen. Ich sag' euch, Jungens, wenn ihr eine Chance spürt, dann sollt ihr sie ausnutzen, so gut ihr könnt. Wozu ist das Glück gut, wenn man's nicht benutzt? Und wenn ihr euch mit so was abgebt, so müßt ihr's auch gründlich, zum Donnerwetter. Ich bin seit Jahren im Lande und hab' die ganze Zeit nur auf die richtige Chance gewartet. Und nun ist sie da. Schön, ich will sie ausnutzen, das ist alles. Gute Nacht, Jungens."

Dennoch glaubte man noch nicht recht an den großen Goldfund. Als Daylight mit seinem Mehlvorrat an der Mündung des Klondike eintraf, fand er die weite Ebene so öde und verlassen wie je. Unten am Flusse hatten der Häuptling Isaac und seine Indianer neben den Gerüsten, auf denen sie Lachse dörrten, ihr Lager aufgeschlagen. Auch mehrere von den alten Jungens hatten sich dort niedergelassen. Nachdem sie ihre Sommerarbeit am Ten Mile Creek beendet hatten, waren sie den Yukon hinuntergefahren, um sich nach Circle City zu begeben. In Sixty Mile hatten sie jedoch auf die Nachricht von dem Funde haltgemacht, um sich die Sache näher anzusehen. Sie waren gerade zu ihrem Boot zurückgekehrt, als Daylight sein Mehl landete, und ihr Bericht lautete pessimistisch.

„Verfluchte Elchweide", sagte einer von ihnen, der lange Jim Harvey, und machte eine Pause, um in seine blecherne Teetasse zu blasen. „Gib dich nicht damit ab, Daylight. Es ist gemeiner Schwindel. Sie tun nur so, als ob sie was gefunden hätten. Harper und Ladue stehen dahinter, und Carmack ist nur der Lockvogel. Wer hätte je gehört, daß man Gold findet auf einer Elchweide zwischen Randbergen und einer Felsunterlage, die Gott weiß wie tief liegt."

Daylight nickte zustimmend und bedachte sich dann einen Augenblick.

„Hast du versucht, zu waschen?" fragte er schließlich.

„Den Deubel habe ich gewaschen!" war die entrüstete Antwort. „Meinst du, ich bin von gestern? Nur ein verrückter Chechaquo bringt es fertig, so lange hier herumzulaufen, bis er eine Pfanne mit Dreck gefüllt hat. Für solche Narrenpossen bin ich nicht zu haben. Ein Blick hat mir genügt. Morgen früh fahren wir nach Circle City. Ich hab' übrigens nie viel Vertrauen zum Oberland gehabt. Die Tananaquelle genügt mir, und merk' dir, was ich sage: Wenn der große Fund gemacht wird, dann geschieht es ganz unten am Flusse. Johnny hat ein paar Meilen weiter abwärts Land abgesteckt, aber er ist nun auch nicht gerade ein großes Licht."

Johnny machte ein verlegenes Gesicht.

„Ich hab's nur aus Spaß getan", erklärte er. „Aber ich will meine Chance für ein Pfund Sterntabak verkaufen."

„Das geb' ich dir", sagte Daylight rasch. „Aber beklag' dich nicht hinterher, wenn ich zwanzig- und dreißigtausend heraushole."

Johnny grinste vergnügt.

„Gib mir den Tabak", sagte er.

„Ich wollte, ich hätte mir ein Stück daneben abgesteckt", murmelte der lange Jim bedauernd.

„Es ist noch nicht zu spät", erwiderte Daylight.

„Aber es sind zwanzig Meilen hin und zurück."

„Wenn ich morgen hinaufkomme, werde ich es für dich abstecken", erbot sich Daylight. „Du kannst es ja dann ebenso machen wie Johnny. Die Bezahlung kannst du dir von Tim Logan geben lassen. Er ist der Wirt vom Sourdough Saloon und leiht es mir gern. Stellt die Papiere auf euren Namen aus, übertragt sie auf mich und gebt sie Tim in Verwahrung."

„Ich bin auch dabei", fiel der dritte ein.

Und für drei Pfund Sterntabak kaufte Daylight dreimal fünfhundert Fuß Boden am Bonanza. Dazu konnte er noch einen Claim auf seinen eigenen Namen abstecken, da die andern nur übertragen waren.

„Ich muß schon sagen, du bist mächtig flott mit deinem Kautabak", grinste der lange Jim. „Du hast wohl irgendwo eine Fabrik?"

„Nee, aber eine Chance", lautete die Antwort. „Und das sag' ich euch, Jungens, drei Pfund Tabak dafür ist billiger als Dreck."

Als er jedoch eine halbe Stunde später in seinem eigenen Lager war, kam Joe Ladue, frisch vom Bonanza Creek, herein. Zuerst wollte er sich nicht über Carmacks Fund äußern, dann stellte er sich zweifelnd, und schließlich bot er Daylight hundert Dollar für seinen Anteil.

„Bar?" fragte Daylight.

„Selbstverständlich, da sind sie."

Mit diesen Worten zog Ladue seinen Goldbeutel heraus. Daylight hob ihn in Gedanken auf, öffnete ihn, immer noch in Gedanken, und ließ etwas Goldstaub über seine Hand rinnen. Er war dunkler als irgendwelcher Goldstaub, den er je gesehen, bis auf Carmacks. Er schüttete das Gold zurück, schloß den Beutel und gab ihn Ladue zurück.

„Ich vermute, du hast es nötiger als ich", bemerkte Daylight.

„Nee, ich kann mehr kriegen", meinte der andere.

„Wo kommt's denn her?"

Daylight war die Unschuld selbst, als er die Frage stellte, und Ladue hörte sie unerschütterlich wie ein Indianer an. Doch einen kurzen Augenblick sahen sie sich in die Augen, und in diesem Augenblick schien etwas Ungreifbares von Joe Ladues Körper und Geist auszugehen. Und es schien Daylight, als hätte er diesen Schimmer gefangen und ein geheimnisvolles Etwas in dem Wissen und den Plänen hinter den Augen des andern gespürt.

„Du weißt natürlich besser Bescheid als ich", fuhr Daylight fort. „Und wenn mein Anteil für dich hundert Dollar wert ist, so ist er für mich ebensoviel wert, ob ich nun Bescheid weiß oder nicht."

„Ich geb dir dreihundert!" bot Ladue, der jetzt die Besinnung verlor.

„Das ändert nichts für mich. Was du bietest, ist es für mich auch immer wert."

Da kapitulierte Joe Ladue ganz ohne Scham. Er führte Daylight beiseite und gab ihm vertraulich verschiedene Aufklärungen.

„Die Sache ist sicher", sagte er schließlich. „Ich habe es weder geschleust noch gewiegt. Alles, was in diesem Beutel ist, hab' ich gestern auf den Randfelsen ausgewaschen. Ich sag' dir, man kann's aus den Graswurzeln herausschütteln. Und was auf der Felsenunterlage unten im Flußbett liegt, ist gar nicht zu sagen. Halt' den Mund und verschaff dir soviel Claims, wie du kannst. Es liegt in Flecken verstreut da, aber ich würde nicht überrascht sein, wenn einige von den Claims fünfzigtausend brächten. Das einzige Unangenehme ist, daß es so verstreut liegt."

Ein Monat verging, und immer noch war Bonanza Creek ruhig. Ganz vereinzelt hatten Leute sich Claims abgesteckt, waren dann aber meist nach Forty Mile und Circle City weitergereist. Die wenigen, die Vertrauen genug besaßen, um zu bleiben, waren damit beschäftigt, sich Blockhütten für den kommenden Winter zu errichten. Carmack und seine indianischen Verwandten waren dabei, einen Schleusenkasten zu bauen und einen Kanal hinzuleiten. Die Arbeit ging nur langsam vonstatten, denn sie mußten selbst mit der Hand die Bretter im Walde sägen. Aber weiter abwärts am Bonanza waren vier Männer, die vom oberen Lauf des Flusses gekommen waren, Dan McGilvary, Dave McKay, Dave Edwards und Harry Waguh, ruhige Leute, die weder fragten noch sprachen und sich ganz für sich hielten. Aber Daylight, der den Kies am Rande von Carmacks Claim ausgewaschen und Goldkörner von den Graswurzeln geschüttelt und darauf an vielen anderen Stellen den Kies mit der Wiege ausgewaschen und nichts gefunden hatte, war neugierig, was auf der Felsunterlage zu finden war. Er hatte bemerkt, daß die vier ruhigen Leute dicht am Flusse einen Schacht gruben, und er hatte gehört, wie sie Bretter für ihre Schleusenkästen gesägt hatten. Er wartete keine Einladung ab, sondern stellte sich daneben, als sie am ersten Tage schleusten. Und als ein Mann fünf Stunden geschaufelt hatte, sah er, wie sie dreizehn und eine halbe Unze Gold herausholten. Es war grobes Gold, von Stecknadelkopfgröße bis zu Klumpen im Werte von zwölf Dollar, direkt von der Felsunterlage. Das war der große Fund. Carmacks Sache war gesichert. Daylight steckte einen Claim in seinem eigenen Namen neben den dreien ab, die er für seinen Kautabak gekauft hatte. Dadurch erhielt er ein Stück Boden, das zweitausend Fuß lang war und sich in der Breite von einem Randfelsen zum anderen erstreckte. Der erste Schnee war an diesem Tage gefallen, und der arktische Winter senkte sich über das Land, aber Daylight hatte keine Augen für die trübe Stimmung, die über den letzten Stunden des kurzen Sommers ruhte. Er sah seinen Traum in Erfüllung gehen und seine goldene Schneestadt auf der weiten Fläche erstehen. Auf der Felsunterlage war Gold gefunden worden. Es war der große Fund.

Als er an diesem Abend zu seinem Lager an der Klondike-Mündung zurückkehrte, fand er Kama vor, den Indianer, den er in Dyea zurückgelassen hatte. Kama hatte mit einem Kanu die letzte Post des Jahres gebracht. Er besaß ein paar hundert Dollar in Goldstaub, die Daylight sich sofort von ihm lieh. Dagegen versprach er ihm, einen Claim für ihn abzustecken, den er einregistrieren wollte, wenn er Forty Mile passierte. Als Kama am nächsten Tage aufbrach, gab Daylight ihm eine Anzahl Briefe an die alten Jungens am unteren Flußlauf mit, in denen er sie aufforderte, sofort zu kommen und sich Land abzustecken. Kama hatte von den anderen Männern in Bonanza Briefe mit ähnlichem Inhalt bekommen.

„Das wird ein Zustrom, wie man ihn noch nie gesehen hat", lachte Daylight, und er stellte sich vor, wie die aufgeregte Bevölkerung von Forty Mile und Circle City sich in die Boote werfen und in voller Fahrt die Hunderte von Meilen den Yukon hinauffahren würde, denn er wußte, daß man seinen Worten Glauben schenkte.

Als die ersten eintrafen, erwachte Bonanza Creek, und nun begann ein wahrer Wettlauf zwischen Lüge und Wahrheit, bei dem auch die stärksten Lügner immer wieder von der Wahrheit geschlagen wurden. Wenn Leute, die Carmacks Worte bezweifelten, daß er zweieinhalb in der Pfanne gefunden hatte, selbst zweieinhalb fanden, so logen sie und sagten, sie hätten eine Unze gefunden. Und ehe die Lüge noch recht in Umlauf gekommen war, hatten sie nicht eine, sondern fünf Unzen gefunden. Dann sprachen sie von zehn Unzen; wenn sie aber zum Beweis eine Pfanne auswuschen, so hatten sie zwölf darin. Und so ging es weiter. Sie logen getrost weiter, aber die Wahrheit blieb ihnen immer eine Länge voraus.

Eines Tages im Dezember füllte Daylight eine Pfanne von der Felsunterlage seines eigenen Claims und trug sie in seine Hütte. Hier brannte ein Feuer, so daß das Wasser in seinem Leinenbehälter nicht gefror. Er hockte sich neben dem Behälter nieder und begann zu waschen. Erde und Schlamm schienen die Pfanne zu füllen. Als er sie in einem Kreise bewegte, schwappten die leichten gröberen Teile über den Rand. Hin und wieder kämmte er die Oberfläche mit den Fingern und schöpfte ganze Hände voll Schlamm heraus. Der Inhalt verminderte sich beständig. Als er sich dem Boden näherte, gab er der Pfanne einen plötzlichen Stoß, so daß das ganze Wasser herausfloß. Der ganze Boden sah aus, als wäre er von Butter bedeckt. So schimmerte das gelbe Gold. Es war Gold – Goldstaub, grobes Gold, Goldkörner, Klumpen. Er war ganz allein. Er setzte die Pfanne einen Augenblick nieder und dachte an vielerlei. Dann wusch er zu Ende und wog die Ausbeute in seiner Wage. Nach der gewöhnlichen Berechnung von sechzehn Dollar die Unze enthielt die Pfanne für reichlich siebenhundert Dollar Gold. Das übertraf seine kühnsten Träume. Er hatte erst gedacht, daß er zwanzig- oder dreißigtausend Dollar aus jedem Claim herausholen könnte, aber hier waren Claims, die wenigstens eine halbe Million wert waren, wenn auch das Gold in

Flecken verstreut lag. An diesem Tage kehrte er nicht zum Schacht zurück, auch nicht am zweiten oder am dritten. Statt dessen zog er in leichter Ausrüstung, seinen Kaninchenfellschlafsack auf den Rücken geschnallt, aus, wanderte viele Tage hindurch und untersuchte das ganze benachbarte Gebiet. Er hatte das Recht, sich an jedem Wasserlauf einen Claim zu sichern, war aber zu vorsichtig, um sich seine Chancen auf diese Weise zu begrenzen. Nur am Hunter Creek steckte er sich einen Grund ab. Den Bonanza Creek fand er von der Mündung bis zur Quelle abgesteckt, und dasselbe war der Fall mit jedem Bach und jeder Rinne, die in ihn mündete. Man hatte nicht viel Zutrauen zu diesen kleinen Wasserläufen. Sie waren von den Hunderten von Männern abgesteckt, die zu spät zum Bonanza gekommen waren. Der beliebteste dieser Bäche war der Adams. Am wenigsten hielt man vom Eldorado, der oberhalb von Carmacks Claim in den Bonanza floß. Selbst Daylight glaubte nicht recht an Eldorado, kaufte aber doch einen halben Claimanteil für einen halben Sack Mehl. Einen Monat später bezahlte er achthundert Dollar für den anstoßenden Claim. Drei Monate darauf erweiterte er wiederum seinen Besitz und bezahlte vierzigtausend für einen dritten Claim, und noch später – aber das lag noch im Schoße der Zukunft – sollte er hundertundfünfzigtausend für einen dritten an dem Creek bezahlen, der ursprünglich von allen am wenigsten gegolten hatte.

Seit dem Tage jedoch, da er die siebenhundert Dollar aus einer einzigen Pfanne gewaschen und große Gedanken gehabt hatte, rührte er nie wieder Schaufel oder Hacke an. Wie er zu Joe Ladue am Abend nach diesem wunderbaren Ereignis sagte:

„Joe, die Arbeit mit den Händen ist zu Ende. Jetzt fange ich an, mein Gehirn zu gebrauchen. Ich will Gold bauen. Gold wird Gold zeugen, wenn man nur den Kopf am rechten Platze und genügend zur Aussaat hat. Als ich die siebenhundert Dollar auf dem Boden meiner Pfanne sah, da wußte ich, daß ich endlich Saatgut genug hatte."

„Und wo willst du es aussäen?" fragte Joe Ladue.

Und Daylight hatte mit einer Handbewegung auf das ganze Land gezeigt, das um sie her lag, und auf die Flüsse und Bäche jenseits der Wasserscheide.

„Dort," sagte er, „und ihr sollt sehen, wie es geht. Für den, der Augen hat, liegen Millionen hier. Und ich hab' sie gesehen, als die siebenhundert Dollar aus dem Boden meiner Pfanne hervorguckten und flüsterten: ›Na, endlich ist Burning Daylight da.‹"

War Burning Daylight in früheren Tagen vor dem großen Goldfunde Carmacks der Held von Yukon gewesen, so wurde er jetzt der Held des großen Fundes. Weit und breit erzählte man sich die Geschichte seiner Chance, und wie er sie verfolgt hatte. Er hatte sie gut ausgenutzt, denn die fünf Glücklichsten besaßen zusammen nicht soviel Claims wie er. Und er verfolgte seine Chance immer weiter, ohne daß sein Glück ihn verließ. Die Klugen schüttelten den Kopf und prophezeiten, daß er jede Unze, die er gewonnen hatte, wieder verlieren würde. Er handelte, behaupteten sie, als bestände das ganze Land aus Gold, und keiner könnte gewinnen, der es so machte wie er.

Andererseits berechnete man den Wert seiner Claims auf Millionen, und manche hielten die für verrückt, die gegen Daylight wetteten. Hinter seiner prachtvollen Freigebigkeit und sorglosen Gleichgültigkeit in Geldsachen lagen eine gesunde, praktische Urteilskraft, Phantasie und die Kühnheit des großen Spielers. Er sah voraus, was er nie mit eigenen Augen gesehen hatte, und spielte so, daß er entweder viel gewinnen oder alles verlieren mußte.

„Es ist zuviel Gold hier in Bonanza," behauptete er, „als daß es nur eine ›Tasche‹ sein sollte. Es muß bestimmt von einer Mutterader irgendwo herkommen, und andere Creeks werden das beweisen. Behaltet den Indian-River im Auge. Die Bäche, die auf der anderen Seite der Wasserscheide hineinfließen, können ebensogut Gold führen wie die hier."

Und er glaubte so fest an diese Theorie, daß er ein halbes Dutzend Expeditionen ausrüstete, um die Gegend um den Indian-River, jenseits der großen Wasserscheide, zu untersuchen. Andere Männer, die selbst nicht das Glück gehabt hatten, sich Claims an den guten Flüssen abzustecken, ließ er auf seinen Bonanza-Claims arbeiten. Er bezahlte sie gut – sechzehn Dollar täglich für die Achtstundenschicht, und er arbeitete in drei Schichten. Er hatte Proviant genug, um die Sache in Gang zu bringen, und als die „Bella" mit Vorräten beladen landete, überließ er Jack Kearns ein Grundstück zur Errichtung eines Warenhauses gegen die Verpflichtung, alle seine Leute den Winter 1896 über mit Proviant zu versorgen. Als zudem eine Hungersnot ausbrach und das Mehl für zwei Dollar das Pfund verkauft wurde, konnte Daylight doch ständig die drei Schichten auf seinem Bonanza Creek arbeiten lassen. Andere Minenbesitzer zahlten ihren Leuten fünfzehn Dollar täglich, aber er war der erste gewesen, der andere für sich arbeiten ließ, und hatte ihnen von Anfang an eine ganze Unze täglich bezahlt. Der Erfolg war, daß er nur ausgesuchte Männer hatte, die mehr herausholten als ihren hohen Lohn.

Eines seiner wildesten Spiele fand im Frühwinter statt, als eben alles zugefroren war. Hunderte von Neuankömmlingen waren, nachdem sie ihre Claims anderswo am Bonanza abgesteckt hatten, gekränkt den Fluß hinunter nach Forty Mile und Circle City gereist. Daylight nahm bei der Alaska Commercial Company eine Anleihe auf einen seiner Bonanza-Claims auf und steckte ein Akkreditiv in die Tasche. Dann spannte er seine Hunde vor den Schlitten und fuhr mit einer Schnelligkeit, wie nur er sie kannte, über das Eis hinab. Ein Indianer auf der Hinfahrt, einer auf der Rückfahrt und vier Gespanne Hunde waren sein Verbrauch auf dieser Reise. Und in Forty Mile und Circle City kaufte er haufenweise Claims. Wie sich später zeigte, waren viele von ihnen ganz wertlos, aber andere gaben noch verblüffendere Ergebnisse als die am Bonanza. Er kaufte rechts und links und zahlte alle möglichen Preise von fünfzig Dollar bis fünftausend. Dies war der höchste Preis, den er bezahlte, und das betreffende Geschäft wurde im Tivoli abgeschlossen. Es war ein Claim am oberen Eldorado; als er abgeschlossen hatte, erhob sich Jacob Wilkins, einer von den Alten, der gerade von einer Besichtigung der Elchweiden zurückgekehrt war, und verließ den Raum mit den Worten:

„Ich kenne dich nun seit sieben Jahren, Daylight, und ich hab' dich immer für einen vernünftigen Menschen gehalten. Aber jetzt läßt du dich regelrecht ausplündern. Das ist ja der reine Straßenraub. Fünftausend für einen Claim in der verfluchten Elchgegend, das ist Schwindel. Das kann ich nicht mit ansehen, wie du dich beschwindeln läßt."

„Und ich sage dir, Wilkins," erwiderte Daylight, „Carmacks Fund ist so groß, daß wir ihn noch gar nicht übersehen können. Es ist die reine Lotterie. Jeder Claim, den ich kaufe, ist ein Los. Und es gibt sicher mächtige Gewinne."

Jacob Wilkins, der in der offenen Tür stehengeblieben war, schnaufte ungläubig.

„Gesetzt, Wilkins," fuhr Daylight fort, „gesetzt, ihr wüßtet, daß es Suppe regnen würde. Was würdet ihr tun? Löffel kaufen, selbstverständlich. Schön, ich kaufe Löffel. Es wird Suppe regnen in Klondike, und wer Gabeln hat, kriegt nichts ab."

Aber jetzt schlug Wilkins die Tür hinter sich zu, und Daylight schloß den Kauf des Claims ab.

Als er wieder nach Dawson zurückgekehrt war, arbeitete er wie nie zuvor in seinem Leben, obwohl er seinem Wort, weder Hacke nach Schaufel je wieder anzurühren, treu blieb. Er hatte tausend Eisen im Feuer, und die hielten ihn in Atem. Er mußte oft nach den verschiedenen Flüssen und Bächen reisen, um zu entscheiden, welche Claims er abstoßen und welche er behalten sollte. Ehe er nach Alaska kam, hatte er in Quarzminen gearbeitet, und er träumte davon, die Mutterader zu finden. Ein Goldwäscherlager, das wußte er, war vergänglich, aber ein Quarzlager behielt seinen Wert. Er schickte Männer in die Berge, die monatelang nach der Mutterader suchten. Aber sie wurde nie gefunden, und viele Jahre später schätzte er, daß ihn das Suchen fünfzigtausend Dollar gekostet hatte.

Aber er spielte hoch. Waren seine Ausgaben groß, so waren seine Einnahmen noch größer. Er nahm alles mit, kaufte halbe Anteile, teilte mit den Männern, die er verproviantierte, und nahm selbst Ortsuntersuchungen vor. Tag und Nacht waren seine Hunde bereit; er besaß die schnellsten Gespanne, so daß er immer unter den ersten war, wenn ein neuer Fund gemacht wurde. Er fuhr in den längsten und kältesten Nächten, bis er seine Pfähle zunächst dem Entdeckerplatze angebracht hatte. Jedenfalls kam er in den Besitz von Claims an allen guten Flüssen, gar nicht zu reden von vielen wertlosen, und so besaß er Gründe am Sulphur, am Dominico und Excelsis, am Siwash, am Cristo, Alhambra und am Doolittle. Die Tausende, die er hinauswarf, kamen in Zehntausenden zurück. Die Leute von Forty Mile erzählten die Geschichte von seinen zwei Tonnen Mehl und berechneten, was sie ihm eingebracht hatten; es mußte zwischen einer halben und einer Million sein. Eines wußte man ganz sicher, daß der Eldorado-Claim, den er für einen halben Sack Mehl gekauft hatte, heute fünfhunderttausend wert war. Andererseits wurde erzählt, daß er der Tänzerin Freda, die in einer Petersboroughjolle von der anderen Seite der Pässe kam und tausend Dollar für zehn Sack Mehl bot, aber niemand finden konnte, der es ihr verkaufen wollte, das Mehl als Geschenk schickte, ohne sie auch nur sehen zu wollen. Ebenso sandte er dem einsamen katholischen Geistlichen, der im Begriff war, das erste Hospital zu errichten, zehn Sack.

Seine Freigebigkeit war zügellos. Manche nannten sie wahnsinnig. Es war ja auch der reine Wahnsinn, einer Tänzerin und einem Pfaffen zwanzig ganze Säcke zu schenken, wenn ein Sack Mehl ihm eine halbe Million einbrachte. Aber das war nun einmal seine Art. Geld bedeutete ihm nicht mehr als Spielmarken. Nur das Spiel hatte Wert für ihn. Der Besitz von Millionen bewirkte keine

Veränderung bei ihm, nur betrieb er das Spiel noch leidenschaftlicher. Von seltenen Gelegenheiten abgesehen, war er immer mäßig gewesen, aber jetzt, da er in der Lage war, sich jeden Tag Spirituosen in unbegrenzten Mengen zu verschaffen, trank er noch weniger. Die durchgreifendste Veränderung war, daß er, außer auf Schlittenreisen, nicht mehr selbst kochte. Ein verkrachter Minenarbeiter hauste mit ihm in seiner Blockhütte und kochte für ihn. Aber es war dasselbe Essen: Speck, Bohnen, Mehl, Pflaumen, Dörrobst und Reis. Auch seine Kleidung war immer noch die gleiche: Überziehhosen, lange Strümpfe, Mokassins, Flanellhemd, Pelzmütze und ein wollener Rock. Zigarren, von denen die billigsten einen halben oder einen Dollar das Stück kosteten, rauchte er nicht. Er begnügte sich mit Zigaretten aus Bull-Durham-Tabak und braunem Papier, die er sich selbst drehte. Es ist wahr, daß er mehr Hunde hielt als andere und riesige Preise für sie bezahlte. Aber das war kein Luxus, sondern Geschäft. Seine Fahrten und Reisen erforderten Eile. Und nur, um Zeit zu sparen, nahm er sich einen Koch. Er hatte keine Zeit, selbst zu kochen, das war alles. Es wäre ein schlechtes Geschäft gewesen, Zeit zu verschwenden, wenn man um Millionen spielte.

In diesem Winter des Jahres 1896 wuchs Dawson mit reißender Schnelligkeit. Daylight verkaufte Grundstücke, und das Geld strömte ihm zu. Er legte es stets wieder an, so daß es noch mehr brachte. In der Tat spielte er das gefährliche Spiel, Unternehmen auf Unternehmen zu häufen, und das ist nirgends gefährlicher als in einem Goldsucherlager. Aber er spielte mit offenen Augen.

„Wartet nur, Jungens, bis der Goldfund draußen bekannt geworden ist“, sagte er zu seinen alten Freunden in der Wirtschaft „Zum Elchgeweih“. „Wartet nur bis zum Frühjahr, dann werdet ihr sehen, wie sie kommen. Erst eine Abteilung zum Sommer, wie sie standen und gingen, dann eine zum Herbst, schon besser ausgerüstet, und im nächsten Frühjahr wieder eine Abteilung von fünfzigtausend Mann. Vor lauter Chechaquos könnt ihr die Erde nicht mehr sehen. Und das ist erst der Anfang. Was wollt ihr machen?“

„Was willst du machen?“ fragte einer seiner Freunde.

„Nichts“, antwortete er. „Ich habe selbstverständlich schon meine Vorbereitungen getroffen. Ein Dutzend Leute habe ich den Yukon hinaufgeschickt, um für Bauholz zu sorgen. Wenn der Fluß aufbricht, sollt ihr Flöße zu sehen kriegen. Die Häuser? Die werden gerade soviel wert sein, wie die Leute im nächsten Herbst dafür zahlen können. Die Holzpreise werden bis in die

Wolken steigen. Ich erwarte zwei Sägemühlen, die über die Pässe kommen, sobald die Seen eisfrei sind. Und wenn ihr glaubt, daß ihr Holz braucht, so will ich jetzt schon mit euch abschließen – dreihundert Dollar für tausend Stämme, roh."

Gut belegene Eckgründe wurden in diesem Winter für zehn- bis dreißigtausend Dollar verkauft. Daylight sandte den Neuankömmlingen über die Pässe Nachricht entgegen, daß sie Holz mitbringen sollten; infolgedessen arbeiteten seine Sägemühlen im Sommer Tag und Nacht in drei Schichten, und er behielt noch Holz genug übrig, um Blockhütten zu bauen. Diese Hütten wurden mit dazugehörigem Grundstück für ein bis mehrere tausend Dollar das Stück verkauft. Die eingehenden Gelder wurden sofort wieder in anderen Unternehmungen angelegt. Er wandte und drehte das Gold, bis alles, was er anfaßte, sich in Gold zu verwandeln schien.

Aber dieser erste wilde Winter nach Carmacks Fund lehrte Daylight vielerlei. Trotz seiner verschwenderischen Veranlagung verlor er nicht das Gleichgewicht. Er sah die wilde Vergeudung der neuen Millionäre und konnte sie durchaus nicht verstehen. Zwar widersprach es nicht seiner Natur und seinen Anschauungen, einmal alles auf eine Karte zu setzen und in einer Nacht durchzubringen. Das hatte er selbst in jener Pokernacht in Circle City getan, als er fünfzigtausend – alles, was er besaß – verlor. Aber die fünfzigtausend hatte er nur als den Beginn von etwas Größerem betrachtet. Wenn es um Millionen ging, dann war es etwas anderes. Ein solches Vermögen durfte man nicht auf den Boden der Wirtshäuser ausstreuen, wie die neuen Millionäre, die allen Sinn für die Wirklichkeit verloren hatten, es buchstäblich mit dem Inhalt ihrer Elchlederbeutel taten, MacMann zum Beispiel machte in einem Wirtshaus eine Zeche von dreißigtausend Dollar; und der grobe Jimmie brauchte hunderttausend monatlich, um vier Monate in Saus und Braus zu leben, bis er schließlich in einer Märznacht betrunken in den Schnee fiel und erfror; und Wasserfall-Bill, der drei wertvolle Claims mit seinen wahnsinnigen Ausschweifungen durchgebracht und sich dreitausend leihen mußte, um fortzukommen, hatte alle hundertundzehn Dutzend Eier, die der Markt von Dawson aufwies, für vierundzwanzig Dollar das Dutzend aufgekauft und dann seinen Wolfshunden vorgeworfen, nur weil eine junge Dame, die ihn genasführt, gerne Eier aß.

Champagner wurde zu vierzig und fünfzig Dollar die Flasche verkauft, Dosenaustern zu fünfzehn Dollar. Daylight machte diesen Wahnsinn nicht mit. Er hatte nichts dagegen, die ganze Wirtsstube mit Whisky zu fünfzig Cent das

Glas zu traktieren, aber irgendwo in seiner ausschweifenden Natur lehnte sich ein Sinn für Schicklichkeit und Rechenkunst dagegen auf, fünfzehn Dollar für den Inhalt einer Austerndose zu bezahlen. Andererseits gebrauchte er vielleicht mehr Geld, um Leuten zu helfen, die sich wirklich in Not befanden, als die neugebackenen Millionäre für ihre sinnlosen Ausschweifungen. Vater Judge am Hospital hätte von weit wertvolleren Geschenken als den ersten zehn Sack Mehl erzählen können. Aber fünfzig Dollar für eine Flasche Champagner! Das war unsinnig.

Und doch konnte er gelegentlich noch eines seiner alten, lärmenden Feste geben. Aber er tat es aus anderen Gründen. Man erwartete es von ihm, weil es so seine Art seit alters her gewesen. Und dann konnte er es sich leisten. Aber er machte sich nicht mehr soviel aus dieser Art Zerstreuung. Sein Machtgefühl hatte sich in einer anderen Richtung entwickelt. Es war zur Begierde geworden. Obgleich er bei weitem der reichste Minenbesitzer in Alaska war, wollte er doch noch reicher werden. Es war ein hohes Spiel, das er spielte, und er liebte es mehr als sonst irgend etwas. Auf gewisse Weise wirkte er schöpferisch. Er tat etwas. Eine andere Saite in seiner Natur wurde angeschlagen, aber er konnte über eine gelungene Millionenspekulation in Eldorado Claims nie die gleiche Freude fühlen wie beim Anblick seiner arbeitenden Sägemühlen oder der großen Flöße, wenn sie den Fluß hinabfahren sollten und sich in dem großen Wirbel oberhalb des Moosehide Mountain gegen das Ufer schwangen. Gold war selbst in der Wagschale nur ein abstrakter Begriff. Es repräsentierte andere Dinge, verlieh die Macht, etwas zu schaffen. Aber die Sägemühlen waren die Dinge selbst, sie waren konkret und greifbar, und man konnte weitere Dinge mit ihnen schaffen. Sie waren Wahrheit gewordene Träume, die unzweifelhafte Verwirklichung eines Märchens.

Mit dem Sommerzustrom von draußen kamen die Berichterstatter der großen Blätter und Zeitschriften, und alle schrieben sie in erster Linie über Daylight. Er wurde für die Welt die mächtigste Gestalt Alaskas. Als einige Monate später der spanische Krieg ausbrach, vergaß man ihn natürlich darüber, aber in Klondike selbst blieb Daylight ständig die hervorragendste Persönlichkeit. Wenn er die Straßen von Dawson durchschritt, wandte sich jeder Kopf, um ihm nachzusehen, und in den Wirtschaften betrachteten ihn die Chechaquos ehrfurchtsvoll und ließen ihn kaum aus den Augen, solange er in Sicht war. Er war nicht nur der reichste Mann im Lande, nein, er war Burning Daylight, der in der ersten Frühzeit dieses jungen Landes über den Chilkoot den Yukon hinabgekommen war, um die älteren Giganten, Al Mayo und Jack MacQuestion, zu treffen. Er war der Burning Daylight von Hunderten wilder Abenteuer, der Mann, der der eingefrorenen Walfängerflotte Botschaft über die öden Tundren gebracht, der im Laufe von sechzig Tagen die Post von Circle City nach Salt Water und zurück gefahren, der im Jahre 1891 den ganzen Tanana-Stamm vor dem Hungertode gerettet hatte, kurz, der Mann, der die Phantasie der Chechaquos stärker in Anspruch nahm als ein Dutzend anderer Männer auf einmal.

Was er tat, erregte die Aufmerksamkeit der Menge, so spontan und zufällig es auch geschah. Und seine letzte Tat war immer in aller Munde, ob er in dem wilden Wettlauf nach Danish Creek gesiegt oder den berühmten kahlen Grislybären am Sulphur Creek getötet oder am Geburtstag der Königin in einer Kanuregatta gesiegt hatte, an der er teilnehmen mußte, weil der Repräsentant von Sourdough im letzten Augenblick ausgeblieben war. So war es auch einmal nachts im „Elchgeweih“ zu der längst versprochenen Revanchepartie mit Jack Kearns gekommen. Es war ausgemacht worden, daß das Spiel bis acht Uhr morgens dauern sollte, und da belief Daylights Gewinn sich auf zweihundertunddreißigtausend Dollar. Für Jack Kearns, der bereits mehrfacher Millionär war, bedeutete der Verlust nicht viel. Aber die ganze Gemeinde fiel fast von den Stühlen über die hohen Einsätze, und jeder von den Dutzend Berichterstattern, die anwesend waren, schickten ihrem Blatt einen sensationellen Artikel.

Trotz seiner vielen Einnahmequellen hatte er im ersten Winter alles bare Geld verbraucht. Wenn der Kies auf der Felsunterlage aufgetaut und an die Oberfläche gebracht war, gefror er augenblicklich wieder. Daher waren seine Claims, die für viele Millionen Gold enthielten, unzugänglich. Erst als die Sonne wiederkehrte, schmolz das Wasser, mit dem sie wuschen, so daß sie die Erde ihres Goldes berauben konnten. Nun hatte er auf einmal mächtige Überschüsse, die er in den beiden kürzlich gegründeten Banken deponierte. Zwar wurde er von Leuten und Konsortien belagert, die ihn veranlassen wollten, sein Kapital in ihre Unternehmungen zu stecken, doch er spielte lieber sein eigenes Spiel und ließ sich nur auf Verbindungen ein, wenn sie allgemein defensiv oder offensiv waren. So schloß er sich, obgleich er die höchsten Löhne zahlte, dem Minenbesitzerverbande an, organisierte den Kampf und vermochte wirklich die wachsende Unzufriedenheit der Lohnarbeiter zu zügeln. Die Zeiten hatten sich geändert. Die alten Tage waren für immer dahin. Dies war eine neue Ära, und

Daylight, der reiche Minenbesitzer, war loyal gegen seine Klassengenossen. In seinem Herzen konnte er die alten Tage nicht vergessen, während er mit seinem Verstande das ökonomische Spiel nach den neuesten und praktischsten Regeln spielte.

Solche Gruppenverbindungen waren die einzigen Gelegenheiten, bei denen er sich an dem Spiel der andern beteiligte. Sonst spielte er sein hohes Spiel allein und brauchte sein Geld, um sein eigenes Feuer zu unterhalten. Die neugegründete Fondsbörse interessierte ihn ungeheuer. Er hatte eine derartige Einrichtung nicht gekannt, wußte aber schnell ihre Vorteile auszunützen. Hier gab es wieder Spiel, und bei mancher Gelegenheit gab er der Börse, ohne daß es seinen eigenen Plänen frommte, „eine Chance“, wie er es nannte, aus reinem Übermut, und weil es ihm Spaß machte.

„Das übertrifft selbst Pharao“, erklärte er eines Tages, als er die Spekulanten von Dawson eine ganze Woche in Atem gehalten hatte, indem er abwechselnd à la baisse und à la hausse spekulierte, bis er zuletzt seine Karten aufdeckte und einen Betrag einheimste, der für andere ein Vermögen gewesen wäre.

Wenn andere genug verdient hatten, reisten sie nach dem Süden, um sich unter dem sonnigen Himmel von dem harten arktischen Kampf zu erholen. Fragte man aber Daylight, wann er nach dem Süden wolle, so lachte er stets und sagte, sobald sein Spiel gewonnen sei. Er fügte auch hinzu, daß nur ein Narr ein Spiel hinwerfe, wenn er gerade eine gute Karte in der Hand hätte.

Die Tausende von Chechaquos, die Daylight wie einen Helden verehrten, meinten, daß er überhaupt keine Furcht kenne. Aber Bettles, MacDonald und andere schüttelten den Kopf und nannten das Wort „Weiber“. Und sie hatten recht. Er hatte sie stets gefürchtet seit der Stunde, da Königin Anne in Juneau sich in den damals Siebzehnjährigen verliebt hatte. Im übrigen hatte er nie eine Frau gekannt. Er war in einem Minenlager geboren, wo sie selten und geheimnisvoll waren, und da er keine Schwestern und keine Mutter hatte, war er nie mit ihnen in Berührung gekommen. Allerdings hatte er sie später am Yukon getroffen und ihre Bekanntschaft gemacht – diese weiblichen Pioniere, die gleich nach den ersten Goldgräbern über die Pässe gekommen waren. Aber nie hatte ein Lamm mehr vor einem Wolfe gezittert als er vor ihnen. Als Mann war es Ehrensache für ihn, sich mit ihnen zu beschäftigen, und er hatte seine Rolle auch gut gespielt, aber sie waren ihm stets ein verschlossenes Buch geblieben, dem er jederzeit ein gutes Spiel Karten vorzog.

Und jetzt, da er weit und breit als König von Klondike bekannt war und dazu noch verschiedene andere fürstliche Titel wie Eldorado-König, Bonanza-König, Holzbaron und Fürst der Schnellreisenden, nicht zu vergessen den stolzesten von allen, Vater der Pioniere, trug, jetzt fürchtete er sich mehr als je vor den Weibern. Wie nie zuvor streckten sie ihre Arme nach ihm aus, und jeder Tag brachte neue Weiber ins Land. Ganz gleich, ob er im Hause des Goldkommissionärs saß, in einem Tanzsaal nach Getränken rief oder sich einem Interview durch den weiblichen Vertreter der New York Sun unterwarf, überall, wo er ging und stand, streckten sie ihre Arme nach ihm aus.

Eine Ausnahme gab es jedoch, und das war Freda, die Tänzerin, der er das Mehl geschenkt hatte. Sie war die einzige Frau, in deren Gesellschaft er sich wohl fühlte, denn sie allein streckte nie die Arme nach ihm ans. Und doch sollte sie es sein, die ihm seinen ersten großen Schrecken einjagte. Das war im Herbst 1897. Er befand sich auf dem Rückwege von einer seiner kleinen Besichtigungsreisen, die diesmal dem Henderson, einem Flusse, gegolten hatte, der dicht unterhalb des Stewart in den Yukon floß. Ganz plötzlich war der Winter gekommen, und er kämpfte sich die siebzig Meilen den Yukon hinab in einem gebrechlichen Petersborough-Kanu, während rings um ihn die Eisschollen trieben. Er hielt sich sorgsam an der schon harten Eiskante und war gerade im Begriff, an dem eisspeienden Maul des Klondike vorbeizusausen, als er einen Mann sah, der einen wilden Tanz auf der Eiskante aufführte und ins Wasser wies. Das nächste, was er sah, war eine pelzgekleidete, weibliche Gestalt, die, mit dem Gesicht unter dem Wasser, gerade zwischen dem Treibeis versinken wollte. Nur ein paar Sekunden, und das Kanu war an der Stelle, er packte die Frau an den Schultern und zog sie vorsichtig ins Kanu. Es war Freda. Und alles wäre gut gewesen, hätte sie ihn nicht, als sie später zur Besinnung gekommen war, mit vor Zorn flammenden blauen Augen angesehen und gefragt: „Warum hast du das getan? O, warum hast du das getan?“

Das quälte ihn. Statt wie sonst gleich einzuschlafen, lag er lange wach und sah immer wieder ihr Gesicht und die zornsprühenden Augen vor sich und grübelte über ihre Worte nach. Die hatten aufrichtig geklungen. Sie hatte gemeint, was sie sagte. Und er grübelte weiter.

Als er ihr das nächste Mal begegnete, wandte sie sich zornig und verächtlich von ihm ab. Aber später bat sie ihn um Verzeihung und ließ ein Wort fallen, daß irgendein Mann irgendwo und irgendwie – sie sprach sich nicht näher aus – ihr den Willen zum Leben geraubt hätte. Sie sprach offen, aber unzusammenhängend, und alles, was er aus ihr herausbekommen konnte, war, daß das Ereignis, was es auch nun sein mochte, schon weit zurücklag. Und er bekam auch heraus, daß sie den Mann geliebt hatte.

Das war es also – die Liebe. Sie war schuld daran. Sie war schlimmer als Kälte und Hunger. Die Frauen mochten gut, schön und liebenswürdig sein; aber mit ihnen kam etwas, das man Liebe nannte und das sie alle bis auf die Knochen zeichnete. So unvernünftig machte es sie, daß man nie wissen konnte, was ihnen einfiel. Die Freda zum Beispiel war ein prachtvolles Geschöpf, üppig, schön und durchaus nicht dumm; aber da war die Liebe gekommen, hatte sie bitter gegen die ganze Welt gemacht und sie nach Klondike und in den Tod getrieben, so unwiderstehlich, daß sie den Mann haßte, der ihr das Leben rettete.

Na, bisher war er der Liebe entronnen, wie den Pocken, aber für den, den sie packte, war sie ebenso ansteckend wie Pocken und bedeutend gefährlicher. Sie ließ Männer und Frauen die schrecklichsten, unvernünftigsten Dinge tun. Sie glich dem Delirium tremens, war aber noch schlimmer. Und wenn sie ihn, Daylight, kriegte, dann konnte es ihm ebenso schlimm ergehen wie den andern. Sie war Wahnsinn, starker Wahnsinn, und ansteckend obendrein. Ein halbes Dutzend junger Burschen war in Freda verschossen. Alle wollten sie heiraten. Aber sie war nun einmal in diesen einen Burschen auf der andern Seite der Welt verschossen und wollte mit keinem andern zu tun haben.

Aber noch einen größeren Schrecken sollte er erleben: Eines Morgens wurde die Jungfrau tot in ihrer Hütte gefunden. Ein Schuß durch den Kopf hatte sie abgetan, und sie hatte keine Botschaft, keine Erklärung hinterlassen. Dann kam das Gerede. Man sagte, sie hätte sich aus Liebe zu Daylight das Leben genommen. Alle wollten es wissen. Wieder einmal war Burning Daylight, der König von Klondike, die Sensation in den Sonntagsbeilagen der Vereinigten Staaten. Die Jungfrau hätte einen besseren Lebenswandel angefangen, so hieß es in den Berichten, und das stimmte wohl. Nie hatte sie ihren Fuß in einen Tanzsaal in Dawson City gesetzt. Nachdem sie Circle City verlassen, hatte sie zuerst für andere Leute gewaschen, dann sich eine Nähmaschine gekauft und Pelzmützen und Elchlederhandschuhe genäht. Dann war sie Kontoristin bei der ersten Yukonbank geworden. Alles das und noch mehr war bekannt, alle sprachen darüber und waren sich einig, daß Daylight die Ursache von alledem und dazu auch von ihrem Tod gewesen.

Und das schlimmste war: Daylight selbst wußte, daß es stimmte. Immer mußte er an den letzten Abend denken, und wenn er zurückdachte, quälte ihn jede Kleinigkeit, die geschehen war. Das traurige Ereignis hatte manches geklärt. Was er erst jetzt verstand – ihre Ruhe und die fast mütterliche Süße über allem, was sie sagte und tat. Er erinnerte sich, wie sie ihn angesehen und gelacht hatte, als er sich über Micky Dolano lustig gemacht, der beim Abstecken seines Claims bei Skookum Gluch ins Wasser gefallen war. Ihr Lachen war sorglos und heiter, dabei aber weniger körperhaft als in früheren Tagen gewesen. Nicht daß sie erst oder bedrückt gewesen. Im Gegenteil, sie war so von Frieden erfüllt, hatte ihn genarrt – Tor, der er war. Er hatte an jenem Abend sogar gedacht, daß ihr Gefühl für ihn vorüber sei, hatte sich gefreut bei dem Gedanken und sich die gute Freundschaft ausgemalt, die zwischen ihnen bestehen würde, wenn diese unangenehme Liebe aus dem Wege geschafft war.

Und dann hatte er mit der Mütze in der Hand in der Tür gestanden und Gute Nacht gesagt. Und plötzlich hatte sie sich über seine Hand gebeugt und sie geküßt. Er war sich wie ein Narr vorgekommen, aber wenn er jetzt daran zurückdachte und wieder die Berührung von ihren Lippen auf seiner Hand fühlte, erschauerte er. Sie hatte Abschied nehmen wollen, ewigen Abschied, und er hatte nichts geahnt. In jenem Augenblick war sie entschlossen gewesen zu sterben. Wenn er es nur gewußt hätte! War er auch nicht selbst von der ansteckenden Krankheit ergriffen, so würde er sie doch geheiratet haben, wenn er nur die geringste Ahnung von ihrer Absicht gehabt hätte. Aber andererseits wußte er, daß sie einen gewissen aufrechten Stolz besessen, der ihr nicht erlaubt hätte, eine Ehe einzugehen, die ihr nur aus Mitleid angeboten wurde. Nein, hier wäre keine Rettung möglich gewesen. Die Liebe hatte sie gepackt, und ihr sollte sie erliegen.

Ihre einzige Chance war gewesen, daß auch er die Krankheit bekommen hätte. Aber er war ihr entgangen. Hätte sie ihn ergriffen, so wäre er wahrscheinlich in Freda oder irgend eine andere verliebt gewesen. Man brauchte nur an Dartworthy, den Universitätsmann, zu denken, der einen Claim am Bonanza besaß. Jedermann wußte, daß Bertha, die Tochter des alten Doolittle, in ihn verliebt war. Als ihn aber die Krankheit packte, mußte es von allen Weibern ausgerechnet die Frau von Oberst Waithstone, dem Sachverständigen des großen Guggenhammers, sein. Resultat drei Wahnsinnsanfälle: Dartworthy verkaufte seine Mine für ein Zehntel ihres Wertes; die arme Frau opferte ihren guten Namen, ihren Ruf und ihr warmes Plätzchen in der Gesellschaft, um mit ihm in einem offenen Boot den Yukon hinabzuflüchten, und Oberst Waithstone rief Tod und Verderben auf sie herab und fuhr in einem andern offenen Boote hinter ihnen her. Die ganze drohende Tragödie war den schlammigen Yukon hinab, an Forty Mile und Circle City vorbeigezogen und hatte sich schließlich in der Wildnis verloren. Aber das war sie, die Liebe, die das Leben von Männern und Frauen aus den Fugen brachte, sie zu Tod und Verzweiflung trieb, alle Vernunft und Rücksicht über den Haufen warf, tugendhafte Frauen zu Dirnen und Selbstmörderinnen, Männer aber, die bisher einen redlichen Wandel geführt, zu Schuften und Mördern machte.

Zum erstenmal in seinem Leben verlor Daylight seine Selbstbeherrschung. Er gestand sich offen, daß er bange war. Frauen waren entsetzliche Geschöpfe, und der Keim der Liebe gedieh am besten in ihrer Nähe. Und so rücksichtslos waren sie, so ganz ohne Furcht. Sie schreckte nicht der Tod der Jungfrau. Sie streckten die Arme nach ihm aus und waren verführerischer als je. Ganz abgesehen von seinem Gelde war er allein durch seine Persönlichkeit, als ein junger Mann von gut dreißig Jahren, strotzend von Kraft, hübsch und liebenswürdig, eine Anziehung für die meisten Frauen. Andere Männer hätten die Huldigungen nicht ertragen, sie hätten ihnen den Kopf verdreht, ihn machten sie nur noch ängstlicher. Die Folge war, daß er fast alle Einladungen in Häuser, wo er Frauen treffen konnte, ablehnte und nur bei Junggesellen und im „Elchgeweih“ verkehrte, wo es keinen Tanzboden gab.

Sechstausend Menschen verbrachten den Winter 1897 in Dawson. Die Arbeit an den Creeks schritt rasch vorwärts, und von der andern Seite der Pässe wurde gemeldet, daß dort hunderttausend auf den Frühling warteten, um herüberzukommen. Als Daylight au einem der kurzen Nachmittage auf der Senkung zwischen dem French Hill und dem Skookum Hill stand, hatte er wieder eine Vision. Zu seinen Füßen lag der reichste Teil des Eldorado Creek, und er konnte meilenweit den Bonanza hinauf- und hinabsehen. Es war ein Bild gewaltiger Zerstörung. Die Hügel waren bis zum Gipfel abgeholzt, die nackten Flanken von den zahlreichen Gruben und Bohrstellen zerrissen, die selbst der Schneemantel nicht verdecken konnte. Unter ihnen lagen überall die Blockhütten der Leute Aber es waren nicht viel Menschen zu sehen. Eine dichte Rauchwolke erfüllte die Täler und verwandelte selbst das graue Tageslicht in eine trübe Dämmerung. Der Rauch stieg aus tausend Löchern im Schnee, tief unten auf der Felsunterlage krochen die Menschen in der gefrorenen Erde und dem Schnee herum und entzündeten immer mehr Feuer, um die Macht des Frostes zu brechen. Hie und da, wo neue Schächte im Bau waren, flammten diese Feuer mit rotem Schein. Menschliche Gestalten krochen aus den Löchern hervor, verschwanden in ihnen oder standen auf Plattformen aus roh zugehauenen Holzstämmen und wanden den aufgetauten Kies an die Oberfläche, wo er sofort wieder gefror. Überall sah man die traurigen Überreste der Frühjahrsauswaschung – Haufen von Schleusenkasten, Stücke von Wasserleitungen und mächtige Wasserräder –, alles Trümmer, wie sie ein Heer golddurstiger Männer hinterläßt.

„Welch ein Raubbau“, murmelte Daylight halblaut. Er sah auf die nackten Hügel, und ihm wurde klar, welch riesige Vergeudung von Holz hier stattgefunden hatte. Aus der Vogelschau sah er die unglaubliche Verwirrung, die ihre rastlose Arbeit hier geschaffen hatte. Jeder arbeitete für sich, und das Ergebnis war ein Chaos. In dieser reichsten aller Minen kostete es einen Dollar, für zwei Dollar Gold herauszuholen, und für jeden Dollar, den sie auf diese fieberhafte, gedankenlose Arbeitsweise herausholten, wurde ein anderer Dollar hoffnungslos verschüttet. Noch ein Jahr, und die Claims waren ausgesogen, und dabei blieb ebensoviel Gold im Boden stecken, wie herausgeholt worden war.

Organisation war es, was sie brauchten, das sah er; und seine fruchtbare Phantasie entwarf ein Bild vom Eldorado Creek, von der Mündung bis zur Quelle, von Bergesgipfel zu Bergesgipfel, unter einer einheitlichen energischen Leitung. Sogar das Auftauen mit Dampf, das zwar noch nicht erprobt war, aber sicher kommen mußte, war, wie er einsah, nur ein Notbehelf. Was hier fehlte, waren hydraulische Anlagen an den Hängen und Goldbagger, wie sie in Kalifornien verwandt wurden.

Hier sah er die Chance für neue reiche Ausbeute. Er hatte sich den Kopf zerbrochen, warum wohl die Guggenhammers und die großen englischen Firmen ihre hochbesoldeten Sachverständigen ins Land geschickt hatten. Das war also ihr Plan. Darum hatten sie sich also an ihn gewandt, um bereits ausgebeutete Claims und Schutthalden zu kaufen. Ihretwegen mochten die kleinen Minenbesitzer gern herausholen, soviel sie konnten, es blieben doch noch Millionen zurück.

Und indem er auf die rauchende Hölle zu seinen Füßen hinabsah, entwarf Daylight ein neues Spiel, das er spielen wollte, ein Spiel, in dem die Guggenhammers und alle andern mit ihm zu rechnen haben sollten. Aber mit der Freude über diesen neuen Plan beschlich ihn ein Gefühl von Müdigkeit. Er war müde von den langen Jahren im hohen Norden, und er wollte wissen, wie die Welt draußen aussah, – die große Welt, von der er andere hatte reden hören, und von der er selbst nicht mehr wußte als ein Kind. Auch dort gab es Spiele zu spielen. Der Tisch war größer, und warum sollte er sich nicht mit seinen Millionen daransetzen und mitspielen? Und so entschloß er sich an jenem Nachmittage auf dem Skookum Hill, seine beste Klondike-Karte auszuspielen und dann in die Welt hinauszureisen.

Aber das ging nicht so schnell. Durch zuverlässige Leute ließ er die Ingenieure der großen Firmen überall beobachten, und überall, wo die zu kaufen begannen, kaufte auch er. Überall, wo sie einen ausgebeuteten Claim in ihre Hand zu bekommen suchten, stießen sie auf ihn, weil er ganze Komplexe oder einzelne Claims besaß, die so geschickt verstreut waren, daß ihre Pläne gekreuzt wurden.

„Ich spiele mit offenen Karten – stimmt das nicht?“ sagte er einmal in einer heißen Verhandlung.

Es folgten Kriege, Waffenstillstände, Vergleiche, Siege und Niederlagen. Im Jahre 1898 waren sechzigtausend Menschen am Klondike, und ihrer aller Wohlfahrt hing ab von dem Ausfall der Schlachten, die Daylight schlug. Und immer mehr feuerte der Geschmack an diesem großen Spiel Daylight an. Hier hatte er sich schon in einen Kampf auf Leben und Tod mit den großen Guggenhammers eingelassen, und er gewann. Der schwerste Kampf vielleicht wurde am Ophir geführt, der elendesten Elchweide, deren wenig goldhaltiger Boden nur durch seine ungeheure Ausdehnung Wert hatte. Der Besitz von sieben Claims im Herzen des Geländes gab Daylight einen festen Griff, und sie konnten nicht zu einer Einigung gelangen. Die Guggenhammerschen Sachverständigen waren der Ansicht, daß die Sache seine Kräfte überstieg, als sie ihm aber ein Ultimatum stellten, kaufte er sie aus.

Er schickte nach den Vereinigten Staaten und ließ tüchtige Ingenieure kommen. An der achtzig Meilen entfernten Wasserscheide erbaute er ein Reservoir und führte die mächtige hölzerne Wasserleitung quer durch das Land bis zum Ophir. Reservoir und Wasserleitung waren mit drei Millionen veranschlagt, kosteten aber beinahe vier. Und hierbei blieb es nicht. Elektrische Kraftanlagen wurden errichtet, seine Werkstätten durch Elektrizität erleuchtet und betrieben. Andere, die auch mehr Gold gefunden hatten, als sie sich je hatten träumen lassen, schüttelten düster die Köpfe, prophezeiten ihm, daß er zu Fall kommen würde, und weigerten sich, Geld in seine verrückten Unternehmungen zu stecken. Aber Daylight lächelte und verkaufte den Rest seiner Grundstücke. Er tat es gerade im rechten Augenblick, als die Goldausbeute den höchsten Grad erreicht hatte. Wenn er seinen alten Freunden im „Elchgeweih" prophezeite, daß in fünf Jahren kein Mensch mehr ein Grundstück in Dawson geschenkt haben wollte, und daß die Hütten dann zu Brennholz verbraucht wären, so lachten sie ihn aus und versicherten ihm, daß die Mutterader dann längst gefunden wäre. Aber er blieb dabei. Weil er keinen Bedarf an Bauholz mehr hatte, verkaufte er auch seine Sägemühlen. Ebenso begann er, seine an den verschiedenen Flüssen verstreuten Claims abzustoßen, und beendete seine Anlagen, baute seine Bagger, importierte seine Maschinen und machte das Gold von Ophir unmittelbar zugänglich, ohne jemand Dank zu schulden. Und er, der vor fünf Jahren vom Indian-River über die Wasserscheide gekommen, mit seinen Hunden als Lasttieren die schweigende Wildnis betreten und wie ein Indianer ausschließlich von Fleisch gelebt hatte, er hörte jetzt das heisere Pfeifen, das seine Hunderte von Arbeitern zur Arbeit rief, und sah sie in dem weißen Schein der Bogenlampen arbeiten.

Aber nun das getan war, war er auch fertig zur Abreise. Und als das bekannt wurde, überboten sich die Guggenhammers und die englischen Konzerne und eine neue französische Kompanie gegenseitig, um Ophir und die ganze Anlage zu kaufen. Die Guggenhammers boten am meisten, und der Preis, den sie bezahlten, gab Daylight einen Gewinn von rund einer Million. Man glaubte allgemein, daß er zwanzig bis dreißig Millionen besäße. Aber er allein wußte genau, wie er stand, und daß er, wenn er seinen letzten Claim verkauft und reinen Tisch gemacht hatte, gut elf Millionen aus seiner Chance herausgeholt hatte.

Seine Abreise war ein Ereignis, das mit seinen andern Taten der Geschichte des Yukon angehört. Ganz Yukon war zu Gast bei ihm, und in Dawson wurde das Fest gefeiert. An diesem letzten Abend galt kein anderer Goldstaub als der seine. Getränke waren nicht zu kaufen. Jede Gastwirtschaft stand offen, hinter den Schanktischen standen Reserven für die ermatteten Bartender bereit, und die Getränke wurden umsonst ausgeschenkt. Wollte jemand seine Gastfreundschaft nicht annehmen und durchaus bezahlen, so wurde er gleich von zehn verschiedenen Seiten angegriffen. Selbst die Chechaquos erhoben sich, um Daylights Namen gegen eine solche Beleidigung zu verteidigen. Und überall war Daylight auf seinen mokassinbekleideten Füllen, lärmte, als wäre die Hölle losgelassen, strömte über von Gutmütigkeit und Kameradschaftlichkeit, stieß sein altes Wolfsgeheul aus, schrie, daß es seine Nacht wäre, preßte allen Männern an der Bar die Hände herunter und führte andere Kraftstückchen aus, während sein sonnenverbranntes Gesicht durch das Trinken gerötet war und seine Augen leuchteten. Er war wie immer gekleidet, die Ohrenklappen umflatterten ihn, und die Handschuhe mit den hohen Stulpen baumelten ihm an einer Schnur um den Hals.

Diese Nacht verdunkelte alles, was Dawson je gesehen hatte. Es war Daylights Wunsch, daß man sie nicht vergessen sollte, und sein Wunsch ging in Erfüllung. Ein gut Teil von der Bevölkerung Dawsons holte sich in dieser Nacht einen seligen Rausch. Der Herbst stand vor der Tür, und obwohl der Yukon noch nicht zugefroren war, stand das Thermometer auf fünfundzwanzig Grad unter Null und fiel noch weiter. Daher mußte ein Rettungskorps organisiert werden, das durch die Straßen patrouillierte und die Betrunkenen auflas, die in den Schnee gefallen waren, wo eine Stunde Schlaf ihnen verhängnisvoll geworden wäre. Daylight, dessen Grille es war, sie zu Hunderten und lausenden betrunken zu machen, war der Urheber dieses Rettungskorps. Er wollte, daß Dawson sich amüsieren sollte, da er aber weder rücksichtslos noch mutwillig war, verhütete er Unglücksfälle. Und wie in seinen alten Tagen verfügte er, daß kein Streit und keine Prügelei stattfinden dürfte – die Übertreter seines Gebotes würde er sich persönlich vornehmen. Aber er brauchte sich keinen vorzunehmen. Ein Gefolge von Hunderten ergebener Leute sorgten dafür, daß alle Unruhstifter in den Schnee gerollt und dann zu Bett gebracht wurden. Wenn in der großen Welt einer der Großen der Industrie stirbt, so ruhen eine Minute lang alle Maschinen in dem Unternehmen, das er geleitet hat. Aber in Klondike trauerten die Leute über die Abreise ihres Großen so lustig, daß sich vierundzwanzig Stunden lang kein Rad rührte. Selbst das große Ophir, das tausend Mann im Sold hatte, mußte schließen. Am Tage nach dem Feste fand sich nicht ein einziger arbeitsfähiger Mann.

Am nächsten Morgen verabschiedete Daylight sich bei Anbruch des Tages von Dawson. Tausende standen am Ufer mit Handschuhen und heruntergezogenen Ohrenklappen. Es waren dreißig Grad unter Null, die Eiskante hatte an Stärke zugenommen, und im Yukon trieben die Eisschollen. Vom Deck der „Seattle“ aus winkte und rief Daylight zum Abschied. Als die Leinen losgeworfen wurden und der Dampfer sich in den Strom hinausschwang, sahen die Nächststehenden, wie ihm die Tränen in die Augen stiegen. Ihm war, als verließe er sein Vaterland, dies rauhe Polarland, das einzige, das er gesehen. Er nahm die Mütze vom Haupte und schwang sie.

„Lebt wohl, Jungens!“ rief er. „Lebt wohl, Jungens!“

Burning Daylights Einzug in San Franzisko war nicht glanzvoll. Nicht er allein war vergessen, mit ihm auch Klondike. Die Welt interessierte sich für ganz andere Dinge, das Alaska-Abenteuer war, ebenso wie der Spanische Krieg, erledigt. Vieles war seither geschehen, täglich hatten spannende Ereignisse stattgefunden, und der Raum der Zeitungen für Sensationen war begrenzt. Diese Nichtbeachtung wirkte indessen nur anspornend auf ihn. Wie groß mußte erst das neue Spiel sein, wenn er, der Held des arktischen Spiels, wenn ein Mann von elf Millionen und mit seiner Vergangenheit hier unbemerkt kommen und gehen konnte.

Er schlug sein Quartier im St. Francis Hotel auf, wurde von den jungen Hotelreportern interviewt, und die Blätter brachten in den nächsten vierundzwanzig Stunden kurze Notizen über ihn. Er lachte bei sich und begann sich umzusehen, um die neuen Menschen und die neuen Dinge kennenzulernen. Er war sehr linkisch, wußte sich aber zu beherrschen. Das Bewußtsein, der Besitzer von elf Millionen zu sein, verlieh ihm ein gewisses Rückgrat, und zudem hatte er eine starke angeborene Sicherheit. Nichts verblüffte ihn oder setzte ihn in Erstaunen, weder die Pracht noch die Kultur oder die Macht um ihn her. Diese Wildnis hier war anders geartet, das war alles; er mußte sehen, sich in ihr zurechtzufinden, Wegzeichen, Straßen und Wasserstellen, gute Jagdgründe sowie die schlechten Strecken, die er meiden mußte, zu erkunden. Wie gewöhnlich machte er einen großen Bogen um die Weiber. Er fürchtete sich immer noch, diesen strahlenden, blendenden Geschöpfen nahezukommen, nach denen er doch kraft seiner Millionen nur die Hand auszustrecken brauchte. Sie folgten ihm mit schmachtenden Blicken, und er verstand seine Furcht so gut zu verbergen, daß er sich scheinbar ganz frei unter ihnen bewegte. Nicht allein sein Reichtum zog sie an. Er war zu sehr Mann, von zu ungewöhnlichem Schlage. Er war sechsunddreißig Jahre alt, auffallend hübsch, von wunderbarer Stärke, fast überschäumend von strahlender Männlichkeit. Sein freier Gang, den er den Schlittenreisen verdankte und sich nicht auf dem Pflaster einer Stadt angeeignet haben konnte, seine schwarzen Augen, die von weiten Ebenen erzählten und nicht vom engen Ausblick des Städters ermüdet waren, zogen ihm manchen neugierigen Frauenblick zu. Er merkte es wohl, lächelte verständnisvoll und sah kaltblütig dieser Gefahr ins Auge, die mehr bedeutete, als Hungersnot, Kälte oder Überschwemmung je getan hatten.

Um Männerspiel, nicht um Weiberspiel war er nach den Staaten gekommen; und die Männer hatte er noch nicht kennengelernt. Sie erschienen ihm weichlich, aber in geschäftlichen Dingen waren sie doch wohl hart unter der verzärtelten Oberfläche. Ihre katzenartige Geschmeidigkeit fiel ihm auf. Er dachte darüber nach, ob die Kameradschaftlichkeit, die sie in den Klubs zur Schau trugen, wohl wirklich aufrichtig gemeint sei, und ob sie nicht doch bald die Krallen zeigen würden. „Ich möchte sie sehen," meinte er bei sich, „wenn es ihnen an den Geldbeutel geht." Er hegte ein unerklärliches Mißtrauen gegen sie. „Sie sind mir zu geleckt", urteilte er im geheimen. Anderseits waren sie von einer gewissen Atmosphäre von Männlichkeit und damit verbundener Aufrichtigkeit umgeben. Sie mochten im Kampfe kratzen und Wunden schlagen, das war nur natürlich, aber er hatte die Vorstellung, daß sie dies nach gewissen Regeln taten. Das war der Eindruck, den er von ihnen hatte – ein ganz allgemeiner Eindruck. Jedenfalls war er davon überzeugt, daß unbedingt ein gewisser Prozentsatz von Schurken unter ihnen sein müßte.

Schließlich war er des bloßen Zuschauens müde und fuhr nach Nevada, wo soeben die neuen Goldminen erschlossen waren – „nur um eine Chance zu haben", wie er sich ausdrückte. Sein Gastspiel an der Börse von Tonopah dauerte zehn Tage, und in dieser Zeit richtete sein wildes, regelloses Spiel eine furchtbare Verwirrung unter den Durchschnittsspielern an. In diesen zehn Tagen machte er seinem Herzen Luft, dann schnalzte er mit der Zunge und reiste mit einem Reingewinn von einer halben Million wieder nach San Franzisko. Es hatte gut geschmeckt, und sein Appetit auf das Spiel war noch gewachsen.

Und wieder war er die Sensation der Presse. Wieder war BURNING DAYLIGHT in fetten Buchstaben die Überschrift. Die Interviewer scharten sich um ihn. Alte Zeitschriften und Blätter wurden durchgepflügt, und wieder erschien der romantische Elam Harnish, der Abenteurer des Frostes, der König von Klondike, der Vater der Pioniere, in Millionen Häusern neben geröstetem Brot und Eiern auf dem Frühstückstisch. Ehe er es gedacht hatte, war er mit Gewalt ins Spiel geschleudert. Kapitalisten und Gründer, der ganze Auswurf des Meeres der Spekulation brandete gegen seine elf Millionen. Er hatte Aufsehen erregt, und jetzt gab man ihm Karten, ob er wollte oder nicht, so daß er mitspielen mußte.

Schön, so spielte er denn. Er wollte es ihnen schon zeigen – gerade weil die Rede davon gewesen war, wie schnell sein Übermut beschnitten werden sollte.

Anfänglich spielte er niedrig – „er wartete auf seinen großen Coup", wie er Holdsworthy, einem Manne, mit dem er sieh im Alta-Pacific-Klub befreundet hatte, erklärte. Daylight war selbst Mitglied des Klubs, in den Holdsworthy ihn eingeführt hatte. Und es war gut, daß Daylight im Anfang so vorsichtig spielte; immer mehr staunte er über die große Zahl von Haien – „Landhaien", wie er sie nannte –, die sich an ihn heranmachten. Er durchschaute ihre Methode schnell genug und wunderte sich sogar, daß so viele von ihnen Beute genug machen konnten, um sich durchzuschlagen. Ihre Schurkerei und ihre ganze Zweifelhaftigkeit waren so durchsichtig, daß er nicht verstand, wie sich jemand von ihnen anführen lassen konnte.

Holdsworthy behandelte ihn mehr wie einen Bruder, als wie einen Klubgenossen. Er wachte über ihn, gab ihm gute Ratschläge und stellte ihn den Magnaten der lokalen Finanzwelt vor. Holdsworthys Familie wohnte in einem entzückenden Landhaus in der Nähe von Menlo Park, und Daylight verbrachte oft die Zeit von Sonnabend bis Montag dort. Er erhielt dabei Einblick in ein Familienleben von einer Feinheit und Herzlichkeit, wie er es sich nie hatte träumen lassen. Holdsworthy war ein großer Blumenliebhaber und begeisterter Geflügelzüchter, und diese beiden Passionen waren eine Quelle ständigen Vergnügens für Daylight, der ihn mit freundlicher Nachsicht beobachtete.

Bei einem Besuche erzählte Holdsworthy von einer kleinen Sache, einer wirklich guten kleinen Sache, einer Ziegelei bei Glen Ellen. Daylight lauschte aufmerksam den Erklärungen des andern. Es war ein sehr vernünftiges, aber kleines Geschäft. Er machte schließlich aus reiner Freundschaft mit, als er hörte, daß auch Holdsworthy darin engagiert war und in anderer Beziehung Opfer bringen mußte, um die Erweiterung des Unternehmens durchführen zu können. Daylight schoß das gewünschte Kapital, fünfzigtausend Dollar, ein. „Ja", erklärte er später lachend, „ich bin angeführt worden, aber schuld daran war weniger Holdsworthy als seine verdammten Küken und Obstbäume."

Es war ihm jedoch eine gute Lehre, denn er lernte, daß es nur selten Treu und Glauben in der Geschäftswelt gab, und daß selbst der einfache Begriff der Gastfreundschaft nichts bedeutete im Vergleich mit einer wertlosen Ziegelei und fünfzigtausend Dollar. Aber er meinte doch, daß alle diese Haie verschiedenen Kalibers nur an der Oberfläche zu finden waren, daß es in der Tiefe Redlichkeit und Rechtschaffenheit gab. Die Industriefürsten und Großkapitalisten, entschied er, waren doch sicher Leute, mit denen sich arbeiten ließ. Bei der Natur ihrer ungeheuren Unternehmungen mußten sie unbedingt ehrlich spielen. Sie hatten keinen Raum für solche kleinen Schwindeleien und Betrügereien. Von diesen kleinen Leuten konnte man nichts anderes erwarten, als daß sie ihren Freunden wertlose Ziegeleien aufhalsten, aber in der Hochfinanz lohnte sich dergleichen nicht. Da war man mit ganz anderen Dingen beschäftigt: Entwicklung des Landes, Organisation von Eisenbahnen, Gründung von Minen und Erschließung der zahllosen Quellen der Natur. Das Spiel mußte unbedingt hoch und ehrlich sein. „Die können sich nicht mit solchen Schwindeleien abgeben", schloß er.

So kam er zu dem Entschluß, die kleinen Leute wie Holdsworthy links liegen zu lassen. Er stand zwar immer noch auf recht gutem Fuße mit ihnen, schloß sich aber an keinen enger an. Er hatte gar nichts gegen diese kleinen Leute vom Alta-Pacific-Klub und ähnliche, nur wollte er sie nicht als Partner in dem großen Spiel, das er vorhatte. Worin das große Spiel bestand, wußte er selbst noch nicht. Er wartete einfach darauf. Und da traf er John Dowsett, den großen John Dowsett. Es war der reine Zufall, daran war kein Zweifel. Rein zufällig – das wußte Daylight selbst – hörte er von einem Geschäft in Santa Catalina, und statt direkt nach San Franszisko zurückzukehren, fuhr er nach der Insel herüber. Dort traf er John Dowsett, der sich einige Tage von einer Geschäftsreise nach dem Westen erholen wollte. Dowsett hatte natürlich von dem unternehmungslustigen König von Klondike und seinen dreißig Millionen gehört und interessierte sich für den Mann, den er nun kennenlernte. Im Laufe der Bekanntschaft mußte dann irgendwann die Idee in seinem Kopfe aufgetaucht sein. Aber er berührte sie nicht, sondern zog vor, sie sorgfältig reifen zu lassen. So hielt sich das Gespräch nur in allgemeinen Bahnen, und er tat sein Bestes, um sich Daylight angenehm zu machen und seine Freundschaft zu gewinnen.

Er war der erste große Magnat, den Daylight traf, und er fühlte sich stark angezogen. Etwas so Herzliches und Gewinnendes, eine so geniale demokratische Denkweise lag über dem Manne, daß Daylight kaum verstehen konnte, daß dies der große John Dowsett, der Präsident von einer ganzen Reihe von Banken, der Chef des Versicherungstrustes war, der mit allen Leuten der „Standard Oil" alliiert sein sollte und immer mit den Guggenhammers zusammen auftrat Auch sein Äußeres strafte seinen Ruf nicht Lügen.

Seine Erscheinung bürgte Daylight für alles, was er über ihn gehört hatte. Trotz seiner sechzig Jahre und seines schneeweißen Haares war sein Händedruck fest und herzlich; er zeigte keine Spur von Hinfälligkeit, wenn er rasch und leicht dahinschritt und sich sicher und entschieden bewegte. Seine Gesichtsfarbe war rot und gesund, und sein feingezeichneter Mund schien immer bereit, über einen guten Witz zu lächeln. Er hatte ehrliche Augen von hellstem Blau, die scharf und freimütig unter den buschigen grauen Brauen hervorblickten. Sein Verstand war geschult und ruhig und arbeitete mit der Sicherheit einer stählernen Falle. Er war ein Mann, der Wissen besaß, es aber nie mit Gefühl oder Sentimentalität aufputzte. Jedes Wort, jede Bewegung war von Kraft getragen; die Gewohnheit zu herrschen, konnte er nicht verleugnen. Dabei war er taktvoll und sympathisch, und Daylight erkannte schnell, daß er einen Mann vor sich hatte, der sich in jeder Beziehung von kleinen Leuten wie Holdsworthy unterschied. Er kannte auch Dowsetts Geschichte, wußte, daß er einer der ersten amerikanischen Familien entstammte, wußte, daß er sich im Kriege ausgezeichnet hatte. Daylight hatte von John Dowsett gehört, der sich um die Union verdient gemacht hatte, von General Dowsett, dessen Ruhm aus der Zeit der Revolution stammte, und von jenem Dowsett, der schon in den ersten Tagen Neuenglands ein wohlhabender Mann gewesen war.

„Das ist ein Mann", erzählte er später seinen Klubgenossen im Rauchzimmer des Alta-Pacific. „Ich sage Ihnen, Gallon, er war eine Überraschung für mich. Ich wußte es ja, die Großen mußten so sein, aber ich mußte ihn erst gesehen haben, um es wirklich zu glauben. Er gehört zu den Menschen, die wirklich schaffen. Das sieht man ihm an. Er ist einer unter Tausenden, das ist sicher, und ein Mann, auf den man sich verlassen kann. Die Spiele, die er spielt, sind unbegrenzt, aber ehrlich, darauf können Sie schwören. Ich wette, er kann ein halbes Dutzend Millionen gewinnen oder verlieren, ohne auch nur mit der Wimper zu zucken."

Gallon paffte seine Zigarre, und als der andere mit seiner Lobrede fertig war, betrachtete er ihn verwundert, aber Daylight, der sich gerade einen Cocktail bestellte, bemerkte den Blick nicht.

„Dann wollen Sie wohl ein Geschäft mit ihm machen?" bemerkte Gallon.

„Ach, keine Rede davon. – Prosit! Ich wollte Ihnen nur erklären, daß ich jetzt verstehe, wie große Männer heldenhafte Taten vollbringen. Wissen Sie, er machte auf mich den Eindruck, als wäre er allwissend, so daß ich mich ganz beschämt fühlte.

Bei einem Wettrennen mit einem Hundegespann könnte ich ihm, glaube ich, einen großen Vorsprung lassen und doch noch gewinnen", bemerkte Daylight nach einer kurzer Pause. „Und ich könnte ihm wohl auch noch ein paar Tips beim Poker oder beim Goldwaschen und beim Paddeln in einem Birkenkanu geben. Ja, vielleicht könnte ich doch noch eher sein Spiel lernen, als er das, welches ich dort oben im Norden gespielt habe."

Nicht lange darauf kam Daylight nach New York. Ein Brief von John Dowsett war die Veranlassung – ein paar auf der Maschine geschriebene Zeilen. Aber als Daylight sie empfing, gab es einen Ruck in ihm. Er erinnerte sich, den gleichen Ruck gespürt zu haben, als der Spieler Tom Galsworthy in Tempas Butte in Ermangelung eines vierten Mannes zu ihm, dem damals Fünfzehnjährigen, gesagt hatte: „Komm her, Bengel, spiel' mit!" Die dürftigen maschinengeschriebenen Zeilen schienen mit Mystik geladen. „Unser Herr Howison wird Sie in Ihrem Hotel aufsuchen. Sie können sich auf ihn verlassen. Man darf uns nicht zusammen sehen. Wenn wir miteinander gesprochen haben, werden Sie verstehen, warum." Daylight las die Worte immer wieder. Jetzt schien es, als sei das große Spiel gekommen und er zum Mitspielen aufgefordert. Sicherlich, denn kein anderer Grund konnte einen Mann bewegen, einen andern zu einer Reise quer über den Kontinent aufzufordern.

Sie trafen sich – dank „unserm" Herrn Howison – auf einem prachtvollen Landsitz am oberen Hudson. Infolge der erhaltenen Instruktionen hatte Daylight ein ihm zur Verfügung gestelltes Privatauto vorgefunden. Den Eigentümer des Wagens kannte er ebensowenig wie den des Hauses, das von riesigen, mit Baumgruppen bestandenen Rasenflächen umgeben war. Dowsett war schon da und ebenso ein anderer Mann, den Daylight erkannte, noch ehe sie einander vorgestellt waren. Es war Nathaniel Letton und kein anderer. Daylight hatte sein Gesicht unzählige Male in Blättern und Zeitschriften gesehen und über seine Stellung in der Finanzwelt, wie über die von ihm gestiftete Universität in Daratona gelesen. Auch er wirkte auf Daylight als ein starker Mann, wenn ihn auch wunderte, daß er gar keine Ähnlichkeit mit Dowsett hatte. Mit Ausnahme seiner Sauberkeit – einer Sauberkeit, die sich bis in seine innersten Fibern zu erstrecken schien – war er in jeder Beziehung von dem andern verschieden. Er war mager wie ein Schwindsüchtiger und sah aus wie ein Mann, in dessem Innern eine mysteriöse kalte chemische Flamme mit der Hitze von tausend Sonnen unter einem gletscherhaften Äußern brannte. Besonders seine großen grauen Augen verursachten dies Gefühl. Sie flackerten fieberhaft in einem Antlitz, das fast einem Totenkopfe glich; so mager war es und so unheimlich matt und leichenähnlich seine Haut. Er war nicht älter als fünfzig, wirkte aber mit seinem schütteren grauen Haar doppelt so alt wie Dowsett. Dennoch war Nathaniel Letton der geborene Herrscher – das konnte Daylight deutlich sehen. Er war ein Asket mit einem mageren Gesicht, der in einem Zustand überirdischer Ruhe lebte – ein feuerflüssiger Planet unter einer Eisdecke, die sich von Festland zu Festland erstreckte. Aber den größten Eindruck von allem machte auf Daylight die entsetzliche, beinahe unheimliche Sauberkeit des Mannes. Er war schlackenlos. Er schien wie im Feuer geläutert. Daylight hatte das Gefühl, daß ein guter, gesunder Fluch eine tödliche Beleidigung, eine Entheiligung, eine Gotteslästerung für ihn sein mußte.

Sie tranken – das heißt, Nathaniel Letton trank Mineralwasser, das von dem lautlos wirkenden Automaten von Lakaien, der das Haus bewohnte, serviert wurde, während Dowsett einen Whisky-Soda und Daylight einen Cocktail nahm. Keiner schien etwas Ungewöhnliches an einem „Martini“ um Mitternacht zu finden, obwohl Daylight scharf beobachtete; denn er hatte längst gelernt, daß ein „Martini“ seine bestimmte Zeit und Stelle hatte. Aber er liebte „Martini“ und wollte als Naturmensch die Freiheit haben zu trinken, wann und wo es ihm paßte. Andere hätten vielleicht die eigentümliche Gewohnheit beachtet, nicht so Dowsett und Letton, und Daylights geheimer Gedanke war: „Die würden auch nicht mit der Wimper zucken, wenn ich ein Glas ätzendes Sublimat verlangte.“

Als sie mitten im Trinken waren, kam Leon Guggenhammer und bestellte sich einen Whisky. Daylight studierte ihn neugierig. Das war also einer von den großen Guggenhammers; ein jüngeres Mitglied der Familie zwar, aber immerhin einer von ihnen, mit denen er seinen Kampf auf Leben und Tod droben im Norden ausgefochten hatte. Und Leon Guggenhammer machte denn auch kein Hehl aus der alten Geschichte. Er beglückwünschte Daylight zu seiner Kühnheit. – „Das Echo von Ophir ist bis zu uns gedrungen, wissen Sie. Und ich muß sagen, Herr Daylight – äh, Herr Harnish –, daß Sie uns bei der Geschichte ordentlich eins ausgewischt haben.“

„Das Echo!“ Es gab Daylight doch einen Stoß bei dieser Bemerkung – das Echo von dem Kampf, zu dem er alle seine Kräfte und seine Klondike-Millionen aufgewandt hatte, war zu ihnen gedrungen. Die Guggenhammers mußten wirklich groß sein, wenn ein derartiger Kampf für sie nur ein Scharmützel war, dessen Echo sie zu hören geruhten. „Sie müssen ein mächtiges Spiel hier spielen“, schloß er, und fühlte gleichzeitig ein entsprechendes Entzücken darüber, daß sie gerade jetzt ihn zur Teilnahme an diesem Spiel auffordern wollten. In diesem Augenblick bedauerte er wirklich, daß er nicht statt seiner elf die dreißig Millionen besaß, die das Gerücht ihm zuteilte. Nun, er wollte in diesem Punkte ehrlich sein; er wollte sie genau wissen lassen, wie viele Chips er kaufen konnte.

Leon Guggenhammer war jung und beleibt. Er war genau dreißig Jahre alt und sein Gesicht so glatt wie das eines Knaben. Auch er machte einen Eindruck von Sauberkeit. Er strahlte von Gesundheit; seine fleckenlose Haut zeugte von einer glänzenden Verfassung. Bei einer so prachtvollen Gesichtsfarbe konnte selbst seine Beleibtheit, sein runder Bauch nur normal sein. Er hatte Anlage dazu, das war alles.

Das Gespräch kam bald auf Geschäfte, obwohl Guggenhammer erst von der bevorstehenden internationalen Regatta und seiner prachtvollen Dampfjacht „Electra“ erzählen mußte, deren Maschinen, kaum erbaut, schon wieder veraltet waren. Dowsett erklärte den Plan, und wenn Daylight Fragen stellte, warfen die beiden anderen hin und wieder eine Bemerkung dazwischen. Wohin ihr Vorschlag auch immer zielte, so wollte er doch jedenfalls wissen, um was es sich handelte, ehe er sich entschloß, mitzumachen. Und ihr Vorhaben war so einleuchtend, daß er ganz geblendet war.

„Kein Mensch wird sich träumen lassen, daß wir hinter Ihnen stehen“, warf Guggenhammer ein, als sie ihren Plan fertig entwickelt hatten, und seine hübschen jüdischen Augen funkelten vor Begeisterung. „Man wird glauben, daß Sie in Ihrer alten Freibeuterweise darauf losgehen.“

„Sie verstehen natürlich, Herr Harnish, wie notwendig es ist, unsere Verbindung geheimzuhalten“, warnte Nathaniel Letton ernst.

Daylight nickte.

„Und auch das werden Sie verstehen,“ fuhr Letton fort, „daß unser Unternehmen nur gute Folgen zeitigen kann. Die Sache ist völlig gesetzlich und einwandfrei, und die einzigen, die den Schaden davon haben werden, sind die Börsenspekulanten selbst. Es ist nicht etwa ein Versuch, den Markt zu sprengen. Wie Sie sehen, sollen Sie à la hausse liegen. Die Leute, die ihr Geld auf ehrliche Weise anlegen, werden die Gewinner sein.“

„Sehr richtig“, sagte Dowsett. „Die Nachfrage nach Kupfer ist ständig im Steigen begriffen. Ward Valley und alle damit zusammenhängenden Unternehmungen – in Wirklichkeit ein Viertel der gesamten Kupferproduktion der Erde, wie ich Ihnen gezeigt habe –, sind eine bedeutende Angelegenheit, wie bedeutend, können wir noch nicht genau berechnen. Wir haben unsere Vorbereitungen getroffen. Wir haben selbst reichlich Kapital, können aber immer noch mehr gebrauchen. Außerdem befinden sich noch zu viele Ward-Valley-Aktien in anderen Händen, als für unsere jetzigen Pläne dienlich ist. Auf diese Weise schlagen wir zwei Fliegen mit einer Klappe.“

„Und die Klappe bin ich“, fiel Daylight lächelnd ein.

„Leon. Sie sollen die Ward-Valley-Aktien gleichzeitig aufkaufen und in die Höhe treiben. Das wird von unschätzbarem Vorteil für uns sein, und Sie und wir alle werden unseren Nutzen davon haben. Und dabei handelt es sich, wie Herr Letton schon betont hat, um ein völlig gesetzliches und ehrliches Spiel. Am achtzehnten ist Aufsichtsratssitzung, und dann wird statt der gewöhnlichen die doppelte Dividende erklärt.“

„Und wer zieht den kürzeren dabei?“ rief Leon Guggenhammer eifrig.

„Die Spekulanten,“ erklärte Nathaniel Letton, „die Spieler, der Ausschuß von Wall-Street – verstehen Sie. Die Leute, die ihr Geld ehrlich angelegt haben, werden nicht getroffen; mehr noch: sie werden zum tausendsten Male gelernt haben, daß man sich auf Ward Valley verlassen kann. Und haben sie einmal Vertrauen gefaßt, so können wir darangehen, die großen Verbesserungen, von denen wir vorhin gesprochen haben, durchzuführen.“

„Sie werden natürlich alle möglichen Gerüchte hören,“ sagte Dowsett, „aber lassen Sie sich nicht dadurch abschrecken. Sie können sehr gut von uns selbst in Umlauf gebracht sein. Das wird Ihnen ja einleuchten. Kümmern Sie sich gar nicht darum. Sie sind mit im Bunde. Alles, was Sie zu tun haben, ist kaufen, kaufen, kaufen, bis zum letzten Atemzug kaufen, bis der Aufsichtsrat die doppelte Dividende erklärt hat. Ward Valley werden so steigen, daß man nachher überhaupt nicht mehr kaufen kann.“

Letton machte eine bedeutungsvolle Pause und trank einen Schluck Mineralwasser. Dann nahm er den Faden wieder auf. „Was wir wollen,“ sagte er, „ist, das Publikum von einer großen Partie von Ward-Valley-Aktien zu entlasten. Das ginge ganz einfach, indem wir den Kurs drückten und die Besitzer bange machten. Aber wir sind die Herren der Situation, und wir sind anständig genug,

Ward-Valley-Aktien zu steigenden Kursen zu kaufen. Philanthropen sind wir nicht, wir sind nur genötigt, die Aktionäre für unsere großen Erweiterungspläne zu gewinnen. Und wir verlieren auch nicht gerade bei der Transaktion. In dem Augenblick, wo der Beschluß des Aufsichtsrats bekannt wird, werden Ward Valley bis in die Wolken steigen. Wir haben dann unseren völlig gesetzmäßigen Zweck erreicht und außerdem noch den Fixern eine gehörige Summe abgenommen. Aber das hat, wie Sie verstehen, mit der Sache an sich nichts zu tun, ist nur eine unvermeidliche Zugabe. Andererseits wollen wir auch nicht die Nase rümpfen über diese Seite der Angelegenheit. Die Fixer sind Spieler schlimmster Sorte und erhalten nur ihren wohlverdienten Lohn."

„Und noch eins, Herr Harnish", sagte Guggenhammer. „Wenn der Betrag, über den Sie verfügen oder den Sie in die Sache hineinstecken wollen, überschritten werden sollte, dann wenden Sie sich nur sofort an uns. Denken Sie immer daran, daß wir hinter Ihnen stehen."

„Jawohl, daß wir hinter Ihnen stehen", wiederholte Dowsett.

Nathaniel Letton nickte zustimmend.

„Und was die doppelte Dividende betrifft, die am achtzehnten erklärt wird –" John Dowsett zog ein Papier aus seinem Notizbuch hervor und setzte seinen Kneifer auf. „Ich will Ihnen die Zahlen zeigen. Sehen Sie hier – –." – Und nun begann eine lange technische und historische Auseinandersetzung über die Entwicklung von Ward Valley.

Die ganze Besprechung dauerte nicht länger als eine Stunde, und in dieser Stunde fühlte Daylight sich dem Gipfel des Lebens näher als je. Diese Männer, das waren große Spieler. Sie waren Großmächte. Allerdings war er sich klar darüber, daß sie noch nicht zu den Allergrößten gehörten. Sie standen noch nicht in einer Reihe mit den Morgans und Harrimans. Aber sie waren doch in Berührung mit ihnen und selbst schon Giganten. Auch die Haltung, die sie ihm gegenüber einnahmen, gefiel ihm sehr. Sie waren liebenswürdig, ohne herablassend zu sein. Es war die Liebenswürdigkeit gegen ihresgleichen, und die feine Schmeichelei in diesem Auftreten verfehlte ihre Wirkung auf Daylight nicht; war er sich doch klar darüber, daß sie an Erfahrung wie an Reichtum weit über ihm standen. „Wir wollen diese Spekulantenbande mal ordentlich aufrütteln", erklärte Leon Guggenhammer triumphierend. „Und Sie sind der rechte Mann dazu, Herr Harnish. Alle Welt muß ja glauben, daß Sie auf eigene

Faust handeln, und wenn es gilt, einen Neuling wie Sie zu stutzen, sind alle Scheren scharf geschliffen."

„Die werden sich wundern", fügte Letton hinzu, und seine unergründlichen Augen leuchteten aus den umfangreichen Falten des wollenen Schals hervor, den er sich jetzt um Hals und Ohren wickelte. „Die Gedanken dieser Leute gehen immer bestimmte Bahnen. Das Unerwartete wirft alle ihre Berechnungen über den Haufen – sei es eine neue Kombination, irgendein fremder Faktor oder eine neue Variante. Und das alles werden Sie für die Leute sein, Herr Harnish. Ich wiederhole: Es sind Spieler, und sie verdienen ihr Geschick. Sie hemmen und stören jedes regelrechte Geschäft. Sie, Herr Harnish, haben ja keine Ahnung von dem Ärger, den diese Spekulanten Leuten wie uns verursachen, wenn sie – was vorkommt – mit ihrem Spiel die vernünftigsten Pläne durchkreuzen und die sichersten Geschäfte über den Haufen werfen."

Dowsett und der junge Guggenhammer fuhren zusammen in einem Auto fort, Letton allein in einem andern. Auf Daylight, dessen Gedanken immer noch von den Ereignissen der letzten Stunde erfüllt waren, machte die Art ihrer Abreise einen tiefen Eindruck. Wie seltsame Ungeheuer standen die drei Maschinen am Fuße der breiten Treppe unter der unbeleuchteten Einfahrt. Es war finstere Nacht, und die Scheinwerfer der Automobile durchschnitten wie Messer die feste Substanz des Dunkels. Der ehrerbietige Lakai, der automatische Hausgeist, der keinem der drei gehörte, stand, nachdem er ihnen beim Einsteigen geholfen, wie aus Stein gehauen da. Auf den Führersitzen saßen die pelzgekleideten Chauffeure. Dicht hintereinander jagten die Wagen ins Dunkel hinaus und verschwanden um die Ecke.

Daylights Wagen war der letzte, und als er hinaussah, erblickte er einen Schimmer des unbeleuchteten Hauses, das groß und mächtig wie ein Berg in der Finsternis dalag. Wem mochte es gehören? Wie kam es, daß sie es für ihre heimliche Besprechung benutzten? Ein Mysterium? Die ganze Geschichte war voller Mysterien. Aber Hand in Hand mit dem Mysterium schritt die Macht. Er lehnte sich zurück und atmete den Rauch seiner Zigarette ein. Großes war im Gange. Eben jetzt wurden die Karten zu einem mächtigen Spiel ausgeteilt, und er war dabei. Er erinnerte sich seines Pokerspiels mit Jack Kearns und lachte laut. Damals ging es um Tausende, jetzt um Millionen. Und wenn am achtzehnten die Dividende erklärt wurde –, er lachte laut bei dem Gedanken an die Scheren, die geschliffen wurden, um ihn zu stutzen –, ihn, Burning Daylight.

Es war fast zwei Uhr morgens, als er in sein Hotel zurückkehrte, aber noch warteten Reporter auf ihn, um ihn zu interviewen. Am nächsten Morgen kamen wieder welche. Und so wurde er mit schmetternden Zeitungsfanfaren in New York empfangen. Wieder einmal wanderte seine malerische Gestalt unter dem Lärm des Tamtams, unter wildem Spektakel durch die Druckspalten, der König von Klondike, der Held des hohen Nordens, der dreißigfache Dollarmillionär aus Alaska war nach New York gekommen. Warum? Wollte er jetzt den New-Yorkern an den Kragen wie früher der Tomopah-Bande in Nevada? Wall Street mußte auf dem Posten sein: Der wilde Mann aus Alaska war da. Oder würde diesmal Wall Street ihm an den Kragen gehen? So war es schon vielen wilden Männern ergangen. Wie würde es ihm ergehen? Daylight grinste und sprach sich den Interviewern gegenüber in dunklen Wendungen aus.

Man war darauf vorbereitet, daß er spielen würde, und als am selben Tage ein mächtiger Kauf von Ward Valley begann, gab es keinen Zweifel mehr, daß er dahintersteckte. Die Wogen der Börsengerüchte gingen hoch. Wieder hatte er es also auf die Guggenhammers abgesehen. Die Geschichte von Ophir wurde wieder hervorgeholt und so sensationell ausgeputzt, daß Daylight sie selbst kaum wiedererkannte. Aber das war nur Wasser auf seine Mühle. Es war klar: die Spekulanten gingen auf den Leim. Von Tag zu Tag kaufte er mehr, aber das Angebot war so groß, daß Ward-Valley-Aktien nur ganz langsam stiegen.

Die Woche, die Donnerstag, dem achtzehnten, vorausging, war eine wilde, aufgeregte Zeit für Daylight. Ganz allmählich hatte das anhaltende Kaufen doch die Aktien in die Höhe getrieben, und je näher der Donnerstag kam, desto mehr spitzte die Lage sich zu. Irgendwie mußte die Bombe platzen. Wieviel Ward - Valley wollte dieser Klondikespieler denn kaufen? Wieviel konnte er kaufen? Was taten die Ward-Valley-Leute unterdessen? Die Interviews mit ihnen, die in den Blättern erschienen – Interviews, die prachtvoll ruhig und beherrscht waren – belustigten Daylight sehr. Leon Guggenhammer äußerte sogar die Meinung, daß dieser Nordlandkrösus sich vielleicht doch verrechnet hätte. Aber das mache ihnen keine Sorge, erklärte John Dowsett. Sie hätten auch nichts dagegen. Sie hätten keine Ahnung von seinen Plänen, und nur eines sei sicher: Ward Valley lägen à la hausse. Dagegen hätten sie auch nichts. Wie es ihm und seinen Operationen auch immer erginge, Ward Valley sei jedenfalls in schönster Ordnung, so fest wie der Felsen von Gibraltar und würde es bleiben. Nein, sie hätten keine Ward Valley zu verkaufen, besten Dank. Der ganz unnatürliche

Stand des Marktes müsse sich bald ändern, und Ward Valley sei durch ein so wahnsinniges Börsenspiel nicht aus seinem ruhigen Gang zu bringen. „Es ist das reine Spiel von Anfang bis zu Ende,“ sagte Nathaniel Letton, „wir haben nicht das geringste damit zu tun und nehmen keine Notiz davon.“

Am Dienstag kam Daylight jedoch ein beunruhigendes Gerücht zu Ohren. Es war im Wall Street Journal veröffentlicht und ging darauf aus, daß nach anscheinend besten Informationen die Direktoren von Ward Valley am Donnerstag keine Dividende erklären, sondern statt dessen eine Einzahlung fordern würden. Es war das erstemal, daß Daylight ängstlich wurde. Stimmte die Nachricht, so war er ruiniert, und plötzlich fiel es ihm wie Schuppen von den Augen: Diese ganzen riesigen Operationen waren ausschließlich mit seinem eigenen Gelde gemacht. Dowsett, Guggenhammer und Letton hatten nichts riskiert. Es war ein augenblicklicher Schreck, der ebenso schnell wieder vorüberging, aber doch stark genug war, ihn alle Kaufaufträge widerrufen zu lassen. Dann stürzte er ans Telephon.

„Hat nichts zu sagen – nur ein Gerücht“, klang Leon Guggenhammers tiefe Stimme durch den Fernsprecher. „Wie Sie wissen,“ sagte Nathaniel Letton, „bin ich selbst Mitglied des Aufsichtsrats, und ich müßte es doch wohl wissen, wenn man an so etwas dächte.“ Und John Dowsett: „Vor solchen Gerüchten habe ich Sie ja gerade gewarnt. Es ist nicht ein Jota daran – Ehrenwort.“

Daylight schämte sich furchtbar, daß seine Nerven mit ihm durchgegangen waren, und kehrte zu seiner Arbeit zurück. Als er das Kaufen eingestellt hatte, war die Börse in ein Narrenhaus verwandelt, und auf der ganzen Linie verkauften die Baissisten darauflos. Ward Valley, die ihren Höhepunkt erreicht hatten, begannen zu wanken. Daylight verdoppelte in aller Ruhe seine Kaufaufträge. Und Dienstag, Mittwoch und Donnerstag morgen fuhr er fort zu kaufen, während Ward Valley triumphierend immer höher stiegen. Immer noch verkauften die andern, und immer noch kaufte er, und zwar in einem Maße, daß es, wenn alles geliefert wurde, seine Zahlungsfähigkeit weit überschritt. Aber was tat das? Heute wurde die doppelte Dividende erklärt. Die Baissiers waren die Hereingefallenen, und er konnte ihnen seine Bedingungen diktieren.

Und dann platzte die Bombe. Das Gerücht hatte recht gehabt: Ward Valley verlangte Zuzahlung. Daylight gab sofort den Kampf auf. Sobald er sich vergewissert hatte, daß es stimmte, zog er sich zurück. Nicht nur Ward Valley, alle sicheren Papiere wurden von den triumphierenden Baissiers hinuntergehämmert. Daylight gab sich nicht einmal die Mühe zu untersuchen, ob die Ward Valley ihren Tiefstand erreicht hatten, oder immer noch weiter fielen. Er war nicht betäubt, nur verwirrt und zog sich vom Schlachtfeld zurück, um sich zu sammeln, während Wall Street ganz die Besinnung verlor. Nach einer kurzen Besprechung mit seinen Maklern ging er in sein Hotel. Unterwegs kaufte er sich die Abendblätter und las die Überschriften. Burning Daylight fertig! stand da; Daylight hat's gekriegt! Wieder ein Mann aus dem Westen, der sein Geld losgeworden ist! Als er sein Hotel erreichte, erzählte eine spätere Ausgabe von einem jungen Mann, der Selbstmord begangen hatte, einem Lamm, das Daylights Spiel treuherzig gefolgt war. „Warum nimmt er sich das Leben, zum Donnerwetter?“ murmelte Daylight.

Er ging in sein Zimmer hinauf, bestellte sich einen Martini-Cocktail, zog sich die Schuhe aus, setzte sich hin und dachte nach. Nach einer halben Stunde faßte er sich und leerte das Glas, und während er fühlte, wie die Flüssigkeit seinen ganzen Körper durchwärmte, erschlafften seine Züge zu einem langsamen, beherrschten, aber aufrichtigen Lächeln. Er mußte selbst über sich lachen.

„Reingefallen, weiß Gott!“ murmelte er.

Dann verschwand das Lächeln wieder, und sein Gesicht wurde ernst und düster. Bis auf seine Anteile in den verschiedenen landwirtschaftlichen Unternehmungen, die noch hohe Zuschüsse erforderten, hatte er nichts mehr. Aber härter als dies war der Schlag, der seinen Stolz getroffen. Es war kein Kunststück gewesen, ihn hereinzulegen. Sie hatten ihm Steine für Gold gegeben, und er hatte nicht den geringsten Beweis. Der einfachste Bauer hätte Dokumente gehabt, und er hatte nichts als ein Ehrenwort. Ein Ehrenwort! Er schnaufte verächtlich. In seinem Ohr klang noch die Stimme John Dowsetts durchs Telephon: „Ehrenwort!“ Hinterlistige Diebe und Gauner waren sie, und richtig angeführt hatten sie ihn. Was die Zeitungen schrieben, stimmte. Er war nach New York gekommen, um sich reinlegen zu lassen, und die Herren Dowsett, Letton und Guggenhammer hatten das gründlich besorgt. Er war ein kleiner Fisch, mit dem sie zehn Tage gespielt hatten – genügend Zeit, um ihn samt seinen elf Millionen zu verschlingen. Natürlich hatten sie ihm alles nur aufgehalst, um Ward Valley dann für ein Butterbrot zurückzukaufen, bevor der Markt sich wieder erholt hatte. Nathaniel Letton würde wahrscheinlich von seinem Anteil am Raube der von ihm gestifteten Universität wieder ein paar neue Gebäude schenken. Leon Guggenhammer würde sich neue Maschinen für seine

Jacht oder eine ganze Flotte von Jachten kaufen. Aber was der Teufel von Dowsett mit seinem Gelde machen wollte, das war ihm nicht klar – vielleicht eine neue Reihe Banken gründen.

Daylight trank einen Cocktail nach dem andern und dachte an sein Leben in Alaska, an die schweren Jahre, in denen er sich seine elf Millionen erkämpft hatte. Einen Augenblick dachte er an Mord, und wilde Pläne jagten ihm durch den Sinn. Das hätte der junge Mann tun sollen, statt sich selbst zu töten. Niederschießen hätte er sie sollen. Daylight öffnete seinen Koffer und holte seinen Revolver – einen großen Colt 44 – hervor. Er sah nach, ob er geladen war, steckte die Waffe in die Seitentasche seines Überziehers, bestellte sich noch einen Martini und setzte sich wieder.

Eine ganze Stunde dachte er nach, lächelte aber nicht mehr. In seinem Gesicht bildeten sich Furchen, die Wahrzeichen der Arbeit des Nordens, des beißenden Frostes, alles dessen, was er erreicht und was er erlitten hatte – die endlosen Wochen der Schlittenreisen, die düsteren Tundren von Point Barrow, das zermalmende Eistreiben des Yukon, die Kämpfe mit Menschen und Tieren, die langen Hungertage, die Monate unter den Stichen der Moskitos von Koyokuk, die mühselige Arbeit mit Hacke und Schaufel, die Zeichen und Narben von Tragriemen und Zugleine, die Zeit, da er und seine Hunde nichts als Fleisch zu essen hatten, diese ganze lange Reihe von zwanzig Jahren Arbeit, Schweiß und Mühsal ...

Um zehn Uhr erhob er sich und begann das New-Yorker Adreßbuch zu studieren. Dann zog er sich die Schuhe an, nahm eine Droschke und fuhr in die Nacht hinaus. Zweimal wechselte er die Droschke und hielt schließlich vor dem Nachtbureau eines Detektivs. Er nahm selbst die Sache in die Hand, bezahlte reichlich voraus, wählte die sechs Mann, die er brauchte, und instruierte sie. Noch nie hatten sie für eine so einfache Sache eine so gute Bezahlung erhalten, denn außer der Taxe gab er jedem einen Fünfhundertdollarschein und versprach ihnen noch einmal soviel, wenn sie Erfolg hatten. Spätestens am nächsten Tage mußten seine drei stillen Partner sich treffen. Auf jeden wurden zwei von den Detektiven losgelassen. Zeit und Ort der Zusammenkunft war alles, was er erfahren wollte.

„Macht eure Sache gut, Jungens“, ermahnte er sie zuletzt. „Ich muß es wissen. Was auch geschieht, ich schlage euch heraus.“

Er kehrte in sein Hotel zurück, indem er wie zuvor die Droschke wechselte, ging in sein Zimmer, trank noch einen Cocktail zur Nacht, legte sich nieder und schlief ein. Am Morgen kleidete er sich an, rasierte sich, bestellte sein Frühstück und die Zeitungen und wartete. Aber er trank nicht. Um neun Uhr begann das Telephon zu klingeln, und die ersten Berichte liefen ein. Nathaniel Letton war im Begriff, in Tarrytown den Zug zu besteigen. John Dowsett kam mit der Untergrundbahn zur Stadt. Leon Guggenhammer hatte sich noch nicht auf der Straße sehen lassen, war aber bestimmt zu Hause. Daylight breitete eine Karte vor sich auf dem Tische aus und folgte so den drei Männern, wie sie einander näherkamen. Jetzt war Nathaniel Letton in seinem Bureau im Mutual-Solander-Hause. Als nächster erschien Guggenhammer. Dowsett befand sich noch in seinem eigenen Bureau: aber um elf kam die Nachricht, daß auch er eingetroffen sei, und wenige Minuten später saß Daylight im Auto und sauste in voller Fahrt nach dem Mutual-Solander-Hause.

Nathaniel Letton war mitten im Satze, als die Tür geöffnet wurde; er blieb stecken, und er wie die beiden andern starrten erschrocken, aber beherrscht den eintretenden Burning Daylight an. Unwillkürlich übertrieb er den freien schwungvollen Gang, der Schlittenreisenden eigen ist. Ihm war, als fühlte er Schnee unter seinen Füßen.

„Guten Morgen, meine Herren“, sagte er, ohne die unnatürliche Ruhe zu beachten, mit der sie seinen Eintritt begrüßten. Er schüttelte ihnen der Reihe nach so herzlich die Hände, daß Nataniel Letton zusammenfuhr. Dann warf er sich in einen schweren Sessel und streckte die Beine aus, als ob er müde wäre. Die große Ledertasche, die er mitgebracht hatte, stellte er sorglos neben sich auf den Fußboden.

„Allmächtiger, ich bin halbtot!“ seufzte er. „Wir haben's ihnen aber auch nicht schlecht gegeben. Das war 'ne Sache. Und erst ganz zum Schluß ist mir aufgegangen, wie fein das Spiel war. Glatter knock down! Und wie sie drauf reinfielen, war einfach großartig!“

Sein schleppender westlicher Dialekt und seine Fröhlichkeit beruhigten sie. Er war wohl gar nicht so schlimm. Wenn er sich auch entgegen Lettons Anordnungen den Zutritt zum Bureau erzwungen hatte, so schien er doch nicht die Absicht zu haben, eine Szene zu machen oder ausfallend zu werden.

„Na,“ fragte Daylight liebenswürdig, „habt ihr nicht ein freundliches Wort für euren Partner? Oder hat sein Glanz euch völlig geblendet?“

Letton räusperte sich, konnte aber kein Wort herausbringen. Dowsett saß ruhig abwartend da, während Guggenhammer mit Anstrengung stammelte:

„Sie haben wirklich ein schönes Tohuwabohu angerichtet."

Daylights schwarze Augen funkelten vor Vergnügen. „Das will ich meinen!" rief er triumphierend. „Haben wir sie nicht schön angeführt? Ich war selbst ganz überrascht. Ich hätte mir nie träumen lassen, daß es so leicht ginge."

„Und jetzt", fuhr er fort, ehe die entstandene Pause drückend wurde, „können wir wohl abrechnen. Ich möchte gern heute nachmittag abreisen." Er nahm seine Tasche und griff mit beiden Händen hinein. „Und wenn ihr Wall Street wieder mal einen kleinen Schrecken einjagen wollt, Jungens, dann braucht ihr's mir nur zu sagen."

Seine Hände kamen wieder zum Vorschein; sie umschlossen eine Menge Talons, Scheckbücher und Schlußnoten. Er schüttete alles auf den Tisch, griff noch einmal in die Tasche und fischte einige Nachzügler heraus. Dann las er von einem Blatt Papier ab: „Zehn Millionen siebenundzwanzigtausend und zweiundvierzig Dollar und acht Cent betragen meine Ausgaben. Die müssen natürlich vom Gewinn abgezogen werden, ehe wir die ganze Beute zusammenrechnen. Wo habt ihr eure Berechnung? Es muß doch eine mächtige Summe herauskommen."

Die drei Männer sahen sich erstaunt an. Entweder war der Mann dümmer, als sie gedacht hatten, oder er spielte ein Spiel, das sie noch nicht durchschauen konnten.

Nathaniel Letton befeuchtete seine Lippen mit der Zunge und sprach:

„Es wird noch einige Stunden dauern, Herr Harnish, bis wir die Abrechnung in Ordnung haben. Howison ist gerade dabei. Wir – hm – wie Sie sagen, haben wir befriedigend abgeschnitten. Was meinen Sie, wollen wir jetzt nicht zusammen frühstücken gehen – wir könnten ja dabei über die Sache sprechen. Ich lasse meine Angestellten über Mittag arbeiten, so daß Sie Ihren Zug noch rechtzeitig erreichen können."

Dowsett und Guggenhammer gaben ihre Erleichterung fast zu offen zu erkennen. Die Situation klärte sich. Unter den augenblicklichen Verhältnissen war es nicht angenehm, in einem Raum mit dem Manne eingeschlossen zu sein, den sie soeben ausgeplündert hatten, einem Manne, der starke Muskeln hatte und einem Indianer glich. Sie erinnerten sich mit Unbehagen der vielen

Geschichten über seine Stärke und Brutalität. Wenn Letton ihn nur so lange hinhalten könnte, bis sie in die polizeibeschützte Welt außerhalb der Bureautüren entwischt waren, so war alles gut. Und Daylight schien mit sich reden zu lassen.

„Das freut mich wirklich", sagte er. „Ich möchte nicht gern den Zug versäumen. Sie haben mir eine große Ehre erwiesen, meine Herren, daß Sie mich an diesem Geschäft teilnehmen ließen. Ich weiß das in hohem Maße zu schätzen, wenn ich meinen Gefühlen auch nicht den rechten Ausdruck verleihen kann. Aber ich bin schrecklich neugierig und möchte gern wissen, Herr Letton, wie hoch Sie unsern Gewinn veranschlagen. Können Sie es mir nicht schätzungsweise sagen?"

Nathaniel Letton sandte seinen Freunden einen flehenden Blick, und es entstand eine Pause. Dowsett, der aus festerem Holz als die beiden andern geschnitzt war, begann zu ahnen, daß der Klondike-Mann spielte, jene aber ließen sich immer noch von seiner kindlichen Unschuld einwiegen.

„Es ist außerordentlich – hm – schwierig", begann Leon Guggenhammer vorsichtig. „Sie wissen, daß die Kurse von Ward Valley fabelhaft schwankten, so daß – hm – –."

„So daß es ganz unmöglich ist, jetzt schon den Gewinn abzuschätzen", fuhr Letton fort.

„Annähernd, annähernd", meinte Daylight freundlich. „Auf eine Million mehr oder weniger kommt es nicht an. Darüber können wir uns ja später noch einigen. Aber ich bin so neugierig, daß es mich am ganzen Körper juckt. Was meint ihr?"

„Warum sollen wir weiter unter falschen Voraussetzungen spielen?" fragte Dowsett plötzlich kalt. „Laßt uns die Karten auf den Tisch legen. Herr Harnish hat einen falschen Eindruck von der Sache, und wir wollen ihn aufklären. Diesmal – –."

Aber Daylight fiel ihm ins Wort. Er war ein zu guter Pokerspieler, als daß er den psychologischen Faktor außer acht gelassen hätte, und er unterbrach Dowsett, um das Spiel selbst zum Abschluß zu bringen.

„Da wir gerade von Karten sprechen," sagte er, „so fällt mir ein Poker ein, den ich mal in Reno in Nevada gesehen habe. Es war nicht gerade, was man ehrliches Spiel nennt. Die Spieler waren alle ausgekochte Jungens. Aber hinter dem Mann, der gab, stand ein neuer, ein Gelbschnabel, und der sah, wie der andere sich unten aus dem Spiel vier Asse nahm. Der Neue ärgerte sich. Er trat zu dem Gegenübersitzenden.

›Sie‹, flüsterte er ihm zu. ›Ich habe gesehen, wie der drüben sich vier Asse genommen hat.‹

›Na, wenn schon?‹ sagte der Spieler.

›Ich wollt' es Ihnen nur sagen, weil ich meinte, daß Sie es wissen sollten‹, sagte der Neue. ›Ich wiederhole, ich hab' es mit eigenen Augen gesehen, wie er sich vier Asse gegeben hat.‹

›Wissen Sie was,‹ sagte der Spieler, ›Sie täten am besten, wenn Sie sich verzögen, Sie haben ja keine Ahnung von dem Spiel. Er ist doch am Geben, nicht wahr?‹"

Das Gelächter, mit dem die Geschichte begrüßt wurde, war weder sehr aufrichtig noch natürlich, doch Daylight schien keine Notiz davon zu nehmen.

„Ich vermute, daß Ihre Geschichte einen Sinn hat", sagte Dowsett mit Nachdruck.

Daylight blickte ihn unschuldig an, antwortete aber nicht. Er wandte sich jovial an Nathaniel Letton.

„Los", sagte er. „Geben Sie uns eine Übersicht über unseren Gewinn. Wie ich schon sagte, kommt es auf eine Million mehr oder weniger nicht an, denn es muß ja eine mächtige Summe sein."

Letton war jetzt durch die Haltung, die Dowsett einnahm, sicherer geworden und antwortete schnell und entschieden.

„Ich fürchte, Sie mißverstehen die Situation, Herr Harnish. Wir haben keinen Gewinn mit Ihnen zu teilen. Bitte, regen Sie sich nicht auf. Ich brauche nur auf diesen Knopf zu drücken ..."

Aber Daylight schien durchaus nicht aufgeregt zu sein, er machte vielmehr den Eindruck, als ob er völlig gelähmt wäre. Mit geistesabwesender Miene griff er in seine Westentasche, zündete ein Streichholz an und entdeckte, daß er keine Zigaretten hatte. Die drei Männer folgten seinen Bewegungen wie Katzen. Sie wußten, daß sie jetzt einige höchst ungemütliche Minuten vor sich hatten.

„Wollen Sie das bitte noch einmal sagen?" meinte Daylight. „Mir scheint, ich habe nicht ganz richtig gehört. Sie sagten ...?"

In qualvoller Erwartung hing er an Nathaniel Lettons Lippen.

„Ich sagte, daß Sie die Situation mißverstehen, Herr Harnish; das war alles. Sie haben an der Börse gespielt und tüchtig dabei verloren. Aber weder Ward Valley noch ich oder meine Kompagnons können sehen, daß wir Ihnen etwas schuldig sind."

Daylight deutete auf den Haufen Quittungen und Talons auf dem Tische.

„Das hier repräsentiert eine Summe von zehn Millionen zwanzigtausendzweiundvierzig Dollar und achtundsechzig Cent in bar. Hat das denn keinen Wert?"

Letton lächelte und zuckte die Achseln.

Daylight betrachtete Dowsett und murmelte:

„Dann hat meine Geschichte doch wohl einen Sinn."

Er lachte krampfhaft. „Sie haben die Karten gegeben, und Sie haben richtig gegeben. Schön, ich beklage mich nicht. Ich bin wie der Mann im Poker. Sie haben gegeben und konnten es natürlich so tun, wie Sie es für gut befanden. Und das haben Sie getan – und haben mich bis auf den letzten Heller ausgeplündert." Er starrte verwirrt den Haufen auf dem Tische an. „Und das alles ist nicht mal das Papier wert, worauf es geschrieben ist. Verflucht noch mal, Sie verstehen Karten zu geben, wenn Sie eine Chance haben. O nein, ich beklage mich nicht. Sie waren am Geben, und Sie haben mich reingelegt, aber ich bin nicht der Mann, zu jammern, wenn mir so was passiert. Die Partie ist jetzt ausgespielt, die Karten liegen auf dem Tisch, und es ist kein Wort weiter drüber zu verlieren, aber ..."

Seine Hand tauchte schnell in die Brusttasche und erschien wieder mit dem großen Coltrevolver.

„Wie gesagt, die Partie ist zu Ende. Aber jetzt gebe ich, und da will ich doch sehen, ob ich nicht die vier Asse kriegen kann – –."

„Finger weg, du getünchtes Grab!" rief er scharf.

Nathaniel Lettons Hand, die sich sacht nach dem Klingelknopf geschoben hatte, zuckte zurück.

„Plätze wechseln", kommandierte Daylight. „Nimm den Stuhl drüben, du leberkrankes Stinktier! Rück' auf die andere Seite, Guggenhammer! Und du, Dowsett, setz' dich hierher."

„Jetzt werde ich die Karten geben. Denkt daran, daß ich nichts über euer Spiel gesagt habe. Ihr habt euer Leck gestopft, gut! Aber jetzt bin ich am Geben, und jetzt will ich mein Leck dichten. Ihr kennt mich; Ich bin Burning Daylight – savvy? Ich fürchte nichts, weder Gott noch Teufel, weder Tod noch Untergang. Das sind meine vier Asse, und die stechen eure sicher aus."

„Und doch werden wir dich hängen sehen", sagte Dowsett, der als einziger seine Ruhe bewahrt hatte.

„Damit hat's noch gute Weile. Und wenn's geschieht, so erlebt ihr es sicher nicht. Ihr sterbt hier und in dieser Minute." Daylight schwieg.

„Ist das Ihr Ernst?" fragte Letton mit seltsam dünner Stimme.

Daylight schüttelte lächelnd den Kopf.

„Nein, es lohnt sich nicht. Ihr seid es nicht wert. Aber ich will meine Chips wiederhaben. Und ich denke, ihr gebt sie mir lieber zurück, als daß ihr geradeswegs von hier in die Leichenhalle wandert."

Ein langes Schweigen folgte.

„Schön, also ich hab' jetzt gegeben. Ihr seid am Spiel. Aber während ihr noch überlegt, will ich euch noch eine Warnung erteilen: Wenn die Tür aufgeht und einer von euch Banditen sich merken läßt, daß hier was Besonderes los ist, dann knall' ich euch nieder, so wahr ich hier stehe. Nicht eine Seele kommt hier heraus, es sei denn mit den Füßen voran."

Geschlagene drei Stunden blieben sie sitzen. Der entscheidende Faktor war weniger der große Revolver an sich, als die Gewißheit, daß Daylight Gebrauch von ihm machen würde. Nicht nur die drei Männer, auch er selber war fest davon überzeugt. Er war fest entschlossen, sie zu töten, wenn er sein Geld nicht bekam. Sofort zehn Millionen in bar herbeischaffen, war keine Kleinigkeit. Immer wieder mußten Howison und der erste Buchhalter hereingerufen werden. Dann lag der Revolver unter einer Zeitung auf Daylights Schoß, während er sich eine seiner braunen Zigaretten drehte und anzündete. Aber endlich war alles in Ordnung. Aus dem wartenden Auto wurde eine Segeltuchtasche geholt, und als Daylight das letzte Paket Scheine hineingestopft hatte, schnappte er sie zu. An der Tür drehte er sich noch einmal um. „Noch eines: Wenn ich zu dieser Tür hinaus bin, habt ihr eure Handlungsfreiheit wieder, aber ich will euch ein paar Winke geben. Erstens keinen Haftbefehl – savvy? Dies Geld gehört mir, ich hab's euch nicht gestohlen. Wenn es herauskommt, wie ihr mich reinlegen wolltet, so wird man auf eure Kosten lachen, und das nicht zu knapp. Weiter: Ihr habt mich ausgeplündert, und ich habe mir mein Geld wiedergeholt. Wenn ihr versucht, mich verhaften zu lassen und mich noch einmal auszuplündern, schieße ich euch über den Haufen. Ihr seid gerade die Rechten, Burning Daylight das Fell über die Ohren zu ziehen. Also nehmt euch in acht, daß es hier nicht ein paar Beerdigungen gibt. Wenn ihr mir in die Augen seht, dann wißt ihr, daß ich meine, was ich sage. Die Talons und Quittungen hier gehören euch. Guten Morgen!“

Als sich die Tür hinter ihm geschlossen hatte, sprang Nathaniel Letton ans Telephon, aber Dowsett stellte sich ihm in den Weg.

„Was wollen Sie tun?“ fragte Dowsett.

„Die Polizei. Das ist gemeiner Raub. Ich laß mir das nicht gefallen.“

Dowsett lächelte ingrimmig und schob den dürren Finanzier auf seinen Sessel zurück.

„Lassen Sie uns erst mal drüber reden“, sagte er, und Leon Guggenhammer pflichtete ihm eifrig bei.

Es kam nichts dabei heraus. Die drei wahrten ihr Geheimnis. Auch Daylight verriet nichts; als er aber an diesem Nachmittag im Salonwagen in seinen Sitz zurückgelehnt saß, lachte er herzlich und lange.

New York konnte nie aus der Geschichte klug werden oder eine vernünftige Erklärung dafür finden. Wenn alles mit rechten Dingen zugegangen wäre, hätte Burning Daylight fertig sein müssen, und doch wußte man, daß er unmittelbar darauf mit anscheinend unvermindertem Kapital wieder in San Franzisko auftauchte. Das bezeugte die Größe seiner neuen Unternehmungen, wie der Panama-Post, deren Kontrolle er Seftly ausschließlich kraft seines Geldes und seiner Kampftüchtigkeit entriß, und die er zwei Monate später für eine, dem Gerüchte nach, fabelhafte Summe den Harrimans überließ.

Nach Daylights Rückkehr wuchs sein Ruf schnell. Es war gerade kein beneidenswerter Ruf. Man fürchtete ihn. Er wurde als Raufbold, als Teufel, als Tiger verschrien. Sein Spiel war vernichtend, und keiner wußte, wie und wann sein nächster Schlag fallen würde. Alles kam überraschend. Er schlug unerwartet zu, ließ seinen Geist nicht ausgetretene Bahnen gehen, sondern erfand immer neue Kniffe und Kriegslisten.

Zu ruhiger Kapitalsanlage neigte er nicht, die hätte sein Geld nur gebunden und sein Risiko verringert. Was ihn an den Geschäften reizte, war das Moment der Spannung, und sein Draufgängertum erforderte stets neue Mittel. Er band sich immer nur für kurze Zeit, steckte Geld in eine Sache und zog es wieder heraus, um es anderweitig anzulegen, sobald er seinen Gewinn in Sicherheit hatte. Heute hier, morgen da, war er ein wahrer Seeräuber auf dem Meere des Kapitalismus. Er spielte genau nach den Regeln, aber schonungslos. Die Verbindungen, die er von Zeit zu Zeit einging, waren ausschließlich von Nützlichkeitsgründen diktiert; in seinen Verbündeten sah er Leute, die ihn ihrerseits bei der ersten Gelegenheit übers Ohr hauen würden. Trotzdem war er selbst anständig gegen sie, wenn auch nur so lange, wie sie selbst es waren, und sein Wort galt soviel wie seine Unterschrift.

Der Grund zu seiner Schonungslosigkeit war, daß er seine Mitspieler verachtete. Er hatte jede Illusion bezüglich des Spieles, das unter dem Namen Geschäft ging, verloren und sah es nun in seiner ganzen Nacktheit.

Die moderne Gesellschaft war ein riesiger organisierter, auf Ausbeutung der Schwachen und Minderbegabten berechneter Schwindel. Arbeit, rechtmäßige Arbeit war die Quelle allen Reichtums, nirgends aber sah man die rauhhändigen Söhne der Arbeit sich ihrer Früchte freuen. Fuhren sie in eigenen federnden Automobilen, kleideten sich in feine seidene Stoffe? ... Tausende, Hunderttausende saßen Nächte hindurch und schmiedeten Ränke, um sich zwischen die Arbeiter und die von diesen geschaffenen Dingen zu drängen. Diese Ränkeschmiede waren die Unternehmer. Ihnen fiel der Gewinn zu, der durch kein Gleichheitsgesetz geregelt, sondern nur durch ihre eigene Stärke und Gemeinheit bestimmt wurde.

Freilich gab es auch unter ihnen Unterschiede. Jene kleinen Geschäftsleute, Ladeninhaber und dergleichen waren in Wirklichkeit nur die Handlanger der Großen, über denen wiederum die ganz Großen saßen. Magnaten, über Heere von Arbeitern gebietend, mehr Spieler als Räuber, die kein direkter Gewinn befriedigte, und deren unersättliche Gier sie zu Großmachtskämpfen untereinander trieb. Das nannte man haute finance.

Noblesse oblige galt bei den Großen des Handels und der Industrie nur in seltenen Ausnahmefällen. Diese modernen Übermenschen waren eine Horde Banditen, die die erfolgreiche Frechheit besaßen, ihren Opfern ein Gesetz über Recht und Unrecht zu predigen, das sie selbst nicht befolgten. Ihnen galt das Wort eines Mannes nur so lange, wie er gezwungen war, es zu halten. Das Wort „Du sollst nicht stehlen" wurde nur auf den ehrlichen Arbeiter angewandt. Sie selbst waren über solche Gebote erhaben. Sie stahlen und wurden von ihren Mitmenschen nach der Größe ihrer Beute geehrt.

Daylight war ein dickschädeliger Praktikus, und nichts lag ihm ferner als Bücherweisheit. Er hatte sein Dasein unter den einfachsten Verhältnissen verbracht und keiner Gelehrsamkeit bedurft, um das Leben zu verstehen, und jetzt, unter den komplizierten Verhältnissen, erschien es ihm ebenso einfach. Er durchschaute Betrug und Lüge und fand das Leben hier ebenso elementar wie am Yukon. Die Männer waren aus demselben Stoff gemacht. Sie hatten dieselben Wünsche und Leidenschaften hier, wie dort! Finanz war nur Poker im großen.

So kam es, daß Daylight ein erfolgreicher Kapitalist wurde, wenn auch kein Sklavenhalter und Blutsauger. Bedrückung der Schwachen erschien ihm verächtlich. Aber im Hinterhalt liegen und dem erfolgreichen Räuber die Beute abjagen, das war ein lustiger, aufregender Sport, wie er ihn liebte.

Das harte Leben am Yukon hatte nicht vermocht, Daylight zu einem harten Manne zu machen. Dieser Erfolg blieb der Zivilisation vorbehalten. In dem wilden, grausamen Spiel, das er jetzt spielte, schwand das Wohlwollen, das ihn bisher gekennzeichnet hatte, ganz unmerklich und auf gleiche Weise wie sein schleppender Dialekt. Und scharf und nervös wie seine Sprechweise wurde auch seine Seele. In dem rasenden Tempo des Spiels fand er immer weniger Zeit, gutmütig zu sein. Die Veränderung zeichnete sogar seine Züge. Die Linien wurden strenger. Seltener erschien das lustige Lächeln auf seinen Lippen und in seinen Augenwinkeln. Die Augen selbst, schwarz und feurig wie die eines Indianers, funkelten zuweilen vor Grausamkeit und brutalem Machtbewußtsein. Die von seiner ganzen Persönlichkeit ausstrahlende, überwältigende Lebenskraft blieb, aber es war jetzt die des Siegers, des schonungslosen Bezwingers. Seine Kämpfe mit der elementaren Natur waren gewissermaßen unpersönlich gewesen; jetzt kämpfte er mit den Männchen seiner Rasse, und diese unerbittlichen Kämpfe zeichneten ihn mehr, als es die Mühen seiner Schlittenreisen und Flußfahrten getan.

Da trat Dede Mason in sein Leben. Fast unmerklich. Er hatte sie ganz unpersönlich engagiert, so wie er seine Bureaueinrichtung angeschafft, seinen Laufjungen und Morrison, den einzigen Kontoristen und sein Faktotum, engagiert hatte. In den ersten Monaten wäre er nicht imstande gewesen, die Farbe ihrer Augen oder ihres Haares anzugeben. Ebensowenig hatte er eine Ahnung, wie sie sonst aussah. Für ihn war sie „Fräulein Mason“, und das war alles, wenn er sie auch als gewandte und zuverlässige Sekretärin schätzte.

Als er aber eines Morgens einige Briefe unterschrieb, fiel ihm eine grammatikalische Wendung auf, die er, wie er bestimmt wußte, nicht beim Diktieren gebraucht hatte. Er drückte zweimal auf den Klingelknopf, und einen Augenblick später trat Fräulein Mason ein.

„Hab' ich das gesagt, Fräulein Mason?“ fragte er, indem er ihr den Brief reichte und ihr die fragliche Stelle zeigte.

Ein verlegener Ausdruck trat in ihre Züge, als wäre sie auf frischer Tat ertappt worden.

„Es ist mein Fehler“, sagte sie. „Es tut mir leid. Aber eigentlich ist es kein Fehler“, fügte sie schnell hinzu.

„Wie meinen Sie das?“ fragte Daylight herausfordernd. „Meiner Ansicht nach ist es nicht richtig.“

Sie stand schon in der Tür, drehte sich aber mit dem unglückseligen Briefe in der Hand um.

„Richtig ist es doch“, antwortete sie dreist. „Aber wenn Sie es wünschen, ändere ich es.“ Und damit nahm sie den Brief und ging an ihre Schreibmaschine. Am nächsten Morgen trat Daylight auf dem Wege ins Bureau in eine Buchhandlung und kaufte eine englische Grammatik; und eine geschlagene Stunde saß er, mit den Beinen auf dem Schreibtisch, und arbeitete sich durch das Buch hindurch.

„Ich will gehenkt sein, wenn das Mädel recht hat“, murmelte er. Als aber die Stunde um war, wußte er, daß sie recht hatte, und zum ersten Male fand er, daß etwas Besonderes an seiner Sekretärin sei. Bisher hatte er sie nur als ein beliebiges weibliches Wesen, als einen Teil seiner Bureauausstattung angesehen, jetzt aber wurde sie in seinen Augen plötzlich eine Persönlichkeit. Sie wußte offenbar manches, wovon er keine Ahnung hatte, und er begann, Notiz von ihr zu nehmen.

Als sie an diesem Nachmittag das Bureau verließ, bemerkte er zum erstenmal, wie gut sie gewachsen war, und daß sie sich zu kleiden verstand. Er kannte nichts von den Einzelheiten der Frauenkleidung und sah denn auch nichts an ihrer hübschen Bluse und dem gutsitzenden Rock. Er sah nur die Wirkung im allgemeinen. Sie sah aus, wie man aussehen mußte. Aber das kam eben daher, daß nichts Auffallendes an ihr war.

„Netter kleiner Käfer“, war sein Urteil, als die Kontortür sich hinter ihr schloß.

Als er ihr am nächsten Morgen Briefe diktierte, bemerkte er, daß ihr Haar hellbraun mit einem Goldschimmer war. Die blasse Sonne ließ das Gold wie schwelendes Feuer schimmern, was sehr anziehend war. Er wunderte sich, daß er dieses Spiel der Natur noch nicht beachtet hatte.

Mitten im Briefe kam derselbe Satzbau vor, der am vorigen Tage den Zwischenfall veranlaßt hatte. Er erinnerte sich der Grammatik und diktierte den Satz in derselben Weise, wie sie ihn verbessert hatte.

Fräulein Mason blickte schnell auf. Sie tat es ganz unwillkürlich und tatsächlich überrascht. Im nächsten Augenblick senkte sich ihr Blick wieder. Aber in dieser Sekunde hatte Daylight bemerkt, daß ihre Augen grau waren. Später fand er heraus, daß zuzeiten ein goldener Schimmer in ihnen sein konnte; aber fürs erste genügte, was er gesehen, um ihn zu überraschen, denn er wurde sich plötzlich klar, daß er bisher immer geglaubt hatte, eine Brünette müsse auch braune Augen haben.

Als er eines Tages an ihrem Schreibtisch vorbeiging, fand er einen Band Gedichte von Kipling und guckte verblüfft auf die Seiten.

„Sie lesen gern, Fräulein Mason?“ fragte er und legte das Buch wieder hin.

„Ja,“ lautete die Antwort, „sehr.“

Ein andermal war es ein Buch von Wells „The Weels of Chance“.

„Wovon handelt es?“ fragte Daylight.

„Ach, es ist nur ein Roman, eine Liebesgeschichte.“

Sie schwieg; er aber blieb wartend stehen, und sie fühlte, daß sie noch etwas sagen mußte.

„Es handelt von einem kleinen Londoner Kommis, der in den Ferien einen Ausflug macht und sich in ein Mädchen verliebt, das sehr hoch über ihm steht. Ihre Mutter ist eine beliebte Schriftstellerin und so weiter. Die Situation ist sehr eigenartig und traurig, teilweise direkt tragisch. Möchten Sie es lesen?“

„Kriegt er sie?“ fragte Daylight.

„Nein, das ist es ja eben. Er war nicht – –“

„Er kriegt sie nicht, und da lesen Sie dreihundert Seiten, bloß um das herauszufinden?“ murmelte Daylight erstaunt.

Fräulein Mason ärgerte sich, war aber doch belustigt. „Sie sitzen ja auch stundenlang da und lesen Bergwerks- und Geschäftsberichte“, erwiderte sie.

„Aber davon habe ich was. Das ist Geschäft und ganz was anderes. Ich schlage Geld daraus. Was haben Sie von Ihren Büchern?“

„Neue Gesichtspunkte, neue Ideen, Leben.“

„Das ist alles nicht einen Pfennig wert.“

„Das Leben ist mehr wert als Geld“, meinte sie.

„Mag sein“, sagte er mit einem Unterton männlicher Duldsamkeit. „Solange man Freude daran hat. Das ist meiner Ansicht nach das Wesentliche; aber über den Geschmack läßt sich nicht streiten.“

Trotz seiner Überlegenheit hatte er eine Ahnung, daß sie eine Menge wußte, und zugleich das Gefühl, daß er ein Barbar war, der hier den Zeugnissen einer mächtigen Kultur gegenüberstand. Ihm war Kultur etwas Wertloses, aber er hatte dennoch immer wieder eine unbestimmte Vorstellung, daß sie mehr bedeutete, als er sich denken konnte.

Einige Tage später bemerkte er wieder ein Buch auf ihrem Schreibtisch. Diesmal blieb er nicht stehen, denn er hatte den Einband erkannt. Es war das Buch eines Zeitungskorrespondenten über Klondike, und er wußte, daß von ihm darin die Rede war, und zwar in einem sensationellen Kapitel, das vom Selbstmord einer Frau handelte, an dem er die Schuld tragen sollte.

Seitdem sprach er nicht wieder mit ihr über Bücher. Der Gedanke, daß sie irrige Schlüsse aus dem betreffenden Kapitel gezogen haben mußte, ärgerte ihn um so mehr, je unverdienter es war. Das war denn doch der Gipfel: er – Burning Daylight – ein Herzensbrecher, und eine Frau sollte sich aus Liebe zu ihm das

Leben genommen haben! Er kam sich selbst wie der unglücklichste Mensch vor. Es war ja aber auch schreckliches Pech, daß gerade dieses Buch von all den tausenden, die es auf der Welt gab, seiner Sekretärin in die Hände fallen mußte. Einige Tage hatte er jedesmal, wenn er mit Fräulein Mason zusammen war, ein unangenehmes Gefühl von Schuldbewußtsein, und einmal bemerkte er, wie sie ihn merkwürdig forschend betrachtete, als wollte sie ermitteln, was für eine Art von Mann er wäre.

Er erkundigte sich bei Morrison, dem Kontoristen, der erst seiner persönlichen Antipathie gegen Fräulein Mason Luft machen mußte, ehe er das wenige, was er wußte, berichtete.

„Sie stammt aus Siskiyou. Es läßt sich gut mit ihr zusammen arbeiten, gewiß, aber sie ist sehr von sich eingenommen – exklusiv, verstehen Sie."

„Wie äußert sich das?" fragte Daylight.

„Ja, sie fühlt sich zu gut, um mit ihren Kollegen zu verkehren. Ich hab' sie ein paarmal eingeladen, ins Theater und so. Aber es ist nichts zu machen. Sie sagt, daß sie viel Schlaf braucht und nicht spät aufbleiben kann und einen weiten Weg bis Berkeley – da wohnt sie – hat."

Dieser Teil des Berichts gefiel Daylight ausnehmend. Sie war etwas Besonderes, daran war nicht zu zweifeln. Aber Morrisons nächste Worte schlugen ihm eine böse Wunde.

„Das ist aber alles Unsinn. Sie läuft immer mit Studenten herum. Ins Theater gehen, das kann sie nicht, weil sie zuviel Schlaf braucht; aber mit denen tanzen, das kann sie immer. Ich finde, das ist ein bißchen zu vornehm für eine Bureaudame. Und dann hält sie sich noch ein Pferd. Sie reitet und treibt sich immer in den Bergen drüben herum. Ich habe sie selbst eines Sonntags gesehen. Oh, sie will hoch hinaus, und ich möchte bloß wissen, wie sie das macht. Mit fünfundsechzig Dollar im Monat kommt man nicht weit. Und dabei hat sie noch einen kranken Bruder."

„Wohnt sie bei ihrer Familie?" fragte Daylight.

„Nein, sie hat keine. Die Leute sollen übrigens mal wohlhabend gewesen sein, wie ich gehört habe. Sie müssen es gewesen sein, sonst hätte der Bruder nicht die Kalifornien-Universität besuchen können. Ihr Vater hat eine große Viehfarm gehabt, ließ sich aber in dumme Minenspekulationen ein und ging pleite, ehe er starb. Ihre Mutter war schon lange tot. Ihr Bruder muß ein schönes Stück Geld kosten. Er war ein tüchtiger Kerl, spielte Fußball, war ein guter Jäger, kletterte in den Bergen herum und ähnliches. Er kam zu Schaden, als er Pferde zuritt, und dazu bekam er noch Rheumatismus. Das eine Bein ist kürzer als das andere und etwas eingeschrumpft. Er ging an Krücken. Ich hab' sie mal zusammen gesehen – sie wollten mit der Fähre übersetzen. Die Ärzte haben jahrelang an ihm herumgedoktert, und jetzt ist er, glaube ich, im französischen Hospital."

Alle diese Streiflichter erhöhten Daylights Interesse für Dede Mason. Aber so sehr er es auch wünschte, gelang es ihm doch nicht, näher mit ihr bekannt zu werden. Er dachte daran, sie zum Frühstück einzuladen, besaß aber die angeborene Ritterlichkeit des Hinterwäldlers, und so blieb es bei der Absicht. Er wußte, daß ein Mann von Selbstachtung kaum seine Sekretärin zum Frühstück einladen konnte.

Hinter allen Gründen Daylights aber lag eine gewisse Furcht. Das einzige, was er je gefürchtet hatte, waren Frauen, aber vor denen hatte er auch sein ganzes Leben lang Angst gehabt. Und jetzt, da er den ersten aufglimmenden Drang und das erste Verlangen nach dem Weibe spürte, war diese Furcht auch nicht leicht zu verjagen. Die Angst vor den Schürzenbändern war immer noch da und ließ ihn Entschuldigungen dafür finden, daß er mit Dede Mason nicht weiter kam.

Da Daylight keine Gelegenheit fand, Dede Masons nähere Bekanntschaft zu machen, schlief sein Interesse für sie allmählich ein. Das war nur natürlich, denn er steckte tief in Spekulationen.

Ein erbitterter Kampf mit der Coastwise Steam Navigation Company, der Hawaiian, der Nicaraguan und der Pacific-Mexican Steamship Company war in vollem Gange. Die Aufgabe, die er sich gestellt hatte, drohte ihm über den Kopf zu wachsen, und er erschrak über die weiten Verzweigungen und die vielen einander anscheinend widersprechenden Interessen, die hineingezogen wurden. Alle Zeitungen San Franziskus wandten sich gegen ihn. Anfangs hatte zwar eine oder die andere erkennen lassen, daß sie nicht abgeneigt wäre, Subsidien von ihm anzunehmen, aber Daylight war der Ansicht gewesen, daß die Situation solche Ausgaben nicht erforderte. War die Presse ihm gegenüber bisher scherzhaft tolerant und gutmütig sensationell gewesen, so sollte er jetzt erfahren, welcher giftigen Bosheit und Verleumdung sie fähig war. Jede Episode seines Lebens wurde ausgegraben und entstellt. Daylight amüsierte sich köstlich über die neue Art, wie seine Erfolge und Taten ausgelegt wurden. Aus dem großen Alaskahelden wurde er zum Alaskaschurken, -lügner, -räuber, schlechthin zum „gemeinen Kerl“. Er antwortete nie auf ihre Anwürfe, wenn er auch einmal einem halben Dutzend Reportern die Wahrheit sagte.

„Macht, was ihr wollt“, sagte er zu ihnen. „Burning Daylight ist schon mit anderen Dingen fertig geworden als mit euren dreckigen verlogenen Zeitungen. Und ich tadle euch gar nicht, Jungens – das heißt nicht allzusehr. Ihr habt keine Schuld daran. Ihr müßt ja leben. Es gibt eine Menge Weiber auf der Welt, die ihr Brot auf dieselbe Weise verdienen wie ihr, weil sie nichts Besseres können. Irgendeiner muß ja schließlich die schmutzige Arbeit tun. Ihr werdet dafür bezahlt, und euch fehlt das Rückgrat, reinlichere Arbeit zu verrichten.“

Die sozialistische Presse der Stadt münzte diese Äußerung triumphierend aus und verbreitete sie in Tausenden von Zeitungen über ganz San Franzisko. Und die an ihrer wundesten Stelle getroffenen Journalisten rächten sich mit dem einzigen Mittel, das in ihrer Macht stand – mit Druckerschwärze. Die Angriffe wurden giftiger als je, Haß und Wildheit wuchsen immer mehr. Das arme Mädchen, das sich das Leben genommen hatte, wurde aus seinem Grabe gezerrt und paradierte in Tausenden von Zeitungsspalten als Märtyrerin und Opfer der fürchterlichen Brutalität Daylights. Es erschienen ganz sachliche Artikel, in denen nachgewiesen wurde, daß er die armen Minenarbeiter ihrer Claims beraubt und zuletzt einen verräterischen Treubruch an den Guggenhammers in der Ophir-Geschichte begangen und damit den Grund zu seinem Vermögen gelegt hatte. In Leitartikeln wurde er ein Feind der Gesellschaft mit den Manieren und der Kultur eines Höhlenbewohners genannt, ein Aufwiegler, der den Wohlstand der Stadt vernichtete. –

Mit dem Angriff auf zwei Dampfergesellschaften fing es an, und bald hatte sich eine Küstenlinie daraus entwickelt. Das war, was er wünschte, und er fühlte, wie recht er gehabt hatte, als er Klondike verließ, denn hier ging es um höhere Einsätze, als Yukon ihm je hätte bieten können. Auf seiner Seite focht für ein glänzendes Honorar Rechtsanwalt Larry Hegan, ein junger Irländer, der sich einen Namen machen wollte, und dessen Begabung Daylight entdeckt hatte. Hegan besaß keltische Phantasie und Kühnheit, und zwar in dem Maße, daß Daylights kühler Kopf ihn bisweilen zügeln mußte. Hegan war ein juristischer Napoleon ohne Gleichgewicht, und gerade darin ergänzte ihn Daylight. Er besaß auch nicht mehr menschliches und bürgerliches Gewissen als Napoleon.

Hegan war es, der Daylight durch das Labyrinth der modernen Politik, der Arbeiterorganisation, der bürgerlichen Gesetzgebung führte. Hegan, der durch seine Fähigkeiten und Ideen Daylight die Augen für ungeahnte Möglichkeiten in der Kriegführung des zwanzigsten Jahrhunderts öffnete; und Daylight wiederum, der den Kriegsplan verwarf oder annahm, ausarbeitete und ausführte. Die ganze pazifische Küste von Puget Sound bis Panama, war in Aufruhr, San Franzisko wütete gegen ihn, und es mußte scheinen, als ob die beiden großen Schiffahrtsgesellschaften den Sieg davontrügen, als würde Daylight langsam auf die Knie gezwungen. Und da langte er aus – nach den Schiffahrtsgesellschaften, nach San Franzisko, nach der ganzen pazifischen Küste.

Es fing ganz harmlos an. Während einer Versammlung des Christlichen Vereins in San Franzisko machte die Gepäckträgervereinigung Nr. 927 Spektakel über einen kleinen Gepäckhaufen im Fuhrgebäude. Das Ergebnis waren ein paar Löcher in den Köpfen, einige Verhaftungen und Auslieferung des Gepäcks. Keiner hätte erraten, daß hinter diesem Scharmützel der gewandte Irländer und Daylights Gold standen. Es war eine völlig gleichgültige Affäre, oder vielmehr – schien es zu sein. Aber da mischte sich der Fuhrleute-Verband hinein, hinter den sich wieder die ganze Hafenarbeiter-Gewerkschaft stellte. Die Weigerung der Köche und Kellner, die Streikbrecher zu bedienen, zog auch sie mit hinein. Die Schlächter und Arbeiter der Konservenfabriken wollten nicht für die Restaurants arbeiten, die Streikbrecher beschäftigten. Der Arbeitgeberverband entschloß sich zu gemeinsamem Vorgehen und stand den 40 000 organisierten Arbeitern San Franziskus geschlossen gegenüber. Die Bäcker in den Gastwirtschaften und die Brotkutscher streikten, es streikten die Milchkutscher und die Geflügelrupf er. Ganz San Franzisko stand in Aufruhr. Noch war es nur San Franzisko. Aber Hegan intrigierte meisterhaft, und Daylights Feldzug nahm immer größere Dimensionen an. Die mächtige und gefährliche Organisation, die unter dem Namen „Seeleute-Verband der pazifischen Küste“ bekannt war, weigerte sich, auf Schiffen zu heuern, die von Streikbrechern gelöscht oder befrachtet wurden. Sie stellte erst ein Ultimatum und erklärte dann den Streik. Darauf hatte Daylight die ganze Zeit gewartet. Sobald ein Küstenfahrzeug einlief, meldeten sich die Vertreter des Verbandes an Bord, und die Mannschaft wurde an Land geschickt. Mit den Seeleuten gingen Heizer, Maschinisten, Köche und Stewards. Täglich stieg die Zahl der aufliegenden Schiffe. Zuletzt lagen alle Häfen voll von Schiffen, und jeder Seeverkehr hörte auf. Tage und Wochen vergingen, es wurde weitergestreikt. Die Coastwise Steam Navigation Company, die Hawaiian,

Nicaraguan und die Pacific-Mexican Steamship Company waren vollkommen stillgelegt. Die Bekämpfung des Streiks kostete Unsummen, und die Situation verschlimmerte sich von Tag zu Tag, bis „Frieden um jeden Preis!“ die Losung war. Aber es gab erst Frieden, als Daylight und seine Verbündeten die Karten aufdeckten, ihren Gewinn einheimsten und ein gut Teil eines ganzen Kontinents die Arbeit wieder aufnehmen ließen.

Die Rolle, die Daylight gespielt hatte, wurde bald bekannt. Er wurde infolgedessen sehr verhaßt und unpopulär, obgleich er nie gedacht hatte, daß sein Angriff auf die Schiffahrtsgesellschaften so ungeheure Dimensionen annehmen würde. Aber er hatte erreicht, was er wollte. Er hatte ein aufregendes Spiel gespielt und gewonnen, hatte die Schiffahrtsgesellschaften in den Staub getreten und die Aktionäre, ohne die Gesetze zu übertreten, schonungslos ausgeplündert. Gewissenbisse machte er sich nicht. Wenn man mit Halsabschneidern spielte, galt es, die Gelegenheit wahrzunehmen, und die Hauptsache war, daß sein eigener Kopf noch saß. Er hatte gewonnen. Alles war Spiel und Kampf zwischen den Starken. San Franzisko hatte Krieg gewollt, und er hatte ihm den Krieg gegeben. Das war das Spiel. So machten es alle Großen, und sie machten es noch viel schlimmer.

Die Zivilisation hatte Daylight nicht zu einem besseren Menschen gemacht. Zwar kleidete er sich gewählter, hatte etwas bessere Manieren und sprach ein reineres Englisch. Er hatte sich auch an eine bessere Lebensweise gewöhnt und hatte seinen Witz in dem heißen Kampfe zwischen wütenden Männchen geschärft, bis er scharf wie ein Rasiermesser war. Aber es war auf Kosten seiner einstigen überströmenden Liebenswürdigkeit geschehen. Von der Verfeinerung der Zivilisation wußte er nichts. Er war zynisch, bitter und brutal geworden.

Er war auch nicht mehr wie einst der Mann mit den Muskeln aus Stahl und Eisen. Es fehlte ihm an Bewegung, er aß mehr, als ihm zuträglich war, und trank allzuviel. Seine Muskeln begannen schlaff zu werden; und sein Schneider machte ihn auf seinen zunehmenden Umfang aufmerksam. Das hagere Indianergesicht veränderte sich. Unter den Augen bildeten sich Säcke, der Halsumfang wurde größer, und die erste an ein Doppelkinn gemahnende Falte zeigte sich. Der frühere asketische Ausdruck, eine Folge des genügsamen, harten Lebens, war verschwunden; die Züge waren breiter und schwerer geworden, gleichsam gezeichnet von dem Leben, das er führte.

Sogar sein Geselligkeitstrieb ließ nach. Er spielte am liebsten allein und verachtete die meisten seiner Mitspielenden. Da er weder Sympathie noch Verständnis für sie hatte und unabhängig von ihnen war, gab er sich nur wenig mit den Männern ab, die er zum Beispiel im Alta-Pacific-Klub traf. Als der Kampf mit den Schiffahrtsgesellschaften am heißesten tobte und seine Angriffe unberechenbaren Schaden in der Hafenwelt anrichteten, wurde er sogar aufgefordert, aus dem Klub auszutreten. Das paßte ihm im Grunde genommen ausgezeichnet, und er schlug sein Quartier jetzt in den Klubs auf, die von den eigentlichen Machthabern der Stadt gegründet waren und unterhalten wurden. Diese Männer gefielen ihm tatsächlich besser. Sie waren ehrliche Seeräuber, die freimütig erklärten, daß sie nur um des Gewinnes willen spielten und sich nicht hinter eleganter Heuchelei versteckten.

Der seit Monaten tobende Sturm der gesamten Presse hatte an Daylights Charakter nicht ein Tüttelchen Gutes gelassen. Es gab keinen Punkt in seiner Geschichte, der nicht zum Verbrechen oder zum Laster verzerrt war. Der Umstand, daß er auf diese Weise öffentlich zu einem schändlichen Ungeheuer gestempelt war, hatte fast die letzte schwache Hoffnung in ihm ertötet, Dede Mason näher kennenzulernen. Er fühlte, daß ein Mann seines Kalibers nicht die geringste Aussicht hatte, mit freundlichen Augen von ihr angesehen zu werden, und nur durch eine Gehaltserhöhung auf fünfundsiebzig Dollar den Monat konnte er sie zwingen, an ihn zu denken. Die Aufbesserung wurde ihr durch Morrison mitgeteilt, sie bedankte sich später bei Daylight, und damit war die Sache erledigt.

Als er sich eines Sonnabends müde und von der Stadt bedrückt fühlte, gehorchte er seiner Eingebung, die eine so große Rolle in seinem Leben zu spielen bestimmt war. Der Wunsch, aus der Stadt zu flüchten, frische Landluft zu atmen und andere Eindrücke zu erhalten, war die Ursache. Aber vor sich selbst entschuldigte er sich damit, daß er nach Glen Ellen wollte, um die Ziegelei, die er einmal Holdsworthy zuliebe gekauft hatte, zu besichtigen.

Er verbrachte die Nacht in einem kleinen ländlichen Gasthof und ritt am Sonntagmorgen aus dem Dorfe. Alles, was irgendwie ans Geschäft erinnerte, hing ihm zum Halse heraus, die bewaldeten Höhen riefen ihn. Er hatte ein Pferd unter sich, ein gutes Pferd; es erinnerte ihn an die Mustangs, die er als Knabe in Oregon zugeritten. Er war früher ein guter Reiter gewesen, und er hatte seine Freude daran, wie das Pferd jetzt auf dem Gebiß kaute, und wie das Sattelzeug knirschte.

Er wollte sich erst das Vergnügen gönnen und hinterher die Ziegelei besichtigen, und ritt aufwärts, indem er nach einem Wege spähte, der ihn auf den Gipfel bringen konnte. Beim ersten Gatter verließ er die Landstraße und galoppierte über eine Wiese, auf der Heu gemäht war. Zu beiden Seiten des Weges stand das Korn hoch, und er atmete entzückt den warmen Wohlgeruch ein. Lerchen flogen vor ihm auf, und von allen Seiten klangen weiche Töne. Nicht ein Gehöft war zu sehen, und nach dem Trubel der Städte genoß er die Stille. Er ritt jetzt durch offene Wälder, über kleine, blumenübersäte Lichtungen, bis er zu einer Quelle kam. Flach auf dem Boden liegend, trank er in tiefen Zügen, und aufblickend durchfuhr es ihn plötzlich, wie schön die Welt war. Es überkam ihn wie eine Entdeckung. Die wichtigsten Geschäfte hatten ihm keine Zeit gelassen, daran zu denken. Während er die Luft, die Schönheit um sich her und den Gesang der Lerche in der Ferne einatmete, kam er sich wie ein Pokerspieler vor, der vom Spieltisch aufsteht, an dem er die ganze Nacht verbracht hat, und der nun aus der stickigen Luft in den frischen Morgen kommt.

Am Fuße der niedrigen Hügel fand er ein verfallenes Holzgatter, vermutlich noch aus der Zeit der ersten Ansiedler, die nach der Goldgräberperiode das Land urbar gemacht hatten. Die Bäume standen hier sehr dicht, aber es gab nur wenig Unterholz, so daß er unbehindert unter dem Gewölbe der Zweige reiten konnte. Er befand sich jetzt in einem mehrere Morgen großen Winkel, wo statt Eichen und Madronjos stattliche Fichten wuchsen. Am Fuße eines steilen Hanges stieß er auf eine prachtvolle Gruppe, die um eine kleine murmelnde Quelle standen.

Er hielt sein Pferd an, denn neben der Quelle sah er eine wilde kalifornische Lilie. Es war eine wundervolle Blume, die in diesem Kirchenschiff von hohen Bäumen wuchs. Wenigstens acht Fuß hoch, erhob sich ihr Stengel, gerade und schlank, grün und nackt, bis zu zwei Drittel seiner Höhe, und dort brach eine Fülle schneeweißer, wachsartiger Glocken hervor. Es waren Hunderte dieser Blüten, alle an einem Stengel, fein abgewogen und ätherisch zart. Daylight hatte nie etwas Ähnliches gesehen. Mit einem unklaren religiösen Gefühl nahm er den Hut ab. In diesem Frieden war kein Raum für Verachtung und schlimme Gedanken.

An dem steilen Hang über der Quelle wuchsen zierliche Farnkräuter; gestürzte, mit Moos bewachsene Baumriesen lagen hier und dort, sanken langsam und wurden eins mit dem Waldboden. Auf einer kleinen Lichtung, etwas weiter fort, schlangen sich wilder Wein und Jelängerjelieber in grünem Überfluß um die alten knorrigen Eichenstämme. Ein graues Eichhörnchen huschte auf einen Zweig und betrachtete ihn. Irgendwoher erklang das Hämmern eines Spechtes. Diese Töne störten nicht die feierliche Ruhe des Ortes, sie gehörten hierher und machten die Einsamkeit erst vollkommen.

„Als wäre es eine andere Welt“, flüsterte Daylight leise.

Er band sein Pferd an einen Baum und wanderte zu Fuß durch die Hügel. Die Höhen waren gekrönt von Jahrhunderte alten Tannen, die Hänge von Eichen, Madronjos und Christdorn bewachsen. Hier gab es keinen Weg für sein Pferd, und er kehrte zu der Lilie am Bach zurück. Zu Fuß, strauchelnd und stolpernd, das Pferd am Zügel führend, erkletterte er die Hügel. Farnkräuter bildeten einen Teppich zu seinen Füßen, der Wald stieg mit ihm und wölbte sich über seinem Haupte, und immer spürte er die reine Freude und Süßigkeit in seinem Herzen.

Auf dem Gipfel kam er durch ein seltsames Gebüsch samtstämmiger Madronjos, und dann tauchte der offene Hang vor ihm auf, der in ein kleines Tal hinabführte. Im ersten Augenblick blendete ihn der helle Sonnenschein, und er blieb stehen, um ein Weilchen auszuruhen, denn er keuchte vor Anstrengung. In alten Tagen hatte er keine Atemnot, keine so leichte Ermüdung der Muskeln gekannt. Ein kleiner Bach floß talabwärts über eine Wiese, auf der kniehohes Gras und blaue und weiße Anemonen wuchsen. Die Hänge des Hügels waren mit Lilien und wilden Hyazinthen bedeckt, die sein Pferd langsam, fast zögernd durchschritt.

Daylight ritt durch den Bach, folgte einem kaum erkennbaren Viehsteig über eine niedrige felsige Anhöhe und durch einen von Wein umrankten Manzanitawald und gelangte schließlich in ein anderes kleines Tal, in das ebenfalls ein Bach hinabrieselte. Ein Kaninchen sprang vor den Hufen seines Pferdes aus dem Gebüsch und verschwand im Grase des gegenüberliegenden Hanges. Daylight sah ihm bewundernd nach und ritt weiter dorthin, wo die Wiese begann. Hier schreckte er einen Bock mit vielzackigem Geweih auf, der scheinbar schwebend über das Gatter setzte und – immer schwebend – drüben in einem schirmenden Gebüsch verschwand.

Daylights Entzücken war grenzenlos. Ihm schien, er sei noch nie so glücklich gewesen. Die Erinnerung an das alte Leben in den Wäldern war wieder erwacht, und alles, was er sah, beschäftigte ihn – das Moos auf Stämmen und Zweigen, die Misteldolden, die von den Eichen herabhingen, das Nest einer Waldratte, die Wasserkresse, die in den schützenden Wirbeln des Bächleins wuchs, die Schmetterlinge, die auf ihrem Fluge Sonnenschein und Schatten spalteten, die blauen Häher, die in bunten Farben funkelnd durch die Seitenschiffe des Waldes huschten, die kleinen, zaunkönigartigen Vögelchen, die im Gebüsch umherhüpften und den Schrei der Wachteln nachahmten, der rotköpfige Specht, der mit dem Klopfen aufhörte und den Kopf auf die Seite legte, um ihn zu betrachten. Er überschritt den Bach und fand die schwache Andeutung eines Waldweges, der augenscheinlich seit Generationen nicht mehr benutzt worden war, seit die Eichen auf der Wiese gefällt waren.

Der alte Waldweg führte auf eine Lichtung, wo auf weinrotem Boden in einer Ausdehnung von einem Dutzend Morgen Weinreben wuchsen. Dann kam ein Viehsteig, wieder Bäume und Gebüsch und schließlich ein Abhang nach Südosten. Hier lag über einem großen Canjon, mit der Aussicht über das Sonoma-Tal, ein kleines Gehöft. Mit seiner Scheune und den Nebengebäuden schmiegte es sich an den Berg, der es gegen alle Winde aus Westen und Norden schützte. Aus dem Hange war ein kleines Fleckchen Erde herausgegraben, das als Küchengarten benutzt wurde. Der Boden war fett und schwarz, und wie Daylight sah, gab es Wasser in Hülle und Fülle, das aus mehreren weit offenen Hähnen strömte.

Vergessen war die Ziegelei. Es war niemand zu Hause, aber Daylight stieg ab, durchstreifte den Küchengarten, aß Erdbeeren und grüne Erbsen, besichtigte die alte Scheune aus ungebrannten Ziegeln, den rostigen Pflug und die Egge, drehte sich Zigaretten und rauchte, während er die possierlichen Bewegungen einiger Hühner und ihrer Küken beobachtete. Ein an der Seite des großen Canjons hinabführender Flußpfad lud ihn ein, und er schickte sich an, ihm zu folgen. Parallel mit dem Wege lief ein Wasserrohr, und er schloß, daß es bis zu dem Creek hinaufführte. Die Wände des Canjons waren mehrere hundert Fuß hoch, und so prachtvoll waren die unberührten Bäume, daß die Stelle dauernd in Schatten getaucht war. Er sah Tannen, die nach dem Augenmaß einen Durchmesser von fünf bis sechs Fuß haben mußten, und Kiefern, die noch größer waren. Der Pfad führte zu einem kleinen Teiche, wo das Wasserrohr zur Bewässerung des Küchengartens abgezweigt war. Hier standen Erlen und Lorbeerbäume, und er schritt durch Farnkräuter, die ihm über den Kopf ragten. Überall war samtartiges Moos, und dazwischen wuchsen Venushaar und goldrückiger Farn. Mit Ausnahme des Teiches war es eine jungfräuliche Wildnis. Keine Axt hatte sie je berührt, und die Bäume starben nur vor Alter oder unter dem Druck der Winterstürme. Die mächtigen Stämme der gestürzten Bäume lagen mit Moos bedeckt da und wurden langsam wieder zu Erde, der sie entstammten. Manche hatten so lange dagelegen, daß sie ganz verschwunden waren, obgleich man immer noch ihre Umrisse auf dem ebenen Boden sah. Andere bildeten Brücken über den Bach, und unter den riesigen Stämmen sah man ein halbes Dutzend junger Bäume, die im Falle mitgerissen waren, aber nun am Boden entlang wuchsen und immer noch lebten und gediehen, während der Bach ihre Wurzeln umspülte und ihre aufstrebenden Zweige das Sonnenlicht auffingen, das durch die im Walddach entstandene Öffnung hereinströmte.

Hinter dem Gehöft stieg Daylight auf und ritt fort von der bebauten Erde in die wilderen Canjons. Nichts als die Besteigung des Sonoma-Berges konnte seine Feiertagsstimmung jetzt befriedigen. Und drei Stunden später erschien er auf dem Gipfel, müde und in Schweiß gebadet, mit zerrissenen Kleidern und zerschrammten Händen, aber mit strahlenden Augen und einem ungewohnten Ausdruck von Zufriedenheit. Er fühlte dieselbe Freude wie ein Schuljunge, der die Schule schwänzt. Der große Spieltisch von San Franzisko erschien ihm jetzt so fern. Aber es war mehr als unerlaubte Freude in seiner Stimmung. Ohne daß er sich darüber klar wurde, was es war, wurde er von einem läuternden, erhebenden Gefühl beseelt. Hätte er erklären sollen, was er fühlte, so hätte er nur sagen können, daß er sich mächtig wohl fühlte, denn er war sich des gewaltigen Zaubers der Natur nicht bewußt, der Leib und Seele erfüllte, die vom Stadtleben angekränkelt waren.

Der Gipfel des Sonoma-Berges war unbewohnt. Er hielt sein Pferd an der südlichen Seite des Gipfels an. Im Süden und Westen sah er wogende Strecken offenen, grasbewachsenen Landes, das von bewaldeten Canjons durchschnitten wurde, Falte auf Falte, Woge auf Woge, bis der Blick auf der Sohle des Petalumalales haftenblieb, die eben wie ein Billard war mit ihren geometrischen Flecken und Vierecken – den Gehöften, die inmitten ihrer fetten Felder dalagen und fast an ein Reißbrett gemahnten. Weiter nach Westen erhob sich Kette auf Kette von Bergen, über deren Tälern dunkelvioletter Nebel brütete, und noch weiter fort, hinter der allerletzten Bergkette, sah er den silbernen Schimmer des Stillen Ozeans. Dann wandte er sein Pferd und blickte nach Westen und Norden, von Santa Rosa bis zum St.-Helena-Berge, und nach Osten über das Sonoma-Tal bis zu der mit Eichen bewaldeten Bergkette, die die Aussicht über das Napa-Tal versperrte. Hier, am östlichen Hang des Sonoma-Tales, in der Flucht einer Linie, die das kleine Dorf Glen Ellen durchschnitt, konnte er etwas sehen, das einer Schramme an der Seite des Berges glich. Sein erster Gedanke war, daß es der Schuttplatz von einem Minentunnel sei, dann aber fiel ihm ein, daß er sich nicht in einem Goldlande befand, gab es auf, sich den Kopf zu zerbrechen, und setzte seinen Rundblick über das Land fort nach Südosten, wo er jenseits der San-Pablo-Bucht scharf und fern die Zwillingszinnen des Mount Diabolo sehen konnte. Im Süden lag der Mount Tamalpais, und fünfzig Meilen weiter, wo die Zugwinde vom Stillen Ozean durch das Goldene Tor hereinwehten, bildete der Rauch von San Franzisko eine niedrige Dunstwolke am Himmel.

„Es ist lange her, daß ich so viel Land auf einmal gesehen habe“, dachte er laut.

Er riß sich ungern los, und erst nach einer Stunde konnte er sich zum Abstieg entschließen. Es machte ihm Freude, daß er einen neuen Weg fand, und es wurde später Nachmittag, ehe er die bewaldeten Hügel wieder erreichte und weiter nach Glen Ellen ritt. Er saß mit losen Knien im Sattel und sang halbvergessene Lieder vor sich hin. Es ging einen unebenen, gewundenen Weg hinab, über eichenbestandene Wiesen, wo es hin und wieder freie Ausblicke gab. Er lauschte begierig dem Ruf der Wachtel und lachte einmal laut auf vor Freude, als er einen kleinen Chipmunk sah, der schimpfend einen Hang hinaufflüchtete, jedoch auf der schlüpfrigen Oberfläche ausglitt, seinem Pferde gerade an der Nase vorbei quer über den Weg lief und schließlich, immer noch schimpfend, in die schirmende Krone einer Eiche schlüpfte.

Daylight brachte es heute nicht über sich, auf belebten Straßen zu reiten, und als er wieder quer über Land in der Richtung von Glen Ellen ritt, versperrte ein Canjon ihm den Weg, so daß er gezwungen war, einem Viehsteige zu folgen, den er glücklicherweise fand. Der führte ihn zu einer kleinen Blockhütte. Türen und Fenster standen offen, und in der Tür saß eine Katze und leckte ihre Jungen, sonst aber schien niemand zu Hause zu sein. Er ritt weiter den Weg hinab, der offenbar den Canjon kreuzte. Ein Stückchen weiter traf er einen alten Mann, der ihm in der Abendsonne entgegenkam. In der Hand trug er einen Eimer mit schäumender Milch; er hatte keinen Hut auf dem Kopfe, und auf seinem von weißem Kopf- und Barthaar eingerahmten Gesicht lag die warme Glut und Zufriedenheit des schwindenden Sommertages.

„Wie alt seid Ihr, Väterchen?“ fragte Daylight.

„Vierundachtzig“, lautete die Antwort. „Ja, junger Herr, vierundachtzig, aber munterer als die meisten.“

„Ihr müßt Euch gut gepflegt haben“, meinte Daylight.

„Davon weiß ich nichts. Müßiggang ist nie meine Sache gewesen. Ich zog mit einem Ochsengespann über die Steppe und half einundfünfzig den Indianern, und da war ich schon Familienvater und hatte sieben Jungens. Damals war ich so alt wie Sie jetzt.“

„Fühlt Ihr Euch hier nicht einsam?“

Der Alte nahm den Milcheimer in die andere Hand und dachte nach.

„Das kommt darauf an“, sagte er orakelhaft. „Ich hab' mich nie einsam gefühlt, nur damals, als meine Frau starb. Mancher fühlt sich einsam, wenn er unter Menschen ist, und so einer bin ich auch. Nur in Frisko fühle ich mich einsam. Aber in diesem Leben gehe ich nicht mehr dahin. Ich bin zufrieden mit meinem Leben. Seit vierundfünfzig bin ich hier im Tale ansässig – ich bin einer von den ersten Ansiedlern nach den Spaniern.“ Daylight ritt weiter mit den Worten:

„Na, dann gute Nacht, Väterchen! Macht's weiter so. Ihr könnt's noch mit dem Jüngsten aufnehmen, und ich denke, Ihr habt schon eine ganze Menge von ihnen begraben.“

Der Alte kicherte, und Daylight ritt weiter, äußerst zufrieden mit sich und der ganzen Welt. Das alte Glücksgefühl der Schlittenreisen und Lagerplätze am Yukon schien wieder über ihn gekommen zu sein. Er sah immer noch den alten Ansiedler vor sich, wie er ihm in der Abendsonne entgegengekommen war. War der rüstig für seine vierundachtzig Jahre! Der Gedanke, seinem Beispiel zu folgen, tauchte in Daylight auf, aber das große Spiel in San Franzisko legte sein Veto dagegen ein.

Statt am Montag in die Stadt zurückzukehren, mietete Daylight wieder das Pferd des Schlächters und ritt durch das Tal nach den Bergen im Osten, um sich die Mine anzusehen. Hier war es trockener und felsiger als dort, wo er am Tage zuvor gewesen, und auf den Hängen wuchs hauptsächlich Dornengestrüpp – niedrig, dicht und für einen Reiter undurchdringlich. Aber die Canjons waren wasserreich und üppig bewaldet. Die Mine war verlassen, doch das Herumklettern machte ihm Freude. Ehe er nach Alaska gegangen war, hatte er ziemlich viel mit Quarzminen zu tun gehabt, und das Wiedererwachen der früheren Kenntnisse freute ihn. Die Geschichte war einfach: Gute Aussichten hatten den Anlaß gegeben, den Tunnel in den Hügel zu graben; nach drei Monaten war das Geld auf die Neige gegangen, die Arbeit war eingestellt worden, und die Männer hatten sich neue Beschäftigung gesucht; dann waren sie wiedergekommen und hatten wieder eine Weile gearbeitet. Das Gold lockte und zog sich doch immer weiter in den Berg zurück, bis sie schließlich, nach Jahren, die Hoffnung aufgegeben hatten und enttäuscht fortgezogen waren. Jetzt mochten sie wohl tot sein, dachte Daylight, als er sich im Sattel umdrehte und über den Canjon nach dem alten Schuttplatz und der dunklen Mündung des Tunnels zurückblickte. Wie am vorigen Tage folgte er rein zum Vergnügen auf gut Glück den Viehsteigen und arbeitete sich ein gutes Stück zum Gipfel hinauf. Dann gelangte er auf einen aufwärtsführenden Fahrweg, dem er mehrere Meilen folgte, bis er zu einem kleinen, von Bergen eingerahmten Tal kam, an dessen steilen Hängen ein halbes Dutzend kleine Farmer Weintrauben zogen. Jenseits des Tales stieg der Weg steil an. Dichter Chaparral bedeckte die sonnigen Hänge, in den Schrunden aber wuchsen riesige Tannen, wilder Hafer und Blumen.

Und weiter kam er durch das Gestrüpp, folgte den halbverwachsenen Pfaden und arbeitete sich langsam hinauf bis zur Wasserscheide. Dort sah er unter sich das Napa-Tal und, wenn er zurückblickte, die Sonoma-Berge.

„Ein schönes Land," murmelte er, „ein mächtig schönes Land."

Dann wandte er sich rechts und ritt auf einem andern Wege nach dem Sonoma-Tal; aber die Pfade schienen ganz zu verschwinden, das Gestrüpp wurde immer dichter, und als er schließlich durchgedrungen war, versperrte ihm der Canjon mit seinen kleinen Nebenflüssen den Weg, so daß er wieder umkehren mußte. Aber er machte sich nichts daraus. Er freute sich, denn es war der alte Kampf mit der Natur, den er so liebte. Spät am Nachmittag fand er endlich einen Weg, der über einen trockenen Canjon führte. Und hier erwartete ihn wieder eine angenehme Überraschung. Vor einigen Minuten hatte er einen Hund bellen hören, und plötzlich sah er einen Rehbock über den nackten Berg hoch über seinem Haupte flüchten. Und nicht weit dahinter kam der Jagdhund, ein prächtiges Tier. Daylight saß gespannt im Sattel und blickte den Tieren nach, bis sie verschwanden; sein Atem ging schneller, als wäre er selbst mit bei der Jagd. Die Sehnsucht erwachte in ihm und die Erinnerung an die Tage, ehe er in die Stadt gezogen war.

Der trockene Canjon machte bald einem andern schmalen Bande rieselnden Wassers Platz. Der Weg lief in einen Waldsteig aus, und dieser führte über eine kleine Ebene zu einem nur wenig benutzten Landweg. In unmittelbarer Nähe gab es weder Höfe noch Häuser. Der Boden war mager, das Gestein lag dicht darunter oder trat direkt zutage. Zu beiden Seiten war der Weg jedoch von Manzanitas und niedrigen Eichen eingerahmt, die so dicht wie

Dschungelgestrüpp „landen. Und aus diesem Gestrüpp hervor huschte plötzlich ein Mann in einer Weise, die Daylight an ein Kaninchen erinnerte.

Es war ein kleiner Mann in geflickten Überzugskleidern, barhäuptig und mit einem Baumwollhemd, das Hals und Brust völlig frei ließ. Die Sonne verlieh seinem Gesicht einen rotbraunen Glanz und den Spitzen seines sandgelben Haares einen Silberschimmer. Er winkte Daylight, daß er anhalten sollte, und reichte ihm einen Brief hinauf.

„Wollen Sie zur Stadt, dann wäre ich Ihnen sehr dankbar, wenn Sie mir diesen Brief besorgen wollten", sagte er.

„Gerne." Daylight steckte ihn in seine Rocktasche. „Wohnen Sie hier in der Gegend?"

Aber der Kleine antwortete nicht. Er starrte Daylight überrascht und anhaltend an.

„Ich kenne Sie", sagte der Kleine schließlich. „Sie sind Elam Harnish – Burning Daylight, wie die Zeitungen Sie nennen. Hab' ich recht?"

Daylight nickte.

„Aber was in aller Welt tun Sie hier im Chaparral?"

Daylight antwortete lächelnd: „Suche Kunden für eine unentgeltliche Landpostverbindung."

„Ja, ich freue mich, daß ich den Brief heute nachmittag geschrieben habe," fuhr der Kleine fort, „sonst hätte ich Sie ja nicht zu sehen gekriegt. Ich sah Ihr Bild oft in den Zeitungen, und ich habe ein gutes Gedächtnis für Gesichter. Ich hab' Sie sofort erkannt. Mein Name ist Ferguson."

„Wohnen Sie hier in der Gegend?" fragte Daylight nun seinerseits.

„Jawohl. Ein bißchen weiter drinnen im Gebüsch hab' ich eine kleine Hütte, eine hübsche Quelle und ein paar Obstbäume und Beerensträucher. Kommen Sie und sehen Sie sich's an. Die Quelle ist prachtvoll. Solches Wasser haben Sie noch nicht geschmeckt. Versuchen Sie es!"

Daylight stieg ab, folgte, sein Pferd am Zügel führend, dem schnell ausschreitenden kleinen Mann durch den grünen Tunnel und stand plötzlich auf der Lichtung. Es war ein kleiner Winkel in den Bergen, im Schutze der steilen Wände einer Canjonmündung. Mehrere große Eichen zeugten von reicherem

Boden. Die Zeiten hatten den Hügel ausgewaschen und allmählich diese Ablagerung fetter Erde gebildet. Fast unter den Eichen begraben stand eine roh gezimmerte, ungestrichene Hütte, deren breite, mit Stühlen und Hängematten versehene Veranda zeigte, daß die Bewohner im Freien schliefen. Daylights scharfem Blick entging nicht die geringste Einzelheit. Die Lichtung war unregelmäßig, sie reichte so weit wie der beste Boden, und jeder Obstbaum, jeder Busch, ja jede Gemüsepflanze hatte ihre eigene Wasserzuführung. Überall waren kleine Rieselkanäle.

Ferguson suchte eifrig im Gesicht seines Gastes nach Zeichen der Anerkennung.

„Was meinen Sie dazu, wie?"

„Jeder einzelne Baum mit der Nagelschere gestutzt und manikürt", lachte Daylight, aber die Freude und das Vergnügen in seinen Augen befriedigten den Kleinen.

„Ja, wissen Sie, ich kenne jeden einzelnen Baum, als wäre er mein eigen Kind. Ich habe sie gepflanzt, aufgepäppelt und großgezogen, jetzt sollen Sie aber die Quelle sehen."

„Großartig", lautete Daylights Urteil, als sie die Quelle gründlich besichtigt und gekostet hatten und nun zum Hause zurückkehrten.

Als sie eintraten, war Daylight überrascht. Gekocht wurde in der angebauten kleinen Hütte, und das Haus selbst war ein einziger großer Wohnraum. Ein großer Tisch in der Mitte war mit Büchern und Zeitschriften übersät, jeder verfügbare Raum an den Wänden vom Boden bis zur Decke mit Bücherregalen verstellt. Es schien Daylight, daß er noch nie so viele Bücher auf einmal gesehen hätte. Felle von Wildkatzen, Waschbären und Hirschen lagen auf den Dielen des Fußbodens.

„Selbst geschossen und gegerbt", erklärte Ferguson stolz.

Das Hauptmerkmal der Stube war jedoch der mächtige Kamin aus größeren und kleineren unbehauenen Feldsteinen.

„Selbst gebaut," erklärte Ferguson, „und, weiß Gott, der zieht. Nicht der geringste Rauch außer im Schornstein, und das bei den schweren Südoststürmen!"

Daylight fühlte sich von dem Kleinen angezogen und war neugierig. Warum versteckte er sich mit all seinen Büchern hier im Chaparral? Er war durchaus kein Narr, das konnte jeder sehen. Aber warum? Die ganze Geschichte sah nach einem Abenteuer aus, und Daylight nahm die Einladung zum Abendbrot an, halbwegs darauf vorbereitet, in seinem Wirt einen Rohe-Früchte- und Nüsse-Fresser oder sonst einen Gesundheitsapostel zu finden. Bei Tisch, während sie Kaninchenfrikassee mit Reis und Curry aßen, fand Daylight, daß der Kleine in dieser Beziehung kein Fanatiker war. Er aß, was ihm schmeckte, und soviel er mochte, und mied nur solche Speisen, die ihm, wie er aus Erfahrung wußte, unzuträglich waren.

Als sie die Teller abgewaschen und es sich dann gemütlich gemacht hatten, fand Daylight Gelegenheit, ihn zu fragen:

„Hören Sie, Ferguson. Seit wir uns getroffen, habe ich darüber nachgedacht, was für eine Schraube bei Ihnen los ist, aber ich will gehenkt werden, wenn ich es rausgekriegt habe. Was treiben Sie eigentlich hier? Womit haben Sie sich Ihr Brot verdient, bevor Sie herkamen?"

Ferguson amüsierte sich ganz offen über die Fragen des andern.

„Erstens", begann er, „war ich von den Ärzten aufgegeben, obgleich ich alle möglichen Sanatorien besucht und eine Reise nach Europa und eine nach Hawai gemacht hatte. Sie versuchten Elektrizität, Mast- und Hungerkuren. Sie ruinierten mich mit ihren Rechnungen, und dabei ging es mir immer schlechter. Ich war ein Schwächling, und dann lebte ich unnatürlich – zuviel Arbeit, Verantwortung und Mühe. Ich war Hauptschriftleiter der ›Times-Tribune‹ –"

Daylight schnappte nach Luft, denn die „Times-Tribune" war von jeher die größte und einflußreichste Zeitung San Franziskus.

„– und der Anstrengung nicht gewachsen. Mein Körper lehnte sich auf, und mein Geist natürlich auch. Ich mußte mit Whisky nachhelfen, und das vertrug ich ebensowenig wie das Leben in den Klubs und Hotels."

Er zuckte die Achseln und paffte seine Pfeife.

„Als die Ärzte mich aufgaben, ordnete ich meine Angelegenheiten und gab meinerseits die Ärzte auf. Das ist jetzt fünfzehn Jahre her. Als junger Mann habe ich in den Universitätsferien hier gejagt, und als ich nun so herunter war, bekam ich Sehnsucht nach dem Landleben. Da ließ ich alles stehen und liegen und baute mich hier im Mondtal an – das ist der indianische Name für das Sonoma-

Tal, wissen Sie. Im ersten Jahre lebte ich in dem kleinen Anbau; dann errichtete ich die Blockhütte und ließ mir meine Bücher kommen. Ich habe früher nicht gewußt, was Glück und Gesundheit ist. Und nun schauen Sie mich an! Wagen Sie zu behaupten, daß ich nach siebenundvierzig Jahren aussehe?“

„Ich würde Sie höchstens für vierzig halten“, gestand Daylight.

„Aber als ich herkam, sah ich fast wie ein Sechzigjähriger aus, und das war vor fünfzehn Jahren.“

Sie sprachen weiter, und Daylight lernte die Welt von ganz neuen Gesichtspunkten betrachten. Der Mann hier war weder bitter noch zynisch, er verlachte die Städter und nannte sie Narrenhäusler; er strebte nicht nach Geld, und seine Herrschsucht war längst erstorben.

„Aber was machen Sie denn jetzt?“ fragte Daylight. „Sie müssen doch Geld haben, um Kleidung und Zeitschriften zu kaufen?“

„Ich arbeite eine Woche oder einen Monat, wie es sich gerade trifft, pflüge im Winter, pflücke Trauben im Herbst, und im Sommer gibt es immer irgendwelche Arbeit bei den Ansiedlern. Meine Bedürfnisse sind nicht groß, viel brauche ich also nicht zu arbeiten. Die meiste Zeit vertreibe ich mir mit Nichtstun. Ich könnte gelegentlich für Zeitschriften und Zeitungen schreiben, aber ich ziehe vor, zu pflügen und Trauben zu pflücken. Sie brauchen mich nur anzusehen, um zu wissen, warum. Ich bin hart wie Stein. Und ich liebe die Arbeit. Aber ich sage Ihnen, man muß sich daran gewöhnen. Es ist etwas Großes, wenn man gelernt hat, den ganzen lieben Tag Trauben zu pflücken und dann abends mit einem glücklichen Gefühl von Müdigkeit heimzukehren, anstatt immer vor einem körperlichen Zusammenbruch zu stehen. Dieser Kamin – diese großen Steine –, ich war damals ein schwächlicher, kleiner Kerl, bleichsüchtig und vom Alkohol degeneriert, ein Hasenfuß, mit nicht mehr als einem Prozent Ausdauer, und einige von diesen großen Steinen zerbrachen mir fast das Rückgrat. Aber ich hielt durch und gebrauchte meinen Körper, wie die Natur es bestimmt hat – nicht über dem Schreibtisch liegend oder Whisky saufend ... und, na ja, hier bin ich, ein anderer Mensch als zuvor, und da ist mein Kamin, schön und gut, nicht wahr?

Und nun erzählen Sie mir von Klondike, und wie Sie es fertiggebracht haben, bei Ihrem letzten Kampf ganz Franzisko auf den Kopf zu stellen. Sie sind ein tüchtiger Streiter, wissen Sie, und Sie setzen meine Phantasie in Bewegung, wenn ich mir auch bei näherem Nachdenken sage, daß Sie ebenso ein Narr wie die anderen sind. Herrschsucht! Das ist eine furchtbare Krankheit. Warum sind Sie nicht in Ihrem Klondike geblieben? Und warum reißen Sie sich nicht los und leben ein natürliches Leben wie ich zum Beispiel? Sie sehen, ich kann auch Fragen stellen. Nun sprechen Sie und lassen Sie mich eine Weile zuhören."

Erst um zehn Uhr verließ Daylight Ferguson. Als er im Sternenlicht fortritt, kam ihm plötzlich in den Sinn, das Gehöft auf der anderen Seite des Tales zu kaufen. Er dachte nicht daran, sich je dort niederlassen zu wollen. Sein Spiel hielt ihn in San Franzisko. Aber das Gehöft gefiel ihm, und sobald er wieder in sein Bureau zurückgekehrt war, wollte er mit dem Besitzer Verhandlungen anknüpfen. Übrigens gehörte die Lehmgrube dazu, und das gab ihm dann die Oberhand über Holdsworthy, wenn er sich einmal mausig machen wollte.

Daylight spielte weiter; aber sein Spiel war in eine neue Phase getreten. Die Triebfeder war jetzt die Rache. Hinter viele Namen in San Franzisko setzte er ein schwarzes Kreuz, das dann gelegentlich durch einen blitzschnellen Angriff ausgelöscht wurde. Er bat nie um Pardon, gab aber auch keinen. Alle Welt fürchtete und haßte ihn, außer seinem Rechtsanwalt Larry Hegan, der sein Leben für ihn gegeben hätte.

Aber auch San Franzisko nahm Daylight gegenüber jetzt eine andere Haltung ein. Er hatte die Leute schon gelehrt, daß es am besten war, den schlafenden Löwen nicht zu wecken. Viele versuchten sich bei ihm einzuschmeicheln, seine Freundschaft zu gewinnen. Selbst die Zeitungen – mit Ausnahme einiger, die versucht hatten, Geld von ihm zu erpressen – hörten auf, ihn zu beschimpfen, und behandelten ihn fast mit Ehrerbietung. Kurz, mau betrachtete ihn als einen gefährlichen Grislybären aus der nordischen Wildnis, dem man am besten aus dem Wege ging. Nach seiner Plünderung der Schiffahrtsgesellschaften war die ganze Meute auf ihn losgefahren, aber da hatte er kehrtgemacht und sie in der erbittertsten Schlacht, die San Franzisko je gesehen, zu Boden geschlagen. Der Streik der Seeleute, der die Verwaltung der Stadt den Arbeiterführern in die Hände gespielt hatte, war noch nicht vergessen. Die Vernichtung Charles Klinkners und der California und Altamont Trust Company war eine gute Lehre gewesen.

Dede Mason war noch bei ihm. Er hatte keine weiteren Annäherungsversuche gewagt und weder über Bücher noch Grammatik mit ihr diskutiert. Seine Energie wurde restlos von den endlosen Kämpfen verbraucht, aber trotzdem kannte er jedes Lichtspiel in ihrem Haar, jede ihrer schnellen, sicheren Bewegungen und jede Linie ihrer Gestalt. Mehrmals hatte er ihr in etwa halbjährlichen Zwischenräumen Gehaltszulage gegeben, so daß sie jetzt neunzig Dollar monatlich hatte. Höher wagte er nicht zu gehen, tat aber sein möglichstes, ihr die Arbeit zu erleichtern. So behielt er, als sie aus den Ferien zurückkehrte, ihre Stellvertreterin als Mitarbeiterin. Dann mietete er ein neues Kontor, in dem jedes der beiden jungen Mädchen einen Raum für sich hatte.

Sein Blick hatte sich für alles geschärft, was mit Dede Mason zusammenhing. Längst hatte er ihre stolze Haltung bemerkt. Er verglich sie mit der Assistentin, mit den Stenotypistinnen in andern Geschäften und den Frauen, denen er auf der Straße begegnete. „Sie weiß, was sie wert ist", sagte er bei sich; „und sie versteht sich zu kleiden und ihre Kleider zu tragen, ohne dabei eingebildet zu sein." Aber das alles hatte zur Folge, daß sie ihm immer unnahbarer wurde.

So lebte er denn ausschließlich für sein Geschäft, aber die sitzende Arbeitsweise und das viele Trinken taten ihm nicht gut. Er wurde fett und weichlich, und seine Muskeln wurden schlaff. Und das schlimmste war, daß er jeden Glauben an die Menschheit verlor. Hin und wieder berichteten die Zeitungen von seinen Streichen, bei denen unter dem Einfluß des Alkohols etwas von dem alten Burning Daylight zum Durchbruch kam. Dann konnte er in seinem großen roten Auto meilenweit die Umgegend durchjagen mit einer Geschwindigkeit, die ihm manche Strafe eintrug. Er zahlte lachend und ließ die Leute über seinen neuen Wahnsinn reden. Eines Sonntags befand er sich spät am Nachmittag jenseits der Bucht in den Piedmont-Bergen, diesmal aber nicht in seinem eigenen Wagen. Er war der Gast Wasserfall-Bills, eines Glücksritters, der nach dem Süden gekommen war, um das siebente Vermögen durchzubringen, das er dem gefrorenen Boden Alaskas entrissen hatte. Er war es gewesen, der das Land mit einem Meer von Champagner – zu fünfzig Dollar die Flasche – überschwemmte; der den Eiermarkt bis hundertzehn das Dutzend in die Höhe getrieben hatte, nur um seine Liebste zu ärgern, die ihm den Laufpaß gegeben; der einen Extrazug genommen und jeden Rekord zwischen San Franzisko und New York geschlagen hatte. Nun war er wieder hier – „das Glückskind der Hölle", wie Daylight ihn nannte – und im Begriff, sein letztes Vermögen zum Fenster hinauszuwerfen.

Es war eine lustige Gesellschaft. Sie hatten sich gut amüsiert und waren jetzt von San Franzisko um die Bucht herum über San José nach Oakland unterwegs. Dreimal waren sie wegen zu schnellen Fahrens angehalten worden, das drittemal waren sie jedoch ihrem Plagegeist entwischt. Da sie fürchteten, daß er telephonischen Bescheid gegeben hätte, sie anzuhalten, waren sie hinten um die Berge herumgefahren und sausten nun auf Oakland zu.

In voller Fahrt schwangen sie um eine Wegbiegung und sahen vor sich einen abgeschlossenen Seitenweg. Jenseits des Gatters hielt auf einem kastanienbraunen Pferd eine junge Dame, die sich gerade niederbeugte, um das Gattertor zu schließen. Schon auf den ersten Blick kam sie Daylight sehr bekannt vor. Im nächsten Augenblick richtete sie sich mit einer Bewegung, die nicht zu verkennen war, im Sattel auf und ritt fort. Es war Dede Mason – er erinnerte sich, von Morrison gehört zu haben, daß sie sich ein Reitpferd hielt, und freute sich, daß sie ihn nicht in der lauten Gesellschaft bemerkt hatte. Wasserfall-Bill stand auf, klammerte sich mit einer Hand an die Rückseite des Vordersitzes und winkte mit der andern, um ihre Aufmerksamkeit auf sich zu lenken. Er spitzte die Lippen, um den durchdringenden Pfiff auszustoßen, für den er in alten Tagen berühmt gewesen war, als Daylight ihm das Knie auf die Schulter setzte und ihn auf seinen Sitz zurückdrängte.

„Du k–k–kennst die Dame?“ sprudelte Wasserfall-Bill hervor.

„Jawohl,“ antwortete Daylight, „und darum sollst du den Mund halten.“

„Schön. Ich gratuliere dir zu deinem guten Geschmack, Daylight. Sie ist einfach Puppe, und reiten kann sie auch!“

Jetzt kamen einige Bäume dazwischen, so daß sie nicht mehr zu sehen war, und Wasserfall-Bill stürzte sich in das Problem, wie sie den lauernden Schutzleuten entwischen sollten, während Daylight sich im Wagen zurücklehnte, nachdem er noch gesehen hatte, wie Dede Mason den Landweg hinuntergaloppierte. Sie ritt im Herrensitz und saß ausgezeichnet zu Pferde. Bravo, Dede! Daß sie den Mut hatte, auf die einzige natürliche Art zu reiten, sprach auch wieder für sie. Sie hatte den Kopf auf dem rechten Fleck, das war sicher. Als sie am Montag zum Diktat hereinkam, betrachtete er sie mit erneutem Interesse, wenn er sich auch nichts merken ließ. Aber der nächste Sonntag fand ihn selbst zu Pferde jenseits der Bucht zwischen den Piedmont-Bergen. Er ritt den ganzen Tag umher, sah aber nicht einen Schimmer von Dede Mason, obwohl er schließlich auf dem Seitenwege mit den zahlreichen Gattern nach Berkeley ritt, wo sie nach Morrisons Erzählung angeblich wohnte.

Es war ein verlorener Tag, denn Dede Mason hatte er nicht getroffen; und doch nicht ganz verloren, denn Daylight hatte die frische Luft und den Ausflug so genossen, daß er am nächsten Tage dem Pferdehändler den Auftrag gab, ihm das beste kastanienbraune Pferd zu verschaffen. Im Laufe der Woche besah er eine ganze Herde kastanienbrauner Pferde, probierte verschiedene, war aber nicht zufrieden. Erst am Sonnabend fand er Bob, der ziemlich groß war für ein Reitpferd, aber nicht zu groß für einen so starken Mann wie Daylight.

„Das ist der richtige", sagte Daylight; aber der Händler war nicht so zuversichtlich. „Er steckt voll von Launen und Einfällen, wenn er auch nicht eigentlich boshaft ist. Er kann Ihnen gelegentlich den Hals brechen, aus reinem Vergnügen, verstehen Sie, ohne sich was dabei zu denken. Ich selbst möchte ihn nicht reiten. Aber er ist ein Prachttier! Nicht der geringste Fehler! Er hat nie harte Arbeit geleistet. Es ist aber noch niemand mit ihm fertig geworden. Er ist aus den Bergen und von früh auf schlechte Wege gewohnt. Er ist so sicher auf den Beinen wie eine Ziege, solange er sich nicht auf die Hinterhand setzt. Er schlägt nicht aus, steigt nur. Man muß ihn mit Sprungriemen reiten. Es kommt ganz auf seine Laune an. Einen Tag kann man ihn in aller Gemütsruhe mehr als zwanzig Meilen reiten, und am nächsten Tage ist er gar nicht zu regieren. Automobile kennt er so gut, daß er sich neben sie zum Schlafen legen oder Heu aus ihnen fressen würde. Er läßt neunzehn vorüberlaufen, ohne auch nur mit der Wimper zu zucken, und über das zwanzigste setzt er vielleicht aus reinem Übermut wie ein durchgegangener Mustang hinweg. Alles in allem: Er ist zu lebhaft und nicht zuverlässig genug. Der jetzige Besitzer hat ihm den Namen Judas Ischariot gegeben und will ihn nicht verkaufen, ohne daß der Käufer alles von ihm weiß. Mehr kann ich Ihnen nicht erzählen – aber schauen Sie sich mal die Mähne und den Schweif an! Haben Sie je so etwas gesehen? Haare, so fein wie die eines kleinen Kindes!"

Der Händler hatte recht. Daylight untersuchte die Mähne und fand sie feiner als die irgendeines Pferdes, das er je gesehen. Auch die Farbe war ungewöhnlich, fast kastanienbraun. Während Daylight seine Finger durch das Haar gleiten ließ, wandte Bob den Kopf und legte ihm scherzend das Maul auf die Schulter.

„Satteln Sie ihn, ich will ihn probieren", sagte er zum Händler. „Ich möchte wissen, ob er Sporen gewöhnt ist. Aber keinen englischen Sattel. Geben Sie mir einen guten mexikanischen und eine leichte Kandare, weil er zum Steigen neigt."

Daylight überwachte die Vorbereitungen, legte selbst die Kandare an, stellte die Steigbügelriemen und schnallte den Gurt fest. Zu dem Sprungriemen schüttelte er den Kopf, hörte aber auf den Rat des Händlers und ließ ihn anlegen.

Und Bob war außer einer gewissen feurigen Unruhe und ein paar scherzhaften Versuchen, sich auf die Hinterbeine zu stellen, sehr brav. Auch auf dem nun folgenden Ritt betrug er sich sehr manierlich bis auf einige unzulässige Seitensprünge und Tanzschritte. Daylight war entzückt; der Handel wurde abgeschlossen und Bob sofort mit allem Zubehör nach der anderen Seite der Bucht in die Ställe der Oakland-Reitschule geschickt.

Am nächsten Tage, einem Sonntag, war Daylight früh auf und setzte mit der Fähre über. Er hatte Wolf bei sich, seinen alten Leithund, den einzigen von seinem Gespann, den er aus Alaska mitgebracht hatte. Aber wieviel er auch in den Pindmont-Bergen und auf dem Wege mit den vielen Gattern in Berkeley spähte, sah er doch keinen Schimmer von Dede Mason und ihrem kastanienbraunen Pferd. Ihm blieb jedoch nicht viel Zeit für seine Enttäuschung, denn er hatte genug mit seinem eigenen Kastanienbraunen zu tun. Bob versuchte allerhand Neckereien und Widersetzlichkeiten und ermüdete seinen Reiter ebenso wie der Reiter ihn. Daylight mußte seine ganze Kenntnis von Pferden aufwenden, während Bob wiederum alles versuchte, was sein Pferdeverstand hergab. Als er fühlte, daß der Sprungriemen sich gelockert hatte, begann er zu zeigen, was er an Steigen leisten konnte. Nach zehn Minuten vergeblicher Mühe mußte Daylight absteigen und den Sprungriemen anziehen, worauf Bob sich als ein Muster engelhafter Güte erwies. Es glückte ihm, Daylight völlig hinters Licht zu führen. Eine halbe Stunde verging, Daylight ritt, nichts Böses ahnend, im Schritt und drehte sich eine Zigarette, während er mit schlaffen Knien im Sattel saß und die Zügel lose über den Hals des Tieres hängen ließ. Plötzlich wirbelte Bob mit blitzartiger Schnelligkeit herum und drehte sich, die Vorderfüße in der Luft, auf den Hinterbeinen, wie auf einer Achse. Als Daylight zur Besinnung kam, war sein rechter Fuß aus dem Steigbügel, während seine Arme den Hals des Tieres umklammerten; und Bob benutzte die Gelegenheit und rannte den Weg hinunter. Daylights einzige Hoffnung war, daß er in diesem Augenblick nicht Dede Mason begegnete. Dann gelang es ihm, sich wieder zurechtzusetzen und die Herrschaft über das Pferd zu gewinnen.

„Na, Bob," sagte er zu dem Tiere, während er sich den Schweiß aus den Augen wischte, „ich muß schon gestehen, daß du das verfluchteste, schnellste und halsstarrigste Biest bist, das ich je gesehen habe. Ich glaube, man muß dich die ganze Zeit die Sporen fühlen lassen."

Doch im selben Augenblick, wo die Sporen ihn berührten, hob Bob den Fuß und gab dem Steigbügel einen gehörigen Tritt. Aus Neugier versuchte Daylight noch mehrere Male die Sporen, und jedesmal traf Bobs Huf den Steigbügel. Da folgte Daylight Bobs Beispiel, jagte ihm ebenso unerwartet beide Sporen in die Seite und versetzte ihm gleichzeitig einen Peitschenhieb von unten.

„Du scheinst noch nie eine ordentliche Tracht Prügel bekommen zu haben", murmelte er, während Bob, der so rauh aus dem Kreislauf seiner neckischen Gedanken gerissen war, in vollem Galopp dahinschoß.

Ein halb Dutzend Male wurde Bob von Sporen und Peitsche getroffen, und dann fand Daylight Muße, sich an dem prachtvollen Galopp zu erfreuen. Als Bob merkte, daß er nicht mehr bestraft werden sollte, fiel er in einen gleichmäßigen Trab; Wolf, der zurückgeblieben war, holte sie jetzt ein, und alles ging herrlich.

„Ich will dich lehren, so herumzuwirbeln, mein Junge", sagte Daylight, als Bob es wieder tat.

In vollem Galopp machte er plötzlich Halt und stemmte beide Vorderfüße gegen den Boden. Daylight umklammerte mit den Armen den Hals des Tieres. Im selben Augenblick erhob Bob sich auf den Hinterbeinen und wirbelte herum. Nur ein ausgezeichneter Reiter konnte sich obenhalten, und Daylight war nahe daran, abgeworfen zu werden. Als er sich wieder zurechtgesetzt hatte, jagte Bob in voller Karriere denselben Weg, den sie gekommen waren, zurück, so daß Wolf seitwärts durch die Büsche springen mußte.

„Schön, Freundchen!" grunzte Daylight, indem er immer wieder Sporen und Peitsche gebrauchte. „Du willst rückwärts gehen, und das sollst du, bis du die Lust dazu verlierst."

Als Bob nach einiger Zeit versuchte, die wahnsinnige Fahrt etwas zu verringern, wurden Peitsche und Sporen wieder mit unverminderter Kraft gebraucht und er dadurch zu neuer Anstrengung angestachelt. Und als Daylight schließlich meinte, daß das Pferd genug bekommen hätte, wandte er es plötzlich und ließ es in etwas ruhigerem Galopp weiterlaufen. Nach einiger Zeit hielt er an, um zu sehen, ob das Tier außer Atem war. Da wandte Bob den Kopf und rieb ungeduldig mit schelmischem Ausdruck das Maul am Steigbügel seines Reiters, wie um anzudeuten, daß es Zeit wäre, weiterzukommen.

„Na, so was hab' ich doch noch nicht gesehen", meinte Daylight. „Kein Unwille, kein Ärger, gar nichts – und das nach all den Prügeln! Du bist wirklich ein Prachtkerl, Bob."

So verging der Tag. Daylight hatte das Tier liebgewonnen und bereute den Kauf nicht. Er verstand, daß Bob weder boshaft noch gemein war, und daß alles nur von dem überschäumenden Lebensmut und seinem für ein Pferd ungewöhnlichen Verstand kam. Zu dem Feuer und der Intelligenz gesellte sich noch eine unbezahlbare Schelmerei. Um ihn zu beherrschen, bedurfte es einer festen Hand, einer gewissen Strenge und eines scharfen Kommandotones.

„Entweder du oder ich, Bob", sagte Daylight ihm mehr als einmal an diesem Tage.

Die ganze Woche dachte Daylight fast ebensoviel an Bob wie an Dede; und da er gerade nicht von großen Unternehmungen in Anspruch genommen war, dachte er vielleicht mehr an die beiden als an sein geschäftliches Spiel.

Bobs Trick mit dem Herumwirbeln beschäftigte ihn ganz besonders. Wie es ihm abgewöhnen – das war die Frage. Wenn er nun Dede in den Bergen traf und vielleicht gar durch ein glückliches Spiel des Schicksals neben ihr reiten durfte, dann konnten Bobs Angewohnheiten sehr unangenehm und ärgerlich werden. Es war ihm nicht gerade daran gelegen, daß sie ihn sehen sollte, wie er Bobs Hals mit den Armen umklammerte. Andererseits konnte er sie auch nicht stehen lassen, und, Peitsche und Sporen gebrauchend, denselben Weg, den er gekommen, wieder zurückjagen.

Er mußte eine Methode finden, die das blitzartige Herumwirbeln verhinderte. Er mußte das Pferd anhalten, ehe es herum war. Der Zügel allein genügte nicht. Auch die Sporen nicht. Dann blieb nur die Peitsche. Aber wie sollte er es machen? Er war in dieser Woche recht oft nicht bei der Sache, wenn er auf seinem Bureaustuhl saß. Er bildete sich ein, auf dem wundervollen kastanienbraunen Pferde zu sitzen und es an dem unerwarteten Herumwirbeln zu hindern. Ein solcher Augenblick von Geistesabwesenheit erfolgte gegen Ende der Woche mitten in einer Konferenz mit Hegan. Hegan, der ihm einen blendenden neuen Traum unterbreitete, wurde gewahr, daß Daylight gar nicht zuhörte. Dessen Augen waren glanzlos geworden, als sähe er etwas mit seinem inneren Blick. „Ich hab' es!" rief er plötzlich. „Hegan, gratulieren Sie mir. Es ist so einfach wie nur was. Ich brauch' ihm bloß einen tüchtigen Schlag auf die Nase zu geben." Dann erklärte er dem verblüfften Hegan, um was es sich handelte, und hörte nachher wieder gut zu, obgleich er es nicht lassen konnte, hin und wieder vor Freude und Befriedigung laut zu lachen. Sein Plan war folgender: Bob wirbelte immer rechts herum. Schön. Er wollte die Peitschenschnur doppelt zusammenlegen und im selben Augenblick, wenn Bob zu wirbeln begann, ihm eines über die Nase geben. Das Pferd, das nach der Lektion angesichts der doppelten Peitschenschnur noch einmal wirbeln würde, war noch nicht geboren.

In dieser Woche fühlte Daylight mehr als je, daß er weder soziale noch menschliche Berührungspunkte mit Dede hatte. Er konnte nicht einmal die einfache Frage an sie stellen, ob sie nächsten Sonntag ausreiten wollte. Das war eine Schwierigkeit neuer Art in seinem Verhältnis als Chef zu einem hübschen jungen Mädchen. Er betrachtete sie oft während der Arbeit, und die Frage, die er nicht stellen konnte, brannte ihm auf der Zunge – ob sie nächsten Sonntag reiten würde? Diese sechs Tage zwischen den beiden Sonntagen dachte er sehr viel an sie, und allmählich wurde ihm eines völlig klar: Er wollte sie besitzen. Und so sehr wünschte er dies, daß seine alte Furcht vor den Schürzenbändern ganz schwand. Er, der sein ganzes Leben vor den Weibern geflohen war, wurde nun so tapfer, daß er daran dachte, sie zu verfolgen. Früher oder später mußte er Dede eines Sonntags in den Bergen treffen, und wenn sie dann nicht miteinander bekannt wurden, so war es, weil sie sich nichts aus der Bekanntschaft mit ihm machte.

So fand er unter den Karten in seiner Hand noch eine, die der wahnsinnige Gott ihm ausgeteilt hatte. Wie wichtig diese Karte werden sollte, ließ er sich nicht träumen, aber er kam doch zu der Erkenntnis, daß es eine wirklich gute Karte war. Dann wieder zweifelte er. Vielleicht war es nur ein Trick des Glücks, um Unglück und Verzweiflung über ihn zu bringen. Gesetzt, daß Dede ihn nicht haben wollte, und gesetzt, daß er sich immer mehr und immer heißer in sie verliebte? Seine Furcht vor der Liebe wurde wieder lebendig. Er erinnerte sich aller unglücklichen Liebesgeschichten von Männern und Frauen, die er je gehört hatte.

Alte Erinnerungen schreckten ihn. Wenn es ihn erst richtig packte und Dede Mason ihn dann nicht wollte, dann war es beinahe so schlimm, wie wenn ihm alles, was er hatte, von Dowsett, Letton und Guggenhammer geraubt worden wäre. Würde sein wachsendes Verlangen nach Dede geringer gewesen sein, so hätte seine Angst vielleicht jeden Gedanken an sie erstickt. So, wie es stand, tröstete er sich damit, daß einige Liebesgeschichten auch gut ausgingen. Und er konnte ja nicht wissen, ob das Glück ihm nicht solche Karten gegeben hatte, daß er gewann. Vielleicht war er ein solches Glückskind, das nicht verlieren konnte. Der Sonntag kam, und Bob benahm sich draußen in den Piedmont-Bergen wie ein Engel. Seine Liebenswürdigkeit war zuzeiten etwas unruhig und zappelig, aber sonst war er so fromm wie ein Lamm. Daylight hielt die zusammengelegte Peitschenschnur in der rechten Hand bereit und wartete nur darauf, daß er ein einziges Mal herumwirbeln wollte, aber Bob wollte nicht, sein Benehmen war geradezu aufreizend tadellos. Doch von Dede war nichts zu entdecken. Vergebens ritt er hügelauf und -ab. Am Nachmittag setzte er den steilen Hang hinab und über die Wegscheide nach der andern Bergkette hinüber, und von dort aus ritt er ins Maraga-Tal hinunter. Und gerade, als er den Fuß des Abhangs erreicht hatte, hörte er den Hufschlag eines galoppierenden Pferdes hinter sich. Wenn das Dede war? Er wandte Bob und begann im Trab zurückzureiten. Wenn es wirklich Dede war, so war er ein Glückspilz; denn die Begegnung hätte nicht unter günstigeren Bedingungen erfolgen können. Sie ritten beide in derselben Richtung, und da sie Galopp ritt, so mußte sie ihn gerade dort einholen, wo der steile Aufstieg sie zwang, im Schritt zu reiten. Sie hatte keine Wahl, als mit ihm zum Gipfel hinaufzureiten, und wenn sie oben waren, zwang der steile Abstieg auf der anderen Seite sie wieder, im Schritt zu reiten.

Der Galopp näherte sich, aber er ritt ruhig weiter, bis er das Pferd hinter sich im Schritt gehen hörte. Da blickte er über die Schulter zurück. Es war Dede. Das Erkennen war schnell und ihrerseits mit Überraschung gepaart. Was war natürlicher, als daß er sein Pferd wandte und wartete, bis sie ihn eingeholt hatte, und daß sie dann nebeneinander den Hang hinaufritten? Er hätte erleichtert seufzen können. Es war geschehen, und so leicht! Sie hatten sich begrüßt, und nun ritten sie Seite an Seite in derselben Richtung, und mehrere Meilen lagen vor ihnen.

Er bemerkte, daß sie sich mehr für das Pferd als für ihn selbst interessierte.

„Oh, was für ein schönes Tier!" rief sie bei Bobs Anblick. Ihre Augen strahlten, und ihr Gesicht leuchtete vor Freude. Er konnte kaum glauben, daß sie dasselbe junge Mädchen war, das bei ihm im Kontor war, das junge Mädchen mit den ruhigen, beherrschten Zügen.

„Ich wußte gar nicht, daß Sie reiten", war eine ihrer ersten Bemerkungen. „Ich dachte, Sie wären mit Ihren Schnellfahrmaschinen verheiratet."

„Ich habe gerade angefangen", antwortete er. „Ich wurde stark, wissen Sie, und mußte mir daher Bewegung machen."

Sie sandte ihm einen schnellen Seitenblick, der ihn vom Scheitel bis zur Sohle maß und seinen Sitz im Sattel prüfte, und sagte:

„Aber Sie haben doch früher schon geritten?“

Er dachte, daß sie sich auf Pferde und alles, was damit zusammenhing, verstehen müßte, und erwiderte: „Seit vielen Jahren nicht mehr. Aber als Knabe in Oregon habe ich mir eingebildet, ein gewaltiger Reiter zu sein. Ich schlich mich fort vom Lager, um mit dem Vieh hinauszureiten und Mustangs zu dressieren und dergleichen.“

So waren sie, zu seiner großen Erleichterung, mitten in einem Gespräch, das sie beide interessierte.

„Ich kann mich wirklich nicht erinnern, wann ich das erstemal zu Pferde saß“, erzählte sie. „Ich bin auf einer Ranch geboren, wissen Sie, und man konnte mich nicht von den Pferden wegbringen. Die Liebe für sie muß mir angeboren sein. Mit sechs Jahren hatte ich mein erstes eigenes Pony. Mit acht wußte ich, was es heißt, den ganzen Tag mit Vater zusammen auf einem Pferderücken zu verbringen. Ich war noch nicht elf Jahre alt, als er mich schon mit auf die Hirschjagd nahm. Ohne Pferd bin ich verloren. Ich hasse das Leben in den vier Wänden, und ohne Mab wäre ich, glaube ich, längst krank oder tot.“

„Sie lieben das Landleben?“ fragte er und sah im selben Augenblick in ihren Augen zum erstenmal einen hellen Schimmer.

„Ebensosehr, wie ich die Stadt verabscheue“, antwortete sie. „Aber eine Frau kann sich auf dem Lande nicht ihr Brot verdienen. So richte ich es mir ein, so gut ich kann – zusammen mit Mab.“

Und dann erzählte sie mehr von ihrem Leben auf der Ranch, bevor ihr Vater starb. Daylight war sehr zufrieden mit sich. Sie waren dabei, miteinander bekannt zu werden. In der halben Stunde, die sie nun zusammen waren, hatte es noch nicht eine Pause in der Unterhaltung gegeben.

„Wir stammen ungefähr aus derselben Gegend“, sagte er. „Ich bin im östlichen Oregon aufgewachsen, und das ist nicht weit von Siskiyou.“

Im nächsten Augenblick hätte er sich die Zunge abbeißen können, denn sie fragte schnell:

„Woher wissen Sie, daß ich aus Siskiyou bin? Ich bin sicher, daß ich es nie erwähnt habe.“

„Ich weiß nicht“, sagte er verlegen. „Irgendwo habe ich es gehört.“

In diesem Augenblick schlich Wolf leicht und lautlos wie ein Schatten heran, ihr Pferd scheute erschrocken, und so kam er verhältnismäßig leicht über die peinliche Situation hinweg, indem er ihr eine Zeitlang von Alaska-Hunden erzählte, bis das Gespräch wieder auf Pferde kam. Und über Pferde unterhielten sie sich während des ganzen Aufstiegs und während des Abstiegs auf der anderen Seite.

Während sie sprach, hörte er ihr aufmerksam zu, folgte aber gleichzeitig seinen eigenen Gedanken und Empfindungen. Es war kühn von ihr, im Herrensitz zu reiten, und im Grunde war er sich doch nicht recht klar darüber, ob es ihm gefiel oder nicht. Seine Vorstellungen von Frauen waren etwas altmodisch; sie stammten aus seinen ersten Tagen in den Grenzgegenden, wo er nie eine Frau anders als im Damensitz hatte reiten sehen. Er war in der Anschauung aufgewachsen, daß Frauen zu Pferde keine Zweifüßler waren. Es hatte etwas Überraschendes für ihn, sie hier wie einen Mann im Sattel zu sehen. Aber gleichzeitig mußte er gestehen, daß der Anblick ihm zusagte.

Noch zweierlei überraschte ihn. Erstens die goldenen Punkte in ihren Augen. Seltsam, daß er sie noch nie bemerkt hatte. Waren sie in der Beleuchtung im Kontor nicht dagewesen, kamen und gingen sie? Nein, es waren Farbenfunken – eine Art zerstreuten, goldenen Lichts. Es war auch eigentlich nicht golden, aber doch eher golden als sonst eine Farbe, die er kannte. Eine Schattierung von Gelb war es bestimmt nicht. Die Gedanken eines Liebenden sind immer bunt, und es ist zweifelhaft, ob sonst irgend jemand auf der Welt Dedes Augen golden genannt haben würde. Aber Daylight befand sich in einer milden, weichen Stimmung, und da es ihm gefiel, sie sich golden zu denken, so waren sie eben golden.

Und so natürlich war sie. Sie hatte so gar nichts Geziertes oder Eingebildetes an sich – mit diesen Ausdrücken unterschied er die Dede zu Pferde von der Dede im Kontor, die er kannte. Aber während er sich darüber freute, daß alles so glatt ging, und daß sie sich soviel zu sagen hatten, hatte er doch ein bedrückendes Gefühl. Er war ein Mann der Tat, und er wünschte sie, Dede Mason, zur Frau; er wünschte, daß sie ihn liebte; und er wünschte, daß dies sofort strahlende Wirklichkeit werden sollte. Er war gewohnt, Entscheidungen schnell zu treffen, gewohnt, Menschen und Dinge nach seinem Willen zu beugen, und fühlte nun, wie die alte Herrschsucht ihn anstachelte. Er wünschte, ihr zu erzählen, daß er sie liebte, daß sie ihn unbedingt heiraten müßte. Und doch widerstand er dem Antrieb. Frauen waren flatterhafte Geschöpfe, und hier war es vielleicht ein

Fehler, sich die Macht anzueignen. Er erinnerte sich aller seiner alten Jägerschliche, wie er geduldig gewartet hatte, zum Schuß zu kommen, wenn Leben oder Tod davon abhing. Und wenn auch vielleicht nicht ganz soviel, so bedeutete dieses junge Mädchen doch recht viel für ihn – jetzt mehr denn je, als er neben ihr ritt und sie, so oft er es wagte, ansah, wie sie in ihrem Reitkleide, keck, fast männlich und doch in jeder Linie Weib, zu Pferde saß, lächelte, lachte und sprach, Schimmer des sonnigen Tages und der warmen Glut des Sommerwindes auf den Wangen.

Am nächsten Sonntag waren Reiter, Pferd und Hund wieder draußen in den Piedmont-Bergen. Und wieder ritten Daylight und Dede nebeneinander. Aber diesmal hatte sich in die Überraschung, ihn zu treffen, etwas wie Mißtrauen gemischt. Sie ließ Daylight fühlen, daß sie ihm nicht glaubte; er gab vor, in der Nähe von Blair Park einen großen Steinbruch gesehen zu haben, und erklärte ihr unverzüglich, daß er daran dächte, ihn zu kaufen. Die Ziegelei, in die er nun einmal Geld gesteckt, hatte ihn auf die Idee gebracht, und so schlug er vor, sie anzusehen.

Er verbrachte mehrere Stunden in ihrer Gesellschaft, und sie war die ganze Zeit dieselbe wie früher, natürlich, ungekünstelt, munter, lächelnd und lachend, ein guter Kamerad, der mit unverminderter Begeisterung von Pferden sprach und sich mit dem mürrischen Wolf zu befreunden suchte. Sie sprach den Wunsch aus, Bob reiten zu dürfen, in den sie, wie sie erklärte, mehr verliebt sei, als sie es je sonst gewesen. Aber Daylight erhob Einwände. Bob hätte die gefährlichsten Einfälle, und er könnte keinen darauf reiten lassen, es sei denn seinen schlimmsten Feind.

„Sie meinen, ich verstehe nichts von Pferden, weil ich ein Mädchen bin“, ereiferte sie sich. „Aber ich bin so oft abgeworfen worden, daß ich mir etwas darauf einbilden kann. Und ich bin nicht gerade auf den Kopf gefallen. Ich würde nie versuchen, ein Pferd zu reiten, das ausschlägt. Soviel habe ich doch gelernt. Aber sonst fürchte ich nichts. Und daß Bob nicht ausschlägt, sagen Sie ja selbst.“

„Aber Sie haben noch nicht gesehen, was er für Geschichten macht“, beharrte Daylight.

„Vergessen Sie nicht, daß er nicht der erste ist, mit dem ich zu tun habe. Ich habe Mab an die elektrische Bahn, an Lokomotiven und Automobile gewöhnt. Als ich sie bekam, war sie ein ganz rohes Füllen vom Lande. Sie hatte eben gelernt, den Sattel zu tragen, das war alles, übrigens werde ich Ihrem Pferd keinen Schaden zufügen.“

Halb wider Willen gab Daylight nach, und an einer verkehrslosen Stelle des Weges tauschten sie Sättel und Zügel.

„Denken Sie daran, daß er läuft wie ein geölter Blitz“, warnte er, als er ihr in den Sattel half.

Sie nickte, während Bob die Ohren spitzte in dem Bewußtsein, einen fremden Reiter auf dem Rücken zu haben. Seine Späße begannen schnell genug – zu schnell für Dede, die sich mit den Armen um Bobs Hals klammern mußte, während er herumwirbelte und in entgegengesetzter Richtung davonstob. Daylight folgte ihr auf dem Pferde und sah zu. Einen Augenblick später hielt sie das Pferd und schwang es mit dem auf dem Hals liegenden Zügel und unter Gebrauch des linken Sporns wieder in seine frühere Richtung herum.

„Halten Sie die Peitsche nur bereit, um ihm eins über die Nase zu geben“, rief Daylight.

Aber Bob kam ihr zuvor und wirbelte wieder herum. Mit einem kräftigen Ruck befreite sie sich aus ihrer unwürdigen Stellung. Seine Bewegung war diesmal noch schärfer, aber sie nötigte ihn durch den Zügel zu einer Art Tanzschritt und zwang ihn durch schonungslosen Gebrauch der Sporen, wieder umzuwenden. Es war nichts Weibliches in der Art, wie sie ihn behandelte; und diese einleitende kleine Kraftprobe zeigte ihm Dede ein wenig von der richtigen Seite. Wie sie mit zusammengepreßten Lippen und ein wenig unzufrieden mit sich dasaß, genügte ihm ein Blick in ihre grauen Augen, es zu erkennen. Daylight machte ihr keine weiteren Vorschläge, folgte ihr aber fast mit Freude in den Augen und wartete darauf, wie es Bob nun ergehen würde. Und es erging Bob schlecht. Als er das nächste Mal herumwirbelte oder es vielmehr versuchte, war er noch nicht halb herum, als die Peitschenschnur ihn schon mitten auf die Nase traf. Da ließ er die Vorderfüße, die er gerade erhoben hatte, in seiner Verblüffung, seiner Überraschung und seinem Schmerz wieder fallen.

„Großartig!“ applaudierte Daylight. „Noch ein paarmal – dann tut er es nicht wieder.“

Bob versuchte es noch einmal. Aber diesmal hatte er noch keine Viertelwendung gemacht, als die zusammengelegte Peitschenschnur seine Füße schon wieder auf den Boden zwang. Und dann gehorchte er Dede ohne Zügel oder Sporen, wenn sie ihm nur mit der Peitsche drohte.

Dede sah Daylight triumphierend an.

„Darf ich ihn einmal laufen lassen?“ fragte sie.

Daylight nickte, und sie schoß den Weg entlang. Er sah ihr nach, bis sie hinter der Wegbiegung verschwand, und blickte hin, bis sie wieder zum Vorschein kam. Sicher: sie konnte reiten, und sie war ein Prachtkerl. Herrgott, das war eine Frau für einen Mann! Und die mußte die ganze Woche auf der Schreibmaschine herumhämmern! Das war nicht der richtige Platz für sie. Sie mußte einen Mann haben, der sie in Samt und Seide kleidete und mit Diamanten behängte (so stellte er sich in seiner Hinterwäldlerart vor, was einer geliebten Frau gebührte), und ihr Hunde und Pferde und dergleichen mehr hielt – „Wir wollen sehen, Herr Burning Daylight, was sich machen läßt“, murmelte er. Und laut sagte er:

„Großartig, Fräulein Mason, großartig. Für Sie ist kein Pferd zu schade – eine Frau, die reiten kann wie Sie. Nein; behalten Sie ihn, wir traben zum Steinbruch hinunter.“ Er lachte, „Wissen Sie, ich glaube, als Sie ihn zum erstenmal schlugen, stöhnte er. Haben Sie es gehört? Und wie er die Füße fallen ließ – gerade als wäre er gegen eine Steinmauer geprallt. In Zukunft weiß er Bescheid.“

Als er sie am Nachmittag an dem Gattertor, das nach Berkeley führte, verließ, zog er sich in den Schatten einer Baumgruppe zurück, wo er ihr, ohne selbst gesehen zu werden, mit den Augen folgen konnte, bis sie außer Sicht war. Als er dann sein Pferd wandte, um nach Oakland zurückzureiten, kam ihm ein Gedanke, bei dem er reuevoll lächeln mußte, und er murmelte: „Jetzt ist also nichts zu machen, ich muß den verdammten Steinbruch kaufen. Das ist der einzige Vorwand, den ich habe, um mich in diesen Bergen herumzutreiben.“

Aber er mußte seine Pläne mit dem Steinbruch für einige Zeit verschieben, denn am nächsten Sonntage ritt er allein. Keine Dede kam auf einem kastanienbraunen Pferd den Weg von Berkeley geritten, weder an diesem Tage noch eine Woche später. Daylight war außer sich vor Ungeduld und Ärger, obwohl er sich im Kontor beherrschte. An ihr bemerkte er keine Veränderung und gab sich Mühe, sich selbst auch nichts merken zu lassen. Es war dieselbe monotone Arbeit, aber sie regte ihn jetzt auf und machte ihn beinahe verrückt. Daylight war erbittert über eine Welt, die es ihm nicht erlaubte, mit seiner Sekretärin ebenso zu verkehren wie andere Männer mit andern Frauen. Was nützen mir meine Millionen? fragte er eines Tages den Kalender auf seinem Schreibtisch, als sie nach dem Diktat hinausging.

Ais die dritte Woche sich ihrem Ende näherte und Daylight wieder einem traurigen Sonntag gegenüberstand, entschloß er sich trotz allem zu reden. Seiner Natur gemäß ging er ohne Umschweife auf die Sache los. Sie hatte gerade ihre Arbeit beendet und nahm ihr Stenogrammheft und ihre Bleistifte, als er sagte:

„Noch eins, Fräulein Mason, und ich hoffe, Sie werden es mir nicht übelnehmen, wenn ich geradeheraus rede; denn ich habe Sie immer für ein vernünftiges junges Mädchen gehalten. Sie wissen, wie lange Sie bei mir im Geschäft sind – mehrere Jahre schon; und ich bin immer ehrlich und offen gegen Sie gewesen. Ich habe mir Ihnen gegenüber nie etwas, wie man so sagt – herausgenommen. Eben weil Sie bei mir waren, habe ich versucht, vorsichtiger zu sein, als wenn – wenn Sie nicht bei mir gewesen wären – Sie verstehen. Aber deshalb bin ich doch auch nur ein Mensch. Ich bin ein einsamer Bursche – nein, glauben Sie nicht, daß ich um ein freundliches Wort bitten will. Ich möchte Ihnen nur sagen, wie wohl mir diese Ausritte mit Ihnen getan haben. Und nun hoffe ich, werden Sie es mir nicht verdenken, wenn ich Sie frage, warum Sie die beiden letzten Sonntage nicht ausgeritten sind?“

Er hielt inne und wartete, aber es überkam ihn warm, und der Schweiß stand in kleinen Tropfen auf seiner Stirn. Sie sprach nicht gleich, und er schritt durch den Raum und schob das Fenster höher.

„Ich bin ausgeritten,“ antwortete sie, „nur in einer anderen Richtung.“

„Aber warum denn ...“ Er konnte die Frage nicht beenden. Seien Sie nun ebenso ehrlich gegen mich, wie ich gegen Sie“, bat er. „Warum sind Sie nicht in den Piedmont-Bergen geritten? Ich habe überall nach Ihnen gesucht.“

„Eben deswegen.“ Sie lächelte und sah ihm einen Augenblick gerade in die Augen, dann senkte sie den Blick. „Das müssen Sie doch verstehen, Herr Harnish.“ Er schüttelte verdrießlich den Kopf.

„Ja und nein. Es gibt Dinge, die man nicht tun darf, und solange ich nicht Lust habe, sie zu tun, ist es mir auch einerlei.“

„Wenn Sie aber Lust haben?“ fragte sie schnell.

„Dann tue ich sie.“ Bei dieser Willenserklärung hatte er die Lippen zusammengepreßt, aber im nächsten Augenblick schränkte er seine Behauptung etwas ein: „Das heißt, meistens. Aber ich verstehe nicht, warum man etwas nicht tun darf, wenn es nicht schlecht ist und niemand schadet – dies Reiten zum Beispiel."

Sie spielte eine Zeitlang nervös mit einem Bleistift, als dächte sie über ihre Antwort nach, und er wartete geduldig.

„Dies Reiten", begann sie, „ist nicht das, was man ›guten Ton‹ nennt. Ich überlasse es Ihnen selbst, Ihre Schlüsse daraus zu ziehen. Sie kennen die Welt. Sie sind Herr Harnish, der Millionär – –"

„Der Spieler", unterbrach er sie barsch.

Sie nickte ihre Zustimmung zu diesem Ausdruck und fuhrt fort:

„Es ist eine ganz einfache und recht gewöhnliche Situation, in der wir uns befinden. Ich stehe in Ihren Diensten. Es kommt nicht darauf an, was Sie oder ich, sondern was andere Menschen darüber denken. Und darüber brauche ich Ihnen weiter nichts zu sagen, das wissen Sie selber."

Ihre kühle Art, die Sache zu behandeln, stimmte nicht ganz mit ihren wirklichen Gefühlen überein – das meinte Daylight wenigstens, als er jetzt die Anzeichen weiblicher Erregung, die weichen Linien ihrer Gestalt, die wogende Brust und die Röte sah, die die Bewegung auf ihren Wangen hervorgerufen hatte.

„Es tut mir leid, daß ich Sie verscheucht habe", sagte er scheinbar zusammenhanglos.

„Sie haben mich nicht verscheucht", erwiderte sie eifrig. „Ich bin kein Schulkind. Ich habe lange für mich sorgen müssen, und ich bin nie bange gewesen. Wir waren zwei Sonntage zusammen, und ich habe mich wahrlich weder vor Ihnen noch vor Bob gefürchtet. Das ist es nicht. Ich kann schon lange für mich einstehen, aber die Welt will auch mitreden. Das ist das Unglück. Was würde die Welt sagen, wenn mein Chef und ich uns jeden Sonntag in den Bergen träfen und miteinander ritten. Es ist albern, aber es ist nun einmal so. Mit einem von den Kontoristen könnte ich ohne weiteres reiten, aber mit Ihnen – nein."

„Aber die Welt weiß es ja gar nicht und braucht es auch nicht zu wissen", rief er.

„Das macht es gewissermaßen nur schlimmer, wenn man weiß, daß man auf heimlichen Wegen herumschleicht und immer das Gefühl hat, etwas Verkehrtes zu tun. Es wäre richtiger und besser, wenn ich öffentlich ..."

„Wochentags mit mir frühstücken ginge", erriet Daylight den Sinn ihres unvollendeten Satzes.

Sie nickte.

„Es ist zwar nicht ganz, was ich dachte, aber wir können es sagen. Ich würde vorziehen, offen zu handeln, so daß alle Menschen es sehen können, statt etwas im geheimen zu tun. Es wird ja doch entdeckt. Nicht, daß mir etwas an einer Einladung zum Frühstück läge", fügte sie lächelnd hinzu. „Ich bin sicher, daß Sie meine Lage begreifen."

„Aber warum dann nicht offen mit mir durch die Berge reiten?" fragte er.

Sie schüttelte den Kopf, wie er sich einbildete, mit einem Hauch von Bedauern, und sein Verlangen nach ihr wuchs so schnell, daß es ihm fast die Besinnung raubte.

„Sehen Sie, Fräulein Mason, ich verstehe, daß Sie über so etwas nicht im Geschäft reden mögen. Ich auch nicht. Das gehört auch dazu, denke ich, ein Mann darf mit seiner Sekretärin nicht über andere Dinge im Geschäft sprechen. Wollen Sie nächsten Sonntag mit mir reiten, dann können wir weiter über die Sache reden und vielleicht einen Ausweg finden. In den Bergen ist der richtige Ort. Ich denke, Sie kennen mich genügend, um zu wissen, daß ich ein einigermaßen anständiger Mensch bin. Ich – ich achte und ehre Sie, und ich ..." Er begann zu stottern, und die auf dem Löscher ruhende Hand zitterte sichtbar. Er nahm sich zusammen. „Heißer habe ich mir noch nie etwas in meinem Leben gewünscht. Ich – ich – ich kann nicht erklären, was ich meine, aber es ist, wie ich sage. Wollen Sie? – Nächsten Sonntag? Morgen?"

Aber er ließ sich nicht träumen, daß er ihr kaum hörbares Ja mehr als allem anderen den Schweißtropfen auf seiner Stirn, seiner zitternden Hand und seiner allzu augenscheinlichen Bedrängnis verdankte.

„Aus dem, was die Leute sagen, erfährt man natürlich nie, was sie eigentlich wollen." Daylight berührte Bobs rebellische Ohren mit der Peitsche und dachte unzufrieden über seine letzte Äußerung nach. Sie drückte nicht aus, was er eigentlich gemeint hatte. „Ich möchte, daß Sie mir rein heraus sagten, Sie wollten mich nicht mehr treffen, und daß Sie mir Ihre Gründe dafür angäben. Aber wie kann ich denn wissen, ob es Ihre wirklichen Gründe sind. Vielleicht haben Sie keine Lust, näher mit mir bekannt zu werden, und wollen es nur nicht sagen aus Furcht, mich zu verletzen. Können Sie es nicht einsehen? Ich bin der letzte auf der Welt, der sich aufdrängen will, wenn andere nichts von ihm wissen wollen. Und wenn ich wüßte, daß Sie sich nicht das geringste aus mir machten, so würde ich mich schleunigst zurückziehen." Dede lächelte über seine Worte, ritt aber schweigend weiter. Und das Lächeln dünkte ihn das wunderbarste Lächeln, das er je gesehen. So konnte nur jemand lächeln, der einen ein bißchen gern hatte. Natürlich war sie sich dessen, wie er sich im nächsten Augenblick selbst sagte, ganz unbewußt. Es mußte eben so kommen, wenn zwei Menschen ein wenig miteinander zu tun hatten ... Jeder Fremde, jeder Geschäftsmann, Angestellte oder sonst wer würde nach einigen zufälligen Begegnungen dieselbe Freundlichkeit gezeigt haben. Aber es machte in diesem Fall besonderen Eindruck auf ihn, denn es war ein so süßes, wunderbares Lächeln. Andere Frauen hatten nie so gelächelt; das war sicher.

Es war ein glücklicher Tag gewesen. Daylight hatte Dede auf dem Wege nach Berkeley getroffen, und sie hatten mehrere Stunden zusammen verbracht. Erst jetzt, als der Tag auf die Neige ging und sie sich dem Gattertor bei Berkeley näherten, begann er den Gegenstand zu berühren, der ihn so beschäftigte.

Sie ging zuerst auf seine letzte Bemerkung ein, und er lauschte dankbar.

„Wenn ich nun aber wiederhole, daß die Gründe, die ich Ihnen genannt habe, die einzigen sind – daß nicht die Rede davon ist, daß ich Ihre Bekanntschaft nicht machen wollte?"

„Dann werde ich Sie weiterquälen wie der Teufel", sagte er schnell. „Aber wenn Sie heimlich einen andern Grund haben, wenn Sie mich nicht kränken wollten, weil Sie eine gute Stellung bei mir haben ..." Hier wich seine ruhige Betrachtung einer furchtbaren Angst, der Angst, daß es wirklich so wäre, und er verlor den Faden. „Na, einerlei, Sie brauchen nur ein Wort zu sagen, und ich geh' meiner Wege. Ohne Bitterkeit; es wäre eben ein Unglück für mich. Seien Sie deshalb ehrlich gegen mich. Fräulein Mason, ich bitte Sie, und sagen Sie mir, ob das der Grund ist – ich bin beinahe überzeugt davon."

Sie warf ihm einen schnellen Blick zu, ihre Augen waren plötzlich feucht geworden, halb aus Kränkung, halb aus Reue.

„Oh, das ist kein ehrliches Spiel", rief sie. „Sie stellen mich vor die Wahl, zu lügen und Sie zu kränken, um Sie auf diese Weise loszuwerden, oder Ihnen meine einzige Waffe auszuliefern und Ihnen die Wahrheit zu erzählen."

Ihre Wangen waren gerötet, ihre Lippen zitterten, aber sie blickte ihm immer noch frei in die Augen.

Daylight lächelte grimmig, aber doch mit einer gewissen Befriedigung.

„Ich freue mich, Fräulein Mason, freue mich wirklich über diese Worte."

„Aber sie helfen Ihnen nichts", fuhr sie hastig fort. „Sie können Ihnen nichts helfen. Ich will nicht mehr. Dies ist unser letzter Ritt, und – hier ist das Gatter." Sie lenkte das Pferd auf die Seite, beugte sich hinab, drückte die Klinke herunter und ritt durch das offene Tor.

„Nein, bitte nicht", sagte sie, als Daylight sich anschickte, ihr zu folgen.

Er fügte sich demütig ihrem Willen und zog Bob zurück, während das Tor sich zwischen ihnen schloß. Aber sie hatten sich noch mehr zu sagen, und sie ritt nicht gleich weiter.

„Hören Sie, Fräulein Mason", sagte er mit leiser, vor Aufrichtigkeit bebender Stimme. „Ich will Ihnen nur eines versichern. Ich will nicht versuchen, Sie zum Narren zu halten. Ich hab' Sie gern, ich brauche Sie, und mir ist noch nie im Leben etwas so ernst gewesen wie dies. Ich habe nicht Böses im Sinne. Ich meine es ehrlich –"

Aber ihr Ausdruck ließ ihn innehalten. Sie war ärgerlich, lachte aber gleichzeitig.

„Das hätten Sie nun schon gar nicht sagen sollen," rief sie, „das ist ja das reine Heiratsbureau: Durchaus reelle Absichten. Zweck: Ehe. Aber ich hab' es verdient."

Daylights Gesichtsfarbe war blasser geworden, seit er sich in der Stadt niedergelassen hatte, so daß das Blut unter der Haut leuchtete, als eine heftige Röte sich ihm jetzt über Gesicht und Hals breitete. Und in seiner unsagbaren Verlegenheit ließ er sich nicht träumen, daß sie ihn in diesem Augenblick mit größerer Freundlichkeit betrachtete als je zuvor an diesem Tage. Sie war nicht gewohnt, große erwachsene Männer wie Schulknaben erröten zu sehen, und sie bereute schon, daß sie sich zu einer so scharfen Bemerkung hatte hinreißen lassen.

„Sehen Sie, Fräulein Mason", begann er, zuerst langsam, nach Worten suchend, dann aber immer schneller, so daß seine Rede schließlich fast zusammenhängend wurde. „Ich bin kein feiner Mann, und ich weiß nicht viel.

Ich hab' nie etwas von diesen Dingen gelernt. Ich hab' noch nie jemand den Hof gemacht, und ich bin auch noch nie verliebt gewesen – und ich benehme mich wahrscheinlich wie ein furchtbarer Esel. Sie müssen versuchen, ein bißchen Fühlung mit dem Manne zu bekommen, der hinter diesen Worten steht. Ich meine es ehrlich, wenn ich auch nicht weiß, wie ich es ausdrücken soll."

Dede Mason hatte eine schnelle Art und Weise, fast wie ein Vögelchen die Stimmung zu wechseln, und in diesem Augenblick war sie auch schon lauter Reue.

„Seien Sie nicht böse, daß ich gelacht habe", sagte sie über das Gatter hinweg. „Ich hab' es nicht so gemeint. Ich war so überrascht, daß ich nicht die richtigen Worte fand. Sie sehen, Herr Harnish, ich bin nicht ..." Sie hielt inne, als wäre sie plötzlich ängstlich geworden, ihren Gedanken ganz auszusprechen, den ihre Schnelligkeit ihr eingegeben hatte.

„Sie meinen, daß Sie solche Anträge nicht gewöhnt sind," sagte Daylight, „so im Vorbeigehen: Guten Tag, mein Fräulein, freut mich, Ihre Bekanntschaft zu machen; wollen Sie meine Frau sein?"

Sie nickte und brach in ein Lachen aus, in das er einstimmte und das ihnen beiden über ihre Schüchternheit hinweghalf. Er wurde gleich beherzter und fuhr sicherer und mit kühlerem Kopf und beherrschter Zunge fort:

„Sehen Sie, das ist gerade meine Meinung. Sie haben Erfahrung in diesen Dingen. Ich bin überzeugt, daß Sie eine Menge Anträge gehabt haben. Na ja, ich hab' die Erfahrung nicht, und ich komme mir vor wie ein Fisch auf dem Trockenen. Außerdem ist dies gar kein Antrag. Es ist nur eine eigentümliche Situation, und ich bin in die Ecke gedrängt. Ich besitze gesunden Menschenverstand genug, um mir selber sagen zu können, daß es keinen Sinn hat, wenn ein Mann einem Mädchen einen Heiratsantrag macht, nur um ihre Bekanntschaft zu machen. Und dadurch bin ich gerade in die Klemme geraten. Im Kontor kann ich Ihre Bekanntschaft nicht machen, außerhalb des Kontors wollen Sie mich nicht treffen, weil die Leute darüber reden würden. Aber ich muß Ihnen doch etwas sagen, damit Sie darüber nachdenken, und das habe ich gesagt. Und nun möchte ich, daß Sie wirklich darüber nachdächten."

Während sie ihm lauschte und sich über sein ernstes, beunruhigtes Gesicht und die einfachen, schlichten Worte freute, die nur noch mehr seinen Ernst betonten, vergaß sie zuzuhören und verlor sich in ihren eigenen Gedanken. Die Liebe eines starken Mannes hat immer etwas Verführerisches für eine normale

Frau, und nie hatte Dede den Reiz stärker gespürt als jetzt, da sie Burning Daylight über das Gatter hinweg betrachtete. Es fiel ihr nicht im Traume ein, sich mit ihm zu verheiraten – hundert Gründe sprachen dagegen; aber weshalb sollte sie ihn nicht häufiger sehen? Er gefiel ihr, hatte ihr vom ersten Tage an gefallen, da sie in sein hageres Indianergesicht und in seine funkelnden Indianeraugen gesehen hatte. Er war ein Mann, und das nicht nur kraft seiner prachtvollen Muskeln. Außerdem hatte die Romantik ihn mit einem goldenen Schimmer übergossen, ihn, diesen kühnen, roh zugehauenen Abenteurer aus dem Norden, diesen Mann von vielen Taten und vielen Millionen, der aus dem Lande des Eises gekommen war, um einen so meisterhaften Kampf mit den Männern des Südens zu führen.

Wild wie ein Indianer, ein Mann ohne Moral, dessen Rachdurst nie erlosch, und der alle, die sich ihm in den Weg stellten, zu Boden trat – o ja, sie kannte alle die harten Namen, die man ihm gab. Und doch fürchtete sie ihn nicht. Der Name Burning Daylight hatte eine mächtige Bedeutung, die auf die Phantasie jeder Frau wirken mußte, wie sie jetzt auf die ihre wirkte, als sie, durch das Gatter getrennt, dem ernsten leidenschaftlichen Klange seiner einfachen Worte lauschte. Schließlich war Dede ja nur eine Frau, mit der Eitelkeit ihres Geschlechts, und ihrer Eitelkeit schmeichelte es, daß ein Mann wie er sich in seiner Not an sie wandte. Aber noch mehr regte sich in ihr – ein Gefühl von Müdigkeit und Einsamkeit. Unbestimmte Gefühle und noch unbestimmtere Eingebungen; und tiefer und dunkler flüsterte in ihr das Sehnen längst vergangener Geschlechter, das sich wieder kristallisierte und feste Form annahm – ungeahntes, unergründliches Sehnen, flüchtig und doch mächtig, Geist und Wesen des Lebens, das unter tausend Verkleidungen hinausstrebte. Mit diesem Manne durch die Berge zu reiten, war allein schon eine starke Versuchung. Aber dabei blieb es auch, denn sie war fest davon überzeugt, daß seine Lebensweise nie die ihre werden konnte. Andererseits litt sie nicht an der gewöhnlichen weiblichen Furcht und Scham. Sie zweifelte nicht daran, daß sie unter allen Umständen für sich einstehen konnte. Warum also nicht? Alles in allem hatte es ja nicht viel zu sagen.

Er war ein großer Junge, dieser mächtige Riese von Millionär, den die Hälfte der reichen Leute in San Franzisko fürchtete. Ein richtiger Junge! Sie hatte nie gedacht, daß er so sein könnte.

„Wie machen die Leute es, wenn sie sich verheiraten?“ sagte er. „Erstens treffen sie sich; zweitens gefallen sie sich äußerlich; drittens werden sie miteinander bekannt, und viertens heiraten sie sich oder lassen es bleiben, je nachdem, ob sie sich leiden mögen oder nicht. Aber wie wir herausbekommen sollen, ob wir uns leiden mögen, wenn wir uns nicht selbst die Gelegenheit dazu schaffen, zum Donnerwetter, das geht über meinen Verstand. Ich möchte Sie besuchen, aber ich weiß, daß Sie in einem möblierten Zimmer oder in einem Pensionat wohnen, und da geht es doch nun einmal nicht."

Plötzlich änderte sich Dedes Stimmung wieder, die Situation erschien ihr lächerlich und sinnlos. Sie fühlte einen starken Drang zu lachen – nicht ärgerlich, nicht hysterisch, sondern nur lustig. Es war so komisch. Sie, die Sekretärin, er, der berüchtigte und mächtige millionenschwere Spieler, und zwischen ihnen das Gatter, über das hinweg sich seine Betrachtungen ergossen, wie man sich heiraten könnte. Dabei war es eine ganz unmögliche Situation. So konnte es doch unmöglich weitergehen. Diese Begegnung mußte die letzte sein. Und wenn er ihr dann in Ermangelung dessen im Kontor den Hof zu machen versuchte, so mußte sie eben die sehr angenehme Stellung aufgeben, aber schließlich hatte ihr die Männerwelt, besonders in der Stadt, nie sehr gefallen. Sie hatte nicht jahrelang fürs tägliche Brot gearbeitet, ohne einen Teil ihrer Illusionen einzubüßen.

„Wir brauchen doch kein Hehl daraus zu machen", erklärte Daylight. „Wir können ganz offen zusammen ausreiten, und wenn uns jemand sieht, so schadet es auch nichts. Wenn man redet – schön, solange wir selbst uns nichts vorzuwerfen haben, brauchen wir uns auch nicht darum zu kümmern. Sagen Sie ja, und Bob wird den glücklichsten Mann von der Welt auf dem Rücken tragen."

Sie schüttelte den Kopf, zog den Zügel an, da das Pferd ungeduldig wurde, und blickte bedeutungsvoll auf die länger werdenden Schatten.

„Es ist spät geworden," sagte Daylight schnell, „und wir haben noch keinen Entschluß gefaßt. Nur noch einen Sonntag – das ist doch nicht viel verlangt –, um das Weitere zu bereden."

„Wir haben ja heute den ganzen Tag gehabt", sagte sie.

„Aber wir haben zu spät angefangen, darüber zu sprechen. Nächstes Mal wollen wir nicht solange warten. Es ist mir bitterer Ernst, das kann ich Ihnen sagen. Also nächsten Sonntag?"

„Sind Männer je ehrlich?" fragte sie. „Sie wissen ganz gut, daß Sie mit nächsten ›Sonntag‹ viele Sonntage meinen."

„Dann lassen Sie es viele Sonntage sein", rief er unbekümmert, und ihr schien, er sei noch nie so hübsch gewesen. „Sagen Sie ja. Nur dieses eine Wort. Nächsten Sonntag am Steinbruch ..."

Sie nahm die Zügel in die Hand, um weiterzureiten. „Gute Nacht," sagte sie, „und –"

„Ja", flüsterte er mit einem ganz leisen gebieterischen Anflug in der Stimme.

„Ja", sagte sie leise, aber deutlich.

Im selben Augenblick galoppierte sie davon, ohne sich umzusehen, nur damit beschäftigt, sich über ihre eigenen Gedanken klar zu werden. Bis zum letzten Augenblick war sie entschlossen gewesen, nein zu sagen, und doch hatten ihre Lippen ja gesagt. Oder es schien ihr doch, daß es die Lippen waren. Sie hatte, nicht die Absicht gehabt, ihre Zustimmung zu geben. Warum hatte sie es dann getan? Ihre Überraschung und Verwirrung über eine so vollkommen unüberlegte Handlung wich der Bestürzung, als sie sich die Folgen klarmachte. Sie wußte, daß mit Burning Daylight nicht zu scherzen war, daß er mit seiner Einfachheit und Knabenhaftigkeit doch in erster Linie eine Herrschernatur war, und daß sie sich einer Zukunft überlassen hatte, die unvermeidlich Sturm und Drang bringen mußte. Und wieder fragte sie sich, warum sie in dem Augenblick, als es am allerwenigsten ihre Absicht gewesen, ja gesagt hatte.

Das Leben im Kontor ging seinen Gang. Weder durch Worte noch durch Blicke räumten sie ein, daß die Situation sich irgendwie gegen früher verändert hatte. Jeden Sonntag verabredeten sie sich zum Reiten für den nächsten Sonntag, aber im Kontor wurde nie die geringste Anspielung darauf gemacht. In diesem Punkt war Daylight durchaus ritterlich. Er wollte sie nicht verlieren. Der Anblick ihrer Person und ihrer Arbeit war ihm eine ständige Freude.

Trotz aller guten Vorsätze lag eine gewisse Heimlichkeit über ihren Begegnungen. Sie ritten nicht frei miteinander im Angesicht der ganzen Welt. Im Gegenteil, sie trafen sich stets an Stellen, wo sie sich am wenigsten beobachtet wußten. Sie ritten auch nur auf den stillsten Wegen und zogen die zweite Hügelreihe vor, wo sie höchstens ländliche Kirchgänger trafen, die Daylight wahrscheinlich nicht einmal aus den Bildern in den Zeitungen kannten.

Auf diesen ununterbrochenen Ritten lernten sie sich kennen. Sie sprachen meist über sich selbst. Während er von den arktischen Reisen und den

Goldminen sprach, erzählte sie ihm ausführlich von ihrem Leben auf der Ranch, von Pferden und Hunden, Menschen und Dingen, bis er ihre ganze Jugend, ihren Werdegang gleichsam vor sich sah. Er erfuhr alles, bis zum Bankerott und Tod ihres Vaters, wodurch sie gezwungen worden war, die Universität zu verlassen und eine Anstellung im Kontor zu suchen. Auch von ihrem Bruder erzählte sie, von ihrem jahrelangen Kampf, um ihn wieder gesund zu bekommen, und ihre immer mehr schwindende Hoffnung ... Daylight fand, daß man viel leichter klug aus ihr werden konnte, als er gedacht hatte, obwohl, wie er immer wieder gewahr wurde, hinter und unter allem, was er von ihr wußte, das geheimnisvolle, verwirrende Geschlecht stand. Hier war, wie er selbst demütig einräumte, ein unendliches Meer, von dem er nichts wußte, auf dem er sich ohne Seekarten und andere Hilfsmittel, so gut es ging, zurechtfinden mußte.

Dede zu Pferde, Dede auf einem sommerlichen Hange Mohn pflückend, Dede nach einem Diktat stenographierend – das war alles sehr verständlich. Aber die Dede, die so schnell die Stimmung wechselte, die sich energisch weigerte, mit ihm zu reiten, und dann plötzlich ja sagte, in deren Augen das goldene Licht ständig kam und ging und Dinge flüsterte, die nicht für seine Ohren bestimmt waren, die Dede kannte er nicht. In alledem sah er die schimmernde Tiefe des Geschlechts. Er spürte seine Anziehungskraft und nahm sie als etwas Unbegreifliches hin.

„Der Winter kommt bald," sagte sie eines Tages bedauernd und ein wenig herausfordernd, „und dann ist es vorbei mit unseren Ritten."

„Aber ich muß Sie sehen", rief er hastig.

Sie schüttelte den Kopf.

„Es war sehr schön", sagte sie und sah ihn offen an. „Ich erinnere mich noch gut Ihres törichten Arguments, daß wir uns kennenlernen müßten, aber es führt ja zu nichts, kann zu nichts führen. Ich kenne mich selbst zu gut, um nicht zu wissen, daß ich nicht irre."

Ihr Gesicht war ernst und fast bekümmert, als wollte sie ihn nicht kränken, und sie schlug die Augen nicht nieder, aber in ihnen leuchtete das goldene, flammende Licht – der Abgrund zwischen den Geschlechtern, den er jetzt nicht mehr fürchtete.

„Ich bin doch wirklich sehr brav gewesen", erklärte er. „Sagen Sie selbst, ob das nicht wahr ist. Und ich kann Ihnen sagen, daß es mir nicht ganz leicht geworden ist. Denken Sie mal darüber nach. Ich habe nicht ein Wort von Liebe zu Ihnen gesagt, und dabei habe ich Sie die ganze Zeit geliebt. Das will etwas heißen bei einem Mann, der gewohnt ist, stets seinen Willen zu bekommen. Ich will, daß Sie mich heiraten. Aber habe ich das je mit einem Wort berührt? Ich habe Sie nicht gefragt, ob Sie mich heiraten wollen. Ich frage Sie auch jetzt nicht. Sie kennen mich gut genug, um zu wissen, was Sie wollen." Er zuckte die Achseln. „Ich weiß nicht recht, und ich möchte jetzt nicht den Versuch machen. Sie sollen sich völlig klar darüber sein, ob Sie glauben, es mit mir wagen zu können oder nicht, und deshalb spiele ich ein so langsames, ruhiges Spiel. Ich möchte nicht verlieren."

Das war eine Art von Verehrung, die Dede noch nicht kannte. Es lagen Nüchternheit und Kälte darin, die sie kränkten, aber das Gefühl verschwand, wenn sie sich der Leidenschaft erinnerte, die sie tagein, tagaus in seinen Augen gesehen, in seiner Stimme gehört hatte. Dazu rief sie sich ins Gedächtnis, was er ihr vor vierzehn Tagen gesagt hatte: „Vielleicht wissen Sie, was Geduld ist", und dazu hatte er ihr erzählt, wie er am Stewart-River, als er und Elijah Davis am Verhungern gewesen waren, Eichhörnchen geschossen hatte.

„Sie sehen also," fuhr er fort, „daß wir uns im Winter treffen müssen, allein schon, damit das Spiel gleich ist. Sie haben selbstverständlich Ihren Entschluß noch nicht fassen können –."

„Doch", unterbrach sie ihn. „Mein Glück liegt nicht auf diesem Wege. Ich habe Sie gern, Herr Harnish, aber mehr kann es nie werden."

„Das kommt wohl daher, daß Ihnen meine Lebensweise nicht zusagt", meinte er, und dabei dachte er an die sensationellen Zeitungsberichte über sein ausschweifendes Leben und war gleichzeitig gespannt, ob sie tun würde, als wisse sie nichts davon.

Zu seiner Überraschung antwortete sie indessen offen und ohne Vorbehalt:

„Nein, das ist es nicht."

„Gewiß, ich bin unvorsichtig gewesen", begann er sich zu verteidigen. „Und ich hab' mich auch in bedenklicher Gesellschaft herumgetrieben –."

„Das meine ich nicht," sagte sie, „obgleich ich auch davon gehört habe und nicht sagen kann, daß es mir gefallen hätte. Aber es ist Ihr Leben im allgemeinen, Ihr Geschäft. Es gibt sicher Frauen genug in der Welt, die einen Mann wie Sie heiraten und glücklich werden können, aber ich könnte es nicht. Und je mehr ich einen solchen Mann liebte, desto unglücklicher würde ich sein. Und wenn ich unglücklich wäre, so würde das ihn natürlich auch wieder unglücklich machen. Ich würde einen Irrtum begehen und er selbst einen ähnlichen, obgleich er nicht so schwer an den Folgen seines Irrtums zu tragen hätte, da ihm ja immer noch sein Geschäft bliebe."

„Geschäft!" Daylight schnappte nach Luft. „Was ist Schlechtes an meinem Geschäft? Es ist ehrliches Spiel, was man von den meisten Geschäften nicht sagen kann. Ich spiele ehrliches Spiel und brauche nicht zu lügen, zu betrügen oder mein Wort zu brechen."

Dede war erleichtert über die Wendung, die das Gespräch genommen hatte, und benutzte die Gelegenheit, um ihm ihre Meinung zu sagen.

„Im alten Griechenland", begann sie lehrhaft, „wurde ein Mann als ein guter Bürger angesehen, wenn er Häuser baute, Bäume pflanzte – –." Sie vollendete ihr Zitat nicht, sondern zog schnell den Schluß. „Wie viele Häuser haben Sie gebaut? Wie viele Bäume gepflanzt?"

Er schüttelte den Kopf, sagte aber nichts, denn er wußte nicht, wo sie hinaus wollte.

„Sehen Sie," fuhr sie fort, „vorletzten Winter machten Sie einen Corner in Kohlen –."

„Eine rein lokale Angelegenheit," er lächelte, als er daran dachte, „rein lokal. Ich nutzte den Wagenmangel und den Streik in British-Columbia aus."

„Aber Sie hatten die Kohlen nicht selbst gegraben. Und dennoch trieben Sie den Preis in die Höhe bis auf vier Dollar die Tonne und verdienten einen Haufen Geld daran. Das war Ihr Geschäft. Sie ließen die Armen mehr für die Kohlen bezahlen. Sie spielten wohl ehrliches Spiel, wie Sie sagen, aber Sie steckten Ihre Hand in die Taschen der Armen und nahmen ihnen ihr Geld. Ich kann ein Wort mitreden. Ich habe einen Kamin in meinem Wohnzimmer in Berkeley. Und statt elf Dollar die Tonne mußte ich damals fünfzehn Dollar für Rock-Wells-Kohlen bezahlen. Sie beraubten mich um vier Dollar. Ich konnte es ertragen. Aber Tausende von den ganz Armen konnten es nicht. Das nennen Sie vielleicht ehrliches Spiel, aber in meinen Augen war es recht und schlecht Raub."

Daylight ließ sich nicht aus der Fassung bringen. Das war nicht gerade eine Offenbarung für ihn.

„Schauen Sie einmal, Fräulein Mason. Ich räume ein, daß Sie mich bei einem wunden Punkt gepackt haben Aber Sie sehen mich nun seit mehreren Jahren mein Geschäft betreiben und wissen, daß ich es mir nicht zur Regel gemacht habe, die Armen auszuplündern. Ich bin nach den Großen aus. Auf die hab' ich es abgesehen. Die plündern die Armen, und ich plündere sie. Die Kohlengeschichte war ein Zufall. Den Armen wollte ich gar nichts zuleide tun, sondern den Großen, und die hab' ich auch gekriegt. Die Armen kamen zufällig dazwischen und kriegten was ab."

„Können Sie nicht sehen," fuhr er fort, „daß das nichts als Spiel ist. Jedermann spielt ja auf eine oder die andere Weise. Der Landmann setzt seine Saat gegen Wetter und Markt. Dasselbe tut der Stahltrust. Das Geschäft der meisten Menschen geht darauf aus, die Armen auszuplündern. Aber das Geschäft hab' ich nie betrieben. Das wissen Sie auch. Ich hab' es nur auf die Räuber selbst abgesehen."

„Ich habe mich nicht richtig ausgedrückt", gab sie zu. „Warten Sie einen Augenblick."

Eine Weile ritten sie schweigend.

„Es ist mir selbst ganz klar, aber ich kann es nicht recht erklären. Es gibt ehrliche Arbeit, und es gibt Arbeit, die – na ja, die nicht ehrlich ist. Der Landmann bearbeitet den Boden und bringt Getreide hervor. Er macht etwas, das für die Menschheit gut ist. In gewisser Weise wirkt er schöpferisch, er schafft das Korn, das Hungrige sättigen kann."

„Und dann plündern die Eisenbahnen und Spekulanten ihn aus", fiel Daylight ein.

Dede lächelte und hob die Hand.

„Warten Sie einen Augenblick. Sie bringen mich sonst wieder aus dem Konzept. Mag sein, daß er ausgeplündert wird und schließlich verhungern muß. Jedenfalls aber ist der Weizen, den er hervorgebracht hat, noch auf der Welt. Er existiert. Verstehen Sie nicht? Der Landmann hat etwas geschaffen, sagen wir, zehn Tonnen Weizen, und diese zehn Tonnen existieren. Die Eisenbahnen holen den Weizen zum Markt, zu den Mündern, die ihn essen wollen. Das ist ehrlich. Das ist, als ob jemand uns ein Glas Wasser bringt oder uns ein Staubkörnchen aus dem Auge holt. Es ist etwas getan, in gewisser Weise geschaffen."

„Aber die Eisenbahnen sind doch die ärgsten Räuber", wandte Daylight ein.

„Dann ist das, was sie tun, teils ehrlich und teils unehrlich. Jetzt aber zu Ihnen. Sie schaffen nicht. Bringen Sie durch Ihr Geschäft Neues hervor? Zum Beispiel Kohle? Sie graben sie nicht. Sie schaffen sie nicht zum Markt. Sie liefern sie nicht. Sehen Sie das nicht ein? Das meinte ich mit dem Pflanzen von Bäumen und dem Bauen von Häusern. Sie haben nicht einen Baum gepflanzt, nicht ein einziges Haus gebaut."

„Ich hab' nie gedacht, daß es eine Frau auf der Welt gäbe, die so über Geschäfte sprechen könnte", murmelte er bewundernd. „Und in diesem Punkt sind Sie mir über. Aber ich habe meinerseits auch ein ganz Teil darüber zu sagen. Jetzt müssen Sie mich ein wenig anhören. Ich will von drei Gesichtspunkten aus sprechen. Erstens: Wir leben nur kurze Zeit, selbst die Besten von uns, und wir sind sehr lange tot. Das Leben ist ein hohes Spiel. Einige sind im Zeichen des Glücks, andere in dem des Unglücks geboren. Jedermann sitzt mit am Tisch und versucht die andern nach Möglichkeit zu plündern. Die meisten werden geplündert. Das sind die geborenen Dummköpfe. Da kommt ein Kerl wie ich und überlegt, was er tun soll. Es gibt zwei Möglichkeiten. Ich kann mich zu den Dummköpfen schlagen, oder ich kann mich zu den Räubern schlagen. Als Dummkopf gewinne ich nichts. Selbst die Brotkrumen werden mir von den Räubern aus dem Munde gerissen. All meine Tage arbeite ich schwer und sterbe in den Sielen. Ich habe nichts gehabt als Arbeit, Arbeit und wieder Arbeit. Man spricht soviel vom Adel der Arbeit. Ich sage Ihnen, in der Arbeit steckt nicht viel Adel. Dann kann ich mich zu den Räubern schlagen, und das habe ich getan. Ich spiele das Spiel, das mir einen Gewinn ermöglicht. Ich bekomme Automobile, gutes Essen und weiche Betten.

Es ist gar kein großer Unterschied, ob man halber Räuber ist wie die Eisenbahn, die den Weizen des Landmanns zum Markt bringt, oder ganzer Räuber und die Räuber selbst ausräubert, wie ich es tue. Und außerdem ist halbes Räubertum nicht nach meinem Geschmack, das ist mir zu langweilig. Dabei gewinnt man nicht schnell genug, finde ich."

„Aber warum wollen Sie denn gewinnen?" fragte Dede. „Sie haben doch schon Millionen über Millionen. Sie können nicht in mehr als einem Automobil zugleich fahren und nicht in mehr als einem Bett zugleich schlafen."

„Das wird in Nummer drei beantwortet," sagte er, „und die lautet: Alle Geschöpfe sind so eingerichtet, daß ihr Geschmack verschieden ist. Ein Kaninchen liebt vegetarische Kost. Ein Luchs Fleisch. Enten schwimmen; Küken scheuen das Wasser. Ein Mann sammelt Briefmarken und ein anderer Schmetterlinge. Dieser schwärmt für Bilder, jener für seine Jacht, und wieder andere lieben die Jagd auf Großwild. Für den einen sind Rennen das Höchste auf der Welt, für den andern Schauspielerinnen. Sie können nichts für diesen Geschmack. Sie haben ihn einmal, dabei ist nichts zu machen. Ich liebe nun das Spiel. Ich liebe es, hoch und schnell zu spielen. So bin ich nun einmal. Und daher spiele ich."

„Aber warum können Sie mit all Ihrem Geld nicht etwas Gutes tun?"

Daylight lachte.

„Gutes mit meinem Geld tun! Das wäre ungefähr so, als wollte ich den lieben Gott ins Gesicht schlagen und ihm erzählen, daß er nicht verstehe, die Welt zu regieren, die er selbst erschaffen hat, und daß man ihm sehr dankbar sein würde, wenn er ein wenig abtreten und einem eine Chance gäbe. Ich sitze nicht nachts in meinem Bett und denke an den lieben Gott, und ich betrachte die Sache daher etwas anders. Ist es nicht ein komischer Gedanke, herumzulaufen, den Leuten mit einer großen Keule den Kopf einzuschlagen und ihnen ihr Geld abzunehmen, bis man genug hat, und dann zu bereuen und die Köpfe zu flicken, die die andern Räuber eingeschlagen? Urteilen Sie selbst. So ist es, wenn man mit seinem Gelde Gutes tun wollte. Hin und wieder einmal wird ein Räuber weichherzig und pflegt die Verwundeten. Carnegie zum Beispiel. Er hat den Leuten massenweise die Köpfe eingeschlagen und die Dummköpfe um ein paar hundert Millionen geplündert und gibt es ihnen jetzt teelöffelweise wieder. Komisch, nicht wahr? Urteilen Sie selbst!"

Er drehte sich eine Zigarette und betrachtete sie halb neugierig, halb lustig. Seine Antworten und sein rücksichtsloses Verallgemeinern, das er in einer harten Schule gelernt hatte, waren verwirrend, und sie kehrte zu ihrem Ausgangspunkt zurück.

„Ich kann mich nicht mit Ihnen streiten, und das wissen Sie. Wenn eine Frau auch noch so sehr recht hat, so hat der Mann doch eine Art zu reden, die völlig überzeugend ist, selbst wenn die Frau sicher ist, daß er unrecht hat. Aber es gibt eines: die Schaffensfreude. Nennen Sie es Spiel, wenn Sie wollen, aber mir scheint doch, daß es mehr befriedigen muß, etwas hervorzubringen, etwas zu schaffen, als den ganzen lieben Tag die Würfel aus dem Becher rollen zu lassen. Manchmal striegele ich selbst Mab, wenn ich Bewegung haben will oder fünfzehn Dollar für Kohlen bezahlen soll. Und wenn Ihre Haut dann blank, schimmernd und seidig ist, dann fühle ich Befriedigung über das, was ich getan habe. So muß es dem Manne gehen, der ein Haus baut oder einen Baum pflanzt. Er kann es vor sich sehen. Er hat es geschaffen. Es ist seiner Hände Arbeit. Und wenn ein Mann Ihres Schlages, Herr Harnish, kommt und ihm seinen Baum wegnimmt, so bleibt der doch stehen, und er hat ihn geschaffen. Mit all Ihren Millionen können Sie ihm den Baum nicht rauben. Das ist die Schaffensfreude, und die ist mehr wert als alle Freude am Spiel. Haben Sie nicht selbst einmal etwas geschaffen – eine Blockhütte am Yukon, ein Kanu, ein Floß oder sonst etwas? Und erinnern Sie sich nicht, wie zufrieden Sie waren, und welch ein schönes Gefühl Sie bei der Arbeit und hinterher hatten?"

Während sie sprach, mußte er an die Zeiten denken, die sie ihm heraufbeschwor. Er sah die verlassene Ebene am Ufer des Klondike, sah die Blockhütten und Warenhäuser emporwachsen, alle die Gebäude, die er errichtet hatte, und die Sagemühlen, die Tag und Nacht mit drei Schichten arbeiteten.

„Ja, zum Donnerwetter, Sie haben recht, Fräulein Mason – in gewisser Weise. Ich habe Hunderte von Häusern gebaut, und ich erinnere mich, wie stolz und froh ich war, wenn ich sie entstehen sah. Ich bin jetzt noch stolz darauf, wenn ich daran denke. Und Ophir– diese gottverlassene Elchweide! Ich schuf das große Ophir daraus. Von Rinksbilly leitete ich das Wasser achtzig Meilen weit hin. Alle sagten, daß es unmöglich sei, aber ich tat es, und ich tat es ganz allein. Damm und Leitung kosteten mich vier Millionen. Aber dann hätten Sie Ophir sehen sollen – Kraftanlage, elektrisches Licht, und Hunderte von Arbeitern, die Tag und Nacht im Gange waren. Ich glaube, ich weiß jetzt ungefähr, was Sie meinen. Ich schuf Ophir, und, weiß Gott, das war verdammt schön!"

„Und da gewannen Sie etwas, das mehr wert war als Geld", ermutigte ihn Dede. „Wissen Sie, was ich tun würde, wenn ich soviel Geld hätte, daß ich zum Weiterspielen gezwungen wäre? Sehen Sie alle diese nackten Hänge dort im Süden und Westen. Ich würde sie kaufen und mit Eukalyptus bepflanzen. Ich würde es nur aus Freude an der Sache tun, gesetzt aber, ich hätte den Spielteufel in mir, so würde ich genau dasselbe tun und die Bäume zu Geld machen. Und da komme ich wieder zu dem andern Punkte. Statt den Kohlenpreis heraufzuschrauben, ohne doch dem Kohlenmarkt auch nur im geringsten mehr zuzuführen, würde ich tausend und aber tausend Klafter Brennholz hervorbringen – aus dem Nichts schaffen. Und jeder, der mit der Fähre übersetzte, würde zu den bewaldeten Bergen hinaufsehen und sich freuen. Wer hat sich darüber gefreut, daß Sie eine Tonne Rock Wells um vier Dollar verteuerten?“

Jetzt war es Daylight, der eine Weile schwieg, während sie auf Antwort wartete.

„Möchten Sie lieber, daß ich derartige Dinge täte?“ fragte er schließlich.

„Es wäre besser für die Welt und besser für Sie“, antwortete sie ruhig.

Die ganze Woche wußte jeder auf dem Kontor, daß Daylight mit großen Plänen umging. Außer einigen unbedeutenden Geschäften hatte er mehrere Monate nichts gemacht. Aber jetzt ging er tief in Gedanken versunken umher, machte unerwartet längere Fahrten über die Bucht nach Oakland oder saß stundenlang still und unbeweglich an seinem Schreibtisch. Was ihn beschäftigte, schien ihm eine ganz besondere Freude zu bereiten. Manchmal kamen auch Leute und besprachen sich mit ihm – Leute mit neuen Gesichtern und von einem ganz anderen Schlage als die, die ihn sonst aufzusuchen pflegten.

Am Sonntag erfuhr Dede alles.

„Ich habe ein bißchen über unsere Unterhaltung nachgedacht,“ begann er, „und ich habe eine Idee bekommen, mit der ich es einmal versuchen möchte. Es ist ein Plan, daß Ihnen die Haare zu Berge stehen werden. Es ist das, was Sie ehrliches Spiel nennen, dabei aber das tollste Spiel, auf das ein Mensch sich je eingelassen hat. Was meinen Sie dazu, Minuten en gros zu pflanzen und zwei wachsen zu lassen, wo früher nur eine Minute wuchs? Ach ja, und auch ein paar Bäume dazu, sagen wir, einige Millionen. Erinnern Sie sich des Steinbruchs, dessen Besichtigung ich vortäuschte? Nun, ich will ihn jetzt kaufen. Ich will die ganzen Berge von Berkeley den Weg hinab bis nach San Leandro kaufen. Ein Teil davon gehört mir übrigens schon. Aber verraten Sie nicht ein Wort davon. Ich will erst noch eine ganze Weile weiterkaufen, ehe etwas bekannt wird, denn ich will nicht, daß die Preise ins Uferlose steigen. Können Sie den Berg drüben sehen? Der gehört mir schon, und er erstreckt sich mit seinen Hängen durch ganz Piedmont bis halbwegs zu den wogenden Hügeln von Oakland. Und das ist noch gar nichts gegen das, was ich erst kaufen will.“

Er hielt triumphierend inne.

„Und das alles, um zwei Minuten wachsen zu lassen, wo früher nur eine wuchs?“ fragte Dede und lachte über seine Heimlichtuerei.

Er starrte sie bezaubert an. Sie hatte eine so freie, knabenhafte Art, den Kopf zurückzuwerfen. Und ihre Zähne entzückten ihn immer wieder. Sie waren nicht gerade klein, aber regelmäßig, stark und tadellos, und er war überzeugt, daß es die gesundesten, weißesten und schönsten Zähne waren, die er je gesehen.

Erst als sie aufgehört hatte zu lachen, konnte er fortfahren.

„Das Fährsystem zwischen Oakland und San Franzisko ist der elendeste Einspännerbetrieb in den ganzen Vereinigten Staaten. Sie benutzen die Fähre ja täglich, sechsmal in der Woche. Das macht vierundzwanzig Tage im Monat, oder mehr als dreihundert im Jahr. Wie lange brauchen Sie jedesmal dazu? Wenn Sie Glück haben, vierzig Minuten. Ich will Sie in zwanzig Minuten übersetzen. Wenn das nicht zwei Minuten wachsen lassen heißt, wo früher nur eine wuchs, dann will ich mir den Kopf abhauen lassen. Ich will Ihnen jedesmal zwanzig Minuten ersparen. Das heißt, vierzig Minuten täglich, mal dreihundert, gleich zwölftausend Minuten jährlich – nur für Sie, für einen einzigen Menschen. Das sind rund zweihundert Stunden. Und nun denken Sie, daß wir Tausenden von Menschen ebenfalls diese zweihundert Stunden ersparen – das lohnt sich doch, nicht wahr?“

Dede konnte nur atemlos nicken. Sie ließ sich von seiner Begeisterung mitreißen, wenn sie auch noch nicht verstand, wie diese große Zeitersparnis erzielt werden sollte.

„Kommen Sie“, sagte er. „Lassen Sie uns auf diese Anhöhe reiten, und wenn ich Sie oben habe und Sie etwas sehen können, will ich Ihnen die Geschichte erklären.“

Ein schmaler Pfad führte zu dem trockenen Bette des großen Canjons hinab, den sie überschreiten mußten, ehe sie den Aufstieg beginnen konnten. Der Abhang war steil und mit dichtem Gestrüpp und Buschwerk bedeckt, durch das die Pferde mühsam stolperten. Bob, der solche Verzögerungen nicht leiden konnte, wandte sich plötzlich um und versuchte, an Mab vorbeizukommen. Die Stute wurde seitwärts in das dichte Gestrüpp gedrängt und wäre beinahe gestürzt. Die Schenkel beider Reiter wurden zwischen die Pferde geklemmt, und als Bob nun den Hügel hinunterjagte, wäre Dede fast abgeworfen worden. Daylight zwang sein Pferd auf die Hinterhand und zog gleichzeitig Dede wieder in den Sattel. Zweige und Blätter regneten auf sie herab, und sie kamen aus einer Klemme in die andere, bis sie schließlich, stark mitgenommen, aber glücklich und froh erregt, den Gipfel erreichten. Hier versperrte kein Baum die Aussicht.

Der Hügel, auf dem sie standen, sprang aus der Reihe heraus, so daß sie nach drei Seiten freie Aussicht hatten. Auf dem Flachlande zu ihren Füßen lag Oakland, und auf der andern Seite der Bucht war San Franzisko zu sehen. Zwischen den beiden Städten konnten sie die weißen Fährboote auf dem Wasser erblicken. Zu ihrer Rechten befand sich Berkeley, und links lagen die verstreuten Dörfer zwischen Oakland und San Leandro. Gerade vor ihnen war Piedmont, dessen Häuser zwischen Äckern verstreut lagen, und von dort wogte das Land bis nach Oakland hinüber. „Sehen Sie", sagte Daylight mit einer umfassenden Armbewegung. „Hunderttausend Menschen wohnen dort, aber warum sollte nicht eine halbe Million dort wohnen? Da haben wir die Möglichkeit, fünf Menschen wachsen zu lassen, wo jetzt einer wächst. Das ist in wenigen Worten mein Plan. Warum wohnen nicht mehr Leute in Oakland? Weil die Verbindung mit San Franzisko schlecht, und, nebenbei, weil Oakland eingeschlafen ist. Leben kann man dort viel besser als in San Franzisko. Gesetzt, ich kaufte jetzt alle Straßenbahnen in Oakland, Berkeley, Alameda, San Leandro und den übrigen Orten – brächte sie unter einen Hut, unter eine tüchtige Leitung? Gesetzt, ich verkürzte die Fahrzeit nach San Franzisko um die Hälfte, indem ich einen großen Damm fast bis nach Goat Island hinausbaute und ein Fährsystem mit ganz modernen Booten einrichtete? Nicht wahr, die Leute würden sich daran gewöhnen, auf dieser Seite zu wohnen? Sehr schön. Dann brauchen Sie aber auch Grund und Boden. Augenblicklich ist der Boden noch billig. Warum? Weil es hier noch keine Eisenbahnen, elektrische Bahnen oder andere schnelle Verbindungen gibt, und weil keiner ahnt, daß sie bald kommen werden. Ich will sie bauen. Das wird die Preise für den Boden in die Höhe schrauben. Sobald die Leute dann die verbesserten Fähren und andere Verkehrserleichterungen sehen, werden sie kaufen wollen, und dann verkaufe ich ihnen die Grundstücke.

Sie sehen, ich mache den Boden wertvoll, indem ich die Bahnen baue. Der Verkauf der Grundstücke bringt die Auslagen wieder herein, und dann habe ich noch die Bahnen, die die Leute hin und her transportieren und viel Geld bringen. Ich kann nicht verlieren. Es sind Millionen daran zu verdienen. Ich will mir Grund und Boden am Strande sichern. Vielleicht zwischen dem alten Damm und der Stelle, wo ich den neuen bauen will. Da ist das Wasser seicht. Ich kann es zuschütten und Docks für Hunderte von Schiffen anlegen. Die Reede von San Franzisko ist überfüllt. Kein Platz mehr für Schiffe. Wenn Hunderte von Schiffen auf dieser Seite gerade an der Eisenbahn laden und löschen, werden hier Fabriken entstehen, statt drüben in San Franzisko. Das bedeutet

Fabrikbauplätze. Das bedeutet, daß ich Fabrikbauplätze aufkaufe, ehe ein Mensch eine Ahnung davon hat, daß die Katze aus dem Sack ist, und noch weniger, wie sie springen wird. Fabriken bedeuten Tausende von Arbeitern mit ihren Familien. Das bedeutet wieder mehr Häuser und Grundstücke, und das heißt wieder für mich, daß ich da sein werde, um ihnen die Grundstücke zu verkaufen. Und Tausende von Familien bedeuten Tausende von Groschen täglich für meine elektrische Bahn. Die wachsende Bevölkerung bedeutet mehr Läden, mehr Banken, von allem mehr. Das heißt für mich wieder, daß ich mit Grundstücken für Geschäftshäuser und für Privathäuser zur Stelle sein werde. Was meinen Sie dazu?“

Ehe sie antworten konnte, war er schon wieder mitten darin, denn seine Seele war erfüllt von dem Gedanken an diese neue Traumstadt, die er in den Alabama-Bergen an der Pforte zum Orient erbaute. „Wissen Sie – ich hab' es selbst untersucht –, daß der Firth of Clyde, wo die meisten stählernen Schiffe gebaut werden, nicht halb so breit ist wie die Bucht von Oakland, wo all die alten Holzschiffe liegen? Warum ist sie nicht ein Firth of Clyde? Weil der Magistrat von Oakland seine Zeit damit vergeudet, über Pflaumen und Weintrauben zu disputieren. Was not tut, ist ein Mann, der sich um die Sache kümmert, und danach eine Organisation. Ich bin der Mann. Die Ophirgeschichte habe ich nicht umsonst gemacht. Und wenn es erst losgeht, wird das fremde Kapital schon von selber kommen. Ich brauche nur die Geschichte in Gang zu bringen. ›Meine Herren,‹ werde ich sagen, ›hier sind alle Bedingungen für eine große Hauptstadt gegeben. Die Allmacht hat selbst die Voraussetzungen geschaffen und hat mich hergesetzt, um sie zu erkennen. Wollen Sie Ihren Tee und Ihre Seide von Asien hier landen und weiter nach dem Osten schicken? Hier sind Docks für Ihre Dampfer, und hier sind Eisenbahnen. Wollen Sie Fabriken haben, von denen Sie Ihre Waren direkt zu Wasser und zu Lande verschicken können? Hier ist der Baugrund, und hier ist die moderne Stadt mit den neuesten Einrichtungen für Sie selbst und Ihre Arbeiter.‹

Dann haben wir hier Wasser. Ich werde schon dafür sorgen, daß die meisten Wasserkräfte mir gehören. Warum nicht auch die Wasserwerke? Da liegt Geld – Geld überall. Alle Räder greifen ineinander. Jede Verbesserung erhöht den Wert der andern. Sehen Sie hin. Sehen Sie nur hin. Sie könnten gar keinen besseren Platz für eine große Stadt finden. Es fehlt nur noch die Bevölkerung; in zwei Jahren will ich einige hunderttausend Menschen herschaffen. Und was mehr wert ist, es wird kein Schwindel sein. In zwanzig Jahren wird eine Million

Menschen auf dieser Seite der Bucht wohnen. Und dann will ich Eukalyptusbäume, Millionen Eukalyptusbäume auf diesen Höhen pflanzen."

„Aber wie wollen Sie das alles machen?" fragte Dede. „Sie haben doch nicht Geld genug für alle Ihre Pläne?"

„Ich habe dreißig Millionen, und wenn ich mehr brauche, kann ich den Boden oder andere Werte beleihen. Die Hypothekenzinsen werden längst nicht die Wertsteigerung der Grundstücke verschlingen, und ich werde ja auch immer schon welche davon verkaufen."

In den folgenden Wochen war Daylight stark in Anspruch genommen. Die meiste Zeit verbrachte er in Oakland und kam nur selten ins Bureau. Er dachte daran, das Bureau nach Oakland zu verlegen, mußte aber erst, wie er zu Dede sagte, den heimlich vorbereiteten Feldzug zu Ende gebracht und den Boden aufgekauft haben. Sonntag auf Sonntag sahen sie bald von diesem, bald von jenem Gipfel auf die Stadt und ihre noch ländlichen Vororte hinunter, und er zeigte ihr seine letzten Erwerbungen. Zuerst waren es verstreute Ländereien, aber mit den Wochen wurden die Grundstücke, die ihm nicht gehörten, immer seltener, bis sie schließlich wie Inseln dalagen, die von allen Seiten von seinem Grund und Boden umgeben waren.

Es hieß schnell und angestrengt arbeiten, denn Oakland und Umgebung begannen natürlich bald das riesige Aufkaufen zu spüren. Aber Daylight hatte bares Geld, und schnelles Handeln war immer seine Art gewesen. Ehe die andern etwas von dem bevorstehenden Aufschwung ahnten, hatte er in der Stille schon vieles vollbracht. Während seine Agenten Eckgrundstücke und ganze Häuserblocks im Herzen des Geschäftsviertels aufkauften, hatte er sich gleichzeitig von der Stadtverwaltung Privilegien erteilen lassen, die beiden ruinierten Wasserwerke und die acht, neun unabhängigen Straßenbahnlinien beschlagnahmt und seine Hand nach der Bucht von Oakland und dem Strande für seine Docks ausgestreckt.

Als Oakland dann endlich, durch diese unerhörte Tätigkeit in jeder Beziehung aufgerüttelt, erregt fragte, was das zu bedeuten habe, kaufte Daylight im geheimen die maßgebende republikanische Zeitung und das Hauptorgan der Demokraten und übersiedelte kühn nach Oakland in sein neues Bureau. Das war natürlich in großem Stil eingerichtet und nahm vier Stockwerke in dem einzigen modernen Gebäude der Stadt ein – dem einzigen Gebäude, das, wie Daylight sagte, später nicht abgerissen werden sollte. Hier gab es Abteilung über Abteilung, ganze Haufen von Abteilungen, und Hunderte von Handlungsgehilfen und Stenotypistinnen.

Monatelang vergrub Daylight sich in die Arbeit. Die Ausgaben waren ungeheuer, und vorläufig hatte er keine Einnahmen. Außer mit einer allgemeinen Steigerung der Bodenwerte hatte Oakland nicht auf sein unerwartetes Auftreten auf der Finanzbühne reagiert. Die Stadt wartete ab, was er tun würde, und er verlor darüber keine Zeit. Die besten Köpfe wurden von ihm für die verschiedenen Arbeitszweige angeworben. Mit Leuten, die die Sache verkehrt angriffen, hatte er kein Mitleid, und er war fest entschlossen, auf die rechte Weise anzufangen. So engagierte er Wilkinson, indem er sein an sich schon hohes Gehalt verdoppelte, holte ihn sich aus Chikago, damit er die Organisation der städtischen Eisen- und elektrischen Bahnen übernahm. Tag und Nacht wurde in den Straßen gearbeitet, und Tag und Nacht rammten die Arbeiter mächtige Pfähle in den Schlamm der Bucht von San Franzisko. Der Pier sollte drei Meilen lang werden, und die Berge von Berkeley wurden ganzer Eukalyptuswälder für die Pfähle beraubt.

Gleichzeitig ließ er die Wiesen vermessen und nach den besten modernen Methoden in Baustellen, Boulevards und Parks einteilen. Breite, gut planierte Straßen mit Abzugskanälen und Wasserleitungen wurden angelegt und mit Steinen aus seinen eigenen Steinbrüchen gepflastert. Die Bürgersteige wurden zementiert, so daß der Käufer nichts zu tun hatte, als Grundstück und Architekt zu wählen und zu bauen. Die schnelle Beförderung mit den neuen elektrischen Bahnen machte die Umgebung von Oakland unmittelbar zugänglich, und lange, ehe noch die Fähre in Gang war, befanden sich schon Hunderte von Wohnhäusern im Bau. Sein Verdienst an den Grundstücken war riesig. Mit einem Schlage hatte er kraft seines Reichtums freies Feld zu einem der besten Wohnviertel der Stadt umgeschaffen.

Aber das Geld, das auf diese Weise hereinfloß, wurde sofort wieder in andere Unternehmungen gesteckt. Der Bedarf an Straßenbahnwagen war so groß, daß er eigene Werkstätten für ihren Bau einrichtete. Und selbst zu den steigenden Preisen fuhr er fort, Fabrikgrundstücke und Bauplätze zu kaufen. Auf Wilkinsons Rat wurden fast alle bereits im Betrieb befindlichen Straßenbahnlinien geändert. Die leichten, unmodernen Schienen wurden herausgerissen und durch die schwersten ersetzt, die fabriziert wurden. Eckhäuser an scharfen, engen Straßenbiegungen wurden aufgekauft und ohne Gnade geopfert, um der Straßenbahn Kurven für die Schienen und größere Fahrgeschwindigkeit zu schaffen. Dann machte er sich auch an die Hauptlinien, die zu seiner Fähre führten und den Verkehr von ganz Oakland, Alameda und Berkeley mit durchgehenden Expreßzügen bis zum Ende des Piers besorgten. Bei seinen Unternehmungen zu Wasser wurde dasselbe großzügige System angewandt. Nur das Beste war gut genug, wenn seine riesigen Landaufkäufe vom Glück begünstigt sein sollten. Oakland sollte zu einer Weltstadt gemacht werden. Außer seinen großen Hotels baute er Vergnügungsetablissements für das Volk, Kunstgalerien und Klubhäuser für die Verwöhnteren. Und früher als die Einwohnerschaft selbst war schon der Verkehr auf den Eisen- und Straßenbahnen der Stadt gestiegen. Seine Pläne waren keine Launen. Sie waren gesunde Unternehmungen.

„Was Oakland noch fehlt, ist ein erstklassiges Theater“, sagte er, und nachdem er vergebens versucht hatte, die lokalen Finanzgrößen dafür zu interessieren, begann er selbst den Bau. Er allein sah die zweihunderttausend Menschen, die zur Stadt kommen mußten.

Aber so schwer die Last auch war, die auf Daylights Schultern ruhte, die Sonntage hielt er sich frei, um in die Berge zu reiten. Selbst der regnerische Winter machte seinen Ritten mit Dede kein Ende. Eines Sonnabends nachmittags aber sagte sie ihm ganz unerwartet ab, und als er auf eine Erklärung drang, berichtete sie:

„Ich habe Mab verkauft.“

Daylight war sprachlos. Ihre Handlungsweise konnte so ernste Folgen haben, daß sie fast nach Verrat schmeckte. Sie konnte große pekuniäre Verluste erlitten haben. Sie konnte ihm auf diese Weise mitteilen wollen, daß sie seiner überdrüssig war. Oder ... „Was ist los?“ brachte er schließlich hervor.

„Ich konnte sie nicht mehr halten, wo das Heu jetzt fünfundvierzig Dollar die Tonne kostet“, antwortete Dede.

„Ist das der einzige Grund?“ forschte er und sah ihr gerade in die Augen, denn er erinnerte sich, von ihr gehört zu haben, daß sie das Pferd einen ganzen Winter behalten hatte, obgleich das Heu sechzig Dollar kostete.

„Nein. Die Ausgaben für meinen Bruder haben sich gesteigert, so daß ich sie nicht mehr beide durchbringen könnte, und so trennte ich mich lieber vom Pferde und behielt den Bruder.“

Daylight wurde von unsagbarer Traurigkeit erfaßt. Er gewahrte plötzlich eine große Leere in seinem Innern. Was war ein Sonntag ohne Dede? Und Sonntag über Sonntag ohne sie? Verstört trommelte er mit den Fingern auf dem Schreibtisch.

„Wer hat das Pferd gekauft?“ fragte er.

Dedes Augen funkelten ihn durchaus nicht freundlich an, gerade so, wie er sie kannte, wenn sie böse war.

„Wagen Sie nicht, sie mir zurückzukaufen“, rief sie. „Und leugnen Sie nicht, daß Sie das im Sinne hatten.“

„Nein, ich leugne es nicht. Es war meine Absicht. Aber ich hätte es nicht getan, ohne Sie erst gefragt zu haben, und da ich nun weiß, wie Sie drüber denken, frage ich Sie nicht einmal. Aber Sie hingen so an dem Tier, und es ist hart für Sie, daß Sie es verlieren müssen. Es tut mir wirklich leid. Und es tut mir auch leid, daß Sie morgen nicht mit mir reiten können. Ich bin ganz verzweifelt. Ich weiß nicht, was ich anstellen soll.“

„Das weiß ich auch nicht,“ räumte Dede traurig ein, „es wäre denn, daß ich etwas nähte.“

„Aber ich hab' ja nichts zu nähen.“

Daylights Ton war halb scherzend, halb klagend, aber im geheimen war er entzückt über ihr Geständnis, daß auch sie sich einsam fühlte. Sie das sagen zu hören, wog fast den Verlust des Pferdes auf. So bedeutete er also doch etwas für sie. Er war ihr nicht ganz gleichgültig.

„Ich möchte, daß Sie es sich noch einmal überlegten, Fräulein Mason“, sagte er weich. „Nicht allein des Pferdes, sondern meinetwegen. Das Geld spielt doch wirklich keine Rolle. Wenn ich das Pferd kaufe, so bedeutet das für mich nicht mehr als für die meisten Männer, wenn sie einer jungen Dame einen Blumenstrauß oder eine Schachtel Konfekt schicken. Und ich habe Ihnen nie Blumen oder Konfekt geschickt.“ Er bemerkte den warnenden Schimmer in ihren Augen und beeilte sich, ihre Ablehnung zu parieren. „Ich will Ihnen sagen, was wir tun werden. Was meinen Sie, wenn ich das Pferd kaufe und Ihnen leihe, wenn wir ausreiten wollen? Dabei ist doch nichts. Ein Pferd kann man doch von jedem leihen, nicht wahr?“

Wieder las er die Ablehnung in ihren Augen und kam ihr zuvor:

„Es gibt doch massenhaft Männer, die Frauen im Buggy mitnehmen. Dabei ist doch nichts. Und der Mann liefert stets Pferd und Wagen. Schön, was für ein Unterschied ist es dann, ob ich mit Ihnen ausfahre und Pferd und Wagen liefere oder mit Ihnen ausreite und das Pferd stelle?“

Sie schüttelte den Kopf, ohne zu antworten, und sah gleichzeitig zur Tür, als wäre es Zeit, das Gespräch zu beenden. Er machte noch eine Anstrengung.

„Wissen Sie, Fräulein Mason, daß ich nicht einen Freund auf der Welt habe außer Ihnen? Ich meine, einen wirklichen Freund, Mann oder Frau, einen guten Kameraden, mit dem zusammen zu sein eine Freude, getrennt zu sein ein Kummer ist. Vielleicht käme noch Hegan in Betracht, aber es liegen Millionen Meilen zwischen ihm und mir. Außerhalb der Geschäfte passen wir nicht zusammen. Er hat eine riesige Bibliothek und eine verschrobene Art von Kultur. Ich habe keinen Kameraden außer Ihnen, und Sie wissen ja selbst, wie selten wir zusammen waren – einmal wöchentlich und nur, wenn es nicht regnete. Ich bin ganz abhängig von Ihnen geworden. Sie sind mir eine Art von – von – von –“

„Eine Art von Gewohnheit“, sagte sie lächelnd.

„Ja, so was Ähnliches. Und das Pferd und Sie darauf, wie Sie unter den Bäumen oder im Sonnenschein dahergeritten kommen – ja, wenn ich das entbehren soll, dann habe ich nichts mehr, um mich die ganze Woche darauf zu freuen. Wenn Sie mir doch erlauben wollten – es Ihnen zurückzukaufen –.“

„Nein, nein, ich sage nein!“ Dede erhob sich ungeduldig, aber ihre Augen waren feucht bei dem Gedanken an ihr geliebtes Pferd. „Bitte erinnern Sie mich nicht mehr an Mab. Wenn Sie denken, daß es mir leicht geworden ist, mich von ihr zu trennen, so irren Sie sich. Aber ich habe sie zum letztenmal gesehen und will sie vergessen.“

Daylight erwiderte nichts, und die Tür schloß sich hinter ihr.

Eine halbe Stunde später konferierte er mit Jones, einem früheren Liftboy und wütenden Proletarier, den Daylight ein Jahr lang unterhalten hatte, damit er sich der Literatur widmen konnte. Das Ergebnis, ein Roman, war ein Fehlschlag gewesen. Weder Redakteure noch Verleger hatten ihn auch nur ansehen wollen, und Daylight benutzte den enttäuschten Autor jetzt als eine Art Privatdetektiv.

Jones, der gern so tat, als ob er durch nichts zu verblüffen sei, zeigte auch keine Überraschung, als ihm der Auftrag gegeben wurde, herauszufinden, wer eine gewisse Stute gekauft hätte.

„Wie hoch soll ich gehen?" fragte er.

„Zahlen Sie jeden Preis. Sie haben sie herzuschaffen, das ist die Hauptsache. Drücken Sie den Preis soviel wie möglich, um keinen Verdacht zu erregen. Dann liefern Sie das Pferd an diese Adresse in Sonoma ab. Der Mann ist Verwalter auf einer kleinen Ranch, die ich gekauft habe. Sagen Sie ihm, daß er gut für das Pferd sorgen soll. Und nachher vergessen Sie die ganze Geschichte wieder. Erzählen Sie mir nicht den Namen des Mannes, von dem Sie das Tier bekommen haben, nur daß sie es abgeliefert haben. Savvy?"

Nach einigen Tagen bemerkte Daylight einen unheilverkündenden Schimmer in Dedes Augen.

„Ist etwas los – was?" fragte er kühn.

„Mab", sagte sie. „Der Mann, der sie gekauft hatte, hat sie schon wieder verkauft. Wenn ich wüßte, daß Sie dahinter steckten – –."

„Ich weiß nicht einmal, wer sie gekauft hat", lautete Daylights Antwort. „Und mehr noch: Ich will mir nicht den Kopf darüber zerbrechen. Es war Ihr Pferd, und was Sie damit machen, hat nichts mit meinem Geschäft zu tun. Sie haben sie nicht mehr, das ist sicher, und das ist ein Jammer. Aber da wir gerade mal dabei sind, möchte ich eine Sache mit Ihnen besprechen. Und Sie dürfen sich nicht davon verletzt fühlen, denn es geht Sie eigentlich gar nichts an."

Es trat eine Pause ein, in der sie ihn beinahe mißtrauisch betrachtete.

„Wie steht es mit Ihrem Bruder? Der Verkauf Ihres Pferdes wird wohl kaum genügen, ihn nach Deutschland zu schicken. Und dahin muß er ja, wie seine eigenen Ärzte sagen – zu dem großen deutschen Spezialisten, der den Leuten Knochen und Fleisch herausreißt. Grütze daraus macht und sie ihnen dann neu wieder einsetzt. Schön, ich will ihn nach Deutschland schicken und diesem Wunderkerl eine Chance geben, das ist alles."

„Ach, wenn das möglich wäre", sagte sie fast atemlos und ganz ohne Ärger. „Aber Sie wissen ja selbst, daß es nicht möglich ist. Ich kann kein Geld von Ihnen annehmen – –"

„Warten Sie", unterbrach er sie. „Würden Sie einen Schluck Wasser von einem der zwölf Apostel annehmen, wenn Sie am Verdursten wären? Oder wären Sie bange, daß er unlautere Absichten hätte," – sie machte eine abwehrende Handbewegung – „oder was die Leute darüber sagen würden?"

„Aber das ist doch etwas ganz anderes", begann sie.

„Sehen Sie mal, Fräulein Mason. Sie müssen versuchen, sich ein paar dumme Begriffe aus dem Kopf zu schlagen. Die Geldbegriffe sind mit das Komischste, was ich erlebt habe. Gesetzt, Sie stürzten von einem Felsen, wäre es da nicht ganz in der Ordnung, wenn ich Ihnen die Hand reichte und Sie am Arm griffe? Sicherlich. Gesetzt aber, Sie brauchten eine andere Art Hilfe – statt der Stärke meines Armes die Stärke meines Beutels? Das würde verkehrt sein. Das sagt man. Aber warum sagt man das? Weil die Räuberbanden wollen, daß die Dummen ehrlich sein und das Geld achten sollen. Wären sie das nicht, wo wären die Räuber dann? Sehen Sie das nicht ein?"

Dede weigerte sich immer noch, und Daylights Gründe wurden unangenehmer.

„Ich kann mir nur denken, daß Sie sich Ihrem Bruder in den Weg stellen, weil Sie die ganz falsche Vorstellung haben, ich wollte Ihnen auf diese Weise den Hof machen. Das tue ich aber gar nicht. Ich hab' Sie nicht gefragt, ob Sie mich heiraten wollen, und wenn ich es tue, dann werde ich mir Ihr Jawort nicht erkaufen. Wenn ich die Frage stelle, dann tue ich es offen und ehrlich."

Dede errötete vor Zorn.

„Wenn Sie wüßten, wie lächerlich Sie sich machen, dann würden Sie aufhören", platzte sie heraus. „Sie können mir das Leben unangenehmer machen als irgendein Mann, den ich kenne. Jeden Augenblick lassen Sie mich verstehen, daß Sie mich nicht gebeten haben, Ihre Frau zu werden. Ich warte nicht darauf, daß Sie mich fragen, und ich habe Ihnen vom ersten Tage an gesagt, daß Sie keine Aussicht hätten. Und doch halten Sie die Drohung immer über meinem Haupte, daß Sie eines Tages die Frage an mich stellen wollen. Tun Sie es doch gleich, dann können Sie Ihre Antwort haben, und die Sache ist erledigt."

Er betrachtete sie forschend mit ehrlicher Bewunderung. „Ich brauche Sie so sehr, Fräulein Mason, daß ich nicht wage, Sie jetzt zu fragen", sagte er mit so komischem Ernst im Ausdruck und Tonfall, daß sie den Kopf zurücklegte und in ein freies knabenhaftes Lachen ausbrach. „Wie ich Ihnen zudem sagte, bin ich in diesen Dingen ganz unerfahren. Ich habe noch nie einer Frau den Hof gemacht und möchte nicht gern etwas Verkehrtes tun."

„Aber Sie tun ja die ganze Zeit nichts anderes", rief sie heftig aus. „Das ist noch nicht dagewesen, daß ein Mann einer Frau den Hof gemacht hat mit der dauernden Drohung, ihr einen Heiratsantrag zu machen."

„Ich will es nicht wieder tun", sagte er demütig. „Aber das hat nichts mit der Sache zu tun. Was ich vor einer Minute gesagt habe, gilt noch. Sie stehen Ihrem Bruder im Wege. Was für Vorstellungen Sie sich machen, ist mir ganz gleichgültig, deshalb müssen Sie doch beiseitetreten und ihm eine Chance geben. Wollen Sie mich zu ihm gehen und mit ihm über die Sache reden lassen? Ich werde schon einen ganz geschäftlichen Vorschlag draus machen. Ich will ihm helfen, gesund zu werden, und dann kann er es mit Zinsen zurückzahlen."

Daylight hatte die volle Wahrheit gesprochen, als er Dede sagte, daß er keinen wirklichen Freund hätte. Obgleich er mit Tausenden auf gutem, kameradschaftlichen Fuße stand, mit Hunderten trank, war er dennoch einsam. Er hatte nicht den einen Mann oder die Gruppe von Männern, mit denen er völlig vertraut hätte werden können. Die Stadt schuf keine Kameradschaft wie das Leben in Alaska. Zudem waren die Männer hier und dort weit voneinander verschieden. Die Verbindung mit den ihm verächtlichen Geschäftsleuten wie mit den Selfmademännern von San Franzisko war ihm aus rein praktischen Gründen diktiert worden. Ihre freimütige Brutalität war ihm sympathischer gewesen, aber Achtung hatten sie ihm nicht einzuflößen vermocht. Sie neigten zu sehr zu Schleichwegen. In dieser modernen Welt war etwas Geschriebenes mehr wert als das Wort eines Mannes, und selbst dann mußte man sich noch gut vorsehen. In den alten Tagen am Yukon war es anders gewesen. Da bedurfte es keiner schriftlichen Abmachungen. Ein Mann sagte, daß er soundsoviel hatte, und selbst beim Poker wurde seine Schätzung ohne weiteres anerkannt.

Larry Hegan, der den schwersten Anforderungen genügte, die Daylights Operationen an ihn stellten, der nur geringe Illusionen besaß und kein Heuchler war, hätte sein Freund sein können, wäre er nicht so verschroben gewesen. Ein eigenartiges Genie, ein Napoleon im kleinen, mit einer visionären Kraft, die sogar noch größer war als die Daylights, mit dem Daylight aber außerhalb des Geschäfts nichts gemein hatte.

Statt wahrer Freunde besaß Daylight nur Zech- und Spielgenossen. Und als nun die sonntäglichen Ausritte mit Dede vorbei waren, verfiel er jenen immer mehr. Anhaltender als je baute er an seiner Cocktailmauer. Das große rote Auto war ständig im Gebrauch. In seinen ersten Tagen in San Franzisko hatte es Ruhepausen zwischen den geschäftlichen Unternehmungen gegeben; die letzte jedoch, die größte von allen, hielt ihn unaufhörlich in Atem. Es mußte Monate dauern, bis seine riesigen Landaufkäufe ein Resultat zeitigten. Jeder Tag brachte neue Probleme, und wenn er sie auf seine überlegene Weise gelöst hatte, verließ er das Kontor in seinem großen Automobil mit einem Seufzer der Erleichterung bei dem Gedanken an den doppelten Martini, der ihn erwartete.

Sechs Wochen verstrichen, ohne daß er Dede außerhalb des Kontors gesehen hätte, und die ganze Zeit war er fest entschlossen, keine Annäherungsversuche mehr zu machen. Am siebenten Sonntag aber wurde die Sehnsucht in ihm übermächtig. Es war ein stürmischer Tag. Ein heftiger Südost wehte, und ein Regenschauer nach dem anderen ging über die Stadt nieder. Er konnte sie sich nicht aus dem Sinn schlagen, und immer wieder stand das Bild vor seinem Geiste, wie Dede am Fenster saß und nähte oder sonst eine unnütze weibliche Beschäftigung vorhatte. Als der Zeitpunkt kam, da ihm sein erster Martini ins Zimmer gebracht wurde, trank er ihn nicht. Von einem kühnen Entschluß erfüllt, schlug er in seinem Notizbuch Dedes Telephonnummer nach und rief sie an.

Zuerst war die Tochter der Wirtin am Apparat, aber einen Augenblick später hörte er die Stimme, nach der er sich so sehr gesehnt hatte.

„Ich wollte Ihnen nur sagen, daß ich Sie besuchen werde“, sagte er. „Ich wollte nicht kommen, ohne es Ihnen gesagt zu haben – das ist alles.“

„Ist etwas vorgefallen?“ klang ihre Stimme.

„Das sage ich Ihnen, wenn ich da bin“, wich er aus.

Er ließ den roten Wagen zwei Ecken vorher halten und kam zu Fuß bei dem hübschen dreistöckigen, schindelgedeckten Hause in Berkeley an. Er wußte, daß das, was er jetzt tat, durchaus im Widerspruch mit ihren Wünschen stand, und daß er sie in eine schwierige Situation brachte, wenn er sie zwang, den bekannten und berüchtigten Multimillionär wie einen gewöhnlichen Sonntagsbesucher zu empfangen. Andererseits war „dumme Zimperlichkeit“, wie er sich ausdrückte, das letzte, das er von ihr erwartete.

Und er wurde nicht enttäuscht.

Sie kam selbst an die Tür, um ihn zu empfangen, und schüttelte ihm die Hand. Er hängte Hut und Regenmantel in der geräumigen Diele auf und wandte sich zu ihr.

„Drinnen sind sie beschäftigt“, sagte sie und zeigte nach dem Wohnzimmer, aus dem die Stimmen junger Leute tönten; durch die angelehnte Tür konnte er mehrere Studenten sehen. „Wir müssen also schon in mein Zimmer gehen.“

Sie führte ihn durch die Tür rechts, und drinnen blieb er verlegen, wie angenagelt stehen und starrte das Zimmer und sie selbst an, obwohl er sich die ganze Zeit bemühte, nicht zu starren. In seiner Verwirrung sah und hörte er nicht, daß sie ihn aufforderte, Platz zu nehmen. So wohnte sie also! Die Vertrautheit und die Art, wie sie ihn ohne Aufhebens hereinführte, war verblüffend, aber eigentlich hatte er es nicht anders von ihr erwartet. Es waren gewissermaßen zwei Zimmer; das eine, in dem er sich befand, war ihr Wohnzimmer, das andere, in das er hineinsehen konnte, ihre Schlafkammer. Aber außer einem eichenen Toilettentisch voller Kämme, Bürsten und zierlichen Kleinigkeiten deutete nichts darauf hin, daß es als Schlafzimmer benutzt wurde. Der breite Diwan mit einer altrosa Decke und einem Berg von Kissen mußte wohl das Bett sein, wenn er auch nie etwas gesehen hatte, das einem zivilisierten Bett so unähnlich war. Nicht daß er in diesem ersten peinlichen Augenblick viele Einzelheiten gesehen hätte! Er hatte einen ganz allgemeinen Eindruck von Wärme, Behaglichkeit und Schönheit. Einen Teppich gab es nicht, aber auf dem Parkettboden sah er mehrere Wolfs-und Coyotenfelle. Dann aber wurde sein Blick gefangen, einen Augenblick gehalten von einer halbsitzenden Venus auf einem Steinwayflügel vor einem Hintergrund von Berglöwenfellen an der Wand.

Dede selbst aber machte den stärksten Eindruck auf seine Sinne. Er hatte sich stets gefreut, daß sie so weiblich war – die Linien ihrer Gestalt, ihr Haar, ihre Augen, ihre Stimme, ihr vogelartiges Lachen, alles hatte dazu beigetragen; wie sie aber hier in einem weichen Kleide, das sich eng um ihre Gestalt schmiegte, in ihrem eigenen Zimmer stand, war der Eindruck ihrer Weiblichkeit geradezu überwältigend. Er war nur gewohnt, sie in hübschen Schneiderkleidern und Blusen oder in ihrer Reittracht aus Samtcord zu sehen. Auf diese neue Offenbarung war er nicht vorbereitet. Sie erschien ihm jetzt viel weicher, anschmiegender und zarter. Sie war ein Teil dieser Atmosphäre von Ruhe und Schönheit. Sie paßte ebenso herein wie in die nüchterne Kontoreinrichtung.

„Wollen Sie nicht Platz nehmen?“ wiederholte sie.

Er kam sich wie ein Tier vor, das lange nichts zu fressen bekommen hatte. Das Verlangen wallte in ihm auf, und ihm war, als müsse er über den leckeren Bissen vor ihm herfallen. Hier gab es weder Geduld noch Diplomatie. Der kürzeste Weg war ihm nicht zu schnell, und es war doch – wenn er es gewußt hätte – der unglücklichste, den er wählen konnte.

„Hören Sie," sagte er mit einer Stimme, die von unterdrückter Leidenschaft bebte, „ich möchte nicht im Kontor um Sie anhalten. Darum bin ich hier. Dede Mason, ich muß Sie besitzen, ich muß."

Während er so sprach, war er auf sie zugetreten mit einem flammenden Ausdruck in den schwarzen Augen und mit brennenden Wangen.

Der Angriff war so schnell gekommen, daß sie kaum Zeit hatte, einen kleinen erschreckten Schrei auszustoßen und zurückzutreten. Gleichzeitig ergriff sie seine Hand, da er sie in seine Arme zu schließen suchte.

Sie war plötzlich totenblaß geworden. Ihre Hand, die die seine ergriffen hatte, um ihn fortzuhalten, und sie immer noch umschloß, bebte. Seine Finger lösten sich, und sein Arm sank schlaff herab. Sie wollte etwas sagen, irgend etwas tun, um dieser drückenden Situation ein Ende zu machen, aber nicht ein einziger verständiger Gedanke tauchte in ihrem Kopfe auf. Sie fühlte nur einen fast unwiderstehlichen Lachreiz. Dieser Reiz war halb hysterisch, halb eine Folge ihres spontanen Humors, und wich von Sekunde zu Sekunde. Sie kam sich vor wie ein Mensch, der entsetzliche Angst vor dem Überfall eines blutdürstigen Räubers ausgestanden hat und nun merkt, daß er es mit einem ganz unschuldigen Spaziergänger zu tun hatte, der nur nach der Zeit fragen wollte.

Daylight hatte sich zuerst gefaßt.

„Ach, ich weiß gut, daß ich ein rechter Narr bin", sagte er. – „Ich – ich glaube, ich will mich setzen. Haben Sie keine Angst, Fräulein Mason. Ich bin gar nicht so gefährlich."

„Ich bin nicht bange", antwortete sie lächelnd, indem sie sich auf einen Stuhl fallen ließ, neben dem ein Nähkorb stand, der, wie Daylight bemerkte, etwas Feines aus Mull und Spitzen enthielt. Dann lächelte sie wieder. „Obwohl ich gestehen muß, daß Sie mich im ersten Augenblick wirklich erschreckt haben."

„Es ist wirklich komisch," sagte Daylight bedauernd, „hier sitze ich, der ich gewohnt bin, bei Menschen und Tieren und allem in der Welt meinen Willen durchzusetzen, auf diesem Stuhl, schwach und hilflos wie ein Lamm. Sie können wahrhaftig mit einem machen, was Sie wollen."

Dede zerbrach sich vergebens den Kopf, um eine Antwort auf diese Bemerkung zu finden. Statt dessen weilten ihre Gedanken ununterbrochen bei der Frage, was es bedeuten mochte, daß er mitten in einem heftigen Antrag abschweifte und Bemerkungen machte, die gar nicht hierher gehörten. Was ihr besonders auffiel, war die Sicherheit des Mannes. So wenig zweifelte er also daran, daß sie ihm einmal gehören würde, daß er Zeit hatte, ganz allgemeine Bemerkungen über die Liebe und ihre Wirkungen einzuflechten.

Sie bemerkte, daß er unbewußt die Hand in die Seitentasche steckte, wo er, wie sie wußte, seinen Tabak und sein braunes Zigarettenpapier hatte.

„Sie können gern rauchen, wenn Sie wollen", sagte sie. Er zog die Hand so hastig zurück, als hätte ihn etwas in der Tasche gestochen.

„Nein, ich dachte nicht an Rauchen. Ich dachte an Sie. Was kann ein Mann, der eine Frau haben will, anderes tun als sie fragen, ob sie ihn heiraten will? Das ist alles, was ich tue. Korrekt kann ich es nicht machen; das weiß ich. Aber ich kann es mit reinen Worten sagen, und das genügt mir. Ich habe Sie wirklich schrecklich nötig, Fräulein Mason. Ich denke immer an Sie. Und was ich wissen will, ist – na ja, ob Sie mich nehmen wollen? Das ist alles."

„Ich – ich wollte, Sie hätten mich nicht gefragt", sagte sie weich.

„Vielleicht ist es am besten, wenn Sie erst einiges erfahren, ehe Sie mir eine Antwort geben", fuhr er fort, indem er die Tatsache, daß die Antwort eigentlich schon gegeben war, ignorierte. „Ich habe mich noch nie in meinem Leben mit einer Frau abgegeben, trotz allem, was man in dieser Beziehung von mir erzählt. Was Sie in Zeitungen und Büchern gelesen haben, ist Unsinn. Es ist nicht ein Tüttelchen Wahres daran. Karten gespielt und getrunken, das habe ich tüchtig, aber ein Frauenjäger bin ich nie gewesen. Eine Frau hat sich meinetwegen das Leben genommen, aber ich wußte nicht, daß sie mich haben wollte, sonst hätte ich sie wahrhaftig gern geheiratet, nicht aus Liebe, ich habe ihr nie den Hof gemacht, sondern nur, um sie am Selbstmord zu hindern. Ich erzähle Ihnen das alles nur, weil Sie es gelesen haben, und weil ich will, daß Sie aus meinem Munde die reine Wahrheit erfahren. Frauenjäger" – er schnaufte verächtlich. „Fräulein Mason, ich kann Ihnen sagen: ich habe die Weiber mein Leben lang gefürchtet. Sie sind die erste, vor der ich nicht bange bin. Vielleicht deshalb, weil Sie nicht wie die andern sind, die ich gekannt habe. Frauenjäger! Solange ich denken kann, bin ich vor Damen ausgerissen, und ich glaube, nur meine gute Lunge hat mich gerettet und der Umstand, daß ich nie gefallen bin, nie ein Bein gebrochen habe oder so etwas. Bis ich Sie traf, habe ich nie daran gedacht, mich zu verheiraten, und auch da noch lange nicht gleich. Sie haben mir vom ersten Tage an gefallen, aber ich hätte nie gedacht, daß es schief gehen würde. Ich kann nicht einmal nachts schlafen, weil ich an Sie denke und mich nach Ihnen sehne."

Er hielt inne und wartete. Sie hatte den Mull und die Spitzen aus dem Korb genommen, vielleicht um ihre Nerven ein wenig zu beruhigen, und nähte nun daran. Da sie ihn nicht ansah, verschlang er sie förmlich mit den Blicken. Er bemerkte die sicheren flinken Hände – Hände, die ein Pferd wie Bob tummelten, fast so schnell Maschine schrieben, wie ein Mann sprach, zierliche Kleidungsstücke nähten und zweifellos auf dem Flügel in der Ecke spielen konnten. Noch eine außerordentliche weibliche Einzelheit bemerkte er – ihre Hausschuhe. Es waren sehr kleine Bronzeschuhe. Er hätte nie gedacht, daß ihre Füße so klein waren. Bisher hatte er sie stets nur in Straßenschuhen oder Reitstiefeln gesehen, und die hatten ihm keinen rechten Begriff gegeben. Die Bronzeschuhe bezauberten ihn, und sein Blick kehrte immer wieder zu ihnen zurück.

Es wurde an die Tür geklopft, und sie ging hin. Daylight konnte nicht umhin, das Gespräch mit anzuhören. Es war jemand am Telephon, der sie sprechen wollte. „Sagen Sie ihm, daß er in zehn Minuten wieder anrufen möchte", hörte er sie sagen, und das kleine „er" gab ihm einen Stich von Eifersucht. Schön, sagte er bei sich, wer es auch immer sei, so wolle er, Burning Daylight, schon noch mit ihm fertig werden. Merkwürdig, daß ein Mädchen wie Dede nicht längst verheiratet war.

Sie kam zurück, lächelte und nahm ihr Nähzeug wieder auf.

„Die zehn Minuten sind bald vorbei", sagte er eindringlich.

„Ich kann Sie nicht heiraten", sagte sie.

„Sie lieben mich nicht?"

Sie schüttelte den Kopf.

„Können Sie mich nicht leiden – nur ein ganz klein wenig?"

Sie hob die Augen von der Arbeit und sah ihn an, während sie antwortete:

„Ich habe Sie sehr gern, aber –"

Er wartete einen Augenblick, daß sie fortfuhr, und da sie schwieg, tat er es selbst.

„Ich habe keine übertrieben hohe Meinung von mir selber, und ich weiß daher, daß ich nicht prahle, wenn ich sage, daß ich einen sehr guten Ehemann abgeben würde. Ich kann mich so gut hineinversetzen, was es für eine Frau wie Sie heißt, unabhängig zu sein. Aber Sie würden auch als meine Frau unabhängig sein. Ich würde Ihre Freiheit nicht beschränken. Sie könnten Ihrem eigenen Willen folgen, nichts würde zu gut für Sie sein. Ich würde Ihnen alles geben, was Ihr Herz begehrte –"

„Nur nicht sich selbst", warf sie plötzlich – beinahe scharf ein.

Einen Augenblick war Daylight starr.

„Das weiß ich nicht. Ich würde ehrlich und ordentlich und treu sein. Ich sehne mich nicht nach andern."

„Das meine ich nicht", sagte sie. „Statt für Ihre Frau würden Sie für die dreihunderttausend Menschen in Oakland, für Ihre Eisenbahnen und Fähren, für die zwei Millionen Bäume rings auf den Bergen, kurz für alles leben, was Geschäft heißt und damit zu tun hat."

„Das würde ich nicht", erklärte er schnell. „Ich würde Ihnen ganz gehören."

„Das meinen Sie, aber es würde anders gehen." Sie wurde plötzlich nervös. „Wir müssen dies Gespräch abbrechen – es ist ja fast, als schacherten wir miteinander. ›Wieviel wollen Sie geben?‹ › Soundsoviel.‹ ›Ich verlange mehr‹, und so weiter. Ich mag Sie leiden, aber nicht genug, um Sie zu heiraten, und ich werde Sie nie so gern haben, daß ich Sie heiraten könnte."

„Wie können Sie das wissen?" fragte er.

„Weil Sie mir immer weniger gefallen."

Daylight saß wie vom Donner gerührt da. Die Kränkung stand auf seinem Gesicht geschrieben.

„Ach, Sie verstehen mich gar nicht", rief sie heftig aus, denn jetzt begann sie ihre Selbstbeherrschung zu verlieren. „So meine ich es nicht. Ich mag Sie schon leiden, je mehr ich Sie kennenlerne, desto lieber habe ich Sie. Und gleichzeitig muß ich doch sagen, daß ich Sie, je mehr ich Sie kennenlerne, desto weniger heiraten möchte."

Diese rätselhafte Äußerung machte Daylights Verblüffung vollständig.

„Sehen Sie denn nicht?“ drängte sie. „Ich hätte mich viel eher mit dem Elam Harnish verheiraten können, der frisch von Klondike kam, als mit dem, der jetzt vor mir sitzt.“

Er schüttelte langsam den Kopf.

„Nein, das ist mir zu hoch. Je mehr Sie einen Mann kennenlernen, desto lieber haben Sie ihn und desto weniger Lust haben Sie, ihn zu heiraten. Umgang erzeugt Verachtung – das meinen Sie wohl?“

„Nein, nein“, rief sie, aber ehe sie fortfahren konnte, wurde wieder an die Tür geklopft.

„Die zehn Minuten sind um“, sagte Daylight. Während sie draußen war, flogen seine Augen scharf und schnell, wie die eines Indianers, durch den Raum. Der Eindruck von Wärme, Behaglichkeit und Schönheit war vorherrschend, obwohl Daylight nicht imstande war, ihn zu analysieren; die Einfachheit entzückte ihn – eine Einfachheit, die dennoch kostbar war, wie er bei sich sagte. Es war ihm nie in den Sinn gekommen, daß ein Fußboden schön sein konnte, wenn nur ein paar Wolfsfelle darauf lagen; aber sicher waren sie schöner als alle Teppiche der Welt. Er starrte fast feierlich ein Bücherregal an, das ein paar hundert Bände enthielt. Das war ein Mysterium. Er begriff nicht, daß es soviel gab, worüber die Menschen schreiben konnten. Schreiben und Lesen war nicht dasselbe wie etwas tun, und für ihn, den Mann der Tat, war etwas tun das einzig Verständliche. Sie trat wieder ein, und als sie zu ihrem Stuhl schritt, bewunderte er ihren Gang, ganz vernarrt in ihre Bronzeschuhe.

„Ich möchte gern ein paar Fragen an Sie richten begann er. „Denken Sie daran, sich mit einem andern zu verheiraten?“

Sie lachte lustig und schüttelte den Kopf.

„Haben Sie einen andern lieber als mich? – Zum Beispiel den Mann, der Sie eben anrief?“

„Nein. Ich kenne niemand, den ich so gern hätte, daß ich ihn heiraten möchte. Ich glaube eigentlich, ich gehöre gar nicht zu den Frauen, die sich verheiraten. Kontorarbeit scheint einen untauglich für die Ehe zu machen.“

Daylight ließ seinen Blick von ihrem Antlitz bis zur Spitze ihres Bronzeschuhes schweifen, daß ihr das Blut in die Wangen stieg. Dann schüttelte er ungläubig den Kopf.

„Mir scheint, daß Sie sich mehr zur Ehe eignen, als irgendeine von den Frauen, denen die Männer sonst nachlaufen. Und nun eine letzte Frage, denn Sie verstehen ja wohl, daß ich wissen muß, wie der Hase läuft. Gibt es jemand, der Ihnen ebenso gut gefällt wie ich?"

Aber jetzt hatte Dede ihre Selbstbeherrschung wiedergefunden.

„Das ist kein ehrliches Spiel", sagte sie. „Und wenn Sie ein bißchen nachdenken, dann werden Sie sich selbst sagen, daß Sie gerade das tun, was Sie, wie Sie sagten, nie täten. Ich beantworte Ihnen jetzt keine Frage mehr. Wir wollen von etwas anderem sprechen. Was macht Bob?"

Als Daylight eine halbe Stunde später durch den Regen nach Oakland sauste, rauchte er eine seiner braunen Zigaretten und dachte über das Geschehene nach. Er kam zu dem Ergebnis, daß es nicht allzu schlecht stände, wenn es auch manches gab, woraus er nicht klug werden konnte.

„Gott bewahre!" murmelte er. „Wenn ich nun an den Grundstücken noch hundert Millionen verdiene, dann will sie vielleicht gar nichts mehr von mir wissen."

Aber er konnte es nicht mit einem Scherz abtun. Er fuhr fort, ihn zu quälen, ihr rätselhafter Ausspruch, daß sie sich eher mit dem frisch aus Klondike gekommenen Elam Harnish, als mit dem jetzigen hätte verheiraten können. Schön, sagte er bei sich, dann muß ich sehen, wieder etwas mehr der alte Daylight zu werden. Aber das war unmöglich. Er konnte die Zeit in ihrer Flucht nicht aufhalten. Wünsche halfen nichts, und einen anderen Ausweg gab es nicht. Ebensogut hätte er sich wünschen können, wieder ein Knabe zu sein. Aber schließlich hatte sie, nachdem die Sache ins rechte Licht gerückt war, keine Einwände mehr dagegen erhoben, daß er ihren Bruder nach Deutschland schickte.

An einem anderen Regentage, mehrere Wochen später, hielt Daylight wieder um Dede Mason an. Wie das erstemal beherrschte er sich, bis das Verlangen nach ihr die Oberhand gewann und ihn in seinem roten Automobil nach Berkeley sausen ließ. Aber Dede war ausgegangen, wie die Tochter der Wirtin ihm erzählte; nach kurzem Bedenken fügte sie hinzu, daß sie einen Spaziergang in die Berge mache. Ferner unterrichtete die junge Dame ihn, welchen Weg Dede aller Wahrscheinlichkeit nach eingeschlagen hätte.

Daylight folgte den Anweisungen des jungen Mädchens und erreichte bald das letzte Haus der Straße, die von hier ab an den steilen Hängen entlang lief und dann in den offenen Bergen verschwand. Die Luft war feucht, aber es hatte noch nicht zu regnen begonnen. Soweit sein Blick reichte, war keine Spur von Dede auf den gleichförmigen grasbewachsenen Hängen zu sehen. Rechts führte ein Hohlweg durch ein Eukalyptuswäldchen. Hier war alles Geräusch und Bewegung, die hohen Bäume wiegten ihre schlanken Stämme im Winde und schlugen geräuschvoll die Zweige gegeneinander, und in den Bäumen erhob sich ein dumpfes Rollen, das all die schwächeren, knirschenden und stöhnenden Laute wie eine mächtige Harfe übertönte. Wie er Dede kannte, war Daylight überzeugt, sie irgendwo in diesem Wäldchen zu finden, wo die Wirkungen des Sturms so ausdrucksvoll waren. Und er fand sie denn auch auf der andern Seite des Hohlweges, ganz oben auf dem höchsten Hange, wo der Sturm am stärksten wehte. Es lag etwas Einförmiges, wenn auch nicht gerade Ermüdendes in der Art, wie Daylight um Dede freite. Diplomatische Umschweife kannte er nicht, er ging ebenso gerade darauflos wie der Sturm. Er ließ sich weder Zeit, sie zu begrüßen, noch sich zu entschuldigen.

„Es ist die alte Geschichte“, sagte er. „Ich brauche Sie. Sie müssen mich heiraten, denn je länger ich darüber nachdenke, desto sicherer bin ich, daß Sie im Innern für mich etwas übrig haben, was mehr ist als Sympathie. Und Sie können nicht sagen, daß dem nicht so ist, nicht wahr?“

Bei der Begegnung hatte er ihre Hand ergriffen und hielt sie immer noch fest. Als sie nicht antwortete, spürte sie jetzt einen leichten, aber festen und anhaltenden Druck, als ob er sie an sich ziehen wollte. Gegen ihren Willen hätte sie fast nachgegeben, denn im Augenblick war ihr Verlangen stärker als ihr Wille. Aber dann zog sie sich plötzlich ein wenig zurück, obwohl sie ihm immer noch ihre Hand ließ.

„Sie fürchten sich doch nicht vor mir?“ fragte er reuevoll.

„Nein“, sie lächelte wehmütig. „Nicht vor Ihnen, aber vor mir selber.“

„Sie haben mir nicht geantwortet“, fuhr er, durch diese Worte ermutigt, fort.

„Bitte nicht", bat sie. „Wir können uns nie heiraten, warum also darüber reden?"

„Dagegen will ich wetten." Er war in diesem Augenblick beinahe heiter, denn jetzt schien der Sieg näher, als er sich hatte träumen lassen. Sie hatte ihn gern, zweifellos, und zweifellos hatte sie ihn so gern, daß sie ihm ihre Hand überließ und sich nicht durch seine Nähe abgestoßen fühlte.

Sie schüttelte den Kopf: „Nein, es ist unmöglich. Sie würden Ihre Wette verlieren."

Zum erstenmal tauchte ein düsterer Verdacht in seiner Seele auf – vielleicht die Lösung des Rätsels.

„Sagen Sie, Sie haben sich doch nicht zu so einer heimlichen Ehe verlocken lassen, wie?"

Die Bestürzung in seiner Stimme und seinem Gesicht war zuviel für sie, und sie lachte laut heraus, ein heiteres natürliches Lachen, das wie der jubelnde Ausbruch aus der Kehle eines Vogels klang.

Daylight hatte seine Antwort nun; ärgerlich über sich selber, kam er zu dem Ergebnis, daß Handeln besser sei als Reden. Darum stellte er sich zwischen den Wind und sie und zog sie an sich, so daß sie in seinem Schutze stand. Ein stärkerer Windstoß ging über sie hin, trommelte über ihren Häuptern in den Baumwipfeln, und sie schwiegen beide, um zu lauschen. Ein Schauer von fallenden Blättern hüllte sie ein, und dem Windstoß auf den Fersen folgten die ersten Regentropfen. Er sah auf ihr Haar hinunter, daß ihr der Wind ins Gesicht wehte, und weil sie ihm so nahe war, wurde er von einem neuen, noch stärker bohrenden Gefühl durchbebt, was sie ihm bedeutete, und er zitterte so, daß sie es an der Hand, die die ihre hielt, spüren konnte.

Plötzlich lehnte sie sich an ihn und beugte den Kopf, bis er leicht an seiner Brust ruhte. Und so standen sie, während ein neuer Windstoß mit fliegenden Blättern und vereinzelten Regentropfen an ihnen vorbeiraste. Dann hob sie ebenso schnell den Kopf und blickte ihn an.

„Wissen Sie, gestern abend betete ich für Sie. Ich betete, daß Sie Unglück im Geschäft haben und alles – alles verlieren möchten."

Daylight starrte sie in maßloser Verblüffung über ihren rätselhaften Ausspruch an.

„Das ist mir zu hoch. Ich hab' immer gesagt, daß ich mich nicht auf Frauen verstehe, und Sie haben mich nicht klüger gemacht. Warum wollen Sie, daß ich alles verliere, da Sie mich doch leiden mögen."

„Das hab' ich nie gesagt!"

„Wagen Sie zu sagen, daß Sie es nicht tun! Aber wenn Sie mich, wie ich sagte, leiden mögen, so begreife ich nicht, warum Sie wollen, daß ich alles verliere, was ich habe. Das ist mir genau so dunkel, wie Ihre Behauptung, daß Sie mich um so weniger heiraten wollen, je besser Sie mich leiden mögen. Nun müssen Sie mir schon eine Erklärung geben."

Er legte den Arm um sie und preßte sie an sich, und diesmal widerstrebte sie nicht. Sie hatte den Kopf gesenkt, so daß er ihr Gesicht nicht sehen konnte, aber er hatte das Gefühl, daß sie weinte. Er hatte die Macht des Schweigens kennengelernt und wartete ruhig, daß sie sich äußern würde. Es war nun soweit gekommen, daß sie unweigerlich sprechen mußte. Das wußte er.

„Ich bin nicht romantisch", begann sie und sah ihn wieder an, während sie sprach. „Es wäre vielleicht besser für mich, wenn ich es wäre. Dann könnte ich die herrlichsten Dummheiten machen und für den Rest meiner Tage unglücklich sein. Aber daran hindert mich mein gräßlich gesunder Menschenverstand, ohne daß er mich freilich im geringsten glücklich macht."

„Das ist mir immer noch dunkel", sagte Daylight, nachdem er vergebens gewartet hatte, daß sie fortfahren sollte. „ Sie müssen mir schon klaren Wein einschenken, bis jetzt haben Sie es nicht getan. Ihr gesunder Verstand und Ihr Gebet, daß ich Pleite machen soll, gehen über meinen Horizont. Ich brauche Sie so notwendig, und ich will, daß Sie mich heiraten. Das ist so einfach, wie es nur sein kann. Wollen Sie?" Sie schüttelte langsam den Kopf. Als sie dann zu reden begann, war es, als ob der Zorn in ihr aufstieg, ein Zorn, der sich mit Kummer mischte, und der sich, wie Daylight wußte, gegen ihn richtete.

„Lassen Sie es mich Ihnen denn erklären, und das ehrlich und offen, wie Sie gefragt haben." Sie schwieg, als wisse sie nicht recht, wo beginnen. „Sie sind selbst ehrlich und aufrichtig. Wollen Sie, daß ich es auch bin, daß ich Ihnen Dinge sage, die Ihnen weh tun werden?"

Der Arm, der um ihre Schulter lag, drückte sie ermutigend, aber Daylight sagte nichts.

„Ich möchte Sie so gern heiraten, aber ich bin bange. Ich bin stolz und gedemütigt zugleich darüber, daß ein Mann wie Sie sich etwas aus mir macht. Aber Sie haben zuviel Geld. Das ist der Punkt, wo mein gräßlich gesunder Menschenverstand ein Wort mitsprechen will. Selbst wenn wir uns wirklich heirateten, so würden Sie nie mein Mann – mein Geliebter und Gatte – sein. Sie würden der Mann Ihres Geldes sein. Ihr Geld besitzt Sie, nimmt Ihre Zeit, Ihre Gedanken, Ihre Energie, alles in Anspruch, gebietet Ihnen, hierhin und dorthin zu gehen, dies und jenes zu tun. Sehen Sie das nicht ein? Ja, ich fühle, daß ich sehr lieben, viel geben – alles geben kann; aber dagegen verlange ich auch, zwar nicht alles, aber viel – viel mehr, als Ihr Geld zulassen würde.

Ich liebte Sie schon, als ich Sie noch gar nicht kannte, als Sie eben erst aus Alaska gekommen waren. Sie waren mein Held. Sie waren der Burning Daylight, der Goldgräber, der kühne Reisende und Pionier. und Sie sahen danach aus. Ich glaube nicht, daß eine Frau Sie ansehen konnte, ohne Sie zu lieben – damals. Aber jetzt sehen Sie nicht mehr so aus.

Bitte, bitte, verzeihen Sie mir, wenn ich Sie verletze. Diese ganzen letzten Jahre hindurch haben Sie unnatürlich gelebt. Sie, ein Mann, der hinaus gehört, haben sich selbst eingemauert in die Stadt. Sie sind nicht mehr derselbe, und Ihr Geld verdirbt Sie. Sie sind nicht mehr so gesund, nicht mehr so rein. Das kommt von Ihrem Gelde und Ihrer Lebensweise. Und das wissen Sie selbst. Ihr Körper ist nicht mehr der alte. Sie sind stark geworden. Sie sind nett und freundlich zu mir, das weiß ich, aber Sie sind nicht mehr nett und freundlich zu aller Welt, wie Sie es damals waren. Sie sind hart und grausam geworden. Die Grausamkeit ist nicht nur in Ihrem Herzen und Ihren Gedanken, sie steht auch auf Ihrem Gesicht geprägt. Sie hat ihre Linien darin eingegraben. Sie fangen an, brutal zu werden und an Wert zu verlieren. Und diese Entwicklung muß immer weitergehen, bis Sie hoffnungslos verdorben sind –."

Er versuchte sie zu unterbrechen, aber sie ließ ihn nicht zu Worte kommen, sondern fuhr atemlos und mit zitternder Stimme fort:

„Nein, nein, lassen Sie mich aussprechen. Ich habe in all diesen Monaten nichts tun können als denken, denken, denken, seit wir gemeinsam miteinander ausritten – und jetzt, da ich einmal angefangen habe, will ich auch alles sagen, was ich so lange mit mir herumgetragen habe. Ich liebe Sie, aber ich kann Sie nicht heiraten und meine Liebe vernichten. Sie entwickeln sich zu einem Menschen, den ich schließlich verachten müßte. Sie können nichts dafür. Mehr als Sie mich je lieben können, lieben Sie Ihr Geschäft. Zuweilen denke ich, daß ich Sie lieber mit einer andern Frau teilen möchte als mit dem Geschäft. Dann hätte ich doch wenigstens die Hälfte von Ihnen. Aber dies Geschäft fordert nicht die Hälfte, sondern neun Zehntel, neunundneunzig Hundertstel von Ihnen.

Vergessen Sie nicht, daß der Sinn der Ehe für mich nicht ist, das Geld eines Mannes gebrauchen zu können. Ich will den Mann selbst haben. Gesetzt, etwas anderes in meinem Leben beanspruchte die übrigen neunundneunzig Hundertstel, machte mich häßlich von innen und außen. Können Sie sich da wundern, daß ich Sie nicht heiraten will? – daß ich nicht kann? Sie gleichen einem Kranken. Das Geschäft ist Ihnen mehr als anderen. Sie haben Ihr ganzes Herz, Ihre ganze Seele, Ihr ganzes Ich dabei. Was Sie auch glauben und sich vornehmen, eine Frau würde Ihnen nur eine kurze Zerstreuung bedeuten. Denken Sie an den herrlichen Bob, der jetzt im Stall steht und fett wird! Sie würden mir ein prachtvolles Schloß kaufen, und ich könnte dann sitzen und mir die Augen ausweinen, weil ich so hilflos und außerstande bin, Sie zu retten. Die Krankheit, die Sie Geschäft nennen, würde Sie auffressen und in Wirklichkeit mit Ihnen verheiratet sein. Sie spielen damit, wie Sie mit allem andern, wie Sie auf Ihren Schlittenreisen in Alaska mit Ihrem Leben gespielt haben. Keiner durfte so weit und so schnell reisen wie Sie, so schwer arbeiten und so viel ertragen. Sie behalten nie etwas in Reserve; in jedes Unternehmen werfen Sie alles, was Sie haben –."

„Ja, bis auf den letzten Schilling", bestätigte er barsch.

„Wenn Sie doch nur den Gatten und Geliebten auch so spielen könnten –."

Ihre Stimme zitterte, und sie schwieg, während eine warme Röte in ihre Wangen stieg, und sie schlug vor seinem Blick die Augen nieder.

„Und jetzt sage ich kein Wort mehr", fügte sie hinzu. „Ich habe schon vielzuviel gesagt."

Dann legte sie sich offen und ehrlich in seine schützenden Arme, und beide vergaßen den Sturm, der in immer heftigeren Stößen an ihnen vorbeijagte. Der Regen war noch nicht losgebrochen, aber die nebelähnlichen Schauer wurden immer häufiger. Daylight verbarg seine Verwirrung nicht, und er war noch verwirrt, als er zu sprechen begann.

„Ich weiß nicht, was tun, aber etwas muß getan werden. Ich kann Sie nicht lassen. Ich kann nicht. Und ich will auch nicht.

Sie haben mir kein Argument übriggelassen. Ich weiß, daß ich nicht mehr derselbe bin, der aus Alaska kam. Ich könnte heute nicht mehr mit meinen Hunden fahren wie in jenen Tagen. Meine Muskeln sind weich, und mein Gemüt ist hart geworden. Ich pflegte Männer zu achten. Jetzt verachte ich sie. Sehen Sie, ich verbrachte mein ganzes Leben draußen, und ich glaube, dafür bin ich geboren. Ich habe übrigens den schönsten kleinen Bauernhof, den Sie sich denken können, in Glen Ellen. Dort, wo ich mit der Ziegelei hereinfiel. Ich habe den Hof nur ein einziges Mal gesehen, aber ich habe mich so in ihn verliebt, daß ich ihn auf der Stelle kaufte. Ich ritt nur so durch die Berge und freute mich wie ein Junge, der die Schule schwänzt. Ich wäre ein besserer Mensch, wenn ich auf dem Lande lebte. Die Stadt hat mich nicht besser gemacht. Sie haben ganz recht, das weiß ich. Aber gesetzt, ich verkrachte jetzt und müßte als Tagelöhner arbeiten?"

Sie antwortete nicht, obgleich jede Fiber ihres Körpers zuzustimmen schien.

„Gesetzt, ich hätte nichts als den kleinen Hof und ein paar Hühner und begnügte mich, ein bißchen zu graben und zu pflanzen – würden Sie mich dann heiraten, Dede?"

„Dann wären wir ja immer zusammen!" rief sie.

„Aber ich müßte zwischendurch fortgehen und pflügen", warnte er, „oder Vorräte aus der Stadt besorgen."

„Es wäre jedenfalls kein Kontor und kein Mensch, mit dem Sie in einer Unendlichkeit über Geschäfte reden müßten. Aber das ist ja alles dummes Zeug und ganz unmöglich, und jetzt müssen wir machen, daß wir nach Hause kommen, wenn wir nicht naß werden wollen."

Dann kam ein Augenblick unter den Bäumen vor dem Abstieg, wo Daylight sie hätte an sich ziehen und küssen können. Aber er war zu verwirrt über all das Neue, das sie ihm zu denken gegeben hatte, als daß er die Situation ausgenutzt hätte. Er faßte sie nur am Arm und half ihr über die unebene Stelle.

„Es ist verflucht schön da oben bei Glen Ellen", sagte er überlegend. „Ich möchte, Sie könnten es mal sehen." Als sie den Waldrand erreichten, trennten sie sich.

Als das Fährsystem in Gang kam und es sich zeigte, daß die Fahrt zwischen Oakland und San Franzisko nur die Hälfte der Zeit kostete, trat in Daylights drückender Geldknappheit eine Wendung zum Bessern ein. In seinen Wohnvierteln wurden Tausende von Grundstücken verkauft und Tausende von Häusern gebaut. Im Herzen Oaklands wurden Fabriken und Geschäftsgrundstücke verkauft, und alles das hatte natürlich eine ständige Wertsteigerung seiner gewaltigen Besitzungen zur Folge. Aber wie früher nahm er seine Chance wahr und nutzte sie aus. Schon hatte er begonnen, bei den Banken Anleihen aufzunehmen. Der fabelhafte Verdienst an den Grundstücken wurde wieder in Grundbesitz und in neue Unternehmungen gesteckt, und statt die alten Schulden abzuzahlen, machte er neue. Wie früher in Dawson City, so ging er auch jetzt wieder aufs Ganze; aber er tat es in dem Bewußtsein, daß es ein solideres Unternehmen war, als eine Goldgräberstadt zu bauen.

In kleinerem Maßstabe folgten auch andere seinem Beispiel, kauften und verkauften Grundstücke und zogen Nutzen aus den Verbesserungen, die er durchgeführt hatte. Aber das war ja zu erwarten gewesen, und die kleinen Vermögen, die sie auf seine Kosten verdienten, ärgerten ihn nicht.

Auch die Arbeit an Daylights Docksystem schritt rasch vorwärts; aber es war nur eines jener Unternehmen, die riesige Summen verschlangen und nicht so schnell wie die Fähren betriebsfähig wurden. Es waren große technische Schwierigkeiten zu überwinden. Ein unablässiger Strom von Geld floß in tausend hungrige Magen. Aber es war alles so gesund und gesetzlich, daß Daylight mit seinem klaren Weitblick nicht vorsichtiger und sicherer hätte spielen können. Auch sein einziger Vertrauter, Larry Hegan, ermahnte ihn nicht zur Vorsicht.

Im Frühling aber begann eine große Panik. Als erstes Anzeichen kündigten die Banken die Kredite, für die sie keine genügende Sicherheit hatten. Daylight bezahlte prompt ohne Einwände die ersten Wechsel, die ihm präsentiert wurden, dann wurde er sich darüber klar, daß diese Mahnungen nur zeigten, woher der Wind blies, und daß einer der schrecklichsten finanziellen Stürme, von denen er je gehört hatte, über die Vereinigten Staaten hinwegfegen würde. Er traf jede Maßregel, die in seiner Macht stand, und machte sich keine Sorge, daß er den Sturm überstehen würde. Das Geld wurde immer knapper. Zuerst machten verschiedene der größten Bankhäuser des Ostens Bankerott, die Knappheit wuchs, bis jede Bank im ganzen Lande ihre Kredite kündigte. Daylight saß in der Falle, weil er zum erstenmal rechtmäßiges Spiel gespielt hatte. In alten Tagen wäre eine derartige Panik mit der dazugehörigen ungeheuren Entwertung eine reiche Erntezeit für ihn gewesen. Jetzt sah er die Spieler, die auf der großen Wohlstandswoge geritten und ihre Maßnahme für die schlechten Zeiten getroffen hatten, sich in aller Eile in ihre sicheren Schlupfwinkel zurückziehen oder darangehen, eine doppelte Ernte einzuheimsen. Ihm blieb nichts übrig als festzustehen und durchzuhalten.

Er durchschaute die Situation. Als die Banken ihre Guthaben einforderten, wußte er, daß sie das Geld dringend brauchten. Aber er brauchte es noch dringender.

Was er nötig hatte, war Bargeld, und wenn ihm alle ständig eingehenden Gelder zur Verfügung gestanden hätten, so wäre nichts zu befürchten gewesen. So aber mußte er um das Geld kämpfen, das er brauchte. Sein Privatkontor war beständig voll von Leuten, denn alle wollten ihn, oder er wollte sie sprechen. Es gab Arbeit, Arbeit von morgens bis zum Abend, und er war der einzige, der sie zu leisten imstande war. So ging es Tag für Tag, während die ganze Geschäftswelt um ihn her wankte und ein Handelshaus nach dem andern stürzte.

Der Morgen sah ihn um acht an seinem Schreibtisch. Um zehn saß er in seinem Auto und machte die Runde bei seinen Banken. Und gewöhnlich hatte er im Auto die zehntausend und mehr Dollar bei sich, die seine Fähren und Eisenbahnen am Tage zuvor eingenommen hatten. Dies Geld sollte die ärgsten Löcher stopfen. Und mit einem Bankdirektor nach dem andern wurde dieselbe Szene aufgeführt. Sie waren vor Schrecken gelähmt, und zuerst spielte er dann seine Rolle als der große Optimist. Die Zeiten würden besser. Selbstverständlich. Die Anzeichen wären schon da. In den östlichen Staaten sei das Geld schon flüssiger geworden. Haben Sie gesehen, was für Geschäfte in den letzten vierundzwanzig Stunden in Wall Street gemacht sind? Hatte Ryan nicht dies und jenes gesagt? Und hieß es nicht, daß Morgan dies und jenes vorhatte?

Und was ihn selbst betraf: Trotz der Panik kamen immer mehr Leute nach Oakland. In den Verkauf der Grundstücke kam Fahrt. In eben diesem Augenblick unterhandelte er über den Verkauf von mehr als tausend Grundstücken in den Vororten. Natürlich war es ein Opfer, aber es würde doch den Druck, der auf ihnen allen lag, erleichtern und die Zagen ermutigen. Hätte es keine Zagen gegeben, so wäre es nicht zur Panik gekommen.

Daylights Schachzüge waren fabelhaft. Nicht das geringste entging seinen scharfen Blicken. Der Druck, in dem er sich befand, war schrecklich. Er hatte keine Zeit mehr zu frühstücken. Wenn der Tag zu Ende war, so war er vollständig fertig, und mehr als je suchte er Schutz hinter der schirmenden Mauer des

Alkohols. Er fuhr geradeswegs in sein Hotel und ging in sein Zimmer, wo er gleich den ersten einer ganzen Reihe doppelter Martinis nahm. Beim Essen war er schon benebelt und die Panik vergessen. Wenn er zu Bett ging, hatte er seinen Whiskyrausch – er war nicht betrunken, aber betäubt. So ging es Tag für Tag, und die Tage wurden zu Wochen.

Wenn Daylight auch nach außen stets als der starke, kräftige Mann mit der unerschöpflichen, überströmenden Energie auftrat, so war er innerlich doch sehr müde. Und zuweilen hatte er, vom Whisky betäubt, Augenblicke, in denen er alles weit klarer sah als in nüchternem Zustand, wie zum Beispiel eines Abends, als er, einen Schuh in der Hand, auf dem Bettrande saß und über Dedes Bemerkung grübelte, daß er immer nur in einem Bett auf einmal schlafen könne. Immer noch den Schuh in der Hand, ließ er den Blick über die Roßhaarzügel an der Wand gleiten. Dann erhob er sich, den Schuh in der Hand, zählte die Zügel feierlich und ging in die beiden anstoßenden Zimmer, um die Zählung zu beenden. Als er wieder auf dem Bett saß, sprach er ernsthaft zu seinem Schuh:

„Die Kleine hat recht. Nur ein Bett auf einmal. Hundertvierzig Roßhaarzügel, ohne daß ich einen einzigen gebrauchen könnte. Ein Zügel auf einmal. Ich kann nur ein Pferd auf einmal reiten. Armer alter Bob. Es wäre besser, wenn ich dich auf die Weide schickte. Dreißig Millionen Dollar und hundert Millionen oder gar nichts in Sicht, und was hab' ich davon? Es gibt eine Menge Dinge, die man nicht für Geld kaufen kann. Die Kleine kann ich nicht kaufen. Tüchtigkeit kann ich nicht kaufen. Was hab' ich von dreißig Millionen, wenn ich nicht mehr als einen Liter Cocktail täglich nehmen kann? Wenn ich Durst auf hundert Liter hätte, dann wäre es was anderes. Aber einen Liter – ein elendes Literchen. Hier sitze ich, der dreißigfache Millionär, und schufte mich Tag für Tag mehr ab als ein Dutzend von den Leuten, die für mich arbeiten, und alles, was ich davon habe, sind zwei Mahlzeiten, die mir nicht schmecken, ein Bett, ein Liter Martinis und hundertvierzig Roßhaarzügel an der Wand.“ Er starrte melancholisch die ganze Ausstellung an. „Ich bin ein schöner Esel, Herr Schuh. Gute Nacht.“

Viel schlimmer als der beherrschte Dauertrinker ist der stille Säufer, und das wurde Daylight jetzt. Er trank selten in Gesellschaft, fast immer allein in seinem Zimmer. Täglich, wenn er von seiner Arbeit und Mühe heimkam, trank er, bis er schläfrig wurde, und schlief ein mit dem Bewußtsein, daß er am nächsten

Morgen mit trockener, brennender Kehle aufwachen und dasselbe Tagesprogramm wiederholen würde.

Das Land erholte sich mit seiner gewöhnlichen Elastizität. Die Geldknappheit aber dauerte an, obwohl die Leser von Daylights Zeitungen wie von den andern von Privatleuten subventionierten Blättern zu dem Ergebnis hätten kommen können, daß jede Schwierigkeit vorbei und die Panik überstanden wäre. Alle öffentlichen Äußerungen waren zuversichtlich, aber die Privatleute befanden sich zum großen Teil in schrecklicher Verlegenheit. Die Auftritte, die in Daylights Privatkontor und bei seinen Direktionssitzungen stattfanden, hätten die Leitartikel in seinen Zeitungen Lügen gestraft, und auch die Reden, die er etwa den Großaktionären der Sierra- und Salvador-Elektrizitäts-Kompagnie der Vereinigten Wasserwerke und einiger anderer Gesellschaften hielt.

Schließlich, als der Sommer im Anzug war, trat eine Wendung zum Besseren ein. Es kam ein Tag, da Daylight etwas tat, was er noch nie getan hatte. Er verließ das Geschäft eine ganze Stunde früher als gewöhnlich, weil nicht die geringste Arbeit mehr zu tun war. Bevor er ging, trat er in Hegans Privatbureau, um einen Augenblick mit ihm zu schwatzen, und als er sich erhob, um zu gehen, sagte er:

„Hegan, wir sind übern Berg. Wir gehen als ganze Kerle aus diesem Pfandleihgeschäft heraus und tun es, ohne ein einziges Pfand im Stich zu lassen. Das Schlimmste ist überstanden und das Ende in Sicht. Nur noch die Zügel ein paar Wochen stramm halten, dann können wir loslassen und uns in die Hände spucken."

Diesmal änderte er sogar sein Programm. Statt direkt in sein Hotel zu fahren, machte er die Runde durch verschiedene Bars und Cafés, trank hier und da einen Cocktail, auch zwei bis drei, wenn er Bekannte traf. Nachdem er wohl eine Stunde auf diese Art verbracht hatte, kam er ins Parthenon, um noch ein Glas zu trinken, ehe er zum Essen heimging. Er hatte schon ein gut Teil getrunken und war sehr aufgeräumt und guter Laune. An einer Ecke der Bar standen einige junge Leute und belustigten sich mit dem alten Trick, die Ellbogen auf die Schranke zu stemmen und sich gegenseitig die Hände herunterzudrücken. Ein breitschulteriger junger Riese schlug, ohne selbst den Ellbogen zu verrücken, alle Hände nieder, die sich ihm entgegenstreckten. Das erweckte Daylights Interesse. „Das ist Slosson", antwortete der Barkeeper ihm auf seine Frage. „Der beste Schwerhammerwerfer von ganz Ober-Kanada. Er hat alle Rekorde heuer geschlagen, sogar den Weltrekord. Ein tüchtiger Kerl.“ Daylight nickte, trat zu dem jungen Mann und legte seinen Arm zurecht.

„Ich möchte dir eine Chance geben, mein Sohn“, sagte er.

Der junge Mann lachte, griff zu, und zu Daylights Überraschung wurde seine eigene Hand auf den Schanktisch gezwungen.

„Warte“, murmelte er. „Noch einmal. Ich war noch nicht fertig diesmal.“

Wieder griffen die Hände der beiden Männer umeinander. Es ging schnell. Die Offensive von Daylights Muskeln ging sogleich in Abwehr über, aber wieder wurde seine vergebens widerstrebende Hand heruntergedrückt. Daylight war verblüfft. Es war kein Trick gewesen. Die Gewandtheit war auf beiden Seiten gleich, wenn nicht größer auf der seinen, Kraft, reine Kraft hatte es gemacht. Er bestellte Getränke, hob, immer noch verblüfft und grübelnd, seinen eigenen Arm und betrachtete ihn wie etwas Fremdes und Neues. Er erkannte ihn nicht wieder. Jedenfalls war es nicht der, mit dem er all die Jahre herumgegangen war. Der alte Arm? In alten Tagen wäre es Spielerei gewesen, die Hand des jungen Riesen niederzuzwingen. Aber dieser Arm – er betrachtete ihn immer noch mit einem so zweifelnden, verblüfften Ausdruck, daß die jungen Leute laut lachten.

Ihr Gelächter riß ihn aus seinen Betrachtungen. Im ersten Augenblick stimmte er ein, aber dann trat allmählich ein ernster Ausdruck in seine Züge. Er lehnte sich über den Schanktisch und sagte zu dem Hammerwerfer:

„Mein Sohn, laß mich dir ein Geheimnis ins Ohr flüstern. Mach', daß du von hier wegkommst und aufhörst zu trinken, ehe du richtig damit angefangen hast.“„

Der junge Mann wurde rot vor Zorn, aber Daylight fuhr ruhig fort:

„Hör' auf deinen Papa und laß dir ein paar gute Ratschläge geben. Ich bin selbst ein junger Mann, aber nicht mehr so richtig. Ich will dir was sagen: Vor ein paar Jahren wäre es mir ein Kinderspiel gewesen, deine Hand runterzudrücken.“

Slosson sah ihn zweifelnd an, während die andern sich grinsend um Daylight drängten.

„Mein Sohn, ich bin kein Prediger. Es ist das erstemal, daß ich den reuigen Sünder spiele, und du selbst hast mich dazu gebracht. Ich hab' in meinem Leben schon mit manchem zu tun gehabt, und ich war nicht wählerisch, was du selbst am besten beurteilen kannst. Ich will dir sagen, daß ich reich bin, der Teufel weiß, wieviel Millionen ich habe, aber ich will alles bis auf den letzten Schilling hier auf den Tisch legen, um deine Hand runterzukriegen. Mein Sohn, so steht es mit mir, und so sehe ich selbst die Sache an. Das Spiel lohnt sich nicht. Hüte dich und denk' mal darüber nach, was ich dir gesagt habe. Gute Nacht."

Er drehte sich um und taumelte hinaus, und der moralische Eindruck seiner Predigt litt stark darunter, daß er, als er sie hielt, so offensichtlich betrunken war.

Noch immer halb betäubt, fuhr Daylight in sein Hotel, aß Mittag und schickte sich an zu Bett zu gehen.

Er hielt den Arm, der ihn so geärgert hatte, hoch und betrachtete ihn mit schlaffer Verwunderung. Die Hand, die noch jeden besiegt, die diesen Riesen von Circle City zum Winseln gebracht hatte! Und ein Schuljunge hatte sie runtergedrückt – zweimal, mit grinsendem Gesicht. Dede hatte recht. Er war nicht mehr der Mann, der er einst gewesen. Er mußte ernster und gründlicher über die Situation nachdenken, als er bisher getan. Aber jetzt war nicht der rechte Zeitpunkt dazu. Am Morgen, wenn er ausgeschlafen hatte, wollte er es tun.

Daylight erwachte mit dem gewöhnlichen trockenen Halse, trank einen tiefen Schluck aus dem neben dem Bett stehenden Wasserkrug und nahm die am Abend unterbrochenen Gedanken wieder auf. Er erinnerte sich, daß die finanzielle Lage lichter geworden war. Endlich wurde es besser. Zwar lag noch ein tüchtiges Stück Weges vor ihm, aber das Schlimmste war doch überstanden. Und nicht einer von seinen Geschäftsfreunden war ruiniert. Er hatte sie gezwungen, durchzuhalten, bis er gerettet war, und gleichzeitig waren sie selbst gerettet worden.

Seine Gedanken kehrten zu dem Auftritt an der Ecke der Bar im Parthenon zurück. Er war von dem Ereignis nicht mehr gelähmt, aber er fühlte sich gekränkt, wie es nur ein starker Mann sein kann, wenn seine Kräfte im Abnehmen sind. Und der Ausgang war zu klar, selbst für ihn. Er wußte, warum seine Hand heruntergepreßt war. Nicht, weil er alt war. Er war ein Mann in den besten Jahren, und eigentlich hätte er und nicht der Hammerwerfer der Sieger sein müssen, Daylight wußte, daß er mit sich gespielt hatte. Es war richtig: Er hatte Gottes freie Natur mit dem Käfig der Stadt vertauscht. Er fuhr in Autos, Droschken und elektrischen Bahnen. Er hatte sich keine Bewegung verschafft und hatte seine Muskeln durch Alkohol geschwächt.

Und war es das wert? Was bedeutete schließlich sein Geld? Dede hatte recht. Trotz seines Geldes konnte er nur in einem Bett auf einmal schlafen, und dazu machte ihn sein Geld auch noch zum Sklaven. Es band ihn an Händen und Füßen. Selbst wenn er wollte, konnte er nicht den ganzen Tag in seinem Bett liegen. Sein Geld rief ihn. Die Morgensonne schien durchs Fenster herein – ein schöner Tag, um in die Berge zu reiten, Dede neben sich auf ihrer Mab. Und doch konnten alle seine Millionen ihm nicht diesen einen Tag kaufen. Es konnten unerwartete Störungen eintreten, und er mußte auf dem Posten sein. Dreißig Millionen! Und sie konnten Dede nicht dazu bringen, Mab zu reiten – Mab – die jetzt auf seiner Weide fett wurde, ohne daß jemand Freude an ihr hatte. Was waren dreißig Millionen, wenn sie ihm nicht den Ausflug mit dem Mädchen verschaffen konnten, das er liebte? Dreißig Millionen, die ihn hinderten, dieses junge Mädchen zu gewinnen, das für neunzig Dollar monatlich arbeitete.

Das war es ja gerade, was Dede meinte. Das war es ja, woran sie dachte, als sie betete, daß er Bankerott machen sollte. Er hob den rechten Arm, der ihn so gekränkt hatte. Es war nicht derselbe Arm wie früher. Er hatte ihn im Stich gelassen. Er setzte sich plötzlich auf. Nein, weiß Gott, er selbst war es, der den Arm im Stich gelassen hatte. Wie er sich selbst, wie er Dede im Stich gelassen hatte! Sie hatte recht, tausendmal recht, und sie hatte Verstand genug, um das zu wissen, Verstand genug, nicht einen Mann zu heiraten, dessen Körper vom Whisky zerrüttet und der Sklave seines Geldes war.

Er sprang aus dem Bette und betrachtete sich in dem großen Spiegel der Schranktür. Es war kein schöner Anblick. Die hageren Wangen von früher waren verschwunden. Jetzt waren seine Backen schwer und hingen wie unter ihrem eigenen Gewicht. Er suchte die Linien von Grausamkeit, von denen Dede gesprochen hatte, und er fand sie; er fand auch den harten Schimmer in den Augen, die mit Blut gesprenkelt waren von all dem Alkohol, den er am vorigen Abend und in den vergangenen Monaten und Jahren getrunken hatte. Dann krempelte er sich die Ärmel seines Pyjamas auf. Kein Wunder, daß der Hammerwerfer ihn bezwungen hatte! Das waren ja keine Muskeln mehr. Sie waren unter einer beginnenden Fettschicht begraben. Er warf die Jacke ab und erschrak von neuem; Die Muskeln auf Brust, Schulter und Leib, die sich so scharf abgezeichnet hatten, waren zu reinen Fettpolstern geworden.

Er setzte sich auf das Bett und durch seinen Sinn flog die Erinnerung daran, wie stark und schön er in alten Tagen gewesen war; er dachte an die Indianer und die Hunde, denen er in jenen verzweifelten Tagen und Nächten das Leben aus dem Leibe gejagt, und an die alten Taten, die ihn zum König über ein hartes Volk von Grenzern gemacht hatten.

Dies war also das Alter. Vor seinem Auge stand das Bild des alten Mannes, den er über die Berge hatte kommen sehen; weißhaarig, weißbärtig, vierundachtzig Jahre alt.

Dann erinnerte er sich Fergusons, des kleinen Mannes, der wie ein Kaninchen über den Weg gelaufen war. Der war einmal Schriftleiter eines großen Blattes gewesen und lebte jetzt zufrieden in seinem Eichenwäldchen mit seiner Gebirgsquelle und seinen sorgsam gezüchteten und gehüteten Obstbäumen. Ferguson hatte ein Problem gelöst. Ja, dachte Daylight, wenn ein Kranker, den die Ärzte aufgegeben hatten, sich zu einem kräftigen, gesunden Landarbeiter entwickeln konnte, was konnte dann nicht ein Mann wie er unter ähnlichen Verhältnissen erreichen? Er sah im Geiste, wie er seinen Körper mit der alten Kraft seiner Jugend zu neuem Leben erweckte, und er dachte an Dede und setzte sich auf den Bettrand, halb erschreckt von dem großen Gedanken, der ihm kam. Er blieb nicht lange sitzen. Sein Hirn begann, schnell und sicher wie stets, die Sache von allen Seiten zu untersuchen. Es war ein großer Gedanke – größer als alle, die er je zuvor gehabt. Und er sah ihm fest ins Auge, nahm ihn in seine beiden Hände, drehte und wendete ihn nach allen Seiten und betrachtete ihn. Es war alles so unendlich einfach, daß es ihn geradezu belustigte. Er lachte laut, traf seine Entscheidung und begann sich anzukleiden. Mitten im Ankleiden hielt er inne, um zu telephonieren.

Dede war die erste, die er anrief.

„Kommen Sie heute nicht ins Kontor“, sagte er. „Ich komme hinaus, um Sie einen Augenblick zu sprechen.“ Er rief auch andere an. Er bestellte sein Automobil. Jones beauftragte er, Bob und Wolf nach Glen Ellen zu bringen. Hegan überraschte er, indem er ihn bat, die Papiere von Glen Ellen herauszusuchen und die Besitzung auf Dede Masons Namen zu übertragen.

„Auf wessen Namen?“ fragte Hegan. „Dede Mason,“ antwortete Daylight mit unerschütterlicher Ruhe – „das Telephon muß heute nicht in Ordnung sein. D-e-d-e M-a-s-o-n. Verstanden?“

Eine halbe Stunde später jagte er nach Berkeley. Und zum erstenmal hielt das große rote Automobil gerade vor dem Hause. Dede wollte ihn ins Wohnzimmer führen, aber er schüttelte den Kopf und machte eine Bewegung nach ihrem eigenen Zimmer.

„Drinnen“, sagte er. „Anderswo will ich nicht.“

Als die Tür geschlossen war, streckte er die Arme nach ihr aus und zog sie an sich. Dann legte er ihr beide Hände auf die Schultern und sah ihr ins Gesicht.

„Dede, wenn ich Ihnen sage, mit reinen Worten sage, daß ich auf der Ranch von Glen Ellen leben und nicht einen Cent mitnehmen will, daß ich mir jeden Bissen erarbeiten und nie mehr eine Karte anrühren will von dem geschäftlichen Spiel, wollen Sie mich dann nehmen?“

Sie stieß einen kleinen Freudenschrei aus, und er schloß sie noch fester in seine Arme. Doch im nächsten Augenblick hatte sie sich frei gemacht und hielt ihn in der alten Stellung mit ausgestrecktem Arm von sich ab.

„Ich – ich verstehe nicht“, sagte sie atemlos.

„Und Sie haben mir noch keine Antwort gegeben – aber ich glaube im übrigen, daß das gar nicht nötig ist. Wir heiraten sofort und brechen auf. Ich habe Bob und Wolf schon hingeschickt. Wann sind Sie fertig?“

Dede mußte lächeln; Daylight lächelte auch. „Sehen Sie, Dede, wir müssen offen miteinander reden – die Wahrheit, die ganze Wahrheit und nichts als die Wahrheit. Jetzt beantworten Sie mir einige Fragen, und dann will ich Ihnen antworten.“ Er wartete einen Augenblick, ehe er fortfuhr: „Also, vor allem eine Frage: Lieben Sie mich genug, um sich mit mir zu verheiraten?“

„Aber – –“ begann sie.

„Kein aber“, unterbrach er sie scharf. „Jetzt heißt es: Karten auf den Tisch. Wenn ich heiraten sage, so meine ich, was ich gesagt habe, daß wir von hier fortgehen und auf der Ranch leben wollen. Lieben Sie mich genug, um sich mit mir zu verheiraten?“

Sie sah ihn einen Augenblick an. Dann schlug sie die Augen nieder, und jede Linie ihres Körpers schien ihre Zustimmung zu verraten.

„Dann kommen Sie.“ Unwillkürlich strafften sich seine Beinmuskeln, als wollte er sie gleich zur Tür führen. „Mein Auto wartet draußen. Sie brauchen sich nur noch den Hut aufzusetzen.“

Er beugte sich über sie. „Ich darf doch?“ sagte er und küßte sie.

Es war ein langer Kuß. und sie sprach zuerst.

„Wie ist das möglich? Wie können Sie Ihr Geschäft im Stich lassen? Ist etwas geschehen?“

„Nein, noch ist nichts geschehen, aber es kommt verflucht schnell. Ich habe mir deine Predigt zu Herzen genommen, und ich verspreche, daß ich dir dienen werde. Alles übrige kann meinetwegen zum Teufel gehen. Du hast ganz recht. Ich bin ein Sklave meines Geldes gewesen, und da ich nicht zwei Herren dienen kann, lasse ich das Geld schwimmen. Ich will lieber dich haben als alles Geld auf der Welt, das ist alles.“ Wieder schloß er sie in seine Arme. „Und jetzt habe ich dich, Dede. Ich habe dich.

Und ich will dir noch etwas sagen. Ich habe mein letztes Glas getrunken. Du heiratest einen Säufer, aber wenn ich dein Mann bin, wird die Geschichte anders. Er wird ein anderer Mensch, und das so schnell, daß du ihn gar nicht wiederkennst. Wenn wir ein paar Monate in Glen Ellen sind, wachst du eines Morgens auf und entdeckst, daß du einen ganz fremden Mann bei dir hast. Du wirst sagen: ›Ich bin Frau Harnish, und wer sind Sie?‹, und ich werde sagen: ›Ich bin Elam Harnishs jüngerer Bruder. Ich bin eben aus Alaska zur Beerdigung gekommen.‹ ›Was für eine Beerdigung?‹ wirst du dann fragen. Und ich werde sagen: ›Nun, die Beerdigung von dem Taugenichts, dem Spieler und Säufer Burning Daylight – dem Mann, der an Herzverfettung starb, weil er die Nächte hindurch das Geschäftsspiel spielte. Ja, gnädige Frau,‹ werde ich sagen, ›er ist um die Ecke gegangen, das ist sicher, aber jetzt bin ich gekommen, um seinen Platz einzunehmen und Sie glücklich zu machen. Und jetzt, gnädige Frau, werde ich mit Ihrer Erlaubnis auf die Weide gehen und die Kuh melken, während Sie das Frühstück bereiten‹.“

Wieder ergriff er ihre Hand und tat, als ob er sie zur Tür ziehen wollte. Als sie Widerstand leistete, beugte er sich zu ihr herab, nahm ihren Kopf in seine Hände und küßte sie wieder und wieder.

„Ich sehne mich nach dir, mein Herz“, murmelte er.

„Setz' dich und sei vernünftig“, bat sie mit brennenden Wangen, während das goldene Licht goldener flammte, als er es je gesehen.

Aber Daylight wollte seinen Willen durchsetzen, und als er sich jetzt hinsetzte, tat er es neben ihr und legte den Arm um sie.

„Du hast noch nicht auf meine Fragen geantwortet", sagte sie vorwurfsvoll, während sie sich mit roten Wangen und strahlenden Augen aus der Umarmung löste.

„Also, was willst du denn wissen?" fragte er.

„Ich will wissen, wie das alles möglich ist? Wie du zu einem solchen Zeitpunkt dein Geschäft im Stich lassen kannst. Was du damit meintest, daß bald etwas geschehen würde. Ich –" Sie hielt inne und errötete. „Ich habe ja auch deine Fragen beantwortet."

„Komm und laß uns heiraten", sagte er, und der neckische Klang seiner Stimme wurde durch den Glanz seiner Augen verdoppelt. „Du weißt, daß ich meinem starken jungen Bruder weichen muß und nicht mehr lange zu leben habe." Sie verzog das Gesicht ungeduldig, und er wurde plötzlich ernst. „Siehst du, die Sache ist so, Dede. Ich habe wie vierzig Pferde gearbeitet, seit die verfluchte Panik anfing, und unterdessen lagen die Ideen, die du mir gegeben hattest, zum Keimen bereit in mir. Nun, und heute morgen keimten sie wirklich, das ist alles. Ich stand auf mit der Absicht, wie gewöhnlich ins Kontor zu gehen. Die Sonne schien durchs Fenster herein, und ich wußte, daß es ein herrlicher Tag in den Bergen würde. Und ich wußte, daß ich gern mit dir in die Berge reiten wollte – dreißigmillionenmal lieber als ins Kontor gehen. Aber dabei wußte ich, daß es unmöglich war. Und warum? Des Geschäfts wegen. Das Geschäft erlaubte es nicht. Mein ganzes Geld stellte sich auf die Hinterbeine, versperrte mir den Weg und wollte mich nicht durchlassen. Eine Art und Weise hat dies verfluchte Geld, sich einem in den Weg zu stellen. Du weißt es selbst.

Und da sagte ich mir, daß es jetzt an einem Kreuzweg angekommen wäre. Der eine Weg führte ins Kontor. Der andere nach Berkeley. Und ich wählte den Weg nach Berkeley. Ich setze meine Füße nicht mehr ins Kontor. Das ist vorbei! Fertig! Und ich lasse alles zum Teufel gehen."

Sie sah erschrocken zu ihm auf.

„Du meinst – –" begann sie.

„Eben das. Ich wische die Tafel rein. Ich lasse die ganze Geschichte zum Teufel gehen. Als die dreißig Millionen Dollar sich gegen mich erhoben und sagten, daß ich heute nicht mit dir in die Berge reiten könnte, da wußte ich, daß die Zeit zum Handeln gekommen war. Und nun handle ich. Jetzt hab' ich dich und die Kraft, für dich und für die kleine Ranch in Sonoma zu arbeiten. Das ist alles, was ich brauche und was ich aus den Trümmern retten will, dazu noch Bob und Wolf, eine Reisetasche und hundertvierzig Roßhaarzügel. Der Rest geht zum Teufel, und ich bin froh darüber."

Aber Dede war hartnäckig.

„Dann ist dieser – dieser furchtbare Verlust nicht notwendig?" fragte sie.

„Ich sag' dir ja. Er ist notwendig. Wenn das Geld sich einbildet, es könne sich mir in den Weg stellen und mir verbieten, mit dir auszureiten –"

„Nein, nein, jetzt im Ernst", unterbrach ihn Dede. „Das meine ich nicht, und das weißt du auch. Ich will wissen, ob der Bankerott vom geschäftlichen Standpunkt aus notwendig ist?"

Er schüttelte den Kopf.

„Nein, das ist er nicht. Das ist ja gerade der Witz dabei. Ich lasse nicht nach, weil die Panik mich gelähmt hat und mich dazu zwingt. Ich gehe jetzt, da ich die Panik bezwungen habe und vor dem Siege stehe. Das zeigt doch gerade, wie wenig mir daran liegt. An dir liegt mir, Liebling, und dementsprechend spiele ich."

Doch sie entzog sich seiner schirmenden Umarmung.

„Du bist verrückt, Elam!"

„Sag' das noch einmal", murmelte er entzückt. „Das ist wahrhaftig süßer als der Klang von Millionen."

Aber sie beachtete es nicht.

„Es ist Wahnsinn, Du weißt nicht, was du tust –"

„O doch", versicherte er. „Ich gewinne das, was meinem Herzen am teuersten ist. Dein kleiner Finger ist ja mehr wert –"

„Sei doch nur einen Augenblick vernünftig."

„Ich bin in meinem ganzen Leben noch nie so vernünftig gewesen. Ich weiß, was ich will, und ich tue es. Ich will dich haben und draußen mit dir leben. Ich will nicht mehr die Füße auf dem Pflaster und das Ohr den ganzen Tag am Telephon haben. Ich will eine kleine Ranch haben auf einem der schönsten Fleckchen Erde, die Gott geschaffen, und will selbst alles tun, was es da zu tun gibt – Kühe melken, Holz hacken, Pferde striegeln, den Boden pflügen und was sonst dazu gehört. Und ich bin sicher der glücklichste Mensch auf Erden, denn ich habe etwas, das man nicht für Geld kaufen kann. Ich habe dich, die ich nicht für dreißig Millionen, nicht für dreitausend Millionen und nicht für dreißig Cent kaufen könnte –"

Ein Klopfen an der Tür unterbrach ihn; Dede ging zum Telephon hinaus.

„Herr Hegan ist am Apparat", sagte sie, als sie wiederkam. „Er wartet. Er sagt, es sei wichtig."

Daylight schüttelte den Kopf und lächelte.

„Bitte, sage Hegan, er soll anhängen. Ich bin fertig mit dem Geschäft und will nichts mehr davon wissen."

Nach einer Minute kam sie wieder.

„Er sagt, er will nicht anhängen. Er läßt dir sagen, daß Unwin im Kontor wartet und dich durchaus sprechen will. Und Harrison auch. Hegan sagte, es stehe schlimm mit Grimshaw & Hodgkins, und du müßtest sie stützen."

Das war eine überraschende Nachricht. Sowohl Unwin wie Harrison repräsentierten Großbanken, und Daylight wußte, daß die Firma Grimshaw & Hodgkins, wenn sie Konkurs machte, eine ganze Reihe anderer Häuser mit sich reißen würde. Aber er lächelte nur, schüttelte den Kopf und sagte mit dem Ton, den er im Geschäft anzuschlagen pflegte:

„Fräulein Mason, wollen Sie so freundlich sein und Herrn Hegan sagen, daß nichts dabei zu machen ist, und daß er anhängen soll."

„Aber das kannst du nicht", drang sie in ihn.

„Wetten das", sagte er kurz.

„Elam!"

„Sag' das noch einmal!" rief er. „Sag' das noch einmal, und dann kann meinetwegen ein ganzes Dutzend Grimshaw & Hodgkins zum Teufel gehen!"

Er ergriff ihre Hand und zog sie an sich.

„Laß Hegan nur am Telephon warten, bis er schwarz wird. An einem Tag wie heute können wir nicht eine Minute an ihn verschwenden. Er ist nur in seine Bücher und sein Zeugs verliebt, aber ich halte ein wirkliches, lebendiges Weib in meinen Armen, das mich liebt, wenn es auch versucht, über die Stränge zu schlagen."

Aber ich weiß doch auch etwas von dem Kampf, den du geführt hast", wandte Dede ein. „Wenn du jetzt aufhörst, so ist die ganze Arbeit umsonst gewesen. Du hast kein Recht, das zu tun. Du kannst es nicht tun."

Daylight war unerbittlich. Er schüttelte den Kopf und lächelte neckisch.

„Nichts wird zu nichts, Dede, nichts! Du verstehst nichts vom Geschäft. Es steht ja alles nur auf dem Papier. Alles, wofür ich kämpfe, ist Papier. Für tausend Morgen Land habe ich Papier bekommen. Schön. Verbrenne die Papiere und mich dazu. Das Land bleibt, nicht wahr? Der Regen fällt darauf, die Saat keimt darin, Bäume wachsen, Häuser stehen darauf, die elektrischen Bahnen fahren darüber. Das ganze Geschäft ist Papier. Ob ich das Papier verliere oder mein Leben, das ist einerlei; das macht das Land nicht um ein Sandkorn geringer und beugt keinen Grashalm.

Nichts ist verloren – nicht ein einziger Pfahl in der ganzen Dockanlage, nicht eine Speiche von all den Eisenbahnen, nicht ein bißchen Dampf von den Fährbooten. Die Wagen laufen weiter, ob das Papier mir gehört oder einem andern. Die Hochflut in Oakland hat schon begonnen. Die Leute strömen herbei. Wir verkaufen wieder Grundstücke. Die Flut läßt sich nicht mehr eindämmen. Was mir und dem Papier auch geschieht, die dreihunderttausend Menschen kommen doch! Und es wird Straßenbahnen geben, Häuser, gutes Wasser, Elektrizität und alles, was sonst noch dazu gehört."

Unterdessen war Hegan in einem Automobil gekommen. Das Fauchen klang durch das offene Fenster herein, und sie hörten, wie es neben dem roten Wagen hielt. Im Wagen befanden sich auch Unwin und Harrison, während Jones neben dem Chauffeur saß. „Hegan will ich sprechen", sagte Daylight zu Dede. "Die andern kann ich nicht brauchen. Die können im Auto warten."

„Ist er betrunken?" flüsterte Hegan Dede zu, die ihn an der Tür empfing.

Sie schüttelte den Kopf und wies ihn hinein.

„Guten Morgen, Larry", grüßte Daylight. „Setz' dich und beruhige dich. Du scheinst ein bißchen aufgeregt zu sein."

„Das bin ich", antwortete der kleine Irländer heftig. „Grimshaw & Hodgkins gehen zum Teufel, wenn nicht schnell etwas geschieht. Warum bist du heute morgen nicht ins Kontor gekommen? Was willst du tun?"

„Nichts“, sagte Daylight nachlässig. „Ich denke, wir lassen sie zum Teufel gehen.“

„Aber –“

„Ich habe nichts mit Grimshaw & Hodgkins zu schaffen. Ich schulde ihnen nichts. Außerdem geht es mir selbst nicht besser. Hör', Larry, du kennst mich doch. Du weißt, wenn ich zu etwas entschlossen bin, dann tue ich es auch. Und nun habe ich mich entschlossen. Ich hab' das ganze Spiel satt. Ich will heraus, so schnell ich kann, und mit einem Krach geht es am besten.“

Hegan starrte seinen Chef an und wandte dann sein entsetztes Gesicht Dede zu, die mitfühlend nickte.

„Und daher sollst du alles zum Teufel gehen lassen, Larry,“ fuhr Daylight fort, „was du zu tun hast, ist. daß du für dich selbst und deine Freunde sorgst. Hör' nun zu: Alles ist soweit in Ordnung. Keiner darf zugrunde gehen. Allen, die zu mir gehalten haben, muß geholfen werden, ohne daß sie Schaden leiden. Alle ausstehenden Löhne werden auf Heller und Pfennig bezahlt. Alles Geld, das ich vom Wasserwerk, von den Straßenbahnen und den Fähren genommen habe, wird zurückgezahlt. Und du selbst wirst auch keinen Schaden leiden. Alle Gesellschaften, bei denen du beteiligt bist, werden sich halten –.“

„Du bist verrückt, Daylight“, rief der kleine Rechtsanwalt. „Das ist der reine Wahnsinn. Hast du Gift gekriegt?“

„Wahrscheinlich“, erwiderte Daylight lächelnd. „Aber jetzt spucke ich's aus. Ich bin krank vom Leben in der Stadt und vom Geschäft. Ich will hinaus in den Sonnenschein, aufs Land und das grüne Gras. Und Dede geht mit mir. Du darfst mir als erster gratulieren.“

„Gratulieren – den Teufel will ich! Mit solchen Dummheiten will ich nichts zu tun haben. Was haben Sie denn nur mit ihm gemacht?“ sprudelte Hegan heraus und wandte sich ärgerlich gegen Dede.

„Nichts weiter, Larry.“ Zum erstenmal klang Daylights Stimme scharf, und die Linien in seinem Antlitz, die von Grausamkeit zeugten, traten stärker hervor. „Fräulein Mason wird meine Frau, und wenn ich auch selbstverständlich nichts dagegen habe, daß du mit ihr redest, soviel du willst, so mußt du doch einen andern Ton anschlagen. Und ich will dir noch etwas sagen. Es geht alles auf meine eigene Kappe. Sie sagt auch, daß ich verrückt bin.“

Hegan schüttelte traurig den Kopf, konnte aber kein Wort hervorbringen und stand mit weit aufgerissenen Augen da.

„Es wird natürlich vorläufig Zwangsverwaltung geben," sagte Daylight, „aber die wird nicht lange dauern. Du hast unterdessen die Leute zu retten, die ihre Löhne bei mir haben stehenlassen, alle Gläubiger und alle Unternehmungen, die auf unserer Seite gestanden haben. Die New-Jersey-Leute sind nach ein paar tausend Morgen ausgewesen. Sie nehmen sie gern und schlagen sicher sofort zu, wenn du ihnen einen halbwegs anständigen Preis machst. Das hilft schon."

Dede hatte kaum zugehört, aber plötzlich schien sie einen Entschluß zu fassen, und sie trat vor die beiden Männer. Sie war blaß, aber ihre Züge hatten einen Ausdruck von Entschlossenheit, der Daylight an den Tag erinnerte, als sie das erstemal Bob ritt.

„Halt!" sagte sie. „Ich will dir etwas sagen, Elam, wenn du diesen Unsinn machst, so heirate ich dich nicht."

In seinem Elend sandte Hegan ihr einen dankbaren Blick.

„Ich werde aber doch –" begann Daylight.

„Halt!" unterbrach sie ihn wieder. „Und wenn du es nicht tust, heirate ich dich."

„Den Vorschlag muß ich mir erst klarmachen." Daylight sprach aufreizend langsam und nachdrücklich. „Wenn ich dich recht verstehe, so willst du mich heiraten, wenn ich das Spiel weiterspiele. Du willst mich heiraten, wenn ich weiter arbeite wie verrückt und weiter Martinis trinke."

Nach jeder Frage machte er eine Pause, während sie zustimmend nickte.

„Und du willst mich gleich heiraten?"

„Ja."

„Heute? Sofort?"

„Ja."

Er grübelte einen Augenblick.

„Nein, mein Herz, ich tue es nicht. Das geht nicht gut aus, und das weißt du selbst. Ich will dich haben – dich mit Haut und Haar. Sieh, Dede, mit dir auf der Ranch, bin ich deiner sicher und auch meiner selbst. Du kannst sagen, was du willst, heiraten tust du mich doch. Und jetzt, Larry, ist es am besten, wenn du gehst. Ich bin bald wieder im Hotel, und da ich meine Füße nicht wieder ins Kontor setze, mußt du mir schon die Papiere und was sonst zu erledigen ist bringen. Du kannst mich jederzeit telephonisch erreichen. Der Krach muß seinen Weg gehen. Savvy? Ich bin fertig damit."

Er erhob sich, um Hegan anzudeuten, daß er gehen solle. Der war wie gelähmt. Er erhob sich zwar, blieb aber dann stehen und sah sich hilflos um.

„Der reine Wahnsinn, völlig verrückt", murmelte er. Daylight legte ihm die Hand auf die Schulter.

„Nimm dich zusammen, Larry. Ich bin ein größerer Träumer als du, das ist alles, und jetzt träume ich etwas, das in Erfüllung gehen wird. Das ist der größte und schönste Traum, den ich je geträumt habe."

„Indem du alles verlierst, was du hast", rief Hegan heftig.

„Gewiß, indem ich alles verliere, was ich nicht brauche. Aber die hundertundvierzig Roßhaarzügel will ich doch behalten. Und nun mach' lieber, daß du zu Unwin und Harrison hinauskommst und in die Stadt zurückfährst."

Drei Tage darauf fuhr Daylight in seinem roten Wagen nach Berkeley. Es war das letztemal, denn morgen sollte die große Maschine einem andern gehören. Es waren drei anstrengende Tage gewesen, denn sein Bankerott war der größte, den die Panik in Kalifornien verursacht hatte. Die Zeitungen waren voll davon, und ein Wutgeschrei wurde von denen ausgestoßen, die später fanden, daß Daylight ihre Interessen in jeder Beziehung wahrgenommen hatte. Diese Tatsachen waren es, die, als sie allmählich bekannt wurden, die weitverbreitete Anschauung veranlaßten, daß der wilde Draufgänger von Alaska verrückt geworden wäre. Und Daylight hatte geschmunzelt und die Vermutung dadurch bestärkt, daß er sich weigerte, Reporter zu empfangen.

Er ließ das Auto vor Dedes Tür halten, und mit derselben gewaltsamen Taktik wie das letztemal schloß er sie in die Arme, ehe sie noch ein Wort hatte hervorbringen können.

„Erledigt!" kündigte er an. „Du hast natürlich die Zeitungen gelesen. Ich bin ausgepumpt bis auf den letzten Cent, und jetzt will ich nur wissen, an welchem Tage wir nach Glen Ellen ziehen können."

Er hielt inne und sah sie an. Unentschlossenheit und Sorge stand auf ihrem Antlitz. Aber dann wich alles dem Lächeln, das er so gut kannte, sie warf den Kopf zurück und lachte auf ihre alte frische Knabenart.

„Wann kommen die Leute zum Einpacken?“ fragte sie.

Sie lachte wieder und tat, als ob sie vergebens versuchte, sich aus seinen Bärentatzen loszumachen.

„Lieber Elam,“ flüsterte sie, „lieber Elam.“ Und zum ersten Male küßte sie ihn.

Sie strich ihm kosend mit der Hand übers Haar.

„Jetzt sind deine Augen ganz golden“, sagte er. „Ich kann genau in ihnen lesen, wie lieb du mich hast.“

„Sie sind schon lange golden für dich gewesen, Elam. Ich glaube, auf unserer kleinen Ranch werden sie immer golden sein.“

„In deinem Haar ist auch Gold, eine Art Feuergold.“ Er drehte ihren Kopf gegen das Licht, hielt ihn zwischen seinen Händen und blickte ihr lange in die Augen. „Und neulich, als du sagtest, daß du mich nicht heiraten wolltest, da waren deine Augen auch golden.“

Sie nickte und lachte.

„Du wolltest deinen Willen haben“, gestand sie. „Aber ich konnte einen solchen Wahnsinn nicht mitmachen. All das Geld gehört ja dir und nicht mir. Aber ich liebte dich die ganze Zeit, Elam, weil du so ein großer Junge warst, der nun ein Spielzeug für dreißig Millionen zerbrechen wollte – nur weil er des Spielens müde geworden war. Und wenn ich auch nein sagte, so wußte ich doch die ganze Zeit, daß es Ja war. Und ich wußte, daß meine Augen die ganze Zeit golden waren.“

Sie barg einen Augenblick ihr Gesicht an seiner Brust, dann sah sie wieder mit strahlendfrohen Augen zu ihm auf.

„Siehst du, Elam, ich – ich mußte dich einfach heiraten. Aber ich betete, daß es dir glücken möge, alles zu verlieren.“

„Ich habe eine Idee,“ sagte Daylight, „wir entfliehen ja dem Stadtleben und allem, was damit zusammenhängt. Es hat doch eigentlich keinen Sinn, daß wir uns in der Stadt trauen lassen. Also meine Idee: Ich fahre nach der Ranch, um das Haus ein wenig instand zu setzen. Du kommst in ein paar Tagen mit dem

Morgenzug nach. Dann hab' ich alles mit dem Pfarrer in Ordnung gebracht. Und noch eine Idee: Du nimmst dein Reitkleid im Handkoffer mit. Ich bin mit ein paar Pferden da, und wir reiten dann über Land. Du kannst gleich dein Gut besichtigen – und es ist wirklich schön. Also, es ist alles in Ordnung, und ich erwarte dich übermorgen mit dem Frühzuge."

Dede war rot geworden, und sie sagte:

„Du bist ein solcher Brausewind."

„Ja, gnädige Frau," sagte er langsam, „ich kann das Warten nicht vertragen. Und es ist ein Skandal, wie lange wir gewartet haben. Wir hätten uns schon vor mehreren Jahren heiraten können."

Zwei Tage später stand Daylight wartend vor dem kleinen Gasthof von Glen Ellen. Die Trauung war vorüber, und Dede war hineingegangen, um ihr Reitkleid anzuziehen, während er die Pferde holte. Jetzt zog er Bob und Mab am Zügel hinter sich her, und im Schatten des Wassertroges saß Wolf und sah zu. Schon die zwei Tage der starken kalifornischen Sonne hatten Daylights früher so sonnenverbrannter Haut neue Glut verliehen. Aber wärmer noch war die Glut, die in seinen Wangen und Augen brannte, als er Dede zur Tür herauskommen sah, die Reitpeitsche in der Hand und in dem Reitkleid, das er so gut von früher her kannte. Auch in ihrem Gesicht waren Wärme und Glut, als ihr Blick dem seinen begegnete und dann auf die Pferde fiel. Da sah sie Mab. Aber ihr Blick suchte wieder den Mann.

„Ach, Elam!" flüsterte sie.

Es war fast ein Gebet, aber ein Gebet, das tausendfachen Sinn enthielt. Daylight versuchte sich dumm anzustellen, aber das Lied, das in seinem Herzen klang, war zu jubelnd, als daß er sich hinter seiner gewöhnlichen Scherzhaftigkeit hätte verschanzen können. Alles lag in dem einen Wort – Vorwurf, in Dankbarkeit geläutert, und hinter allem Freude und Liebe.

Sie trat vor, liebkoste das Pferd, und dann wandte sie sich wieder zu ihm und flüsterte:

„Ach, Elam!"

Wieder machte er eine Anstrengung zu scherzen, aber der Augenblick war zu feierlich selbst für Liebesscherze. Keiner von ihnen sprach. Sie ergriff die Zügel, und Daylight beugte sich nieder und nahm ihren Fuß in die Hand. Er hob ihn, sie sprang und saß im nächsten Augenblick im Sattel. Gleich darauf saß er selbst im Sattel, und während Wolf in seinem typischen Wolfstrott vorauslief, ritten sie Seite an Seite bergauf, den Weg, der sie zur Stadt hinausführte – auf zwei rotbraunen Pferden zwei frohe verliebte Menschen, die durch den warmen Sommertag ihren Flitterwochen entgegenritten. Daylight war wie berauscht. Höher konnte nie ein Mensch gelangen, war nie einer gelangt.

Sie erreichten den Gipfel des Hügels, und er sah ihr Antlitz vor Freude leuchten, als sie das schöne Land vor sich liegen sah.

„Das ist unser", sagte er. „Und das ist nur eine Probe von der Ranch. Warte nur, bis du den großen Canjon siehst. Dort sind Waschbären, und dahinten in Sonoma gibt es Nerze. Tiere! – Weißt du, diese Berge wimmeln von ihnen, und ich glaube, wenn wir uns Mühe geben, können wir sogar einen Berglöwen erwischen. Und weißt du, da ist eine kleine Wiese – aber jetzt sag' ich nichts mehr. Wart', bis du alles selbst gesehen hast."

Sie bogen in eine Gatterpforte ein, und beide sogen mit Entzücken den warmen Heuduft ein. Wie bei Daylights erstem Besuch sangen die Lerchen und flogen vor den Pferden auf, bis sie den Wald mit den blumenübersäten Lichtungen erreichten.

„Jetzt sind wir auf unserem eigenen Grund und Boden", sagte er, als sie über die jüngst gemähte Wiese kamen. „Er erstreckt sich über den unebensten Teil des Landes. Aber warte nur, bis du alles gesehen hast."

Er bog bei der Lehmgrube ab und bahnte sich den Weg durch den Wald zur Linken, an der ersten Quelle vorbei, wo die Pferde über die zerfallenen Gatter springen mußten. Neben der glucksenden Quelle, zwischen den Rottannen, wuchs wieder eine große wilde Lilie, die auf ihrem schlanken Stengel eine Fülle weißer, wachsartiger Glocken trug. Diesmal stieg er nicht ab, sondern ritt voraus zu dem tiefen Canjon, den der Fluß in die Höhen geschnitten hatte. Hier hatte er einen steilen, glatten Reitweg angelegt, der über den Boden des Canjons in die tiefe Dämmerung der Rottannen und dann durch einen fast undurchdringlichen Wald von Eichen und Madronjos führte. Dann kamen sie an eine kleine Rodung von einigen Morgen, wo das Getreide ihnen fast bis an den Leib reichte.

„Unser", sagte Daylight.

Sie beugte sich vom Sattel herab, pflückte einen Halm und schmeckte ihn.

„Süßes Bergheu," rief sie aus, „Mabs Lieblingsfutter." Und den ganzen Ritt hindurch äußerte sie ihr Entzücken und ihre Überraschung in frohen kleinen Ausrufen.

„Und davon hast du mir nie etwas erzählt!" sagte sie vorwurfsvoll, als sie über die kleine Rodung und die bewaldeten Höhen blickten, die sich ganz bis zur großen Krümmung des Sonoma-Tales erstreckten.

„Komm", sagte er, und sie machten kehrt und ritten im Schatten zurück, setzten über den Fluß und kamen wieder zu der Lilie an der Quelle.

Auch hier, wo der Weg den steilen, mit Buschwerk bewachsenen Berg hinanführte, hatte er einen primitiven Reitweg angelegt. Als sie im Zickzack hinaufritten, konnten sie durch den dichten Laubverhang einen Schimmer dessen sehen, was sich hinter ihnen bis zum Horizont erstreckte. Aber immer noch blieb die Aussicht versperrt durch die Reihen grüner Bäume, die sich den ganzen Weg entlang als Laubwölbung über ihnen schlossen und nur hier und dort einen schmalen Spalt ließen, der Bündel von Sonnenstrahlen eindringen ließ. Und zu allen Seiten wuchsen harne aller Arten, von winzig kleinem Venushaar bis zu riesigen Adlerfarnen, die sich zu einer Höhe von sechs Fuß erhoben. Unten in der Tiefe konnten sie ständig die großen verzerrten Stämme und Äste der Räume sehen, und über ihren Köpfen hingen ähnliche große verzerrte Äste.

Dede hielt ihr Pferd an und seufzte über all die Schönheit.

„Es ist, als wären wir Schwimmer, die aus der Tiefe eines stillen grünen Sees emportauchten!" sagte sie. „Hoch droben sind Himmel und Sonne, aber hier ist der See, und wir sind klaftertief unter seiner Oberfläche."

Dann erreichten sie den Gipfel, kamen gleichsam in eine andere Welt, denn jetzt waren sie wieder in dem dichten Busch von jungen langstämmigen Madronjos und sahen hinunter auf den freien, sonnenbeschienenen Hang, über die nickenden Gräser, zu den großen Sträußen blauer und weißer Nemophilen, die wie ein Teppich über der winzigen Wiese zu beiden Seiten des kleinen Baches lagen. Dede klatschte in die Hände.

Sie setzten über den Bach und ritten auf dem Viehsteige über die niedrige Felshöhe und durch das Manzanitagebüsch, bis sie das nächste Tal mit seinem von Wiesen umkränzten kleinen Bach erreichten.

„Es sollte mich wundern, wenn wir nicht bald auf ein paar Wachteln stießen", sagte Daylight.

Und kaum hatte er ausgesprochen, als auch schon wildes, aufgeregtes Trommeln erscholl, und die alten Wachteln um Wolf aufflogen, während die jungen eilig Schutz suchten und wie durch Zauberwort gerade vor ihren Augen verschwanden.

Er zeigte ihr den Habichtshorst, den er in dem zersplitterten Wipfel der Rottannen gefunden, und sie entdeckte ein Waldrattennest, das er noch nicht gesehen hatte. Dann schlugen sie den alten Waldpfad ein und kamen an eine kleine Rodung, wo die Weintrauben in der roten vulkanischen Erde wuchsen. Hierauf folgten sie dem Viehsteig durch neue Wälder, neues Gestrüpp, durchritten hin und wieder ein bewaldetes Tal und erreichten den Hof, der am Rande des großen Canjons lag und erst in Sicht kam, als sie ihn fast erreicht hatten.

Dede stand auf der breiten Veranda, die rings um das Haus lief, während Daylight die Pferde anband. Es schien Dede, als wäre es sehr still. Es war die trockene, warme, atemlose Ruhe des kalifornischen Mittags. Die ganze Welt schien zu schlafen. Irgendwo gurrten träge Tauben. Sie hörte Daylight zurückkommen, und ihr Atem ging tief und schnell. Er nahm ihre Hand in die seine, und als er den Türgriff faßte, fühlte er, wie sie zögerte. Da legte er den Arm um sie; die Tür sprang auf, und zusammen traten sie ein.

Viele, die in der Stadt geboren und aufgewachsen, sind zum Mutterschoß der Erde geflohen und haben großes Glück gewonnen. Aber sie haben es sich nur durch eine Reihe bitterer Enttäuschungen erkämpft. Mit Dede und Daylight war es anders. Sie waren beide auf dem Lande geboren und kannten es. Sie glichen zwei Menschen, die nach langer Wanderung endlich heimgekehrt waren. Es war weniger das Unerwartete in ihrem Verhältnis zur Natur, als die Freude des Wiedererkennens.

Und noch etwas hatten sie gelernt, nämlich, daß es für sie, die sich an die Fleischtöpfe gewöhnt hatten, leichter war, sich an das trockene Brot zu gewöhnen, als für die, die nur das Brot gekannt hatten. Nicht etwa, daß sie ärmlich gelebt hätten, sie fühlten nur innige Freude und tiefe Befriedigung über die kleinen Dinge. Daylight, der das höchste und phantastischste Spiel gespielt hatte, fand, daß es hier auf den Hängen der Sonoma-Berge noch dasselbe Spiel war. Man hatte stets eine Arbeit zu verrichten, Kämpfe zu bestehen, Hindernisse zu überwinden. Wenn er im kleinen Versuche anstellte und Geflügel für den Markt züchtete, interessierte ihn die Spekulation in Küken nicht weniger als früher das Rechnen mit Millionen.

Die Hauskatze, die verwildert war und einen Überfall auf seine Tauben gemacht hatte, war keine geringere Gefahr als ein Spekulant, der seinerzeit versucht hatte, ihn um mehrere Millionen zu plündern. Die Habichte, Wiesel und Waschbären waren ebenso viele Dowsetts, Lettons und Guggenhammers, die es insgeheim auf ihn abgesehen hatten. Das Meer von Unkraut, das seine Rodungen überspülte und sie zuweilen in einer einzigen Woche überschwemmen konnte, war auch kein zu verachtender Gegner. Sein Gemüsegarten in dem Winkel zwischen den Bergen, dessen Ertrag trotz des fetten Bodens nicht der beste war, bedeutete ihm ein äußerst wichtiges Problem, und als er es durch Anlegen von Drainröhren gelöst hatte, konnte er sich immer wieder über das Ergebnis freuen. Wenn er darin arbeitete und den Boden leicht zu bearbeiten fand, wurde er stets von Freude über den Erfolg durchbebt.

Dann die Klempnerarbeit. Er hatte seine Roßhaarzügel zu einem guten Preise verkaufen können, was ihn in den Stand setzte, das Material für neue Anlagen kaufen zu können. Er machte alles selbst, wenn er auch mehrmals gezwungen war, Dede zu Hilfe zu rufen. Und als schließlich die Badewanne und andere eingebaute Gefäße installiert waren und ordnungsgemäß funktionierten, konnte er kaum seine Augen von dem, was er mit eigenen Händen geschaffen, losreißen. Dede, die ihn am ersten Abend vermißte, suchte und fand ihn mit der Lampe in der Hand neben der Wanne, die er mit stiller Freude betrachtete. Er streichelte den glatten Holzrand und lachte laut, wurde aber verlegen wie ein Schulknabe, als sie ihn so in heimliche Freude über seine eigene Geschicklichkeit versunken fand.

Dieses Abenteuer von Tischlerei und Klempnerei zog den Bau der kleinen Werkstatt nach sich, wo er allmählich eine ganze Sammlung ihm lieber Werkzeuge anlegte. Und er, der frühere Millionär, der sich alles, was er sich wünschte, augenblicklich hatte kaufen können, lernte jetzt die neue Freude kennen, endlich Dinge zu besitzen, die man sich lange gewünscht und durch strenge Sparsamkeit erworben hat. Es dauerte drei Monate, bis er sich den Luxus erlauben konnte, einen Patentschraubenzieher zu kaufen, und seine Freude über diesen kleinen Wundermechanismus war so groß, daß Dede gleich einen großen

Plan entwarf. Sechs Monate sparte sie ihr Eiergeld – dieser Teil der Wirtschaft war ihr durchs Los zugefallen – und schenkte ihm zum Geburtstage eine Drehbank, die ungeheuer leicht zu hantieren und zu vielerlei zu gebrauchen war. Und ihr Entzücken an diesem Stück, das ihm gehörte, wurde nur von der Freude über Mabs erstes Füllen erreicht, das Dedes ausdrückliches Privateigentum war.

Erst im zweiten Sommer errichtete Daylight den mächtigen Herd, der bei weitem den Fergusons an der andern Seite des Tales in den Schatten stellte. Denn all diese Dinge brauchten Zeit, und Dede und Elam hatten keine Eile. Sie begingen nicht den Fehler der meisten Städter, die aufs Land flüchten, ohne das geringste vom Leben dort zu kennen. Sie versuchten nicht zuviel. Sie hatten auch keine Schulden abzubezahlen und trachteten nicht nach Reichtum. Sie machten keine großen Ansprüche bezüglich des Essens und hatten keine Miete zu bezahlen. Und daher konnten sie ohne Ehrgeiz ihre Pläne schmieden, lebten ihr Leben füreinander und die Freuden des Landlebens, von denen der gewöhnliche Landbewohner abgeschnitten ist. Sie hatten auch ein ganz Teil von Ferguson gelernt. Er war ein Mann, der mit der einfachsten Kost vorlieb nahm, eigenhändig für seine bescheidenen Bedürfnisse sorgte, wenn er Geld brauchte, für Tagelohn arbeitete, um sich Bücher und Zeitschriften zu kaufen, und der dafür sorgte, daß der größte Teil des Tages dem Genusse des Lebens gewidmet wurde. Er liebte es, nachmittags der Länge nach im Schatten zu liegen und zu lesen, oder mit der Sonne aufzustehen und weite Ausflüge über die Berge zu machen.

Hin und wieder begleitete er Dede und Elam auf der Jagd durch die wilden Canjons und über die steilen, zerrissenen Hänge der Hood-Berge, in der Regel aber ritten sie allein. Diese Ausritte machten ihnen immer noch das größte Vergnügen. Sie untersuchten jede Falte, jeden Riß in den Bergen und kannten zuletzt alle verborgenen Quellen und heimlichen Täler in der Bergreihe, die wie eine Mauer das Tal umgab.

Von diesen Ausritten brachten sie häufig Samen und Zwiebeln wilder Blumen mit, die sie in geschützten Winkeln ihrer Besitzung pflanzen konnten. Längs des Pfades, der durch den großen Canjon zur Wasserleitung führte, pflanzten sie ihre Farne. Sie wurden nicht weiter gepflegt, sondern sich selbst überlassen. Nur von Zeit zu Zeit pflanzten Dede und Elam neue Gewächse dazwischen oder gaben ihnen einen andern Standort. Sie sammelten Samen des kalifornischen Mohns und streuten ihn über ihre Felder, so daß die orangefarbenen Blumen überall hervorguckten und in den Ecken der Gehege und an den Rändern der Rodungen flammten.

All dies machte ihnen nicht viel Mühe. Sie blieben gewissermaßen im Vorübergehen stehen und reichten der Natur eine helfende Hand. Diese Blumen und Büsche wuchsen von selber, und ihr Vorhandensein bedeutete keine Beeinträchtigung der natürlichen Umgebung. Die Pferde mit ihren Füllen, die Kühe und Kälber weideten dazwischen, und Büsche und Blumen mußten zusehen, wie sie fertig wurden. Aber die Tiere vernichteten nicht viele von ihnen, denn das Gut war groß.

Ferguson kam herüber, um der feierlichen Einweihung des großen Steinherdes beizuwohnen. Daylight war mehr als einmal durch das Tal geritten, um sich mit ihm über dies Unternehmen zu beraten, und er war der einzige Fremde, der dem großen Augenblick, als das erste Feuer in dem neuen Kamin angezündet werden sollte, beiwohnte. Daylight hatte eine Scheidewand niedergerissen und zwei Räume zu einem gemacht, und in diesem großen Raum waren Dedes Schätze untergebracht – ihre Bücher, Bilder und Photographien, der Flügel mit der Venus. Ihre Felle hatten sich um einige neue Hirsch- und Coyotenfelle vermehrt, zu denen ein von Daylight geschossener Berglöwe kam. Er hatte sie selbst, langsam und mühselig, nach Grenzerart gegerbt.

Er reichte Dede das Streichholz, und sie zündete das Feuer im Kamin damit an. Das trockene Manzanitaholz knisterte, während die Flammen herausschlugen und die Rinde der trockenen Holzstücke erfaßten. Dann lehnte sie sich an die Schulter ihres Mannes, und alle drei standen in atemloser Spannung da und sahen zu. Als Ferguson endlich sein Urteil sprach, tat er es mit strahlendem Gesicht.

„Der zieht! Weiß Gott, der zieht!" rief er.

Er drückte Daylight begeistert die Hand, und dieser erwiderte den Händedruck mit gleicher Wärme, und dann beugte er sich herab und küßte Dede auf den Mund. Sie waren ebenso glücklich über den Erfolg ihrer Arbeit wie ein großer Heerführer über einen erstaunlichen Sieg. Fergusons Augen waren verdächtig blank, während die Frau sich noch enger an den Mann preßte, dessen Werk es war. Plötzlich hob er sie in seine Arme, trug sie zum Flügel und rief: „Los. Dede! Spiel Gloria, Gloria!"

Und während die Flammen auf dem Herde emporstiegen, klangen die siegreichen Töne der Zwölften Messe durch den Raum.

Daylight hatte kein Enthaltsamkeitsgelübde getan, aber dennoch seit dem Tage, da er sich vom Geschäft zurückgezogen hatte, nicht einen Tropfen Alkohol angerührt. Bald war er jedoch stark genug, ein Glas trinken zu können, ohne sofort ein zweites folgen zu lassen. Andererseits war der Drang zu trinken von dem Augenblick an, als er sich auf dem Lande niedergelassen hatte, vollkommen verschwunden. Er spürte kein Verlangen nach Alkohol und vergaß sogar, daß er existierte. Doch er wollte sich nicht davor fürchten, und wenn ihm der Kaufmann in der Stadt hin und wieder etwas anbot, pflegte er zu sagen: „Schön, mein Sohn! Wenn es Ihnen Spaß macht, daß ich ein Glas mit Ihnen trinke, gern. Geben Sie mir einen Whisky."

Burning Daylight, der Finanzmann, war. wie er Dede prophezeit hatte, eines schnellen Todes verblichen, sein jüngerer Bruder, der Daylight aus Alaska, war auf die Ranch gekommen und hatte seinen Platz eingenommen. Sein Körper hatte die frühere Schlankheit und Geschmeidigkeit wiedergewonnen, und in den Wangen hatten sich die schwachen Höhlen wieder eingestellt, die an ihm den Höhepunkt körperlichen Wohlbefindens bezeichneten. Alljährlich feierte er seinen Geburtstag auf die alte Grenzerweise und lud das ganze Tal ein, auf den Hof zu kommen und sich werfen zu lassen. Und ein großer Teil des Tales folgte der Einladung, brachte Frau und Kinder mit und machte einen richtigen Familienausflug daraus.

Anfänglich war er, wenn er bares Geld brauchte, Fergusons Beispiel gefolgt und hatte einfache Tagelöhnerarbeit verrichtet, aber es dauerte nicht lange, so fand er eine Erwerbsform, die angenehmer und befriedigender war und ihm zugleich mehr freie Zeit ließ. Seit der Grobschmied ihn einmal im Scherz aufgefordert hatte, ein ganz unzähmbares Füllen zuzureiten, und es ihm glänzend gelungen war, galt er für einen vorzüglichen Zureiter. Und bald konnte er mit dieser Arbeit, die ihm wirklich ausgezeichnet lag, soviel Geld verdienen, wie er wollte.

Ein Zuckerkönig, dessen Zuchtfarm und Rennstall in Caliente, drei Meilen von Glen Ellen lag, schickte, wenn Not am Mann war, nach ihm und bot ihm, ehe ein Jahr vergangen war, die Stellung eines Oberaufsehers über die Ställe an. Aber Daylight schüttelte lächelnd den Kopf. „Ich will mich nicht abrackern", versicherte er Dede, und er übernahm derlei Arbeit nur, wenn er durchaus Geld brauchte.

„Wir haben die Ranch und uns," sagte er zu seiner Frau, „und ich will viel lieber mit dir nach den Hood-Bergen reiten als vierzig Dollar verdienen. Man kann nicht Sonnenuntergänge und zärtliche Frauen und kaltes Quellwasser und all das für vierzig Dollar kaufen; und für vierzig Dollar kann ich nicht einen einzigen Tag zurückkaufen, den ich dazu verwandt habe, mit dir nach den Hood-Bergen zu reiten!"

Sein Leben war außerordentlich gesund und natürlich. Er ging früh ins Bett, schlief wie ein Kind und war mit der Sonne auf. Es gab immer etwas zu tun, tausenderlei Kleinigkeiten, die ihn lockten, aber nicht riefen, und er überanstrengte sich nie. Dennoch mußte er sowohl wie Dede zuzeiten zugeben, daß sie müde waren, wenn sie zum Beispiel siebzig Meilen geritten waren.

Als sie eines Tages vor der Post in Glen Ellen hielten, um einen Brief abzuschicken, wurden sie von dem Grobschmied angesprochen.

„Hören Sie, Daylight," meinte er, „ein junger Mensch namens Slosson hat Sie grüßen lassen. Er kam in einem Automobil durch und war auf dem Wege nach Santa Rosa. Er wollte wissen, ob Sie nicht in der Nähe wohnten, aber die Leute, mit denen er zusammen war, hatten keine Zeit zu warten. Und da sagte er nur, ich sollte Sie grüßen und sagen, daß er Ihren Rat befolgt habe und immer noch seine eigenen Rekorde schlage." Daylight hatte Dede längst die Geschichte erzählt.

„Slosson?" sagte er nachdenklich. „Slosson, das muß der Hammerwerfer sein. Er hat meine Hand zweimal runtergedrückt, der verdammte Kerl." Dann wandte er sich plötzlich an Dede. „Hör', es sind ja nur zwölf Meilen bis Santa Rosa, und die Pferde sind frisch." Sie erriet, was er im Sinne hatte, denn seine glänzenden Augen und sein verlegenes jungenhaftes Lächeln sprachen deutlicher als Worte, und sie lächelte und nickte zustimmend.

„Wir können den Richtweg durch das Bennet-Tal einschlagen," sagte er, „der ist näher."

Als sie erst nach Santa Rosa gekommen waren, hatten sie keine Schwierigkeiten mehr, Slosson zu finden. Er und seine Gesellschaft hatten sich im Oberlin-Hotel einlogiert, und Daylight traf ihn in der Bar.

„Hören Sie mal, mein Sohn," sagte Daylight, sobald er Dede vorgestellt hatte, „ich bin hergekommen, um Ihnen eine neue Chance zu geben. Wollen wir die Sache noch mal versuchen? Hier ist Platz genug."

Slosson lächelte und ging auf seinen Vorschlag ein. Die beiden Männer standen einander gegenüber, legten die Ellbogen auf den Schanktisch und griffen zu. Slossons Hand wurde schnell heruntergepreßt.

„Sie sind der erste, der das je fertiggebracht hat," sagte er, „lassen Sie uns noch einmal versuchen."

Wieder umspannten die Hände sich, und wieder wurde die Slossons heruntergedrückt. Er war ein breitschulteriger junger Riese mit kräftigen Muskeln und mindestens einen halben Kopf größer als Daylight, er machte kein Hehl aus seinem Ärger über die Niederlage und verlangte eine dritte Probe. Diesmal spannte er seine Kräfte aufs äußerste an, und einen Augenblick schien der Ausfall zweifelhaft. Mit brennenden Wangen und zusammengebissenen Zähnen begegnete er dem kräftigen Griff des andern, bis seine Muskeln knackend nachgaben. Seine gefüllten Lungen ließen die Luft explosiv entweichen, seine Widerstandskraft erlahmte, und die Hand hing kraftlos herab.

„Sie sind mir zu stark", gestand er. „Ich hoffe nur, daß Sie nicht auch noch mit Hammerwerfen anfangen."

Daylight lachte und schüttelte den Kopf.

„Wir können einen Kompromiß schließen, daß jeder bei seinem Sport bleibt. Sie beim Hammerwerfen, und ich beim Händedrücken."

Aber Slosson wollte sich nicht endgültig ergeben.

„Hören Sie", rief er, als Elam und Dede ihre Pferde wieder bestiegen hatten und aufbrechen wollten. „Hören Sie – haben Sie etwas dagegen, daß ich Sie nächstes Jahr besuche? Ich hätte Lust, es noch einmal mit Ihnen aufzunehmen."

„Gewiß, mein Sohn, Sie sind jederzeit willkommen. Aber ich sage Ihnen ganz offen, Sie müssen sich anstrengen, Sie müssen trainieren, denn ich pflüge, hacke Holz und reite Pferde zu."

So wurde ihnen die Zeit nie lang. Immer gab es einen wunderbaren neuen Morgen, wenn sie erwachten, oder eine schöne, kühle Dämmerung, wenn die Arbeit des Tages beendet war, und bei all dem Tausenderlei, das seine Zeit in Anspruch nahm, war sie stets mit dabei. In dem neuen Spiel, das er spielte, fand er dieselbe Befriedigung wie früher in den wahnsinnigen Spekulationen. Und der Tisch, an dem er sein neues Spiel spielte, war jedenfalls rein. Hier gab es keine Lüge, keinen Betrug, keine Heuchelei. Das andere Spiel hatte nur zu Tod und Verderben geführt, das Ziel des neuen aber war Kraft. Und daher kam es, daß er,

Dede an seiner Seite, mit großer Zufriedenheit dem Wechsel der Tage und Jahreszeiten von dem kleinen Hause hoch oben am Rande des Canjons folgte; daß er durch den klaren, frostigen Morgen oder unter der brennenden Sommersonne ritt und Schutz in dem großen Raum suchte, wo das Feuer auf dem Herde flammte, den er selbst gebaut hatte, während die Welt draußen sich vor Kälte schauernd unter dem harten Griff des Südostwindes wand.

Nur einmal fragte Dede ihn, ob er je bereut hätte, was er getan, und seine Antwort war, daß er sie stürmisch an sich zog und seine Lippen auf die ihren preßte. Und eine Minute später wurde diese Antwort durch die Worte ergänzt:

„Mein Herz, wenn du auch dreißig Millionen gekostet hast, so bist du doch der billigste Gebrauchsgegenstand, den ich mir je angeschafft habe." Und er fügte hinzu: „Ja, einen Wunsch hab' ich noch, und dazu einen ganz großen. Ich möchte dich noch einmal erkämpfen müssen, ich möchte so gern wieder durch die Berge reiten und Ausschau nach dir halten. Ich möchte so gern wieder zum erstenmal in deine Stube in Berkeley treten. Es hilft ja nichts, darüber zu reden, aber ich bin ganz krank vor Bedauern, daß ich nicht noch einmal meinen Arm um dich legen kann wie damals, als du in Sturm und Regen deinen Kopf an meine Brust lehntest und weintest."

Aber dann kam ein Tag im April, da Dede in einem Lehnstuhl auf der Veranda saß und an einigen winzigen Kleidungsstücken nähte, während Daylight ihr vorlas. Es war am Nachmittag, und die Sonne schien hell auf eine Welt von jungem Grün herab. Die Rieselkanäle im Gemüsegarten waren voll Wasser, und hin und wieder hielt Daylight im Lesen inne und lief hin, um das Wasser in eine andere Richtung zu leiten.

Von dem Platz, wo sie saßen, konnten sie das ganze Land übersehen. Wie die Klinge eines Krummsäbels lag das Mondtal vor ihnen, übersät mit Gehöften, die mit Wiesen, Feldern und Weinbergen abwechselten. Dahinter erhob sich die Mauer, die das Tal von der Umwelt schied, und von der Dede und Elam jeden Winkel kannten, und an einer Stelle, wo die Sonnenstrahlen die Erde trafen, lag der weiße Schuttplatz der verlassenen Mine und flammte wie ein Edelstein. Im Vordergrund, auf der eingezäunten Weide, erging sich Mab und hütete das neugeborene Füllen, das sich auf seinen wackligen Beinen tummelte. Die Luft zitterte vor Hitze, es war ein träger, sonnenwarmer Tag. Die Wachteln pfiffen aus dem Gebüsch hinter dem Hause ihren Jungen. Die Tauben girrten leise, und aus der grünen Tiefe des großen Canjons war das klagende Schluchzen einer Waldtaube zu hören. Einmal erklang ein warnender Chor von den Hühnern, die dort gingen und Körner suchten, und sie hasteten in wilder Flucht in ihre sicheren Verstecke, während ein Habicht hoch oben am blauen Himmel seinen Schatten über die Erde gleiten ließ. Das war es vielleicht, was die alten Jagdinstinkte in Wolf erweckte. Auf jeden Fall entdeckten Dede und Daylight plötzlich eine Erregung im Gehege und sahen die harmlose Wiederholung einer alten grimmigen Tragödie aus der Urzeit. Brennend vor Eifer, auf Samtpfoten und lautlos wie ein Geist, gleitend, schleichend und am Boden entlang kriechend, suchte der Hund, der eigentlich ein gezähmter Wolf war, das verlockende junge Geschöpf zu fangen, das Mab erst vor kurzem zur Welt gebracht hatte. Und die Stute, deren Vorzeitinstinkte ebenfalls wieder erweckt wurden und bebten, kreiste beständig zwischen dem Füllen und dieser drohenden Erinnerung an die wilden alten Zeiten, da ihr ganzes Geschlecht in Angst vor ihm und seinen jagenden Brüdern gelebt hatte. Einmal drehte sie sich blitzschnell um und schlug nach ihm aus, meistens aber versuchte sie mit den Hufen seine Vorderfüße zu treffen oder mit weit aufgerissenem Maul und zurückgeworfenem Kopf auf ihn loszustürzen, um ihm das Rückgrat zwischen den Zähnen zu zermalmen. Doch der Wolfshund kroch zusammen und schlich mit flach am Kopfe liegenden Ohren auf seinen Samtpfoten weg, aber nur, um das Füllen von der andern Seite wieder anzuschleichen und die Stute wieder zu erschrecken. Da stieß Daylight auf Dedes Bitten einen leisen, drohenden Ruf aus; und Wolf sank plötzlich ganz in sich zusammen, trat augenblicklich wieder in sein gewohntes Abhängigkeitsverhältnis zu den Menschen und verschwand hinter der Scheune.

Wenige Minuten später unterbrach Daylight wieder das Lesen, um dem Wasser in einem der Rieselgräben eine neue Richtung zu geben. Aber da sah er, daß der Kanal trocken war. Er nahm Hacke und Schaufel auf die Schulter, holte Hammer und Kneifzange aus dem Werkzeugschuppen und kehrte dann auf die Veranda zu Dede zurück.

„Ich muß sicher das Rohr ausgraben“, sagte er zu ihr. „Es ist der Erdrutsch, der den ganzen Winter gedroht hat. Jetzt ist er wohl endlich gekommen.“

„Aber lies nicht allein weiter!“ rief er, während er um das Haus den Pfad entlang schritt, der zum Canjon führte.

Als er halbwegs den Pfad hinuntergeschritten war, kam er zu dem Erdrutsch. Es war nichts von Bedeutung, nur ein paar Tonnen Erde und zusammengestürztes Gestein, aber es hatte fünfzig Fuß darüber angefangen und Kraft genug gehabt, die Wasserleitung bei einer Zweigstelle zu zerreißen. Ehe er an die Arbeit ging, blickte er zu der Stelle hinauf, von der der Erdrutsch gekommen war, und er tat es in der Weise des geübten Minenarbeiters. Und was er sah, ließ fast seine Augen aus den Höhlen treten.

„Das müssen wir uns doch mal näher ansehen!" sagte er laut.

Sein Blick wanderte über die steile Oberfläche des Bruches. Hier und dort standen kleine, schwankende Manzanitabüsche mit verflochtenen Wurzeln, aber im großen und ganzen war dieser Teil des Canjons nackt und nur von Gras und Unkraut bedeckt. Man konnte sehen, daß die Oberfläche sich geändert hatte, sooft der Regen seine Flut von der Erde über den Rand des Canjons gespült hatte.

„Ein richtiger Quarzgang, so wahr ich lebe!" rief er leise aus.

Und wie vorher die alten Jagdinstinkte in dem Wolfshund erwacht waren, so kehrte in ihm jetzt die alte, brennende Gier nach dem Golde zurück. Er warf Hammer und Kneifzange hin, behielt aber Hacke und Schaufel und kletterte zu dem Erdrutsch hinauf, wo der vorspringende, aber größtenteils mit Erde bedeckte Fels zum Vorschein kam. Der Vorsprung war undeutlich, fast unsichtbar, aber sein geübtes Auge zeichnete sofort die versteckte Formation, die unter der Erde liegen mußte. Hier und da hieb er mit der Hacke auf das zerbröckelnde Gestein los und schaufelte die überflüssige Erde fort. Einige Male untersuchte er auch den Stein selbst. Der war so morsch, daß er mit den Fingern Stücke davon abbrechen konnte. Dann kletterte er ein paar Dutzend Fuß höher und begann von neuem mit Hacke und Schaufel drauflos zu arbeiten. Und als er diesmal die Erde von einem Felsblock geschabt und ihn untersucht hatte, richtete er sich plötzlich auf und schnappte vor Freude nach Luft. Dann sah er sich hastig um, wie um sich zu vergewissern, daß ihn niemand sah, wie ein Hirsch, der an der Tränke im Walde steht und sich ängstlich nach Feinden umsieht, ehe er trinkt. Er lachte laut über seine eigene Dummheit und machte sich wieder an die Untersuchung des Felsens. Die Sonne warf ein Streiflicht darüber, und es glitzerten winzig kleine Stellen darin, die nichts als reines Gold sein konnten.

„Von den Graswurzeln abwärts“, murmelte er mit Ehrfurcht in der Stimme, während er die Axt in die weiche Oberfläche trieb.

Er schien ein anderer Mensch geworden. Die größte Menge Cocktail hätte nicht diese Flamme in seinen Augen entzünden, nicht seine Wangen mit solcher Glut färben können. Während er arbeitete, fühlte er sich von neuem von der alten Leidenschaft gepackt, die ihn den größten Teil seines Lebens beherrscht hatte. Ein wilder Wahnsinn überkam ihn und wuchs von Minute zu Minute. Er arbeitete wie verrückt, bis er vor Anstrengung keuchte und der Schweiß ihm über die Stirn troff. Er suchte die ganze Breite des Erdrutsches ab und grub durch die rote vulkanische Erde, die von dem eingestürzten Felsen über ihn herabgekommen war, bis er Quarz fand, mürben Quarz, der ihm unter den Händen zerbröckelte und von reinem Golde wimmelte.

Zuweilen verursachte er kleine Erdrutsche, die seine Arbeit wieder zunichte machten und ihn zwangen, die Erde wegzugraben. Einmal wurde er fünfzig Fuß tief bis auf den Boden des Canjons mitgerissen, kam aber mit einiger Mühe auf die Beine und kroch wieder hinauf, ohne auch nur Luft zu schöpfen. Hier war der Quarz bröckelig, daß er fast Lehm glich, und hier war er reicher an Gold als irgendwo sonst. Es war die reine Schatzkammer. Er verfolgte die Ader bergauf und bergab auf eine Strecke von hundert Fuß. Er kletterte sogar über den Rand des Canjons, um möglicherweise etwas von dem Quarzgange zu erspähen. Aber das hatte Zeit, und er kehrte schnell zu seinem Funde zurück.

Er arbeitete weiter in derselben wahnsinnigen Eile, bis Ermattung und unerträgliche Rückenschmerzen ihn zum Aufhören zwangen. Er richtete sich an einem Quarzblock auf, der noch goldhaltiger als die vorhergehenden war. Als er gebückt dagestanden hatte, war der Schweiß ihm von der Stirn auf die Erde getropft, jetzt lief er ihm in die Augen und blendete ihn. Er wischte ihn mit dem Handrücken ab und machte sich von neuem an die Untersuchung des Goldes. Es würde dreißigtausend auf die Tonne, ja fünfzigtausend oder noch mehr ergeben, das wußte er gut. Und als er so das gelbe, lockende Gold anstarrte, nach Luft schnappte und sich den Schweiß aus den Augen wischte, begannen in seinem Innern plötzlich die großen Gesichte aufzutauchen. Er sah die Eisenbahnschienen, die vom Tal in die Höhe, quer über die Wiesen bis zum Gipfel des Berges laufen mußten, und sein Blick glitt über die Hänge und baute die Brücke über den Canjon, bis alles vor seinen Augen zur Wirklichkeit wurde. Auf der andern Seite des Canjons mußte die Mühle errichtet werden, und er stellte sich dorthin und hing auch die endlose Kette von Eimern auf, die sich mittels Schwerkraft durch den Raum bewegten, um das Metall über den Canjon zum Quarzbecher zu schaffen. Die ganze Mine lag zu seinen Füßen mit ihren Tunneln, Schächten, Galerien und Kränen. Er konnte die Sprengungen in der Mine hören, während von der andern Seite das Poltern des Stampfwerkes ertönte. Die Hand, die das kleine Stückchen Quarz hielt, zitterte, und er spürte in seinem Magen ein müdes, nervöses Klopfen. Plötzlich wußte er, daß er etwas trinken mußte – Whisky, Cocktail, irgend etwas, nur Spiritus. Und in diesem Augenblick, als der brennende Drang nach Spiritus ihn ganz beherrschte, hörte er in der Ferne Dedes Stimme, die über die grüne Tiefe des Canjons schwach und undeutlich zu ihm herüberdrang:

„Komm, put, put, put, put, put! Komm, put, put, put!"

Er war erstaunt, wieviel Zeit vergangen war. Sie hatte die Veranda verlassen und fütterte jetzt die Küken, ehe sie das Abendessen bereitete. Der Nachmittag war vergangen. Er konnte nicht fassen, daß er so lange fortgeblieben war.

Wieder hörte er ihr Rufen: „Komm, put, put, put, put, put! Komm, put, put, put!"

So rief sie immer, erst fünf-, dann dreimal. Er hatte es längst bemerkt. Und als er so an sie dachte, stiegen auch andere Gedanken in ihm auf, die allmählich den Ausdruck von Angst über seine Züge bereiteten. Denn ihm war, als hätte er sie schon fast verloren. Nicht ein einziges Mal hatte er in diesen wahnsinnigen Stunden an sie gedacht, die ganze Zeit war sie ihm wahrhaftig verloren gewesen.

Er warf das Quarzstück fort, ließ sich den Erdrutsch hinabgleiten und begann mit schweren Schritten den Pfad entlang zur Ranch zu laufen. Am Rande der Rodung verlangsamte er seinen Schritt und kroch fast bis zu einer Stelle, von wo aus er sehen konnte, ohne selbst gesehen zu werden. Sie fütterte immer noch die Küken, streute ihnen Hände voll Korn aus und lachte über ihre drolligen Bewegungen.

Bei ihrem Anblick war ihm, als verließe ihn plötzlich der panische Schrecken, der ihn ergriffen hatte, er machte kehrt und lief den Pfad zurück. Dann kletterte er wieder den Erdrutsch hinauf, kletterte jetzt aber höher und nahm Hacke und Schaufel mit. Und wieder arbeitete er wie rasend, aber diesmal mit einer andern Absicht. Er berechnete genau, lockerte die rote Erde, so daß sie herabstürzte, alles, was er ausgegraben hatte, unter sich begrub und den Schatz, den er entdeckt hatte, wieder vor dem Tageslicht verbarg. Er ging sogar in den Wald, schaufelte ganze Arme voll des im vergangenen Jahre gefallenen Laubes zusammen und streute es über den Erdrutsch. Aber diese Arbeit gab er bald als zwecklos wieder auf und ließ wieder Erde über den Schauplatz seiner harten Arbeit nachstürzen, bis jede Spur des vorspringenden Quarzganges vollständig verwischt war.

Dann setzte er das beschädigte Wasserrohr instand, nahm sein Werkzeug und machte sich auf den Heimweg. Er ging langsam, denn er fühlte eine große Müdigkeit, wie ein Mensch, der eine furchtbare Krisis durchgemacht hat. Er legte das Werkzeug fort, nahm einen tüchtigen Schluck von dem Wasser, das jetzt wieder durch die Kanäle strömte, und setzte sich auf die Bank an der offenen Küchentür. Dede war drinnen dabei, das Abendessen zu bereiten, und der Klang ihrer Schritte erfüllte ihn mit unendlicher Zufriedenheit.

Er atmete die balsamische Bergluft in tiefen Zügen, wie ein Taucher nach dem Aufsteigen aus der Tiefsee. Und während er die Luft einsog, tranken seine Augen die Schönheit der Wolkentäler, als wollten sie sich nie wieder davon losreißen.

Dede wußte nicht, daß er zurückgekommen war, und er wandte hin und wieder den Kopf und blickte sie verstohlen an – ihre geschickten Hände, den Bronzeschimmer über ihrem braunen Haar, das aufflammte, wenn sie in den breiten Sonnenscheinstreifen trat, der durch das Fenster hereinströmte, die Verheißung ihrer Gestalt, und ihn durchfuhr es wie ein Stich, so lieb und teuer war ihm das alles. Er hörte, wie sie sich der Tür näherte, und wandte absichtlich den Kopf nach dem Tale. Und dann wurde er von dem seligen Gefühl durchbebt, das er immer spürte, wenn ihre Finger weich und kosend durch sein Haar fuhren.

„Ich wußte nicht, daß du zurückgekommen bist“, sagte sie. „War es schlimm?“

„Ja, ein ziemlich schlimmer Erdrutsch“, antwortete er, während er noch fortsah und unter ihrer Liebkosung zitterte. „Es war ernster, als ich gedacht hatte. Aber ich habe eine gute Idee bekommen. Weißt du, was ich tun will? Eukalyptusbäume pflanzen. Die werden die Erde schon halten. Ich will sie so dicht wie Gras pflanzen, so daß nicht einmal ein hungriger Hase durchschlüpfen kann, und wenn die erst mal richtig Wurzeln geschlagen haben, kann keine Macht der Welt die Erde wieder zum Rutschen bringen.“

„Ja, war es denn so schlimm?“

Er schüttelte den Kopf.

„Nein, du brauchst nicht bange zu sein. Aber ich will keine Mühe mehr haben durch diese verdammten Erdrutsche, das ist alles. Ich will die Erde auf dem

Boden festnageln, daß sie Millionen Jahre dort bleibt. Und wenn die letzte Posaune ertönt, und der Sonoma-Berg und alle anderen Berge vom großen Nichts verschlungen werden, dann wird hier die Erde noch stehen, von den Wurzeln gehalten."

Er legte den Arm um sie und zog sie auf seine Knie. „Hör', mein Kind, dir ist ja doch allerlei versagt geblieben, weil du hier auf der Ranch lebtest – Musik, Theater und dergleichen. Sehnst du dich nicht doch danach, alles hier zu lassen und zu den andern zurückzukehren?"

So groß war seine Angst, daß er sie gar nicht anzusehen wagte; als sie aber lachte und den Kopf schüttelte, fühlte er eine unsagbare Erleichterung. Und er bemerkte auch den ewig jungen Klang in ihrem frohen, knabenhaften Lachen.

„Hör'," sagte er plötzlich heftig, „geh' nicht in die Nähe des Erdrutsches, bevor die Bäume, die ich pflanzen will, Wurzeln geschlagen haben. Es ist sehr gefährlich, und ich kann es mir jetzt nicht leisten, dich zu verlieren."

Er zog sie an sich, preßte seine Lippen auf die ihren und küßte sie heiß und leidenschaftlich.

„Was für ein verliebter Mann!" sagte sie; und in ihrer Stimme lag Stolz über ihn und über ihre eigene weibliche Anziehungskraft.

„Sieh mal, Dede." Er zeigte mit einer weit umfassenden Armbewegung über das Tal und die Berge drüben. „Das Mondtal – das ist ein guter Name, ein guter Name. Weißt du, wenn ich das alles sehe und an dich und an alles denke, was das bedeutet, so bekomme ich gleichsam Halsschmerzen, es rührt sich mir etwas im Herzen, das ich nicht in Worten ausdrücken kann, und ich habe ein Gefühl, daß ich beinahe Browning und die andern hochtrabenden Dichter verstehen kann. Sieh den Hood-Berg drüben im Sonnenschein. Dort unten im Spalt fanden wir die Quelle."

„Und an dem Abend war es, als du die Kühe erst um zehn Uhr melktest", sagte sie lächelnd. „Und wenn du mich hier jetzt noch lange aufhältst, dann wird das Abendessen nicht früher fertig als damals."

Sie erhoben sich beide von der Bank, und Daylight nahm den Milcheimer von seinem Nagel neben der Tür. Dann blieben sie einen Augenblick stehen, um noch einmal über das Tal zu schauen.

„Wirklich großartig", sagte er.

„Wirklich großartig“, sprach sie ihm nach und lachte lustig über und mit ihm, lachte über sich selbst und über die ganze Welt, während sie ins Haus trat.

Und wie der alte Mann, den er einst getroffen, schritt Daylight jetzt selbst durch das Feuer des Sonnenunterganges mit einem Milcheimer am Arm den Hang hinab.